수호지

7

수호지 7

이문열 편역 — 시내암 지음

돌아가는 길

水滸誌

RHK
알에이치코리아

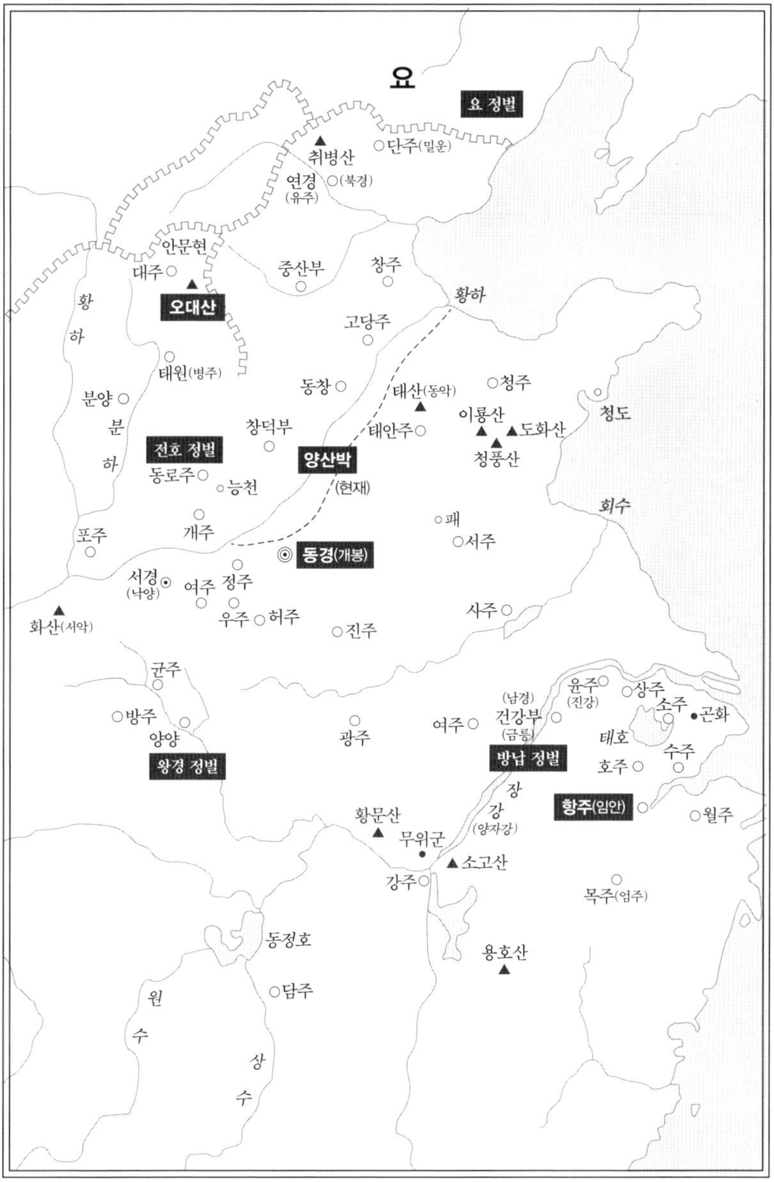

『수호지』의 배경이 된 송나라 지도

차례

7 돌아가는 길

水滸誌

성수장군, 신화장군

“저 같은 게 무어라고 감히 이 산채의 주인 노릇을 할 수 있겠습니까? 형님의 채찍이나 등자라도 받쳐 들고 한낱 졸개로라도 살려 준 은혜에 보답할 수 있다면 그보다 더 다행한 일이 없습니다.”

그래도 송강은 두 번 세 번 절하면서 노준의에게 산채의 주인이 되어 줄 것을 간청했다. 하지만 노준의가 어찌 그 자리를 받을 수 있겠는가. 두 사람이 첫째 두령의 자리를 놓고 밀고 당기는 걸 보던 이규가 문득 소리쳤다.

“형님, 사람이 왜 그리 올곧지 못하시우? 전에는 그 자리에 앉겠다더니 오늘은 또 딴 사람에게 내어 주겠다구요? 그놈의 의자가 어디 금으로라도 된 거랍디까? 서로 밀고 당기고 하게. 괜히 사람 속 뒤집히게 하지 마시우."

"아니, 저놈이."

송강이 성난 목소리로 이규를 꾸짖었다. 노준의가 황망히 엎드리며 다시 간청했다.

"형님께서 기어이 제게 그 자리를 내주시려 한다면 저는 차라리 감옥에 있을 때가 편한 듯싶습니다."

그때 또 이규가 큰 소리로 끼어들었다.

"만약 형님이 황제의 자리에라도 앉았고 노 원외가 승상쯤 되며, 우리도 모두 대궐에 있다면 이런 놈의 소란도 가당할지 모르지. 하지만 겨우 물가에 있는 도적 패거리에 지나지 않는 주제에 무슨 놈의 소란이란 말이오!"

그 말에 송강은 하도 화가 나서 입도 잘 떨어지지 않을 지경이었다. 오용이 나서서 조용히 송강에게 권했다.

"우선은 노 원외를 동쪽 끝에 있는 방에 머물게 하시고 귀한 손님으로 접대하도록 하지요. 뒷날 큰 공을 세우면 그때 자리를 물려주시면 될 것 아닙니까?"

그러자 송강도 더는 고집을 부리지 않았다. 연청을 불러 그가 거처하는 곳에 노준의를 모시게 하고 채복과 채경의 가족들이 있을 곳도 정해 주었다. 관승의 가족들은 이미 설영이 자리를 잡게 한 뒤였다. 이어 송강은 산채에 크게 잔치를 열게 했다. 마(馬)·보(步)·수(水) 삼군에게 후하게 상을 내리고 크고 작은 두령들에게는 졸개들과 함께 물러나 마음껏 먹고 마시게 했다. 충의당에서도 술판이 어우러져 두령들은 함께 마시고 즐겼다. 한창

술판이 무르익을 즈음 노준의가 몸을 일으켜 말했다.

"음탕한 계집년과 간사한 샛서방 놈을 이리로 붙잡아 왔으니 이제 그것들을 결딴내야겠소."

"아 참, 내가 그걸 잊고 있었구려. 그들을 끌어내게 하시오."

송강이 노준의의 속을 헤아린 듯 빙긋이 웃으며 그렇게 받았다. 졸개들이 가서 죄인 싣는 수레를 열고 둘을 꺼내 왔다. 이고는 왼편 기둥에 묶고 가씨는 오른쪽 기둥에 묶어 놓자 송강이 노준의를 보며 말했다.

"이것들의 죄악은 물어볼 것조차 없소. 원외께서 알아서 처리하시오."

그러자 노준의는 손에 짧은 칼을 들고 마루를 내려가 크게 두 연놈을 꾸짖은 뒤 배를 가르고 심장을 도려냈다. 이어 노 원외는 둘의 사지를 토막 내고 목과 몸을 따로따로 버린 뒤에야 마루 위로 올라와 원수를 갚게 해 준 여러 두령들에게 감사했다.

한편 대명부의 양중서는 양산박의 인마가 물러갔다는 소리를 듣고서야 이성, 문달과 나머지 패잔병을 이끌고 성안으로 되돌아갔다. 가서 가족을 찾아보니 열 명 중에 여덟아홉은 죽고 없었다. 양중서와 이성, 문달은 슬피 운 뒤 이웃 고을의 군사를 빌려 양산박의 인마를 뒤쫓으려 했다. 그러나 그때는 이미 모두 양산박으로 돌아가 버린 뒤라 감히 거기까지 쳐들어갈 생각은 못하고 군사를 거두고 말았다.

그런데 한 가지 놀라운 일은 양중서의 아낙이 뒤뜰 꽃밭에 몸을 숨겨 목숨을 건진 일이었다. 채 부인은 남편이 돌아오자마자 이번 일을 조정에 알림과 아울러 스스로 글을 써 아비인 채 태사에게도 알렸다. 어서 군사를 보내어 도적을 쳐 없애고 원수를 갚아 달라는 호소와 함께였다.

양중서가 알아보니 대명부가 입은 피해는 컸다. 백성들 중에도 죽은 사람만 오천이 넘고 다친 사람은 헤아릴 길이 없을 정도였다. 그 싸움에서 죽은 관군도 이 부대 저 부대를 합쳐 삼만이 넘었다.

조정에 보내는 상주문과 채 부인의 글을 품고 대명부를 떠난 장수는 하루도 안 되어 동경의 태사부 앞에서 말을 내렸다. 문지기가 안으로 그 일을 전하자 채 태사는 그 장수를 불러들이게 했다. 장수가 태사에게 엎드려 절하고 가져온 편지와 상주문을 바쳐 올리며 그간에 있었던 일을 이야기했다.

대명부가 박살나고 도적 떼의 세력은 점점 커져 이제는 당할 수 없게 되었다는 말을 듣자 채 태사는 심기가 편치 못했다. 원래 그는 양산박 패거리를 어떻게 달래어 귀순케 하고 그 공은 사위인 양중서에게 돌려 자신도 덕을 보려 했다. 그런데 이제 일은 뒤틀려 더는 감출 수가 없게 되고 말았다. 싸우는 수밖에 없다고 결심한 채 태사가 성난 소리로 대명부에서 온 장수를 내쫓았다.

"그대는 우선 물러나 있으라!"

다음 날 오경 무렵이었다. 경양루(景陽樓) 종소리가 울리기 바쁘게 대루원(待漏院) 아래는 문무의 백관이 모두 모였다. 채 태사가 앞서 옥좌 앞으로 나서며 도군 황제(道君皇帝)에게 대명부의 일을 아뢰었다. 천자는 채 태사의 말을 듣고 몹시 놀라워했다. 그때 간의대부 조정(趙鼎)이 늘어선 줄에서 나와 아뢰었다.

"전에도 여러 번 군사를 보내어 도적을 치게 하였으나 간 장졸은 모두 꺾이고 말았습니다. 그곳의 지리가 이롭지 못하여 그리된 듯합니다. 어리석은 신의 생각으로는 죄를 사해 준다는 칙서와 함께 그들을 불러들여 신하로 삼으시고 변경의 소란을 막게 하시는 것이 좋을 듯합니다."

그 말을 들은 채경이 몹시 성을 내며 꾸짖었다.

"그대는 간의대부로서 어찌하여 조정의 기강을 어지럽히고 돼먹잖은 무리들의 기세를 돋워 주려 드는가? 그 죄가 죽을죄란 것을 모르는가?"

채 태사를 단단히 믿고 있는 천자가 대뜸 그 말을 받아 소리쳤다.

"그렇다면 저자를 당장 조정에서 내쫓아라."

일이 그쯤 되니 간의대부 조정은 그날로 벼슬을 빼앗기고 서인이 되어 조정에서 내쫓겼다. 다른 관원들이 모두 겁을 먹고 두 번 다시 입을 열지 않자 천자가 채경에게 물었다.

"그 도둑 떼의 기세가 그토록 크다면 누구를 보내야 쓸어 잡을 수 있겠는가?"

미리 준비한 게 있는 듯 채 태사가 얼른 대답했다.

"신이 헤아리기에 그것들은 보잘것없는 좀도둑 떼라, 어찌 대군을 써서 잡겠습니까? 능주(凌州)에 있는 두 장수를 천거하오니 그들을 한번 써 보십시오. 한 사람은 선정규(單廷珪)라 하고 또 한 사람은 위정국(魏定國)이라 하는데 지금은 둘 다 능주의 단련사(團練使)로 있습니다. 바라건대 폐하께서는 그 둘에게 성지(聖旨)를 내리시어 당장 한 갈래 인마를 이끌고 양산박을 깨끗이 쓸라 이르십시오."

워낙 채 태사가 자신 있게 하는 말에 천자는 멋모르고 즐거워했다. 그 자리에서 칙서를 내려 추밀원으로 하여금 그 둘에게 전하게 했다.

천자가 자리를 뜨자 모였던 여러 벼슬아치들도 모두 흩어졌다. 그러나 마음속으로는 가만히 비웃음을 삼켰다.

다음 날이었다. 채경은 믿을 만한 벼슬아치 하나를 뽑아 성지를 전하는 일을 맡겼다. 그 벼슬아치는 추밀원에서 내린 조서를 받는 대로 능주를 향해 떠났다.

한편 수호채(水滸寨)의 송강은 대명부 창고에서 얻은 금은과 곡식을 풀어 삼군에게 후하게 상을 내리고 매일같이 소와 말을 잡아 잔치를 벌여 노준의가 온 것을 자축했다. 비록 봉을 굽고 용을 삶은 것은 아니지만 그야말로 고기 산에 술 바다라 할 만했다. 매일 마시며 즐기기는 해도 두령들은 슬며시 걱정되는 게 있었다. 어느 날 술이 얼큰해지자 오용이 송강을 보며 말했다.

"이번에 노 원외를 위해 대명부를 치기는 했으나 걱정되는 게 있습니다. 적지 않은 사람을 죽이고 관청의 창고를 털어 왔으며 양중서를 성 밖으로 내쫓았으니 그것들이 어찌 가만히 있겠습니까? 틀림없이 조정에 그 일을 알렸을 것입니다. 게다가 양중서의 장인이 바로 조정의 태사로 있으니 가만히 보고 있을 리가 없습니다. 틀림없이 군대를 일으켜 우리를 치러 올 것입니다."

"군사의 걱정하시는 바가 이치에 닿는 말입니다. 그렇다면 어서 사람을 대명부로 보내어 허실을 알아보게 하지요. 그래야 우리가 무얼 준비해야 될지를 알게 되지 않겠소?"

송강도 굳은 얼굴로 그렇게 받았다. 그러자 오용이 빙긋 웃으며 말했다.

"제가 이미 사람을 뽑아 보냈습니다. 오래잖아 돌아올 것입니다."

그런데 그날 술자리에서의 의논이 끝나기도 전에 염탐을 보냈던 사람이 돌아왔다.

"대명부의 양중서는 짐작대로 조정에 표문을 올려 대군을 보내 줄 것을 청했습니다. 간의대부 조정이 천자께 상주하여 우리를 구슬려 맞아들이라 했지만 채경은 그런 조정을 꾸짖고 끝내는 관직까지 빼앗은 뒤 내쫓아 버렸다고 합니다. 그리고 천자에게 상주하기를 능주로 가서 단련사인 선정규와 위정국으로 하여금 우리를 치도록 권했다는 겁니다."

염탐꾼의 그 같은 말을 들은 송강이 얼른 물었다.

"일이 그렇게 되었다면 어떻게 적을 막아야 되겠소?"

"그것들이 오기를 기다려 한꺼번에 때려잡아야지요."

오용이 별로 걱정 없다는 듯 그렇게 받았다. 그때 관승이 몸을 일으키며 말했다.

"저는 산채로 든 이래 아직 반 푼어치의 공도 세우지 못했소. 그런데 선정규와 위정국이라면 일찍이 포성(蒲城)에서 잘 알고 지내던 사람들이오. 선정규란 사람은 싸움에 물을 잘 쓸 줄 알아 사람들은 모두 그를 성수장군(聖水將軍)이라 부르며, 위정국은 싸움에서 불로 공격하는 데 능해 신화장군(神火將軍)이라고 불리지요. 제가 비록 재주 없으나 군사 오천만 빌려주시면 그들 두 사람이 오기 전에 먼저 능주의 길가에서 맞아 보겠소이다. 말로 달래 보아 그들이 항복을 해 올 때는 함께 산채로 데려오지요. 그러나 항복을 하지 않겠다면 반드시 사로잡아 형님께 바치겠소. 다른 두령들께서 공연히 활과 화살을 허비하고 마음을 어지럽힐 것은 없을 듯하오. 형님의 뜻은 어떠시오?"

송강은 기꺼이 그런 관승의 청을 받아들였다. 그 자리에서 선찬과 학사문을 불러 관승과 함께 가게 했다.

관승은 오천의 인마를 데리고 그다음 날 산채를 내려갔다. 송강과 여러 두령들은 금사탄에 있는 수채까지 배웅을 나갔다. 관승과 선찬, 학사문은 그런 두령들과 작별하고 물을 건너 능주로 향했다.

여러 두령들과 함께 충의당으로 되돌아온 오용이 조심스럽게 송강을 보고 말했다.

"관승이 이번에 갔지마는 그 마음을 아직 믿기는 어렵습니다. 다시 뛰어난 장수를 뽑아 뒤따라가며 살피게 하십시오. 그래서 관승이 하는 걸 보고 그에 따라 대응하는 것이 좋을 듯합니다."

"내가 보기에 관승은 의기가 늠름하고 처음과 끝이 같은 사람 같소. 군사께서는 너무 의심하지 마시오."

송강이 문득 정색을 하며 그렇게 받았다. 그러나 오용은 영 마음이 놓이지 않는 듯했다.

"제가 걱정하는 것은 관승의 마음이 형님의 마음과 같지 못할까 함입니다. 형님께서는 다시 임충과 양지로 하여금 군사를 이끌고 손립과 황신을 부장으로 삼은 다음 오천 인마를 주어 산을 내려가게 하십시오."

그렇게 거듭 송강에게 권했다. 이규가 느닷없이 팔을 걷고 나서며 소리쳤다.

"나도 한번 갔다 오겠소."

"이 일은 네가 나설 일이 못 된다. 따로 좋은 장수를 뽑아 공을 세우게 해야 한다."

송강이 그렇게 고개를 가로저었다. 이규가 이번엔 사정하듯 말했다.

"이놈은 몸이 편하면 생병이 난단 말이오. 나를 보내 주지 않는다면 나 혼자라도 한번 갔다 오겠소."

송강이 그런 이규를 꾸짖었다.

"이놈, 나의 군령을 듣지 않으면 네놈의 목을 베어 버리겠다."

송강이 그렇게까지 나오자 이규도 더는 뻗대지 못했다. 불만 가득한 얼굴로 충의당을 나와 버렸다. 이에 임충과 양지만 군사를 이끌고 산을 내려가 관승을 돕기로 되었다.

그런데 다음 날 아침이었다. 한 작은 두령이 송강에게 달려와 알렸다.

"어젯밤 흑선풍 이규가 몰래 사라졌습니다. 두 자루 도끼를 다 들고 없어졌는데 어디로 갔는지 모르겠습니다."

그 말을 들은 송강은 이맛살을 찌푸리며 걱정했다.

"내가 어젯밤 저를 몇 마디 나무랐더니 딴 데로 가 버린 모양이구나."

"형님, 그렇지 않습니다. 이규가 비록 거칠고 막돼먹었지만 의기는 오히려 중히 여기는 사람입니다. 결코 다른 곳을 찾아 떠난 것은 아닐 겝니다. 이틀 안으로는 돌아올 테니 형님은 너무 걱정하지 마십시오."

곁에 있던 오용이 그렇게 송강을 안심시켰다. 그러나 송강은 영 마음이 놓이지 않았다. 먼저 걸음 빠른 대종을 시켜 이규를 뒤쫓아 보게 하고 이어 시천, 이운, 악화, 왕정륙 네 사람을 풀어 사방으로 찾아보게 했다.

한편 밤중에 몰래 양산박을 빠져나온 이규는 지름길로 내달아 능주로 갔다. 가면서 이규는 홀로 생각했다.

'선정규, 위정국 그 두 놈이 어떤 놈들인지는 모르겠지만 그놈들 때문에 꼭 많은 인마를 움직여야 할 까닭이 어디 있는가? 내가 성안으로 뛰어들어가 한 도끼에 한 놈씩 쳐 죽여 형님을 놀라게 해 줘야지. 그러면 다시는 내게 그따위 소리를 못할 거야.'

오용이 헤아린 대로 이규는 결코 다른 곳으로 달아난 게 아니었다.

제 생각에 취해 내닫기를 반나절이나 했을까, 이규는 문득 배가 고파 왔다. 그러나 급하게 산채를 빠져나오느라 돈을 챙기지 못해 주머니에는 동전 한 푼 들어 있지 않았다.

"오랫동안 사고파는 일을 해 보지 않아서 이리되었구나. 어떤 놈을 잡아 이 일을 해결한다?"

이규가 그렇게 씨부렁거리며 걷다 보니 마침 한 군데 술집이 눈에 들어왔다. 이규는 이것저것 생각해 볼 것도 없이 안으로 들어가 자리를 잡고 앉았다. 술 세 각과 고기 두 근을 청해 먹고 마시고 나니 조금 허기가 가셨다. 이규가 몸을 일으켜 떠나려 하자 술집 주인이 길을 막으며 술값을 청했다.

"장사 일이 급해 이만 가야겠다. 돌아올 때 갚을 테니 그때까지 기다리라구."

이규가 뱃심 좋게 말하고는 얼른 그곳을 떠나려 했다. 그때 한 범 같은 사내가 밖에서 뛰어들며 소리쳤다.

"이 시커먼 놈이 간덩이가 부었구나. 어느 어르신네가 차린 술집인데 네놈이 감히 공짜로 처먹으려 드느냐? 잔소리 말고 어서 돈을 내라!"

하지만 그 정도에 기가 죽을 이규가 아니었다. 눈을 크게 부릅뜨고 그 사내를 노려보며 소리쳤다.

"이 어르신네는 어디로 가든 공짜로 잡수시는 분이다."

그러자 사내가 한층 기세 사납게 나왔다.

"내 바로 말해 줄 테니 놀라 오줌이나 싸지 마라. 이 어르신네는 바로 양산박의 호걸 한백룡(韓伯龍)이란 분이시다. 이 점포의 밑천은 모두가 송강 형님이 대신 것이란 말이다!"

그 말을 들은 이규가 차게 비웃었다.

"우리 산채에는 너 같은 놈이 없다."

원래 한백룡은 강호를 떠돌며 강탈을 일삼던 도둑으로 양산박에 들고 싶어 한지홀률 주귀를 찾아간 적이 있었다. 주귀를 통해 송강을 만나려 함이었으나 때마침 송공명은 심한 등창이 나 산채에 누워 있고 장수들은 모두 싸움에 나가 몹시 바빴다. 이에 주귀는 한백룡에게 잠시 시골에서 주막이나 열고 기다리기를 권해 그날에 이른 것이었다. 하지만 그걸 알 길 없는 이규는 한백룡을 양산박의 이름을 팔아 못된 짓을 하는 무리로만 보고 그냥 둘 수 없다고 생각했다. 허리춤에서 두 개의 넓적한 도끼를 뽑아 들고 한백룡을 쏘아보며 소리쳤다.

"아무래도 네놈의 머리에는 이 도끼가 제격이겠다."

한백룡은 이규가 너무 느닷없이 도끼를 빼 들어 무슨 짓을 하려는지 알지를 못했다. 얼결에 손을 뻗어 맞서려고 하는데 도끼를 든 이규의 손이 번쩍 쳐들렸다. 도끼는 어김없이 한백룡의 머리통에 떨어져 가엾게도 한백룡은 양산박에 한번 올라가 보지도 못하고 이규의 손 아래 죽고 말았다.

술집 안에는 두세 명의 일꾼들이 더 있었으나 그 꼴을 보자 놀라 얼이 빠졌다. 부모가 낳을 때 다리를 두 개밖에 주지 않은 걸 한스럽게 여기며 사방으로 달아나 한목숨 구해 내기에만 바빴다. 이규는 빈 술집을 털어 넉넉히 노자를 장만한 뒤 초가에 불을 지르고는 능주를 향해 내달았다.

다시 하루를 갔을 때였다. 큰길을 따라 한참 정신없이 내닫고 있는데 한 몸집 큰 사내가 맞은편에서 다가오고 있었다. 생김이나 몸피가 모두 이규와 비슷했다. 사내가 자신을 흘금거리는 걸 보고 이규가 대뜸 소리쳤다.

"너는 어떤 놈이기에 그렇게 이 어르신네를 흘겨보느냐?"

"너는 웬놈이냐?"

사내도 지지 않고 그렇게 맞받았다. 이규는 욱하는 성미에 말 대신 주먹부터 내질렀다. 그러나 사내가 한번 슬쩍 손을 쓰자 오히려 이규가 한주먹을 맞고 털썩 엉덩방아를 찧고 말았다.

'이놈이 아주 주먹질을 잘하는구나. 누굴까?'

이규는 퍼뜩 그런 생각이 들어 엉거주춤 주저앉은 채로 사내를 쳐다보며 물었다.

"호걸의 이름은 어떻게 되시오?"

한 번 당한 뒤라 절로 말이 부드러워질 수밖에 없었다. 그 사내가 대답했다.

"이 어르신네는 성도 이름도 없다. 싸우고 싶다면 어서 일어나 덤벼라."

너무도 자신을 얕보는 것 같은 그 소리에 이규는 몹시 성이 났다. 정말 한바탕 싸워 보려고 몸을 일으키는데 다시 옆구리에 그 사내의 발길질이 날아들었다. 호되게 차인 이규가 괴롭게 소리쳤다.

"아무래도 네놈은 못 당하겠다!"

그러고는 앞뒤 체면 차릴 것도 없이 엉금엉금 기어 달아나기 시작했다. 사내가 그런 이규를 가로막으며 물었다.

"이 시커먼 놈아, 네놈의 이름은 무엇이며 어디 사는 놈이냐?"

"내가 오늘 너에게 지지 않았다면 말하지 않았겠지만, 네놈에게 진 데다 보아하니 네놈도 힘깨나 쓰는 호걸이라 숨기지 않고 말하겠다. 양산박의 흑선풍 이규가 바로 나다."

이규가 엄포 삼아 그렇게 말하자 사내가 놀란 얼굴로 되물었다.

"그게 정말이냐? 헛수작 부리는 건 아니겠지?"

"네놈이 믿지 못하겠거든 이 쌍도끼를 보아라."

"네가 정말 양산박의 호걸이라면 이렇게 혼자 어디로 가느냐?"

그 사내가 아무래도 믿을 수 없다는 듯 거듭 묻는 말에 이규는 밝혀서는 안 될 것까지 밝혔다.

"송강 형님하고 다툰 끝에 능주로 가는 길이다. 거기 가서 선가 성 쓰는 놈과 위가 성 쓰는 두 놈을 죽여 버릴 작정이다."

"내가 듣기로 양산박에서 이미 군사를 내었다 했다. 너는 누가 군사를 이끌고 나섰는지 말해 줄 수 있느냐?"

사내가 여전히 묻기를 계속했다. 이규가 이번에도 서슴없이 대답했다.

"먼저 대도 관승이 군사를 이끌고 떠났고 그 뒤로 표자두 임충과 청면수 양지가 역시 군사를 이끌고 관승을 도우러 나섰지."

그제야 사내도 이규의 말을 믿게 된 모양이었다. 조금 전의 거친 기세는 간데없이 머리를 수그려 절을 올렸다.

"이제 당신이 다 물었으면 내가 물어야겠소. 우선 이름이 뭐요?"

사내가 공손하게 나오자 이규도 점잖아져 그렇게 물었다. 그 사내가 대답했다.

"저는 원래 중산부(中山府) 사람으로 할아버지 때부터 삼대를 씨름으로 살아왔습니다. 발 기술 손 기술을 부자간에 전수했을 뿐 따로이 제자를 기르지 않는 것이 저희 집안의 관례였습지요. 평생을 사람들과 잘 어울리지 못하고 산동 하북을 돌아다녀 그곳 사람들은 모두 나를 몰면목(沒面目, 안면을 따지지 않음. 뒷골목 속어로는 안면몰수 정도) 초정(焦挺)이라고 합니다. 그런데 요즈음 듣자 하니 구주(寇州)에 고수산(枯樹山)이란 산이 있고, 그 산에 하도 사람 죽이기를 즐기는 바람에 상문신(喪門神, 흉악한 귀신, 원래는 상갓집 귀신)에 견주어지는 포욱(鮑旭)이란 호걸이 들었다고 합디다. 그가 그곳에 자리 잡고 이웃 마을을 털며 지낸다기에 그와 한패가 되려고 찾아가는 길입니다."

그 말을 들은 이규가 넌지시 말했다.

"당신 원래 솜씨가 있는 사람이었구먼. 그런데 왜 우리 송공명 형님을 찾아오지 않으셨소?"

"저도 물론 양산박으로 가서 한패가 되고 싶었지요. 그러나 이끌어 줄 사람이 없어 여지껏 가지를 못했습니다. 오늘 형님을 만났으니 이제 형님을 따라갔으면 합니다."

초정이 그렇게 대답했다. 이규가 문득 이맛살을 찌푸리며 말했다.

"나는 송공명 형님과 말다툼을 하고 내려왔소. 한 놈도 죽이지 못하고 빈손으로 어찌 돌아가겠소? 차라리 이렇게 합시다. 당신은 나와 함께 고수산으로 가서 포욱을 달랜 뒤 셋이서 능주로 가는 게 어떻소? 선정규, 위정국 두 놈을 죽인 뒤에 산채로 돌아간다면 아마 모두 반갑게 맞을 것이오."

"능주는 한 고을의 성채가 있는 곳이라 군사가 아주 많습니다. 우리 두 사람이 비록 무예 솜씨가 뛰어나다 해도 일이 잘못되면 목숨만 잃을 뿐이지요. 고수산에 가서 포욱을 달랜 뒤에 함께 양산박으로 돌아가는 게 가장 좋은 계책일 것입니다."

초정이 잠깐 생각에 잠겼다가 그렇게 대답했다.

두 사람이 그 일을 놓고 한참 이야기를 주고받는데 문득 그들 등뒤에서 시천이 나타나 이규에게 말했다.

"송강 형님께서 자네를 몹시 걱정하고 있네. 어서 산채로 돌아가세. 지금 사방으로 사람을 풀어 자네를 찾고 난리일세."

그러나 이규는 그 말에는 대답을 않고 초정을 불러내 시천을 보게 했다. 초정과 수인사가 끝나기 바쁘게 시천이 다시 이규에게 산채로 돌아가자고 달랬다.

"송공명 형님이 자네를 얼마나 기다리시는지 아나?"

그 말에 이규가 대답했다.

"형이나 먼저 돌아가쇼. 나는 초정과 의논할 게 있소. 먼저 고수산으로 가서 포욱이란 사람을 우리 패로 만든 뒤에 함께 돌아가겠소."

"그래서는 아니 되네. 형님께서 자네를 기다리시니 먼저 산채로 돌아가세."

시천이 한 번 더 이규를 재촉했다. 그러자 이규가 퉁명스레 말했다.

"우리를 따라가시려면 따라가고 그렇지 않으면 먼저 산채로 돌아가 송강 형님께 내 이야기나 전해 주시우. 나도 곧 돌아가겠소."

이규가 그렇게 나오니 시천도 어쩌는 수가 없었다. 공연히 이규의 성미를 건드렸다가 무슨 일을 당할지 몰라 혼자 산채로 돌아갔다. 시천을 떨쳐 버린 이규는 초정과 함께 구주로 가서 고수

산을 찾았다.

한편 관승은 선찬, 학사문과 함께 오천의 군마를 이끌고 능주로 나아갔다. 동경으로부터 군사를 일으키라는 칙서가 온 데다 따로이 채 태사의 당부까지 받은 능주 태수는 양산박 군사가 쳐들어온다는 말을 듣고 얼른 병마단련사 선정규와 위정국을 불러들였다. 두 장수는 태수와 의논한 끝에 즉시 장졸을 가려 뽑고 병기를 갖춘 뒤 날을 정해 군사를 내려 했다. 그때 문득 급한 소식이 들어왔다.

"포동의 대도 관승이 군사를 이끌고 우리 주로 쳐들어왔습니다."

그 소식을 들은 선정규와 위정국은 몹시 화가 났다. 얼른 군마를 수습해 성을 나가 적을 맞았다.

들판을 뒤덮은 깃발과 북소리 속에 양편 군사가 만났다. 먼저 관승이 말을 몰아 문기 아래로 나아갔다. 저쪽 편에서도 북소리가 울리더니 한 장수가 달려 나왔다. 머리에는 모난 쇠 투구를 썼는데 그 위에는 한 말이나 되는 검은 수술이 너풀거렸다. 몸에 걸친 갑옷도 검게 번질거리는 게 예사 갑옷 같지가 않았고 그 안에 받쳐 입은 전포도 수놓은 비단으로 만들어진 호사스러운 것이었다. 그가 탄 말도 새까맣고, 손에 들고 있는 긴 창도 새까맣고, 앞세우고 있는 깃발도 새카맸다. 그 깃발에는 '성수장군 선정규' 일곱 자가 은박으로 쓰여 있었다.

다시 징 소리가 울리더니 그런 선정규 곁으로 한 장수가 뛰어나왔다. 머리에는 붉은 투구를 썼는데 투구 꼭대기에는 한아름이나 되는 수술이 펄럭였다. 갑옷은 짐승의 머리를 아로새긴 것에 그 안에 받쳐 입은 전포 역시 붉은 비단으로 지어진 것이었다. 붉은 말에 칼을 빼어 든 채 올라앉은 그 뒤로 역시 붉은 깃발이 펄럭였다. 그 깃발에는 '신화장군 위정국' 일곱 자가 은박으로 쓰여 있었다.

두 장수가 진 앞에 나란히 나와 선 것을 본 관승이 말 위에서 말을 걸었다.

"두 분 장군, 오래 못 뵈었소이다그려."

그러자 선정규와 위정국이 큰 소리로 껄껄 웃더니 관승을 손가락질하며 꾸짖었다.

"이 재주 없는 소인배, 나라를 저버린 미친놈아, 위로는 조정의 은혜를 잊고 아래로는 조상의 이름을 욕되게 해 놓고도 부끄러움을 모르는구나! 군사를 이끌고 여기까지 와서 무슨 할 말이 있다는 거냐?"

그러나 관승은 성내는 법 없이 좋은 말로 대답했다.

"그것은 두 분 장군께서 틀리셨소. 지금 천자는 어리석고 어두운 데다 간신들이 국권을 오로지하고 있소. 그것들은 저희들과 친하지 않은 사람은 쓰지 않고 또 한 번 쓴 뒤에는 원수질 일만 않으면 무슨 짓을 해도 나무라는 법이 없소이다. 그러나 우리 형님 송공명은 어질고 의로우며 충성스러움과 믿음을 지닌 분으로서 하늘을 대신해 바른 일을 펼쳐 가고 계십니다. 이번에도 특히 이 관 아무개에게 영을 내려 두 분 장군을 모셔 오라기에 이렇게 왔습니다. 부디 이 같은 간곡한 뜻을 저버리지 마시고 저와 함께 산채로 가서 천하의 의를 바로잡도록 하십시다."

관승의 그 같은 말에 선정규와 위정국은 천둥같이 화를 냈다. 대꾸조차 않고 말을 몰아 달려 나오는데 하나는 검은 구름 덩이 같고 하나는 커다란 불덩이 같았다.

관승이 그런 두 사람을 맞으려 하는데 좌우에서 선찬과 학사문이 먼저 달려 나갔다. 곧 선정규, 위정국과 선찬, 학사문 간에 한바탕 싸움이 벌어졌다. 칼과 칼이 부딪쳐 싸늘한 빛을 내뿜었고 창과 창이 엇갈려 하늘 가득 살기를 뿜어 댔다. 관승은 칼을 든 채 진 앞에 서서 한동안 싸움 구경을 하며 속으로 감탄을 금치 못했다.

어느 때쯤이나 되었을까, 한참 싸우던 수화(水火) 두 장수가 갑자기 말 머리를 돌려 자기편 진채 쪽으로 달아나기 시작했다. 학사문과 선찬은 이겼다 싶어 그들을 뒤쫓았다. 학사문과 선찬이 관군의 진 안으로 치고 들자 위정국은 왼편으로 돌아 빠지고 선정규는 오른편으로 달아났다. 이에 선찬은 위정국을 뒤쫓고 학사문은 선정규를 뒤쫓아 갈라서게 되었다. 말은 길지만 눈 깜짝할 사이였다.

그런데 선찬이 한참 뒤쫓다 보니 위정국은 보이지 않고 어디선가 사오백 명의 보군이 쏟아져 나왔다. 붉은 깃발을 앞세우고 붉은 갑옷을 입은 군사들로 그들은 대뜸 선찬을 에워싸고 갈고리 창으로 걸고 밧줄을 던져 댔다. 수백 명이 한꺼번에 던지는 밧줄이요, 갈고리 창이라 선찬은 별수 없이 말과 함께 사로잡히고 말았다.

학사문도 선찬과 비슷한 처지가 되었다. 한동안 선정규를 뒤쫓다 보니 어디선가 오백의 보군이 나타났는데 이번에는 모두가 검은 깃발에 검은 갑옷이었다. 그들이 갑자기 등 뒤에서 덮치니 학사문 또한 꼼짝없이 사로잡히고 말았다.

선정규와 위정국은 사로잡은 선찬과 학사문을 능주로 끌고 가게 하는 한편, 오백의 날랜 군사를 뽑아 관승 쪽으로 치고 나왔다. 그 기세가 어찌나 사나운지 놀란 관승은 제대로 손조차 써 보지 못하고 군사를 뒤로 물렸다.

더욱 힘이 난 선정규와 위정국은 말에 박차를 가해 관승을 뒤쫓았다. 관승은 정신없이 달아났다. 그런데 얼마 가지 않아 앞쪽에서 두 장수가 달려 나왔다. 관승이 보니 왼편에는 임충이요, 오른편엔 양지였다. 양지와 임충은 이끌고 온 군사를 몰아 능주의 군사들을 들이쳤다. 그러자 위정국과 선정규도 기세가 꺾여 뒤쫓기를 멈추었다.

관승은 남은 군사를 이끌고 임충과 양지를 보러 갔다. 거기서 세 장수는 군사를 한 덩이로 합쳤다. 오래잖아 손립과 황신이 다시 군사를 이끌고 뒤따라왔다. 이에 양산박 군사들은 그 자리에 진채를 내리고 다음 싸움을 기다리기로 했다.

한편 성수장군 선정규와 신화장군 위정국은 선찬과 학사문을 사로잡아 기세 좋게 성안으로 돌아갔다. 장 태수가 그들을 맞아 반기며 술을 내어 대접했다. 그리고 사로잡은 두 사람을 죄수 싣는 수레에 가두고 편장(偏將) 하나에 군사 삼백을 딸려 동경으로 끌고 가게 했다. 싸움에 이긴 소식을 전하려 함이었다.

태수의 명을 받은 장수는 삼백의 인마를 이끌고 선찬과 학사문을 호송해 그날로 길을 떠났다. 한참 가다 보니 잎이 누렇게 진 나무로 가득한 산과 억새풀이 우거진 들에 이르게 되었다. 갑자기 크게 징 소리가 나더니 한 떼의 도둑 떼가 길을 막았다.

앞선 사람은 손에 왕도끼를 들고 있는데 그 목소리가 마치 우레소리 같았다. 바로 양산박의 흑선풍 이규였다. 그 뒤에는 몰면목 초정이 따르고 있었다. 약간의 졸개를 거느리고 길을 막은 이규와 초정은 말 한마디 없이 다짜고짜 수레부터 덮쳤다.

그들을 본 관군의 장수는 덜컥 겁이 났다. 얼른 달아나려고 말머리를 돌리려는데 다시 등 뒤에서 한 사람이 뛰어나왔다. 얼굴이 솥 바닥처럼 시커멓고 두 눈은 빛을 뿜는 듯했다. 바로 상문신 포욱이었다. 포욱은 아무 말 없이 관군의 장수에게로 다가들더니 한칼로 그를 베어 말에서 떨어뜨렸다. 나머지 관군들은 수레고 뭐고 내던지고 모조리 달아나 버렸다.

이규가 수레를 부수고 보니 안에 있던 것은 뜻밖에도 선찬과 학사문이었다. 이규가 자세한 까닭을 묻자 선찬은 대답 대신 이규에게 도리어 물었다.

"아니, 이규 형은 여기 웬일이오?"

"송강 형님이 나를 싸움에 끼워 주지 않기에 나 혼자 산채를 내려오고 말았소. 먼저 한백룡이란 놈을 쳐죽이고 다시 여기 이 초정을 만났는데 이 사람이 나를 이곳으로 이끌었소이다. 고수산에 있는 여기 이 포 형을 만나 함께 양산박으로 들기를 권하려 함이었소. 다행히도 포 형은 우리를 옛친구처럼 대해 주며 산채로 불러들여 분에 넘치는 대접을 해 주었소. 그 바람에 힘을 얻은 우리는 셋이서 함께 능주를 칠 의논을 하고 있는데, 졸개 하나가 와서 산 아래로 죄수 실은 수레가 지나간다고 알리지 않겠소? 우리는 그저 관군이 사로잡은 도둑을 끌고 가는 것이려니 여겼는데 구해 놓고 보니 뜻밖에도 두 분이었소그려."

이규가 그렇게 경위를 설명했다. 그때 포욱이 선찬과 학사문까지 산채로 청했다.

네 호걸들이 산채에 이르자 포욱은 소를 잡고 술을 걸러 그들을 대접했다.

"형께서 이왕에 양산박으로 드실 마음이라면 차라리 이곳의 인마를 이끌고 능주로 가는 게 낫겠소. 거기서 우리 군사들과 힘을 합쳐 성을 친다면 그게 양산박으로 드는 가장 좋은 길이 될 것이외다."

술을 마시다 말고 학사문이 문득 포욱에게 그렇게 권했다. 포욱이 선선히 대답했다.

"저도 이규 형과 바로 그 일을 의논하고 있었습니다. 말씀을 듣고 보니 그게 가장 낫겠군요. 저희 산채에도 좋은 말이 이삼백 필 됩니다."

이에 다섯 호걸은 포욱의 졸개 오륙백 명을 이끌고 신바람이나 능주로 달려갔다.

한편 겨우 목숨을 건져 능주로 돌아간 관군은 급히 장 태수 앞으로 나아가 알렸다.

"가는 도중에 도둑 떼가 나타나 죄수 실은 수레를 빼앗고 저희를 이끌던 장군님을 죽여 버렸습니다."

태수 곁에 있다 그 말을 들은 선정규과 위정국은 불같이 성이 났다.

"이런 죽일 놈들, 어디 잡히기만 해 봐라!"

이렇게 이를 갈며 벼르는데 문득 성 밖에서 함성이 들려왔다. 관승이 군사를 이끌고 몰려와 싸움을 거는 것이었다. 선정규는 나는 듯 말 위에 뛰어올라 성문을 열고 오백의 검은 갑옷 입은 군사와 함께 달려 나갔다.

문기 아래 나선 선정규가 관승을 보며 큰 소리로 욕을 했다.

"나라를 욕되게 한 이 못난 놈아, 싸움에 졌으면 죽어야 마땅하거늘 너는 어찌 죽지도 않느냐?"

관승은 그 같은 선정규의 욕설에 대꾸도 않고 칼을 휘두르며 달려 나왔다. 곧 관승과 선정규 사이에 한바탕 싸움이 벌어졌다.

두 사람이 엉켜 싸우기를 오십 합이 넘었을 때였다. 관승이 돌연 말 머리를 돌리더니 황망히 달아나기 시작했다. 선정규는 관승이 힘에 부쳐 달아나는 줄 알고 기세 좋게 뒤쫓았다. 그런데 한 십 리쯤 뒤쫓았을 때였다. 관승이 갑자기 말 머리를 돌리며 큰 소리로 꾸짖었다.

"이 어리석은 놈아, 어서 말에서 내려 항복하지 않고 어느 때를 기다리고 있느냐?"

그 말을 들은 선정규는 더욱 화가 났다. 들고 있던 창을 번쩍 쳐들어 관승의 등판을 찌르려 들었다. 관승이 번뜩 몸을 돌려 피하며 칼등으로 선정규를 내려쳤다.

"떨어져라!"

관승의 그 같은 외침과 함께 칼등에 맞은 선정규가 말에서 떨어졌다. 그러자 관승이 훌쩍 말에서 뛰어내리더니 쓰러진 선정규를 부축해 일으키며 빌었다.

"장군, 용서하시오."

선정규는 그 같은 관승의 무예와 도량에 아울러 감복했다. 그대로 땅에 엎드리며 항복했다.

"나는 일찍이 송공명 형님에게 여러 번 두 분을 천거하였소. 그래서 특히 두 분을 모셔 오란 명을 받고 온 것이니 우리 함께 가서 대의를 일으켜 봅시다."

관승이 다시 한번 간곡히 권하자 선정규도 기꺼이 응했다.

"제가 비록 재주 없으나 개나 말의 힘이라도 보태고자 합니다. 함께 하늘을 대신해 도를 행하도록 하겠습니다."

이에 두 사람은 말 머리를 나란히 하고 양산박의 진채로 돌아갔다. 임충은 조금 전까지도 불꽃 튀기던 두 사람이 말 머리를 나란히 하고 돌아오자 궁금한 듯 그 경위를 물었다. 관승은 자기가 싸움에 이긴 것을 쏙 빼고 말했다.

"산속 으슥한 곳에 가서 옛정에 의지해 권했더니 이렇게 우리 편이 되었습니다."

그 말을 듣자 임충을 비롯한 양산박의 여러 장수들은 기쁨을 감추지 못했다.

선정규는 자신이 이끌고 온 오백의 검은 갑옷 입은 군사들 앞으로 가 큰 소리로 자신이 투항한 것을 알렸다. 그러자 대부분의 관군은 선정규를 따르고 나머지는 급히 달아나 성안으로 돌아갔다.

선정규가 양산박 패거리에게 항복했단 소식을 들은 위정국은 몹시 노했다. 다음 날 군사를 크게 일으켜 성문을 열고 싸우러 나갔다. 선정규는 관승, 임충과 함께 진 앞에 나가 서 있었다. 이윽고 관군 쪽의 문기가 열리며 신화장군 위정국이 말을 몰고 나왔다. 위정국은 선정규와 관승을 번갈아 손가락질하며 꾸짖었다.

"은혜를 입고 임금을 저버린 이 역적 놈아, 재주 없고 그릇 작은 소인배야."

그러나 관승은 탓하는 법 없이 가만히 웃고 있다가 말을 몰아 나아갔다. 두 말이 엇갈리고 칼과 칼이 부딪기를 십여 합에 이르렀을 때였다. 문득 위정국이 말 머리를 돌려 저희 편 진채로 달아나기 시작했다. 관승이 그 뒤를 쫓으려는데 선정규가 큰 소리로 깨우쳐 주었다.

"장군, 쫓아가서는 아니 됩니다."

관승도 금세 그 말을 알아듣고 얼른 고삐를 당겨 말을 세웠다. 그런데 미처 선정규의 외침이 끝나기도 전이었다. 능주군의 진 안에서 오백의 군사가 쏟아져 나왔다.

이번에 쏟아져 나온 군사는 좀 유별났다. 몸에는 새빨간 옷을 입고 손에는 화기(火器)를 든 채 오십 대의 화차(火車)를 밀고 나왔다. 화차에는 모두 마른 갈대며 여러 가지 불붙기 쉬운 것들이 가득 실려 있었다. 군사들은 저마다 쇠로 만든 호리병 하나씩을 매고 있었는데 그 안에는 유황이며 염초, 오색 연기를 뿜어 내는 화약 따위가 들어 있었다.

붉은 옷의 군사들이 가지고 있는 불붙기 쉬운 물건에 일제히 불을 붙이고 관승의 진채를 향해 빠른 기세로 밀고 들었다. 그 무서운 불길에 사람이 닿으면 사람이 쓰러지고 말이 스치면 말이 다쳤다. 그렇게 되자 관승의 군사들은 견녀 낼 재간이 없었다. 사방으로 뿔뿔이 흩어져 달아나기 시작해 관승은 하는 수 없이 사십 리나 군사를 물렸다.

위정국은 관승을 멀리 쫓아 버린 뒤에야 군마를 돌려 성으로 돌아갔다. 그런데 이게 웬일인가. 성 아래 이르러 올려다보니 성 안에는 크게 불길이 일고 시커먼 연기가 하늘 높이 치솟고 있었다. 흑선풍 이규와 초정, 포욱 세 호걸의 솜씨였다. 그들은 고수산의 인마를 이끌고 능주 뒤를 돌아 북문을 깨뜨린 뒤 성안으로 치고 들었다. 그리고 창고에 있는 곡식과 돈을 몽땅 턴 뒤 불을 지른 것이었다.

재빨리 성안의 사태를 알아차린 위정국은 감히 성안으로 들어가지 못하고 얼른 군사를 돌렸다. 그때 관승이 다시 쫓아와 뒤를 치는 바람에 위정국이 이끄는 관군은 머리와 꼬리를 서로 돌볼 수 없는 처지가 되고 말았다. 거기다가 능주는 이미 떨어져 위정국은 하는 수 없이 중릉현으로 달아났다.

관승은 그런 위정국을 뒤쫓아가 중릉현을 사방으로 에워싸고 급하게 들이쳤다. 그러나 위정국은 맞서 싸울 엄두도 못 내고 굳게 성문을 닫아건 채 나오지 않았다.

그걸 보고 있던 선정규가 관승, 임충을 보고 말했다.

"저 사람은 용맹한 사람이라 급하게 몰아대면 죽을지언정 욕을 당하지는 않을 게요. 일이란 너그럽게 처리하면 모든 게 잘 풀리지만, 급하게 굴면 효과를 거두기 어려운 법이외다. 내가 창칼을 무릅쓰고 중릉현으로 들어가 좋은 말로 저 사람을 달래 보겠소. 다행히 스스로 손을 묶고 항복해 온다면 싸움을 하지 않고도 이길 수 있으니 아니 좋겠소?"

그 말을 들은 관승은 기꺼이 선정규의 뜻을 따라 주었다. 이에 선정규는 홀로 말 위에 올라 중릉현으로 갔다. 군교 하나가 그 일을 알리자 위정국이 나와 선정규를 만나 주었다. 선정규가 좋은 말로 달랬다.

"지금 조정은 밝지 못하고 천하는 크게 어지럽소. 천자는 어리석으며 간신들이 국권을 농락하고 있으니 이 조정에 더 바랄 게 무어 있겠소? 우리 차라리 송공명을 따라 양산박 물가에서 지내시는 게 어떻겠소? 간신들이 없어진 뒤에 조정으로 돌아가 나라를 위해 공을 세워도 늦지는 않을 게요."

다른 사람도 아닌 선정규가 찾아와 그렇게 말하자 위정국도 무턱대고 성만 낼 수는 없었다. 어두운 얼굴로 한참이나 말없이 생각에 잠겼다가 천천히 입을 열었다.

"만약 내가 귀순하기를 바란다면 반드시 관승이 와서 청해야 할 것이오. 그러면 항복할 수 있거니와 만약 관승이 직접 오지 않는다면 나는 죽는 한이 있어도 욕스러운 꼴을 보이지 않을 것이오!"

선정규는 즉시 말에 올라 관승에게로 돌아갔다.

"이 관 아무개가 무에 그리 대단하다고 위 장군이 그리 생각하는지 모르겠소. 가 보도록 하지요."

선정규로부터 위정국의 말을 전해 들은 관승은 선뜻 그렇게 대답하고 말에 올랐다. 관승이 홀로 떠나려 하자 임충이 말렸다.

"형님, 사람의 마음속을 헤아리기 어려우니 부니 깊이 생각하신 뒤에 가십시오."

"위정국은 옛 친군데 무슨 일이 있겠소?"

관승은 그러면서 그대로 달려 나갔다.

관승을 맞은 위정국은 몹시 흐뭇해하며 그 자리에서 항복의 예를 올렸다. 그리고 자신의 오백 화병(火兵)을 이끌고 그날로 관승의 진채로 와서 임충, 양지를 비롯한 여러 두령들을 보았다.

증두시를 쳐 묵은 원수를 갚다

관승과 임충 등이 이끈 군사가 능주 싸움에서 크게 이기고 새로이 여러 호걸들을 얻어 돌아온다는 소식을 들은 송강은 몹시 기뻤다. 먼저 걸음 빠른 대종을 보내 돌아오는 그들을 맞게 했다. 양산박에서 멀리 나가 그들을 맞은 대종은 두령들에게 송강의 기뻐함을 전한 뒤 특히 이규를 불러 말했다.

"자네가 몰래 산을 내려가 여러 형제들이 얼마나 찾았는지 아나? 시천, 악화, 이운, 왕정륙이 길을 나누어 찾다가 산채로 돌아온 지 얼마 안 되네. 이제 내가 먼저 산채로 돌아가 송강 형님께 잘 말씀드릴 테니 너무 걱정은 말게. 그 일로 더는 꾸지람 안 할 것일세."

그러고는 다시 양산박으로 되돌아갔다.

이윽고 관승과 임충이 이끄는 군마가 모두 금사탄 건너에 이르렀다. 수군 두령들은 배를 있는 대로 내어 그들 군마를 잇따라 건너게 했다. 그때 한 사람이 헐레벌떡 달려왔다. 두령들이 보니 금모견(金毛犬) 단경주였다.

"자네는 양림, 석용과 함께 북지로 말을 사러 가지 않았나? 그런데 무슨 일로 이리 급하게 달려오는가?"

임충이 그런 단경주에게 물었다. 단경주가 잠시 숨결을 고른 후에 대답했다.

"그랬습니다만, 일이 생겨서요. 나와 양림, 석용은 그곳에 가서 명을 받은 대로 좋은 말을 이백 필이나 사들였습니다. 그런데 돌아오는 길에 청주를 지나다가 한 무리의 도둑 떼에게 그 말들을 몽땅 빼앗기고 말았지 뭡니까? 험도신(險道神, 발인 때 길잡이 귀신의 형상 또는 덩치 큰 사람) 욱보사(郁保四)란 놈이 거느린 이백여 명이었는데, 놈들은 빼앗은 말을 모두 증두시로 끌고 가 버렸습니다. 그 난리통에 석용과 양림도 어디 갔는지 모르구요. 그래서 제가 이렇게 밤낮을 가리지 않고 달려와 알리는 것입니다."

단경주의 말을 들은 임충은 산채로 돌아가 송강과 그 일을 의논하기로 했다. 이윽고 물을 다 건넌 두령들은 충의당으로 올라가 송강을 보았다. 관승은 선정규와 위정국을 여러 두령들에게 소개했고, 이규는 산채를 내려가 한백룡을 죽인 것이며 초정과 포욱을 만나 능주성을 쳐부순 이야기를 크게 떠벌렸다. 송강은 무엇보다도 새로이 네 호걸이 온 것을 기뻐해 마지않았다.

이어 단경주가 말을 빼앗긴 이야기를 했다. 이번에는 송강이 벌컥 화를 내며 소리쳤다.

"놈들은 전에도 우리 말을 빼앗아 간 적이 있으나 아직까지 그 원수를 갚지 못했다. 거기다가 조 천왕도 그놈들의 화살에 죽어 이를 갈고 있는데 이제 또 이렇게 무례한 짓을 하다니! 이번에 그 것들을 쓸어버리지 않는다면 세상의 비웃음을 면치 못할 것이오!"

오용도 곁에서 맞장구를 쳤다.

"마침 따뜻한 봄 날씨에 달리 일도 없으니 지금이야말로 증두시를 칠 때 같습니다. 지난번에는 조 천왕께서 그곳 지형의 이로움을 얻지 못해 낭패를 보았습니다만, 이번에는 꾀를 써서 반드시 이기도록 해야지요. 먼저 시천을 보내 그곳에 숨어들어 염탐을 해 보게 하는 것이 좋겠습니다. 그가 알아 오는 것에 따라 다시 계책을 짜 보도록 합시다."

이에 명을 받은 시천은 그날로 산채를 내려가 증두시로 숨어들었다. 시천이 떠나고 사나흘 뒤에 양림과 석용이 겨우겨우 도망쳐 산채로 돌아왔다.

그들의 말에 따르면 증두시의 사문공은 언젠가는 양산박을 쓸어 버리겠다고 큰소리를 치더라는 것이었다. 화가 난 송강은 즉시로 군사를 일으키기로 했다.

"아니 됩니다. 시천이 돌아오기를 기다려 군사를 일으켜도 늦지 않을 것입니다."

오용이 그렇게 송강을 말렸다. 송강은 하는 수 없이 화를 억눌렀으나 원수 갚을 마음에 하루가 급했다. 시천이 돌아올 때를 기다리지 못하고 다시 대종을 보내 증두시를 염탐해 오게 했다.

며칠 지나지 않아 대종이 먼저 돌아와 알렸다.

"증두시는 능주의 원수를 갚는다며 군사를 일으키려 하고 있습니다. 지금 증두시로 가는 골목에는 크게 진채가 서고 법화사 안에는 중군의 장막이 쳐졌습니다. 수백 리에 걸쳐 깃발이 꽂혀 있는 게 어느 길로 쳐들어가야 될지 알 수가 없었습니다."

다음 날 시천이 돌아와 좀 더 자세한 소식을 전했다.

"저는 증두시 안으로 들어가 세밀하게 염탐을 했습니다. 지금 증두시에는 다섯 개의 진채와 목책이 얽어져 있고 증두시 앞에는 삼천여 명이 마을 입구를 지키고 있습니다. 모든 진채는 사문공이란 놈이 도맡아 거느리는데 북쪽 진채는 증가의 맏이 증도와 소정이 우두머리가 되어 지키고, 남쪽 진채는 둘째 증밀이 지키며, 서쪽 진채는 셋째 증삭이, 동쪽 진채는 넷째 증괴가 맡아 있습니다. 가운데 진채는 다섯째 증승과 그 애비 증롱이 지키구요. 그 밖에 청주의 욱보사란 놈에 대해서도 알아봤는데 그놈은 키가 한 길에 허리는 여러 아름이 되고 별명은 험도신이라 한답니다. 바로 우리 말을 빼앗아 간 놈으로 지금은 그 말들을 법화사에서 기르고 있습니다."

그 모든 소식을 전해 듣고서야 오용은 여러 장수들을 불러 모아 의논을 시작했다.

"놈들이 이왕에 다섯 개의 진채를 세우고 있다면 우리도 군사를 다섯으로 나누어 다섯 길로 쳐들어가는 것이 좋겠습니다."

오용이 그같이 입을 열자 노준의가 벌떡 일어나 말했다.

"이 노 아무개는 여러분의 은혜를 입어 목숨을 구하고 이렇게 산채에까지 들게 되었으나 아직도 그 은혜를 갚지 못했소이다. 이번에 앞장을 서고 싶은데 군사의 생각은 어떠시오?"

그러자 송강도 옆에서 거들었다.

"원외께서 산 아래로 내려가시겠다 하니 전부를 맡겨 보는 게 어떻소?"

"원외께서는 우리 산채에 드신 지 오래되지 않아 싸움을 많이 겪어 보지 못하셨을뿐더러 산은 높고 가는 길은 험하니 말을 타기도 어렵습니다. 아무래도 선봉을 맡겨서는 아니 될 듯 싶습니다. 따로이 한 갈래 인마를 이끌고 먼저 가서 들판에 매복하고 있다가 포향이 들리거든 달려 나와 도와주도록 하십시오."

오용이 잠깐 생각에 잠겼다가 그렇게 권했다. 송강은 그 말을 옳게 여겨 오용의 뜻을 따라 주었다. 노 원외로 하여금 연청과 함께 오백 명의 보군을 데리고 들판 샛길에 숨어 군호를 기다리게 했다.

이어 송강은 다시 양산박의 인마를 다섯 갈래로 나누었다. 증두시 남쪽의 적 진채는 벽력화 진명과 소이광 화영에다 마린과 등비를 부장으로 붙이고 삼천의 군사를 주어 치게 했다. 증두시 동쪽의 진채는 화화상 노지심과 행자 무송이 공명, 공량을 부장으로 삼고 군사 삼천과 치기로 되었으며, 북쪽 진채는 청면수 양지와 구문룡 사진이 양춘과 진달을 부장으로 삼고 삼천 군마와 함께 치기로 했다. 증두시 서쪽의 적진은 미염공 주동과 삽시호 뇌횡이 추연, 추윤을 부장으로 삼아 또한 삼천 군마와 더불어 맡기로 했다.

그리고 끝으로 증두시 한가운데에 있는 적의 대채는 송공명이 이끄는 중군이 맡아 치기로 되었다. 오용과 공손승이 군사가 되고 여방, 곽성, 해진, 해보, 대종, 시천이 부장이 되었으며, 따르는 군사는 오천이었다. 그리고 흑선풍 이규와 혼세마왕 번서는 항충과 이곤을 부장으로 삼고 오천 인마와 더불어 그 뒤를 받치기로 했다. 그 나머지 두령들은 양산박에 남아 산채를 지키도록 결정이 났다.

송강이 다섯 갈래의 인마를 움직이자 그 소식은 증두시에서 풀어 놓은 염탐꾼들의 귀에도 들어갔다.

염탐꾼들이 돌아가 알리자 늙은 증롱은 곧 무예 사범 사문공과 소정을 불러들여 싸움을 의논했다.

"양산박의 군사가 오면 여러 가지로 함정에 빠뜨려 몽땅 사로잡아 버려야지요. 그것들은 하찮은 좀도둑들이라 그렇게 하는 것이 상책일 것입니다."

사문공이 그런 계책을 내놓았다. 지난 싸움에도 그 비슷한 계책으로 재미를 본 적이 있는 증가 늙은이는 사문공의 계책을 따르기로 했다. 장원 안의 일꾼과 마을 사람들을 모조리 풀어 삽과 괭이로 마을 여기저기에 깊은 함정을 파게 하고 그 위에는 사람이나 말이 디디면 곧장 아래로 떨어지게 흙으로 덮개를 씌웠다. 그리고 사방에는 저희 편 군사를 풀어 양산박의 군사가 그곳으로 밀려들기만을 기다렸다. 증두시 북쪽 길에도 그 비슷한 함정이 여남은 군데 만들어졌다.

하지만 송강의 군사들도 전처럼 그런 잔꾀에 호락호락 넘어가 주지 않았다. 오용은 군사를 이끌고 들어가기 전에 먼저 시천을 보내어 몰래 적의 움직임을 살펴보게 했다.

며칠이 지나자 시천이 돌아와 알렸다.

"증두시의 진채 남쪽, 북쪽에 모두 함정을 파 두었는데 그 수가 얼마나 되는지 알 수 없습니다. 그것들은 그래 놓고 우리 군사가 쳐들어오기를 기다리고 있는 중입니다."

그 말을 들은 오용이 껄껄 웃으며 말했다.

"변변찮은 것들!"

그러고는 마치 아무것도 모르는 것처럼 군사를 휘몰아 증두시로 다가갔다.

양산박 군사가 증두시 가까이 이른 것은 한낮이었다. 문득 그들 앞에 기마 한 필이 나타났다. 말 위에는 푸른 머릿수건에 흰 전포를 입고 손에는 짧은 창을 든 사람이 하나 타고 있었다. 그를 본 양산박의 군사들이 그대로 덮쳐 가려 했다.

그때 오용이 군사들을 말린 뒤 바로 그 자리에 진채를 내리게 했다. 그리고 사방으로 깊게 땅을 파게 한 뒤 바닥에는 마름쇠와 쇠꼬챙이를 깔아 놓았다. 이어 뒤따라온 다섯 갈래의 군사들이 모두 진채 앞에다 땅을 파고 그같이 했다.

그럭저럭 사흘이 지나도 증두시에서는 싸우러 나오지를 않았다. 오용은 다시 시천을 시켜 몇 사람을 데리고 증두시를 염탐하게 했다. 함정이 있는 곳은 모조리 알아내 그게 진채에서 얼마나 떨어져 있으며 모두 몇 군데나 되는지 기억해 두게 했다. 시천이 하루도 안 되어 원하는 것을 모두 염탐한 뒤 돌아와 오용에게 알렸다.

다음 날이 되자 오용은 인마를 움직이기 시작했다. 먼저 전대의 보군에게 괭이 한 자루씩을 주며 두 패로 가른 뒤 곡식을 싣고 온 수레 백여 채는 마른 갈대며 장작 따위를 잔뜩 실어 그늘과 함께 나아갈 준비를 하게 했다. 이어 밤이 되자 오용은 각 산채에 있는 두령들에게 영을 내려 다음 날 사시에 동과 서 두 길로 먼저 적의 진채를 치게 했다. 그리고 다시 증두시 북쪽 진채를 치게 된 양지와 사진에게 영을 내려 군사를 한 줄로 넓게 벌리고 겉으로만 기세를 올리게 했다. 북을 치며 깃발을 흔들어 금세 밀고 들듯 보이게 하면서도 실제로는 절대로 나아가서는 안 된다는 엄명도 함께 내렸다.

한편 증두시의 사문공은 송강의 군사를 진채 앞으로 끌어들여 함정에 몰아넣으려고 진채 앞의 좁은 길목에서 기다렸다. 다음 날 아침 사시가 되자 갑자기 진채 앞쪽에서 포향이 울리고 많은 군사가 남문으로 밀려 들어왔다. 사문공은 그들이 함정에 빠져들기만을 기다리고 있는데 뒤이어 동쪽 진채에서 사람이 와서 알렸다.

"어떤 중놈 하나가 쇠로 만든 선장을 바람개비처럼 휘두르고, 행자인 듯한 또 한 놈은 계도 두 자루를 춤추듯 돌리며 앞뒤로 쳐들어오고 있습니다!"

"그 두 놈은 틀림없이 양산박의 노지심이란 놈과 무송이란 놈일 것이다."

사문공이 싸늘하게 비웃으며 그렇게 말했다. 하지만 혹시라도 일을 그르칠까 봐 사람을 쪼개어 동쪽 진채를 지키는 증괴를 도우러 보냈다. 얼마 안 있어 이번에는 서쪽 진채에서 보낸 사람이 헐레벌떡 달려와 알렸다.

"수염이 길고 덩치가 큰 놈 하나와 얼굴이 호랑이 같고 또한 덩치가 큰 놈이 '미염공 주동' '삽시호 뇌횡'이라고 쓰인 깃발을 앞세우고 쳐들어오는데 그 기세가 몹시 사납습니다."

그 말을 들은 사문공은 또다시 군사를 쪼개어 서쪽 진채를 지키는 증삭을 도우러 보냈다.

그때 다시 사문공의 진채 앞에서 포향이 울렸다. 사문공은 군사를 단속해 움직이지 못하게 하고 적군이 진채로 밀고 들기만을 기다렸다. 실은 그 기세가 사나워 함부로 나가고 싶지가 않았다. 다만 함정 양쪽에 있던 복병들만 진채 앞으로 나아가 벌려 서게 했다.

오용이 대군을 몰아 사정없이 그런 복병들을 밀어붙였다. 기세에 밀린 복병들이 다급하게 쫓기다가 오히려 저희가 파놓은 함정에 모두 굴러떨어졌다.

그걸 본 사문공은 더 기다리고 있을 수만은 없었다. 막 군사를 이끌고 나서려 하는데 오용이 문득 채찍을 들어 가볍게 휘둘렀다. 그러자 전군 진채 안에서 징 소리가 나더니 백여 채의 수레가 한꺼번에 밀려 나왔다. 군사들이 수레에 불을 지르자 거기 실려 있던 마른 갈대며 장작, 유황, 염초 따위에 옮겨 붙어 그 연기와 불길이 하늘을 가렸다.

사문공이 인마를 이끌고 그곳에 이르렀을 때는 이미 불붙은 수레들이 앞을 가로막아 더 나아갈 수가 없었다. 사문공이 어찌할 수 없이 군사들을 물리려 할 때 공손승이 진중에서 보검을 휘둘러 술법을 일으켰다. 갑자기 크게 바람이 불며 불꽃을 휘몰아 진채 남문 쪽을 휩쓸었다. 그 바람과 불길이 얼마나 거센지 남쪽에 있던 진채며 다락 목책이 모조리 타 버렸다.

그렇게 되니 싸움이고 뭐고 없었다. 양산박 군사들은 힘들이지 않고 적을 물리친 뒤 징을 울리며 적의 진채 안으로 들어가 그날 밤을 쉬었다.

하지만 사문공도 아주 져서 멀리 쫓겨 간 것은 아니었다. 밤사이에 군사를 수습해 진채를 세운 뒤 여전히 양산박 호걸들의 앞을 가로막고 있었다.

다음 날이 되었다. 증도는 사문공과 함께 계책을 의논했다.

"만약 먼저 적의 우두머리를 목 베지 못하면 적을 쳐 없애기는 어려울 듯하오."

증도가 그렇게 말하며 사문공에게 진채를 지키게 한 뒤 싸우러 나갔다. 갑옷을 두르고 말에 올라 군사들과 함께 진채를 나간 증도는 곧 양산박 쪽에 싸움을 걸었다.

송강은 중군에 있다가 증도가 와서 싸움을 건다는 말을 듣고 여방, 곽성과 함께 진채 앞으로 나아가 살펴보았다. 적의 문기 아래 증도가 나타났다.

그걸 본 송강은 울컥 화가 치밀었다. 채찍을 들어 증도를 가리키며 소리쳤다.

"누가 나를 위해 먼저 저놈을 잡아오겠는가? 내 지난날의 원수를 갚으리라."

그러자 소온후(小溫侯, 작은 여포) 여방이 말을 박차 달려 나왔다. 방천화극을 휘두르며 달려 나간 여방은 곧장 증도에게 덮쳐갔다. 두 필의 말이 어우러지고 두 사람의 창칼이 엉겼다.

두 사람의 싸움이 서른 합이 넘었을 때였다. 곽성이 문기 아래서 살펴보니 아무래도 한쪽이 몰리는 듯했다. 바로 여방이 그랬다. 원래 여방의 무예는 증도만큼 되지가 못했다. 서른 합이 되기 전에는 그럭저럭 버텼으나 서른 합이 넘자 화극을 쓰는 법이 어지러워지며 겨우겨우 제 몸이나 지킬 뿐이었다.

곽성은 여방이 잘못될까 봐 걱정이 되었다. 얼른 말 위에 뛰어올라 방천화극을 꼬나쥐고 달려 나갔다. 곽성까지 힘을 보태 증도를 치자 곧 세 마리의 말이 한 덩어리가 되어 어지러운 싸움이 벌어졌다.

여방과 곽성이 쓰고 있는 화극에는 금전표미(金錢豹尾)라는 장식끈이 달려 있었다. 두 사람은 그 끈을 이용해 증도를 사로잡으려고 한꺼번에 화극을 들었다가 증도를 후려쳤다. 그러나 눈이 밝은 증도가 자신의 창을 들어 두 화극을 막는 바람에 두 자루 화극의 금전표미와 증도의 창에 달린 붉은 장식끈이 뒤엉켜 버렸다.

세 사람은 각기 힘을 다해 자신의 창을 빼려고 기를 썼다. 그때 소이광 화영이 진중에서 그 광경을 보고 혹시라도 여방과 곽성이 불리할까 보아 말을 타고 달려 나왔다. 화영은 말을 타고 달려 나오면서도 왼손으로는 활을 잡고 오른손으로는 화살촉이 넓적하고 날이 있는 화살을 꺼냈다. 화영이 그 화살을 시위에 얹고 증도를 향해 힘껏 당겼다 놓았다.

때마침 증도는 어떻게 용을 쓰다 자신의 창을 뽑아 낼 수 있었다. 그러나 곽성과 여방의 화극은 한데 엉겨 있는 채였다. 증도는 재빨리 창을 들어 여방을 찌르려 했다. 그때 화영의 화살이 먼저 증도의 왼팔에 와 박혔다. 말로는 길어도 실제로는 눈 깜짝할 사이의 일이었다.

증도가 몸을 뒤집으며 말에서 떨어지자 여방과 곽성은 그때껏 한데 엉겨 있던 두 자루 화극을 증도에게 내질렀다. 증도는 제대로 피해 보지도 못하고 그 화극 아래 너무도 때 이른 죽음을 맞고 말았다.

증도를 따라 나왔던 여남은 기는 그 광경에 놀라 저희 진채로 쫓겨갔다. 그들이 사문공에게 증도가 죽은 일을 전하자 사문공은 다시 그 소식을 가운데 진채에 있는 증 늙은이에게 전했다. 아들의 죽음을 전해 들은 증롱은 슬피 울어 마지않았다.

그런 증 늙은이 곁에는 그의 다섯째 아들 증승이 있었다. 무예가 아주 높아 두 자루 비도(飛刀)를 잘 썼는데 아무도 그에게는 덤비기 어려울 정도였다. 형 증도가 죽었다는 말을 듣자 증승은 불같이 노했다. 이를 뿌드득 갈며 제 성을 못 이겨 소리쳤다.

"내 말을 끌어오너라. 형의 원수를 갚겠다!"

그 아비가 말렸으나 아무 소용이 없었다. 증승은 곧 갑옷을 걸친 뒤 칼을 들고 말에 올라 앞 진채로 달려갔다. 사문공이 그를 맞아 좋은 말로 달랬다.

"이보시게, 적을 너무 가볍게 보아서는 아니 되네. 송강의 군중에는 꾀와 용맹이 뛰어난 장수들이 아주 많아 내 어리석은 생각으로는 다섯 진채를 굳게 지키면서 가만히 사람을 능주로 보내 조정에 이 일을 빨리 알리는 것이 좋겠네. 그래서 조정이 좋은 장수를 고르고 많은 관군을 보내 온다면 그때 양쪽에서 들이쳐 저것들을 쓸어버리는 걸세. 그거야말로 한편으로는 양산박 도둑 떼를 없애는 것이요, 또 한편으로는 이 증두시를 보존하는 것이란 말일세. 앞뒤에서 공격을 받으면 적은 싸울 마음이 없어져 저희 산채로 돌아가려 하겠지. 그때 나와 자네 형제들이 뒤쫓으며 친다면 반드시 큰 공을 이룰 것이네."

그런데 미처 그 말이 끝나기도 전에 북쪽 진채를 맡고 있던 소정이 찾아와 사문공과 같이 굳게 지켜야 된다는 쪽으로 떠벌렸다.

"양산박의 오용이란 놈은 워낙 꾀가 많고 속임수를 잘 쓰는 놈이라 가볍게 맞서서는 아니 됩니다. 굳게 지키면서 구원병이 이르기를 기다리는 게 나을 것 같아 그 의논을 하러 왔습니다."

그러나 성난 증승은 들은 척도 않았다.

"우리 형님이 돌아가셨는데 그 원수를 갚지 않는다면 그거야말로 도둑놈들이나 하는 짓이지. 저것들이 기세를 기르면 기를수록 물리치기는 어려울 것이오!"

제 성을 못 이겨 그렇게 소리치며 말에 뛰어올랐다.

사문공과 소정은 증승을 붙잡으려 했으나 아무 소용이 없었다. 증승은 뒤 한번 돌아보는 법 없이 십여 기의 인마를 이끌고 진채를 달려 나가 양산박 쪽에 대고 싸움을 걸었다.

송강은 증승이 싸움을 걸어오고 있다는 말을 듣고 전군(前軍)에 명을 내려 맞서게 했다. 전군을 이끌고 있던 진명은 영을 받자마자 가시 방망이를 휘두르며 달려 나가 증승과 싸우려 했다. 그러나 그전에 흑선풍 이규가 쌍도끼를 휘두르며 진 앞으로 달려 나가 수작 한번 건네는 법 없이 적진으로 뛰어들었다. 증두시 쪽의 장정 하나가 그런 이규를 알아보고 증승에게 일러 주었다.

"저놈이 바로 양산박의 흑선풍 이규란 놈입니다."

증승은 그런 이규를 힐끗 본 뒤 갑자기 저희 졸개들에게 소리쳤다.

"활을 쏘아라."

증승이 그렇게 소리친 데는 까닭이 있었다. 이규는 진중에 있으면서도 거의 벌거벗다시피 하고 지냈다. 평소엔 항충과 이곤이 지닌 방패로 몸을 가려 별일이 없었으나 그날은 홀로 뛰쳐나가는 바람에 그를 가려 줄 물건이 없었다. 그 바람에 화살 하나가 다리에 박혀 이규는 태산이 무너지듯 요란한 소리와 함께 땅바닥에 쓰러지고 말았다.

증승의 등 뒤에서 따르던 마군이 우르르 달려 나가 그런 이규를 잡으려 했다. 송강 편에서 진명과 화영이 나는 듯 달려 나가 겨우 이규를 구해 내고 다시 마린, 곽성, 여방, 등비 등이 한꺼번에 나서 그 뒤를 받쳐 주는 바람에 이규는 그럭저럭 자기편 진채로 돌아갈 수 있었다.

증승은 송강의 진중에 뛰어난 장수가 많은 걸 보고 감히 다시 싸울 마음이 없었다. 하릴없이 인마를 이끌고 저희 진채로 돌아가 버렸다. 송강도 군사를 거두어들였다.

다음 날이었다. 사문공과 소정은 여전히 싸우지 말고 지키기만 하자고 버텼다. 그러나 증승은 형이 죽은 원한을 하루 만에는 삭일 수가 없었다.

"아니 되오. 형의 원수를 갚아야 합니다."

그렇게 외치고는 당장 싸우기를 고집했다. 증승이 그렇게 나서자 사문공도 더는 제 생각만 내세울 수 없었다. 마지못해 갑옷을 두르고 말에 올랐다. 그 말은 바로 전에 단경주에게서 빼어간 천리마 '소야옥사자(炤夜玉獅子)'였다.

사문공과 증승이 싸움을 걸어오자 송강도 여러 두령들을 이끌고 진세를 펼쳐 맞았다. 송강은 사문공이 탄 명마를 보자 속으로 울컥 화가 치밀었다. 깊이 생각할 것도 없이 전군에게 싸움을 명했다.

명이 떨어지기 바쁘게 진명이 나는 듯 말을 달려 나아갔다. 곧 사문공과 진명 사이에 한판 싸움이 벌어졌다. 두 말이 엇갈리고 창과 쇠몽둥이가 얽히기를 스무 번이나 했을까, 힘이 달린 진명이 말머리를 돌려 자기편 진채로 달아나기 시작했다. 힘이 난 사문공이 그런 진명을 뒤쫓으며 번쩍 창을 내질렀다. 미처 피하지 못한 진명이 허벅지에 창을 맞고 말 아래로 떨어졌다. 여방, 곽성, 마린, 등비 네 두령이 한꺼번에 달려 나가 위태로운 진명을 구해 냈다. 그러나 진명은 구해도 싸움은 크게 져서 군마가 절반이나 꺾이고 말았다. 이에 양산박 군사는 십 리나 물러나 진채를 얽었다.

송강은 다친 진명을 수레에 싣게 해 양산박으로 호송시켰다. 진명이 양산박으로 돌아가 다친 곳을 치료하는 대신 대도 관승, 금창수 서령과 선정규, 위정국 네 사람이 산채를 나와 그 싸움을 돕게 했다.

싸움이 뜻같이 풀리지 않자 송강은 향을 사르고 하늘에 빈 뒤 가만히 점을 쳐 보았다. 오용이 점괘를 살피다가 말했다.

"큰일은 없겠습니다만, 오늘 밤 적병이 우리 진채를 급습할 것 같습니다."

그 같은 오용의 괘 풀이에 송강이 어두운 얼굴로 말했다.

"그렇다면 미리 준비를 해야지."

"형님은 아무 걱정하지 마시고 다만 세 진채의 두령들에게 다음과 같이 알리시기만 하면 됩니다. 오늘 밤 동쪽과 서쪽의 진채를 움직여 해진은 왼쪽에 있게 하고 해보는 오른쪽에 있게 하고 나머지 인마는 사방에 매복해 있으라 하십시오."

오용이 그런 계책을 내어 송강을 안심시켰다. 송강도 선선히 그대로 따랐다.

그날 밤이었다. 하늘은 맑고 달은 밝으며 바람은 고요하고 구름은 드물었다. 사문공은 진채 안에서 증승과 의논했다.

"적은 오늘 두 장수가 잇따라 싸움에 지는 바람에 틀림없이 겁을 먹고 있을 것이오. 그럴 때를 틈타 적의 진채를 급습하는 게 좋겠소."

사문공이 그같이 말하자 증승도 그 말을 옳게 여겼다. 곧 북쪽 진채의 소정과 남쪽 진채의 증밀, 서쪽 진채의 증삭을 불러들여 한꺼번에 송강의 진채를 들이치기로 했다.

밤 이경 무렵이 되자 증두시의 인마는 말에서 방울을 떼고 몸에 가벼운 갑옷을 걸친 뒤 똑바로 송강의 중군채 안으로 밀고 들었다. 그런데 이게 어찌 된 일인가. 진채 안에는 어리친 개 새끼 한 마리 보이지 않았다. 비로소 계책에 빠진 걸 안 증두시의 인마는 얼른 몸을 돌려 달아나려 했다. 그때 왼편에서는 양두사 해진이, 오른편에서는 쌍미갈 해보가, 뒤에서는 소이광 화영이 한꺼번에 군사를 이끌고 뛰쳐나와 그들을 몰아쳤다.

증삭은 어둠 속을 이리저리 허둥대다 해진의 갈래창에 맞고 말 아래로 굴러떨어졌다. 그사이 진문이 열리고 진채 뒤에서는 함성 소리가 높았다. 동서 양쪽에서 양산박 군사들이 쏟아져 몰아대니 증두시 쪽은 견딜 수가 없었다. 한밤까지 어지러운 싸움에 몰린 끝에 사문공만 길을 앗아 달아날 수 있었다.

증롱 늙은이는 아들 증삭이 또 죽었단 말을 듣자 슬픔과 괴로움이 더욱 커졌다. 밤새 생각한 끝에 다음 날 사문공을 만나 그만 항복하자고 나왔다. 사문공도 이제 어지간히 겁을 먹고 있던 터라 증 노인의 말을 받아들였다. 곧 글 한 통을 써서 송강의 진채로 보냈다.

작은 두령 하나가 들어와 증두시에서 글을 보내 왔다는 걸 알리자 송강이 그 글을 가져오라 했다. 작은 두령이 증두시에서 온 편지를 송강에게 바쳐 올렸다. 송강이 열어 보니 그 뜻은 대강 이랬다.

증두시의 주인 증롱은 머리를 조아려 두 번 절하며 송공명 통군두령(統軍頭領)께 아룁니다. 지난날 저의 어린 자식이 무지하여 보잘것없는 용맹만 믿고 두령께 갈 말을 빼앗아 양산박의 범 같은 위엄을 범하게 되었습니다. 또 조 천왕께서 산을 내려오셨을 때도 이치로는 마땅히 항복을 드렸어야 옳으나 아랫것들이 멋대로 활을 쏘아 저희들의 죄를 더욱 무겁게 하였으니 입이 백 개인들 무슨 할 말이 있겠습니까? 그러하오나 일의 원천을 살피면 그 모두가 어느 것도 저희들의 참뜻은 아니었습니다. 그때 죄를 지은 어리석은 자식 놈과 하찮은 아랫것들은 이제 모두 죽었으니 특히 사람을 보내어 화평을 청합니다. 두령께서 싸움을 그치고 군사를 물려 주신다면 저희들이 빼앗았던 말을 모조리 돌려드릴 뿐 아니라 삼군에게 골고루 나누어 줄 금과 비단도 충분히 바쳐 올리겠습니다. 양쪽이 서로 상하는 싸움에서 벗어날 수 있기를 빌며 삼가 글월 올리오니 부디 밝게 살펴 주십시오.

편지를 다 읽은 송강은 오용을 돌아보며 성난 얼굴로 말했다.

"우리 형님이 죽었는데 어찌 여기서 그만둘 수 있단 말이냐? 마을을 싹 쓸어버리는 것이 나의 본뜻이다!"

그러자 글을 가져온 증두시의 사람은 땅에 엎드린 채 벌벌 떨며 어찌할 줄 몰랐다.

오용이 황망히 송강을 달래었다.

"그건 형님께서 틀리셨습니다. 우리가 서로 싸운 것은 오로지

의기를 위해서였습니다. 이미 증가에서 사람을 뽑아 화평을 청하는 글을 보내 왔는데 어찌 한때의 분노로 대의에 어긋나는 일을 하려 하십니까?"

그러고는 얼른 답장을 쓴 뒤 심부름 온 사람에게 은자 열 냥을 상으로 내리며 돌려보냈다. 그 사람은 저희 진채로 돌아가기 바쁘게 증가 늙은이와 사문공에게 양산박 쪽이 보낸 글을 바쳤다. 봉투를 열어 보니 그 안에는 이런 내용이 적혀 있었다.

양산박의 주장(主將) 송강은 증두시의 주인 증롱에게 글로 대답한다. 예로부터 신의가 없는 나라는 반드시 망하였고, 예의를 모르는 사람은 반드시 죽었으며, 의롭지 못한 재물은 반드시 빼앗겼고, 용기 없는 장수는 반드시 싸움에 졌다. 그것이 자연의 이치이니 새삼 이상할 게 무엇이겠는가? 양산박과 증두시는 일찍이 원수진 일 없이 서로 제 땅을 지키며 살았건만, 그대들이 저지른 한때의 나쁜 짓으로 오늘 이와 같이 원한을 안게 되었다. 만약 우리와 화평을 하려거든 두 차례에 걸쳐 빼앗아 간 말들을 돌려보내고 아울러 말을 빼앗아 간 욱보사를 묶어 보낼 것이며 우리 군사를 위로할 비단과 돈도 넉넉히 보내야 한다. 모든 일은 믿음과 성의에 바탕해야 하며 조금도 예의에 어긋나선 아니 된다. 만약 다시 뜻을 바꾸는 일이 있으면 그때는 오직 힘으로 빼앗을 뿐이다.

그 글을 본 증가 늙은이와 사문공은 다 같이 놀라고 걱정했다.

오랫동안 머리를 맞대고 의논한 끝에 다음 날 양산박 쪽으로 사람을 보내 저희 뜻을 전했다.

> 만약 욱보사를 보내 주기를 원하신다면 그쪽에서도 인질을 보내 주십시오. 그래야 저희들도 믿을 수 있겠습니다.

증가 쪽의 그 같은 뜻을 안 송강은 오용과 의논한 끝에 시천, 이규, 번서, 항충, 이곤 다섯 사람을 인질로 보내기로 했다.

다섯 사람이 떠날 무렵 하여 오용이 시천을 부르더니 그의 귀에 대고 무언가를 나지막이 알려 주었다. 앞으로 변화가 생길 때 어찌어찌 하라는 지시였다. 다섯 사람이 떠나간 지 얼마 안 되어 관승과 서령, 선정규, 위정국이 진채에 이르렀다. 여러 두령들은 그들을 맞아 반기며 싸움에 끼워 주었다.

한편 네 명의 호걸을 이끌고 증가의 진채에 이른 시천은 증 늙은이를 찾아보고 말했다.

"형님의 뜻을 받들어 저희가 왔습니다. 시천이 이규를 비롯한 네 두령과 더불어 인사 올리며 화평을 청합니다."

그때 곁에 있던 사문공이 증 늙은이에게 귀띔해 주듯 말했다.

"오용이 저 다섯 사람을 뽑아 보낸 데는 반드시 어떤 꾀가 숨어 있을 것입니다."

그 말을 들은 이규가 벌컥 성을 내며 사문공의 멱살을 잡고 주먹질을 해 댔다. 증 늙은이가 놀라 그런 이규를 말렸다. 시천이 증 늙은이에게 다짐 삼아 말했다.

"이규가 비록 거칠고 멋대로 굴지만 송공명 형님이 마음으로 아끼는 사람입니다. 그런데도 특히 그를 뽑아 보냈으니 더는 의심하지 마십시오."

이에 증 늙은이는 마음속 깊이 화평을 결심하고 사문공의 말을 더 듣지 않았다. 증 늙은이는 술을 내어 다섯 사람을 대접한 뒤 법화사에 있는 진채로 가서 쉬게 했다. 그러나 온전히 마음을 놓지는 못해 오백 명의 군사를 풀어 그들을 에워싸고 지키라 명했다.

이어 증가 쪽에서는 다섯째 증승이 욱보사를 데리고 송강의 진채로 찾아가 화평을 청했다. 두 사람이 송강과 만날 때쯤 해서 빼앗아간 말들과 송강이 원한 금이며 비단이 모두 도착했다. 송강이 말들을 살펴본 뒤에 증승을 보고 말했다.

"저 말들은 모두 나중에 빼앗아 간 것들이다. 먼저 단경주에게서 빼앗아간 말 중에는 하루에 천 리를 간다는 소야옥사자마가 있었다는데 그 말은 어찌 보이지 않는가?"

그러자 증승이 송구스러운 듯 말했다.

"그 말은 저의 사부님이신 사문공 어른이 타고 계셔서 차마 끌고 오지 못했습니다."

"무슨 소리! 너는 어서 빨리 글을 써 보내 그 말을 내게로 끌고 오도록 하라."

송강이 대뜸 목소리를 높여 그렇게 말했다. 그 기세에 눌린 증승은 그 자리에서 편지를 써서 데리고 온 사람들에게 주고 저희 진채로 돌려보냈다.

그러나 편지를 받은 사문공이 뜻밖으로 뻗대었다.

"다른 말은 다 돌려보낼 수 있지만 이 말만은 내줄 수 없다!"

그 바람에 달라느니 못 주겠다느니 하며 두 진채 사이를 사람이 여러 번 오가게 되었다. 그러나 송강이 굳이 그 말을 돌려달라고 하자 마침내 견디지 못한 사문공이 다른 조건을 내세웠다.

"만약 이 말을 꼭 돌려주기를 원한다면 먼저 양산박의 군사들부터 물리시오. 그런 다음에라야 말을 돌려보내겠소."

사문공이 보낸 사람에게서 그 말을 전해 들은 송강은 오용과 의논했다. 그러나 이렇다 할 결정을 보지 못하고 있을 때 문득 졸개 하나가 달려와 알렸다.

"청주와 능주에서 두 갈래의 군마가 쳐들어오고 있습니다."

그 말을 들은 송강은 걱정스레 중얼거렸다.

"저놈들이 이 일을 알면 반드시 딴 수작을 부릴 텐데……."

그러고는 가만히 명을 내려 먼저 그 두 갈래의 관군부터 막게 했다. 관승, 선정규, 위정국은 청주에서 오는 관군을 막고, 화영, 등비, 마린은 능주에서 오는 관군을 막기로 되었다.

또 송강은 몰래 욱보사를 불러 좋은 말로 그를 달래고 어느 정도 마음이 통했다 싶자 속을 털어놓았다.

"만약 자네가 이번에 공을 세우게 되면 우리 산채에서는 자네를 두령으로 삼을 것이네. 우리 말을 빼앗아간 일은 맹세코 없었던 일로 잊어 주지. 또 자네가 우리를 따를 마음이 없다면 증두시를 쳐부수는 대로 자네를 놓아주겠네. 그땐 자네 가고 싶은 데로 가면 되지."

그 말을 들은 욱보사는 진심으로 머리를 조아리며 한편이 되어 송강을 따르기를 원했다. 오용이 그런 욱보사에게 계책을 일러 주었다.

"자네는 몰래 홀로 도망친 것처럼 하고 사문공에게 가서 말하게. '이번에 증승과 함께 송강의 진채로 가서 놈들의 속셈을 알아냈습니다. 지금 송강은 천리마를 빼앗는 데 뜻이 있을 뿐 화평을 할 마음은 조금도 없어 보입니다. 사범께서 말을 그에게 돌려주신다 해도 그는 틀림없이 제가 한 말을 뒤집을 것입니다. 게다가 청주와 능주에서 두 갈래의 구원병이 오고 있다는 말을 듣고 매우 당황하고 있으니 이때를 틈타 한번 계책을 써 보시지요. 틀림없이 이길 수 있을 것입니다.' 그래서 만약에 사문공이 자네의 말을 믿고 그대로 따라 준다면 그 뒤는 내가 다 알아서 하겠네."

욱보사는 그 말을 마음에 새긴 뒤 곧 송강의 진채를 떠났다.

몰래 송강의 진채를 도망쳐 나온 것처럼 꾸민 욱보사는 한달음에 사문공의 진채를 찾아갔다. 그리고 사문공을 만나 오용이 시킨 대로 말했다.

사문공은 그런 욱보사를 데리고 증 늙은이에게로 갔다. 그리고 송강이 화평할 마음이 없음을 이야기한 뒤 틈을 타서 송강의 진채를 급습하자고 권했다.

듣고 난 증 늙은이가 걱정스레 대꾸했다.

"내 아들 증승이 그 사람들 진채에 있으니 그건 어찌하겠소? 만약 우리가 딴 짓을 한다면 그 사람들은 반드시 내 아들을 죽일 것이오."

“그놈들의 진채만 쳐부순다면 구하기가 어렵지 않습니다. 오늘 밤 모든 진채에 명을 내려 군사를 한곳으로 불러 모은 뒤 송강이 있는 본채를 먼저 들이치도록 합시다. 뱀의 머리를 자르듯 송강 그놈만 없애면 나머지 것들은 걱정할 게 없습니다. 그 뒤 돌아와 이규를 비롯한 다섯 놈을 죽여도 늦지 않을 것입니다.”

사문공이 그렇게 증 늙은이의 걱정을 덜어 주었다. 증롱도 마지못해 사문공을 따랐다.

“그럼, 사범께서 알아서 좋은 계책을 펼쳐 보시오.”

이에 사문공은 그 자리에서 영을 내려 북쪽 진채의 소정과 동쪽 진채의 증괴, 남쪽 진채의 증밀에게 함께 송강의 진채를 들이치자는 말을 전했다. 한편 사문공을 속이는 데 성공한 욱보사는 몰래 법화사에 있는 진채로 갔다. 거기서 이규를 비롯한 다섯 두령을 만나 보고 가만히 양산박 쪽의 계책을 알려 주었다.

욱보사를 놓아 보내기는 했지만 송강은 영 마음이 놓이지 않았다. 오용을 불러 걱정스레 물었다.

“이번 계책이 잘 맞아떨어질지 모르겠구려.”

“욱보사가 돌아오지 않는다면 이는 바로 적이 우리의 계책에 떨어졌다는 뜻이 됩니다. 오늘 저녁 그놈들이 우리 진채로 쳐들어온다면 우리는 두 갈래로 복병을 숨겨 두고 기다리도록 하지요. 또 노지심과 무송에게는 보군을 이끌고 적의 동쪽 진채를 들이치게 하고 주동과 뇌횡은 서쪽 진채를 들이치며 양지와 사진은 마군을 이끌고 북쪽 진채를 치게 합니다. 이 계책은 바로 사냥개가 짐승의 굴 밖에서 굴을 나간 짐승이 돌아오기를 기다리는 것과 같은 계책[番犬伏窩之計]이니 백이면 백, 아니 맞아떨어질 리가 없습니다."

오용이 그런 말로 송강의 걱정을 달래 주었다.

오용의 말대로 그날 밤 사문공은 소정, 증밀, 증괴와 함께 군사를 일으켰다. 달빛은 희미하고 별도 많지 않은 어두운 밤이었다. 사문공과 소정이 앞장을 서고 증밀과 증괴는 뒤를 맡아 말에서 방울을 떼고 사람은 가벼운 차림을 한 채 그대로 송강의 진채를 들이쳤다. 그런데 알 수 없는 일이 벌어졌다. 진채의 문은 열려 있고 진채 안에는 한 사람도 보이지 않았다. 그제야 계책에 떨어진 줄 안 증가네 군사들은 급히 몸을 돌려 달아났다.

사문공을 비롯한 증가네 군사들이 본채로 정신없이 달리고 있을 때 증두시 안에서 갑자기 징 소리와 포향이 들려왔다. 그 소리에 맞춰 시천도 법화사의 종루로 기어 올라가 종을 쳐 댔다. 그러자 동서남북에서 한꺼번에 화포 터지는 소리가 나며 크게 함성이 올랐다. 도대체 어느 정도의 군대가 오고 있는지 짐작을 할 수 없을 지경이었다.

한편 법화사에 있던 이규와 번서, 항충, 이곤도 일제히 움직이기 시작했다. 숨어 있던 곳에서 뛰쳐나와 좌충우돌 닥치는 대로 적을 죽였다. 그렇게 되니 사문공은 저희 진채로 돌아가려 해도 어디로 가야 할지 길을 알 수 없었다.

진채에 남아 있던 증 늙은이는 진채 안이 크게 소란스러워지자 일이 글러 버린 줄 알았다. 게다가 양산박의 대군이 두 길로 쳐들어오고 있다는 이야기를 듣자 마침내 모든 걸 단념했다. 밧줄 한 발을 끊어 내 진채 안에서 스스로 목을 매고 죽었다.

사문공과 헤어진 증밀은 원래 자신이 지키던 서쪽 진채로 허둥지둥 달려갔다. 그러나 미처 진채 안으로 들기도 전에 거기서 기다리던 주동의 한갈을 맞고 비명 속에 목숨을 잃었다.

증괴도 원래 자신이 지키던 동쪽 진채로 돌아가려 했다. 그러나 어지럽게 뒤얽힌 군사들 틈에서 말발굽에 밟혀 짓이겨진 고깃덩이가 되고 말았다.

소정은 겨우겨우 북문으로 달아났으나 그 역시 살아 달아날 팔자는 못 되었다. 여기저기 수없이 함정이 파져 있는 데다 등 뒤로는 노지심과 무송이 쫓아오고 앞에서는 양지와 사진이 길을 막았다. 결국 양산박 군사들이 쏘아 대는 화살에 맞아 구슬픈 비명과 함께 말에서 떨어졌다. 그를 뒤따르던 인마는 모두 함정으로 굴러 떨어져 거기서 죽은 사람이 또 적지 않았다.

사문공만은 타고 있는 천리마의 덕을 보아 무사히 서문을 빠져 나올 수 있었다. 그러나 증두시를 빠져나오기는 해도 시커먼 안개가 사방을 가려 남북을 짐작하기 어려웠다. 무턱대고 달리기를 한 이십 리쯤 했을 때 문득 가까운 숲속에서 징 소리가 한 번 울리더니 사오백 명의 군사들이 뛰쳐나왔다.

앞서 있던 장수가 손에 든 긴 몽둥이로 사문공이 탄 말의 다리를 후려쳤다. 그러나 그 말은 하루에 천 리를 달린다는 영물이었다. 몽둥이가 내려쳐지는 걸 보고 훌쩍 그 장수의 머리 위를 뛰어넘었다.

겨우 어려운 지경을 벗어난 사문공은 다시 정신없이 말을 몰았다. 그러나 어두운 구름이 짙게 덮이고 찬 바람과 검은 안개가 널리 깔려, 사방을 분간할 수 없기는 전과 마찬가지였다. 거기다가 미친 듯한 바람이 일고 허공에는 온통 조개의 귀신이 떠돌아 앞으로 나아갈 수가 없었다.

사문공은 하는 수 없이 말 머리를 돌려 오던 길을 되짚어 나아갔다. 갑자기 어디선가 낭자 연청이 나타나 길을 막고 다시 옥기린 노준의가 달려 나왔다.

"이 흉악한 놈아, 어디로 달아나려느냐!"

노준의가 그렇게 소리치며 사문공의 허벅지에 한칼을 내려쳤다. 사문공이 외마디 소리와 함께 말에서 떨어지자 노준의는 그를 꽁꽁 묶어 증두시로 끌고 갔다. 낭자 연청은 사문공의 천리마를 잡아끌고 그런 노준의를 뒤따랐다.

사문공을 사로잡고 천리마를 되찾은 걸 보자 송강은 마음속으로 기쁘면서도 또한 걱정이 되었다. 그러나 아무런 내색 없이 싸움의 뒤처리부터 마무리 지었다. 먼저 증승을 끌어내어 목을 자르고 증가의 집안사람들도 모두 죽였다. 그리고 집 안의 금은과 재물, 곡식 등을 모조리 수레에 싣게 한 뒤 양산박으로 돌아갔다.

오래잖아 청주로 갔던 관승도 그리로 오던 관군을 물리치고 양산박으로 돌아왔다. 화영 또한 능주의 관군을 물리치고 별 탈 없이 양산박으로 돌아왔다. 결국 크고 작은 두령들 중에 한 사람도 상하지 않고 천리마인 '소야옥사자마'를 되찾았을 뿐만 아니라 수많은 재물까지 얻게 된 셈이었다. 사문공은 죄수 싣는 수레에 실려 양산박으로 끌려갔다. 이번에도 양산박 군사들은 도중에 여러 고을을 지나게 되었으나 죄 없는 백성들은 털끝만큼도 다치지 않았다.

산채로 돌아온 두령들은 모두 충의당에 있는 조개의 위패 앞에 모였다. 송강은 성수서생 소양에게 제문을 짓게 하고 크고 작은 두령들에게는 모두 상복을 입혔다. 그리고 사문공의 배를 갈라 염통을 끊어낸 뒤 조개의 위패 앞에 올리고 제사를 올렸다.

제사가 끝난 뒤 송강은 다시 여러 두령들을 모아 양산박의 주인을 정하는 일을 의논했다. 오용이 얼른 나서서 말했다.

"형님이 가장 웃어른이 되시고 노 원외께서는 그다음이 되며 나머지 두령들은 그대로 있으면 되지 않습니까?"

그러자 송강이 무겁게 고개를 가로저으며 대꾸했다.

사로잡힌 구문룡 사진

"지난날 조 천왕께서 남기신 말은 사문공을 사로잡는 자에게 양산박의 주인 자리를 넘기라 하셨소. 그게 누구이든 말이오. 그런데 오늘 노 원외께서 그 흉악한 놈을 사로잡아 조개 형님의 제상에 바침으로써 원수를 갚고 한을 씻게 되었소. 그러니 마땅히 노 원외께서 이 산채의 주인이 되어야 하오. 여러 소리들 마시오."

송강의 그 같은 말에 노준의가 펄쩍 뛰며 받았다.

"이 아우는 덕이 모자라고 재주가 없어 감히 그 자리를 감당하지 못합니다. 두령 중에 맨 끝자리를 주시더라도 제게는 오히려 과분할 뿐입니다."

"이 송 아무개가 겸양해서 그러는 게 아니니 들어 보시오. 내게는 원외보다 못한 게 세 가지 있소. 첫째로 내 생김은 키도 작고 시커먼데, 원외는 당당한 풍채를 지녀 아무도 거기 미칠 수가 없소. 둘째로 나는 하찮은 벼슬아치 출신인 데다 죄를 지어 도망친 몸으로서 여러 형제들이 버리지 않아 잠시 이 높은 자리에 앉게 되었을 뿐이오. 그러나 원외는 부귀한 집안에 태어나 호걸의 이름을 얻으며 자랐으니 그 또한 어느 누구도 따르기 어려운 점이오. 셋째로 나는 나라를 평안히 할 만큼 글도 읽지 못했고 무예도 여러분보다 나은 게 없소. 손에는 닭 한 마리 묶을 힘이 없고 몸으로는 화살 한 대 제대로 쏜 공을 세운 바 없소. 하지만 원외께서는 힘이 만 명을 당해 낼 만하고 지식은 고금을 통했소. 모두 여기 있는 여러분으로서도 거기에 미치지 못할 것이외다. 이와 같이 여러 가지를 갖춘 분이니 원외께서 마땅히 이 산채의 주인이 되어야 할 것이오. 뒷날 조정에 귀순하여 공업(功業)을 이루고 벼슬길에 높이 오르면 우리 형제들을 모두 빛나게 해 줄 것이오. 이 송강은 이미 뜻을 정했으니 원외께서는 거절하지 마시오."

송강이 그렇게 노준의에게 권했다. 노준의가 땅바닥에 엎드려 절을 올리며 간곡히 말했다.

"형님 말은 모두 틀렸습니다. 이 노 아무개는 비록 죽는 한이 있더라도 그 말씀만은 따르지 못하겠습니다."

오용도 노준의를 거들어 송강을 보고 말했다.

"형님이 가장 으뜸이 되고 노 원외가 그다음이 되면 모든 사람들이 그대로 따를 것입니다. 형님께서 또다시 사양을 하시는 것은 여럿의 마음을 너무 몰라주는 처사입니다."

오용은 그 말을 하기 전에 미리 여러 두령에게 가만히 눈짓을 해두었다. 그때 이규가 벌떡 일어나 소리쳤다.

"나는 강주에서부터 목숨을 걸고 당신을 따라왔고 여기 있는 여러 사람도 당신이라면 모두 한 발짝씩 양보를 하는 터요. 그런데 이게 무슨 소리요? 어디 양보를 할 테면 해 보시오! 나는 모조리 때려죽이고 여기 불을 확 싸질러 버릴 테니까."

오용의 눈짓을 본 무송도 이규를 거들어 목소리를 높였다.

"형님의 손아래에는 지난날 조정에서 장군 노릇을 하던 사람도 한둘이 아니오. 모두가 형님이니까 양보한 거요. 그렇지만 형님 외에 딴 사람은 따르려 하지 않을 거외다."

"우리 일곱 사람은 처음 이 산채로 들 때부터 형님을 우두머리로 모실 뜻이 있었소. 그런데 이제 뒤에 온 사람들에게 자리를 주신다니 될 법이나 한 일이오?"

유당도 그렇게 들고일어났고 노지심 또한 가만히 있지 않았다.

"만약 형님께서 그러신다면 우리는 모두 흩어져 가 버릴 거요."

그렇게 소리쳐 앞서 말한 두령들을 거들었다.

송강도 모든 두령들이 그렇게 나오자 자신의 뜻대로만 할 수는 없었다. 한참을 생각하다 조용히 말했다.

"여러 형제들은 그렇게 떠들 것 없소. 내가 달리 방법을 내어 하늘의 뜻을 알아보도록 하겠소. 모든 것은 하늘의 뜻에 따라 정하면 될 것이오."

"그게 무엇입니까? 저희들에게 들려주십시오."

오용이 송강에게 그 방도를 물었다. 송강이 천천히 입을 열었다.

"지금 산채의 양식이 모자라는데 양산박 동쪽으로 두 개의 고을이 있어 모두 돈과 곡식을 넉넉히 가지고 있소. 한 곳은 동평부(東平府)이고 또 한 곳은 동창부(東昌府)요. 우리 백성들은 괴롭히지 말고 그 두 곳에서 양식을 빌려 보도록 합시다. 두 패로 나누어 산채를 내려가되, 나와 노 원외가 각기 한 패를 이끄는 것이오. 그래서 먼저 성을 차지한 이가 양산박의 주인이 되는 게 어떻겠소?"

"그것도 좋습니다만."

오용이 먼저 고개를 끄덕이며 대답했다. 그러나 노준의는 그것조차 마다했다.

"그런 말씀 마십시오. 형님은 어디까지나 양산박의 주인이십니다. 저는 간다고 해도 다만 형님의 뜻을 받들어 갈 뿐입니다."

송강은 그러는 노준의의 말을 들은 척 만 척하고 그 자리에서 철면공목 배선을 불러 두 개의 제비를 만들게 했다. 그리고 향을 살라 하늘에 빈 뒤 각기 제비를 뽑아 갈 곳을 정했다. 뽑고 보니 송강은 동평부로 가게 되었고 노준의는 동창부를 맡게 되었다. 워낙 송강의 뜻이 굳어 다른 두령들은 말없이 따를 뿐이었다.

송강은 그날로 크게 잔치를 열어 싸움을 앞둔 두령들의 기세를 돋워 줌과 아울러 각기 이끌고 갈 인마를 정했다. 송강 밑으로는 임충, 화영, 유당, 사진, 서령, 연순, 여방, 곽성, 한도, 팽기, 공명, 공량, 해진, 해보, 왕영, 일장청, 장청, 손이랑, 손신, 고대수, 석용, 욱보사, 왕정륙, 단경주를 합쳐 크고 작은 두령 스물다섯과 마보군 일만에 완소이, 완소오, 완소칠이 수군 두령으로 따라붙었다.

노준의 밑으로는 오용, 공손승, 관승, 호연작, 주동, 뇌횡, 삭초, 양지, 선정규, 위정국, 선찬, 학사문, 연청, 양림, 구붕, 능진, 마린, 등비, 시은, 번서, 항충, 이곤, 시천, 백승 등 스물다섯 두령과 역시 마보군 일만이 따르고 이준, 동위, 동맹은 수군 두령으로서 배를 이끌고 돕기로 되었다. 그 나머지 두령과 지난번 싸움에서 다친 사람들은 모두 산채에 남아 산채를 지키기로 결정이 났다.

모든 게 정해지자 송강과 그를 따르는 두령들은 동평부를 치러 가고 노준의와 그 밑의 두령들은 동창부를 치러 떠났다. 때는 삼월 초하루라 날은 따뜻하고 바람은 부드러웠으며 풀은 푸르고 얼었던 땅은 풀려 싸우기에 마침 좋은 때였다.

동평부로 떠난 송강은 성에서 사십 리 남짓 떨어진 안산진(安山鎭)이란 곳에 인마를 멈추었다.

"동평부의 태수 정만리(程萬里)는 한 사람의 병마도감(兵馬都監)을 거느리고 있는데 그는 하동의 상당군 사람 동평(董平)이다. 쌍창을 잘 써서 사람들은 그를 쌍창장(雙鎗將)이라 부르는데 듣기로는 혼자서 만 명을 당해 낼 만한 용맹이 있다고 한다. 비록 그들의 성을 치러 가지만 갖출 예의는 갖춰야겠다. 두 사람을 뽑아 전서(戰書) 한 통을 보내는 게 좋겠다. 만약 그걸 보고 항복해 온다면 우리는 수고로이 군사를 움직일 까닭이 없다. 그리고 우리의 말을 듣지 않는다면 그때는 크게 싸움을 일으켜도 원망하는 사람이 없을 것이다. 누가 먼저 가서 우리의 전서를 전하겠는가?"

송강이 여러 두령들을 모아 놓고 그렇게 묻자 먼저 욱보사가 달려 나왔다.

"제가 동평을 좀 압니다. 제가 가지고 가지요."

"저는 새로이 와서 산채를 위해 아직 작은 힘도 써 보지 못했습니다. 오늘 욱보사를 도와 한번 갔다 오겠습니다."

왕정륙도 뒤따라 나서며 그렇게 말했다. 송강은 몹시 기뻐하며 그 자리에서 한 통의 전서를 써서 욱보사와 왕정륙 두 사람에게 가져가게 했다. 그 글 안에는 양식을 빌려 달란 말도 들어 있었다.

한편 동평부의 정 태수는 송강이 인마를 이끌고 와 안산진에 진채를 내렸다는 말을 듣자 얼른 병마도감 쌍창장 동평을 불러 싸울 일을 의논했다. 두 사람이 이런저런 의견을 나누고 있는데 문득 사람이 들어와 알렸다.

"송강이 전서를 보내 왔습니다."

정 태수가 들이라고 하자 욱보사와 왕정륙이 당당한 걸음으로 들어와 전서를 바쳤다. 글을 읽어 본 정만리가 동 도감을 보고 의견조로 말했다.

"글쎄, 이것들이 우리 고을의 돈과 양식을 좀 빌리자는구려. 이 일을 어떡하면 좋겠소?"

그 말을 들은 동평은 불같이 화를 냈다. 좌우의 군사를 불러 당장 욱보사와 왕정륙을 목 베라 소리쳤다. 정 태수가 그런 동평을 말렸다.

"아니 되오. 예로부터 두 나라가 싸움을 하고 있더라도 사신을 목 베서는 아니 된다 하였소. 저 두 놈에게는 각기 스무 대씩 매를 때려 돌려보내는 게 어떻겠소?"

태수가 그렇게 말하니 동평으로서는 따르지 않을 수 없었다. 그러나 화가 덜 풀려서인지 욱보사와 왕정륙을 묶어 매질하는데 모질기가 그지없었다. 살갗이 찢어지고 속살이 비어져 나올 지경이었다. 뜻밖에 모진 매를 맞고 성에서 쫓겨난 두 사람은 진채로 돌아가 엉엉 울며 송강에게 일러바쳤다.

"동평이란 놈이 무례하기 짝이 없습니다. 우리를 발톱에 낀 때만큼도 여기지 않습니다."

송강도 그들이 심하게 매질 당한 걸 보고 몹시 화가 났다. 급히 동평부를 칠 태세를 갖추게 함과 아울러 욱보사와 왕정륙을 수레에 실어 산채로 보내게 했다. 그때 구문룡 사진이 몸을 일으켜 말했다.

"제가 전에 동평부에 살 때 거기 있는 이수란(李睡蘭)이라는 기녀와 정분을 나눈 적이 있습니다. 제게 금은을 조금 주시면 몰래 성안으로 숨어들어가 그 집에서 기다리겠습니다. 정한 날이 되어 형님께서 성을 들이치면 동평이란 놈은 싸우러 나갈 것입니다. 그때 저는 북이 있는 누각으로 기어 올라가 불을 지르고 안에서 호응한다면 싸움을 훨씬 쉽게 이길 수 있을 것입니다."

송강이 들어 보니 아주 그럴듯한 계책이었다.

"그것참, 좋은 생각이다."

그렇게 허락하고 사진에게 금은을 내주게 했다. 금은을 받은 사진은 주머니에 담아 허리춤에 감추고 몸에는 짧은 무기 하나만 지닌 채 송강과 작별했다.

"아우가 잘 알아서 처리하게. 자네가 자리를 잡을 때까지는 군사를 움직이지 않도록 하겠네."

떠나는 사진에게 송강이 그렇게 다짐했다.

진채를 떠난 사진은 몰래 성안으로 들어가 서와자(西瓦子)에 있는 이수란의 집에 이르렀다. 뚜쟁이 영감이 사진을 알아보고 깜짝 놀라며 맞아들였다. 영감이 계집을 부르자 이수란이 사진을 누각 위로 이끌고 가 앉히고 물었다.

"어째서 요사이는 통 보이지 않으셨지요? 듣자 하니 당신은 양산박에 가서 대왕이 되셨다더군요. 관청에서 방을 붙여 당신을 잡으려 한다던데요. 또 엊그제부터 들리는 소문으로는 양산박의 송강이 인마를 이끌고 내려와 성을 치고 양식을 가져가려 한답디다. 그런데 어떻게 당신이 이곳으로 오게 되었지요?"

사진이 옛정만 믿고 모든 걸 털어놓았다.

"내 너를 속이지 않고 바로 말하지. 사실 나는 지금 양산박의 두령이 되어 있으나 이때껏 이렇다 할 공을 세운 게 없네. 그런데 이번에 우리 형님께서 이 성을 치고 양식을 빌려 가려 내려오시게 되었지. 내가 형님께 너와 나 사이를 자세히 말씀드렸더니 나를 특히 세작으로 보내신 거야. 한 자루의 금은을 너에게 주며 내가 여기 와 있다는 소식을 결코 밖으로 새 나가지 않게 하란 분부셨지. 다음 날 일이 잘되면 너희 가족들도 모두 산채로 데려가 즐겁게 살 수 있도록 해 줄 테니 이번에 좀 도와 다오."

사진이 너무도 숨김없이 털어놓으니 이수란도 모른 척할 수만은 없었다. 못 이겨 승낙을 하고 금은을 받은 뒤 술과 고기를 내어 대접했다.

하지만 사진이 워낙 중한 죄인이라 이수란도 끝내 마음 놓고 받아들일 수만은 없었다. 몰래 술자리를 빠져나와 뚜쟁이 영감과 의논했다.

"저 사람이 지난날 우리 집에 손님으로 드나들 때는 별 흠 없는 사람이라 상관이 없었지만, 지금은 죄를 짓고 쫓기는 몸이라 걱정이에요. 혹시라도 이 일이 드러나면 그야말로 큰일 아니겠어요?"

그러나 영감도 얼른 판단이 서지 않는지 어름어름 대꾸할 뿐이었다.

"양산박의 송강은 호걸들을 많이 거느리고 있어 함부로 볼 수 없는 사람이지. 어떤 성이든 마음먹고 쳐서 깨뜨리지 못한 것이 없지 않나? 만약 이 일을 밖에 말했다가 그들이 성을 부수고 쳐들어 오는 날에는 우리가 무슨 수로 살기를 바라겠나!"

그때 뚜쟁이 할멈이 대뜸 영감에게 욕질을 하며 나섰다.

"이 멍청한 영감탱이야, 당신이 알면 뭘 안다고 나서? 옛말에 이르기를 '벌이 쏘러 날아들면 옷을 벗어 쫓을 뿐'이라고 하지 않았어? 스스로 제 죄를 일러바친 자에게는 그 죄를 면하게 해 주는 건 세상이 다 아는 법이야. 당신은 잔소리 말고 어서 동평부로 달려가 이 일을 알리기나 하란 말이야. 그래서 저놈이 잡혀가면 우린 아무 뒤탈이 없을 게야."

"그래도 그 사람은 우리에게 많은 금은을 주었는데 도와주지는 못할망정 그럴 수야 있나?"

영감이 풀 죽은 목소리로 그렇게 대답했다. 할멈이 더욱 목소리를 높여 욕을 퍼부었다.

"이 짐승 같은 영감탱이야, 돼먹지도 않은 수작 마라. 우리 같은 색싯집에서 신세 망친 놈이 한둘이야? 그런데 저 한 놈 갖고 뭘 그래? 만약 당신이 자수하지 않으면 내가 가서 일러바치고 말 거야. 영감탱이까지 말이야!"

할멈이 하도 거세게 나오니 영감도 별수 없이 지고 말았다.

"그렇게 성낼 것 없지 않나? 저 아이보고 그놈이나 꼭 잡아 두라고 이르게. 숲을 건드려 뱀을 놀라게 하면 안 돼. 그러면 내가 관가에 가서 알리고 공인들을 데려와 저놈을 잡도록 하지."

이수란은 그렇게 결정이 나는 걸 보고 다시 시치미를 뗀 채 사진이 있는 방으로 돌아갔다. 그러나 숨기는 게 있어서 그런지 낯빛이 붉으락푸르락 일정하지 못했다. 그걸 본 사진이 물었다.

"왜, 너의 집에 무슨 일이 있느냐? 놀란 듯하기도 하고 겁먹은 듯하기도 한데……."

"아까 층계를 올라오다 발을 헛디뎠어요. 자칫하면 떨어질 뻔해서 그런지 아직 마음이 가라앉지 않는군요."

이수란이 얼른 그렇게 둘러대자 사진은 거기에 깜박 넘어가 다시 태평스레 술잔을 들었다.

하지만 뜨거운 차 한 잔을 마실 시간도 지나기 전에 갑자기 사람들이 우르르 층계를 올라오는 소리가 들렸다. 창밖에서도 크게 함성이 들리는 게 한둘이 아닌 듯했다. 곧이어 사진이 있는 누각으로 몰려든 것은 여남은 명의 공인들이었다. 공인들은 사진이 미처 손을 써 보기도 전에 벌 떼처럼 덤벼들어 사진을 때려 엎고 밧줄로 꽁꽁 묶어 버렸다. 사진이 동평부의 관아로 끌려가자 대청 위에 높게 앉아 기다리던 정 태수가 사진을 내려다보며 꾸짖었다.

"이 간이 배 밖에 나온 놈아, 네놈이 감히 홀로 성안으로 숨어들어 염탐질을 해! 만약 이수란의 애비가 와서 자수하지 않았더라면 큰일 날 뻔하지 않았더냐! 어서 묻는 대로 대답해라. 송강이란 놈이 무엇 때문에 너를 이곳에 들여보냈느냐?"

비록 눈치 없이 굴다가 계집에게 속아 잡혀오기는 했지만 그렇다고 고분고분 묻는 대로 털어놓을 사진이 아니었다. 굳게 입을 다물고 대답을 안 했다. 곁에 있던 동평이 태수를 보고 말했다.

"저런 도둑놈은 때려야 입을 엽니다. 맞지 아니하고 어찌 순순히 불겠습니까?"

정 태수도 입을 꾹 다물고 있는 사진이 밉살스럽던 차에 동평이 그렇게 말하자 좌우를 돌아보며 대뜸 소리를 높였다.

"여봐라, 저놈이 모든 걸 털어놓을 때까지 매우 쳐라!"

그러자 양쪽에서 옥졸들이 우르르 달려 나와 사진을 형틀에 엎었다. 이어 옥졸들은 사진의 허벅지에 찬물을 뿜더니 큰 몽둥이로 내려치기 시작했다. 매질이 백 대를 넘었으나 그래도 사진은 입을 열지 않았다. 아무래도 사진의 실토를 받아 내기는 글렀다 싶었던지 동평이 정 태수를 보고 권했다.

"아니 되겠습니다. 저놈에게는 큰칼을 씌워 사형수를 가두는 감옥에 처넣게 하십시오. 나중에 송강을 사로잡기를 기다려 한꺼번에 묶어 도성으로 보내는 게 좋겠습니다."

한편 송강은 사진을 성안으로 들여보낸 다음 그 일을 자세히 글로 써서 오용에게 보냈다. 오용은 송강이 보낸 글을 읽으면서 사진을 기생인 이수란의 집으로 보내 염탐질을 하게 했다는 게 불안하기 짝이 없었다. 오용은 노준의와 의논하고 그날 밤으로 송강에게 달려가 물었다.

"도대체 누가 사진을 그리로 보냈습니까?"

"그 사람이 스스로 가기를 원하더군. 그 이수란이라는 여자는 옛적부터 알던 사이인데 정분이 매우 두터웠다는 게야. 그래서 그걸 믿고 먼저 성안으로 들어간 것이라네."

송강이 사실대로 일러 주었다. 오용이 나무라듯 말했다.

"그건 아무래도 형님이 잘못하신 것 같습니다. 만약 제가 여기 있었다면 결코 가지 못하게 했을 것입니다. 예로부터 화류계란 새 사람만 반기고 옛사람은 버리는 게 그 행투지요. 그 바람에 신세를 망친 사람이 어디 한둘입니까? 게다가 계집이란 돌과 같이 정한 마음이 없는 법이라 설령 인정을 베풀었다 하더라도 끝내는 그 모진 손길에서 벗어나기 어려운 법이지요. 그런 곳을 제 발로 찾아갔으니 사진은 틀림없이 험한 꼴을 당하고 있을 것입니다!"

그제야 놀란 송강은 오용을 잡고 어찌하면 좋으냐고 물었다. 오용은 머리를 짜낸 끝에 먼저 고대수를 불렀다.

"번거롭지만 제수씨께서 한번 다녀오십시오. 가난한 할멈으로 꾸미고 성안으로 숨어들어가 비럭질을 하다가 무슨 일이 있을 때는 급히 돌아와 알려 주시는 게 좋겠습니다. 그러나 만약에 사진이 감옥에 갇혀 있다면 그때는 옥졸을 찾아가서 졸라 보십시오. 옛날에 받은 은혜가 있어 밥 한 그릇이라도 넣을 수 있게 해달라고 말입니다. 그래서 감옥 안으로 들어갈 수 있다면 몰래 사진에게 알려 주십시오. 우리는 달이 없는 밤 저물녘에 성을 들이칠 것이라고요. 그리고 그때는 적당한 곳에 몸을 숨겼다가 몸을 빼낼 궁리를 하라고요. 그런 다음 달 없는 밤이 되면 제수씨는 성안에 숨었다가 불을 놓아 신호를 해 주십시오. 그때 군사를 내면 일은 우리 뜻대로 될 것입니다."

오용은 그렇게 고대수에게 일러 준 뒤 송강을 돌아보았다.

"형님께서는 먼저 문상현(汶上縣)을 들이치도록 하십시오. 그러면 놀란 백성들은 틀림없이 동평부로 몰려들 것입니다. 그때에 아주머니를 그 백성들 사이에 끼여 성안으로 들여보내면 아무도 모르겠지요."

오용은 거기까지 계책을 일러 준 뒤 얼른 말에 올라 동창부로 돌아갔다.

송강은 곧 해진과 해보를 불러 오백여 명을 데리고 문상현을 치게 했다. 해진, 해보가 그대로 하자 그곳 백성들은 오용의 짐작대로 늙은이를 부축하고 어린애를 업은 채 동평부로 달아났다.

그때 고대수도 다 떨어진 옷에 헝클어진 머리로 그런 백성들 틈에 끼여 동평부의 성안으로 들어갔다. 여기저기서 비럭질을 하면서 알아보니 과연 사진은 붙들려 감옥에 갇혀 있었다.

그걸 알아낸 고대수는 다음 날 아침, 밥과 반찬이 든 함지를 들고 사옥사(司獄司) 앞에 가서 기다렸다. 얼마 있으려니 늙은 공인 하나가 감옥 안쪽에서 나왔다. 고대수는 그를 보자 절을 올리고 비 오듯 눈물을 흘렸다. 이상히 여긴 늙은 공인이 물었다.

"할멈은 어떤 사람인데 그리 슬피 우시우?"

고대수가 기다렸다는 듯 구성진 목소리로 대답했다.

"감옥 안에 갇혀 있는 사 대랑(大郎)은 바로 이 늙은것의 옛 주인이 되십니다. 헤어진 지 벌써 칠 년이 넘었군요. 세상을 떠돌면서 장사를 한다는 말을 들었는데 무슨 일로 갇히게 되었는지 알 수가 없네요. 그러나 들으니 밥 한 그릇 넣어 줄 사람이 없다기에 이 늙은것이 이렇게 궂은 밥이나마 한 사발 차려 와 배고픔이라도 면하게 해 주려고 합니다. 나리, 저를 불쌍히 여기시어 그를 만나게 해 주십시오. 일곱 층 보배로운 탑을 세운들 그보다 더한 공덕이 되지는 못할 것입니다."

그 말을 들은 공인은 슬며시 마음이 움직였다. 그러나 사진의 죄가 워낙 커서 쉽게 그 청을 들어줄 수는 없었다.

"그놈은 양산박의 도둑 떼 중의 한 놈으로 죽을죄를 저질렀소. 그런데 누가 감히 당신을 그놈에게로 데려갈 수 있겠소."

그러면서 물러나려는 공인에게 고대수가 매달리며 다시 한번 사정했다.

"칼로 한 점 한 점 살을 저민다 하더라도 지은 죄는 받아야겠지요. 하지만 이 늙은것을 가엾게 보아 그분에게 데려다 주십시오. 밥 한 그릇이라도 올려 옛정에 보답하고 싶습니다요……."

그러고는 목을 놓아 슬피 울었다.

'만약 이 할멈이 남자라면 감옥 안으로 데려갈 수가 없지. 그

러나 늙은 여자이니 감옥 안으로 데려간다 한들 무슨 일이 있겠나…….'

고대수를 측은하게 여긴 공인은 속으로 그렇게 생각했다. 더는 마다하지 못하고 고대수를 감옥 안으로 데리고 들어갔다. 목에 큰칼을 쓰고 몸은 쇠사슬로 얽힌 채 끌려나온 사진은 고대수를 보자 깜짝 놀랐다. 얼른 말이 나오지 않아 고대수가 하는 양을 멀거니 보고만 있었다. 고대수는 한편으로는 슬피 울면서 다른 한편으로는 가져온 함지를 풀었다. 그때 다른 절급 하나가 와서 꾸짖었다.

"저 사람은 죽어서 뼈도 추리지 못할 사람이다. 감옥에 바람도 통해서는 안 되거늘 누가 할멈을 들여보냈나? 어서 나가지 않으면 매를 맞을 줄 알라."

그 바람에 고대수는 감옥 안에서 더 머뭇거릴 틈이 없었다. 대충 밥그릇만 챙겨 들고 일어나면서 사진에게 귓속말로 재빨리 전했다.

"달이 다한 밤에 당신을 구하러 올 테니 알아서 준비하고 계시오."

사진은 그 말만 듣고는 어떻게 해야 할지를 잘 알 수가 없었다. 다시 무언가를 물어보려는데 벌써 옥졸들이 고대수를 감옥 밖으로 끌어내고 말았다. 사진이 들은 것은 다만 그믐밤 한마디뿐이었다.

그해 삼월은 달이 컸다. 스무아흐레가 되는 날이었다. 갇혀 있던 사진은 우연히 두 절급이 이야기하는 소리를 들었다.

동평부의 싸움

"이봐, 오늘이 며칠이지?"

한 절급이 그렇게 묻자 상대가 날짜를 잘못 알고 대답했다.

"오늘이 바로 그믐 아닌가? 오늘 밤에는 지전이라도 사서 외로운 넋들을 위해 살라 줘야지."

그 말을 들은 사진은 밤이 되기만을 기다렸다.

그날 밤이었다. 술이 얼큰한 옥졸 하나가 사진을 데리고 뒷간으로 갔다. 사진은 몸을 빼칠 때가 이때라 생각했다. 뒷간으로 가다 말고 그 옥졸에게 거짓으로 물었다.

"여보시오, 우리 뒤를 따라오는 사람이 누구요?"

그 말에 속은 옥졸이 힐끔 뒤를 돌아보았다. 사진은 그때를 틈타 목에 쓰고 있던 칼을 벗어 그 옥졸의 얼굴을 내리쳤다. 옥졸은 끽소리 없이 쓰러져 뻗어 버렸다. 사진은 곁에 있던 벽돌을 집어 들어 몸을 얽고 있던 것들을 짓찧어 풀었다. 그런 다음 두 눈을 부릅뜬 채 옥졸들이 모여 있는 방을 덮쳤다. 방 안의 옥졸들은 모두 취해 있었다. 사진이 범 같은 기세로 덮치자 맞아 죽는 놈은 맞아 죽고 달아나는 놈은 달아났다.

옥문을 열고 나선 사진은 밖에서 구원이 오기를 기다리는 동안 거기 갇혀 있던 죄수들을 풀어 주었다. 다 풀어 주고 보니 죄수는 모두 쉰 명이 넘었다.

그런 소동이 벌어지는 데 소리가 아니 날 수 없었다. 감옥 쪽에서 함성이 이는 소리를 들은 사람이 얼른 태수에게 그 일을 알렸다. 놀란 정만리는 얼굴이 흙빛이 되었다. 급히 병마도감을 불러 어찌할까를 의논했다. 불려 온 동평이 침착하게 말했다.

"성안에 반드시 적의 첩자가 있습니다. 사람을 많이 풀어 먼저 그것들부터 잡아들여야 합니다. 저는 틈을 보아 군사를 이끌고 성을 나가겠습니다. 제가 송강과 싸우는 동안 상공께서는 성을 굳게 지키시는 한편 공인 수십 명을 풀어 감옥 문을 에워싸게 하고 죄수놈들이 달아나지 않게 하십시오."

그러고는 말을 끝내기가 바쁘게 말에 오른 뒤 군사를 점고했다. 정 태수도 그런 동평의 말에 따라 성안의 절급과 우후, 옥졸들에게 창칼을 쥐여 준 뒤 감옥으로 달려가게 했다.

손에 손에 무기를 든 수십 명의 옥졸들이 감옥 밖을 에워싸자 사진은 감히 뛰쳐나올 수가 없었다. 그러나 바깥의 옥졸들도 감옥 안으로 뛰어들 수 없기는 마찬가지였다. 날짜를 잘못 짚은 바람에 일이 그렇게 엉뚱하게 되자 고대수는 애가 탔지만 어찌할 수 없어 한숨만 쉴 뿐이었다.

한편 군사를 끌어모은 병마도감 동평은 새벽 무렵 성을 나섰다. 동평이 송강의 진채로 밀고 들자 도중에 매복해 있던 송강 편의 졸개들이 얼른 그 일을 송강에게 알렸다.

"이는 틀림없이 고대수가 성안에서 무슨 일을 벌였기 때문일 것이다. 어쨌든 적이 밀고 든다 하니 우리도 나가 막도록 하자."

송강이 그렇게 말하며 맞싸울 채비를 했다.

송강의 군사들이 동평의 군사들과 맞닥뜨린 것은 날이 훤히 밝았을 때였다. 양쪽 군사가 싸울 태세로 벌려 서자 먼저 동평이 말을 타고 나왔다. 동평은 머리가 좋아 아는 게 많고 피리며 거문고에도 솜씨가 좋았다. 그래서 산동과 하북의 사람들은 그를 풍류쌍창장(風流雙鎗將)이라 불렀다.

자기편 진채 앞에 선 송강은 그런 동평을 살펴보았다. 그 모습부터가 한눈에 마음에 들었다. 거기다가 동평이 화살통에 꽂고 있는 작은 깃발도 특이했다. 그 깃발에는 '영웅쌍창장 풍류만호후(英雄雙鎗將 風流萬戶侯)' 열 자가 쓰여 있었다. 하지만 만난 곳이 싸움터니 어쩌는 수가 없었다. 송강은 먼저 한도를 내보내 동평과 맞서게 했다.

손에 큰 쇠창을 들고 말에 오른 한도는 똑바로 동평을 덮쳐 갔다. 동평은 쌍창을 들어 그런 한도를 맞았다. 그러나 동평의 창 솜씨가 얼마나 날랜지 한도로서는 당해 내기 어려워 보였다.

송강은 다시 금창수 서령을 불러 소문난 그의 구겸창으로 한

도를 대신하게 했다. 나는 듯 말을 달려 나간 서령은 곧 동평과 맞붙었다. 그러나 싸움이 오십 합을 넘어도 좀체 승부가 가려지지 않았다.

싸움이 길어지는 걸 본 송강은 혹시라도 서령에게 실수가 있을까 걱정이 되었다. 징을 울려 그를 불러들이게 했다. 자신을 부르는 징 소리에 서령이 말 머리를 돌리자 동평이 기세를 타고 뒤쫓기 시작했다.

그걸 본 송강이 얼른 채찍을 들어 한차례 휘저었다. 그러자 사방에서 군사들이 일어 진채 깊숙이 뒤쫓아온 동평을 에워쌌다. 송강은 높은 언덕에서 말을 탄 채 아래를 내려다보며 에워싸인 동평이 움직이는 쪽을 깃발로 알려 주게 했다. 그가 동쪽으로 움직이면 얼른 깃발로 동쪽을 가리켜 군사들이 동쪽을 에워싸고 그가 서쪽으로 움직이면 깃발이 서쪽을 가리켜 군사들이 다시 서쪽을 에워싸는 식이었다.

송강의 군사들에게 에워싸여 있던 동평은 쉽게 빠져나갈 수가 없었다. 두 자루 창으로 이리 뛰고 저리 뛰고 하였으나 해가 서편으로 기울 무렵에서야 겨우 빠져나갈 수 있었다.

송강은 굳이 그런 동평을 뒤쫓지 않았다. 동평 또한 싸워 봤자 이길 것 같지 않아 군사를 거두고 성으로 돌아갔다. 송강은 물러가는 동평을 뒤따라가듯 그날 밤으로 군사를 움직여 동평부 성 아래 이르렀다. 그리고 굳게 성을 에워싼 채 성안에서 신호가 있기만을 기다렸다.

하지만 성안의 고대수는 일이 뜻 같지가 못했다. 태수가 사람을 풀어 엄하게 지키는 바람에 함부로 불을 질러 신호를 보낼 수가 없었다. 사진 또한 겨우겨우 버티고만 있을 뿐 함부로 감옥을 뛰쳐나올 수는 없었다.

그런데 일은 엉뚱한 곳에서부터 풀려 가기 시작했다. 원래 정 태수에게는 딸이 하나 있는데 얼굴이 몹시 예뻤다. 아내가 없는 동평은 여러 차례 사람을 넣어 태수에게 사위 되기를 청하였다. 그러나 정만리가 동평을 사위로 받아들여 주지 않자 그 때문에 두 사람의 사이는 썩 좋은 편이 아니었는데 동평이 다시 그 일을 들고 나온 것이었다.

그날 밤 성안으로 돌아온 동평은 그전의 중매꾼을 시켜 다시 정태수를 찾아보게 했다. 정 태수가 자신만을 의지하지 않을 수 없게 된 때를 틈타 혼사를 제 뜻대로 끌어가기 위함이었다. 중매꾼이 돌아와 전한 말은 실망스럽기 그지없었다.

“나는 문관이고 그 사람은 무관이니 사위 삼아서 안 될 것은 없겠지. 하지만 지금은 성 밖에 도적 떼가 이르러 일이 급한 때라 설령 내가 이 혼인을 허락하다 해도 세상 사람들이 비웃을 것이다. 도적 떼를 물리치고 성을 지킨 뒤에 혼사를 해도 늦지 않다고 전하라.”

그게 정 태수가 한 말이었다.

“그 말도 옳긴 하군.”

동평은 비록 입으로 그렇게 말했지만 뒷날 가서 딴소리를 할까봐 걱정이 되었다.

그런 판에 송강은 더욱 급하게 성을 들이쳤다. 놀란 태수는 동평에게 사람을 보내 나가 싸우기를 재촉했다. 이래저래 심사가 뒤틀린 동평은 갑옷을 입고 말에 올라 군사들과 함께 성을 나갔다. 송강이 몸소 진 문 앞으로 나와 달려오는 동평을 보고 꾸짖었다.

"어리석은 적장은 들어라. 내 밑에는 십만의 날랜 군사와 천 명의 용맹한 장수가 있다. 너 혼자서 무슨 수로 당해 내겠느냐? 차라리 일찌감치 항복하여 죽음이나 면하여라."

송강의 그 같은 꾸짖음에 동평은 몹시 성이 났다.

"꼬라지도 출신도 하찮은 것아, 죽어 마땅한 미치광이가 감히 누구를 보고 어지러이 지껄이느냐?"

그러고는 쌍창을 쳐들고 똑바로 송강을 덮쳐 갔다. 왼편에서는 임충이, 오른편에서는 화영이 달려 나가 둘이 한꺼번에 동평을 막았다. 그런데 싸움을 몇 합 제대로 어우르기 전에 문득 두 장수가 몸을 돌려 달아나기 시작했다. 송강의 보군들도 정말로 기세에 쫓긴 척 사방으로 흩어져 달아났다. 동평은 제 용맹만 믿고 말을 박차 그런 그들을 뒤쫓았다.

쫓기던 송강의 군사들은 어느덧 수춘현 근처에 이르렀다. 송강은 앞에서 달아나고 동평은 뒤에서 쫓는 형국으로 성 밖 십여 리에 이르렀을 때였다. 문득 그들 앞에 한 작은 마을이 나타났다. 양쪽으로 초가집들이 늘어선 가운데로 한 줄기 역마 길이 나 있었다. 동평은 그때까지도 자신이 계책에 말려들고 있다는 것을 몰랐다. 동평은 막무가내로 말을 내몰았다. 송강은 동평이 그럴 것을 알고 이미 이곳에 손을 봐 두었던 것이다.

그래서 계책을 짜낸 결과 간밤에 이미 왕왜호와 일장청, 장청과 손이랑 두 부부 장수에게 백여 명을 주고 먼저 그 초가 양쪽에 매복하게 하였다. 뿐만 아니었다. 송강은 또 길 위에 말을 걸어 넘어뜨리는 밧줄을 펼쳐 두고 그 위에 얇게 흙을 덮어 눈에 띄지 않게 했다. 징 소리가 나면 그 밧줄을 들어 올려 그리로 뛰어든 동평을 사로잡기 위함이었다

동평은 그것도 모르고 밧줄이 감춰진 곳까지 뛰어들었다. 그때 동평의 등 뒤로 공명과 공량 형제가 나타나 크게 외쳤다.

"우리 형님을 다치지 마라!"

이때 초가 쪽에서 한 소리 징 소리가 나더니 양쪽의 대문들이 열리며 밧줄이 불쑥 솟아올랐다. 동평은 급히 말 머리를 돌리려 했다. 그러나 등 뒤에서도 역시 밧줄들이 솟아올라 말 다리를 걸어 쓰러뜨렸다. 그 바람에 동평이 말에서 떨어지자 왼편에서는 일장청과 왕왜호 부부가 달려 나오고 오른편에서는 장청과 손이랑 부부가 달려 나와 냉큼 동평을 사로잡아 버렸다. 그들은 동평으로부터 갑옷과 투구를 벗기고 쌍창을 빼앗은 뒤 삼베로 된 밧줄로 꽁꽁 묶었다.

그 무렵 초가 쪽으로 돌아온 송강은 말을 세우고 짙은 버드나무 아래 서서 두 여두령이 동평을 끌고 오기를 기다렸다. 이윽고 일장청과 손이랑이 동평을 끌고 왔다. 송강이 짐짓 그들을 꾸짖었다.

"나는 동평 장군을 모셔 오라 했거늘, 이 무슨 짓이냐? 누가 장군을 묶으라고 시켰느냐?"

그러자 두 여장군은 죄지은 사람처럼 동평을 남겨 놓고 물러났다. 송강은 얼른 말에서 내려 손수 동평의 밧줄을 풀어 주고 자신이 입고 있던 갑주와 비단옷을 벗어 동평에게 입힌 뒤 넙죽 절을 했다. 동평이 황망히 그런 송강에게 답례했다.

"장군께서 이 하찮은 것을 버리시지 않는다면 저희 산채를 맡아 주십시오."

송강이 그렇게 말하자 동평이 몸둘 바를 몰라 하며 대꾸했다.

"저는 싸움에 져서 사로잡힌 장수이니 만 번 죽어도 오히려 모자랄 것입니다. 그저 이 한 몸 받아 주시기만 해도 그보다 더한 다행이 없을 터인데 산채의 주인이 되라니 그 무슨 말씀입니까?"

그러자 송강은 다시 죄를 빌듯 말했다.

"저희 산채에 식량이 모자라 동평부로 꾸러 온 것뿐 저희에게는 딴 뜻이 없습니다. 이 점 장군께서 너무 허물하지 마십시오."

"정만리란 놈은 원래가 동관(童貫)의 문하에서 글 선생으로 있던 놈입니다. 그런 놈이 그토록 좋은 자리를 얻었으니 백성을 해치는 일이 어찌 없겠습니까? 만약 형님께서 이 동평을 받아들여 주신다면 저는 성안 것들을 속여 성문을 열게 하고 성안으로 들어갈 수 있도록 하겠습니다. 그리하여 함께 돈과 곡식을 빼앗음으로써 이번의 은혜에 보답하려 합니다."

동평이 한층 더 스스로를 낮추며 송강이 바라지도 않은 계책까지 올렸다. 동평의 마음이 돌아선 것을 안 송강은 몹시 기뻤다. 얼른 영을 내려 갑옷과 투구, 창, 말을 동평에게 되돌려 주게 하고 그 계책에 따라 군사를 움직였다. 동평이 앞장을 서고 송강의 군사들이 뒤를 따르는데 깃발을 감추고 차림을 바꾸니 모두가 원래 동평을 따라 나갔던 관군들같이 보였다. 동평성 아래 이르자 동평이 성벽 위를 올려다보며 소리쳤다.

"어서 성문을 열어라."

그 소리를 들은 성안 군사들이 횃불을 켜고 내려다보니 틀림없이 병마도감 동평이었다. 곧 성문을 열고 적교를 내려 동평을 맞아들였다. 동평은 말을 박차 성안으로 들어간 뒤 성문을 지키던 군사를 쫓고 적교를 닫아 올리는 쇠사슬을 끊어 버렸다. 그 뒤를 송강의 군사들이 물밀 듯이 밀고 들어갔다.

동평부 안은 순식간에 아수라장이 되고 말았다. 송강은 급히 명을 내려 죄 없는 백성을 해치지 못하게 하고 사람이 있는 방에는 불을 지르지 못하게 했다. 동평은 똑바로 태수의 관저로 달려가 정만리의 가족들을 모두 죽이고 마음에 두고 있던 그 딸만 살려 데리고 나왔다. 송강은 먼저 감옥 문을 열게 해 사진을 구해 낸 다음 동평부의 창고를 열어 그곳에 있던 금은과 비단을 모두 털고 곡식 창고에 있던 쌀도 모두 수레에 옮겨 싣게 했다.

송강이 빼앗은 재물과 양식을 양산박으로 보내자 금사탄에 나와 있던 완씨 삼 형제가 그것들을 받아 산채로 옮겼다.

풀려난 사진은 졸개 몇을 데리고 서와자에 있는 이수란의 집으로 달려갔다. 자신을 밀고한 뚜쟁이 할멈은 말할 것도 없고 이수란과 그 아비인 뚜쟁이 할아범 및 가족 모두를 죽여 원수를 갚았다.

송강은 태수의 집까지 깡그리 턴 뒤 길거리에 방을 붙여 백성들의 놀란 마음을 달래 주었다. 백성을 해치던 고을의 벼슬아치들은 모두 죽었으니 백성들은 모두 마음 놓고 생업에 힘쓰라는 내용이었다. 그 모든 일이 끝나자 송강은 비로소 군사를 돌려 동평부에서 물러났다.

그런데 송강의 군사들이 안산진에 이르렀을 때였다. 양산박으로 향하는 길을 잡고 막 출발하려는데 백승이 헐레벌떡 달려왔다. 동창부를 치러 간 노준의가 두 번이나 싸움에 졌다는 좋지 못한 소식이었다.

"성안에 한 사람의 용맹스러운 장수가 있는데 성은 장가요, 이름은 청이라고 합니다. 장청(張淸)은 원래 창덕부(彰德府) 사람으로 전에는 호기(虎騎)로 있었습니다. 돌팔매질을 매우 잘해 백 번 던져 백 번 다 원하는 곳을 맞힐 정도라 사람들은 모두 그를 몰우전(沒羽箭, 깃 없는 화살)이라고 부릅니다. 또 그 장청 밑에는 두 사람의 부장이 있는데 그중 하나는 화항호(花項虎, 목덜미에 꽃 문신 새긴 호랑이) 공왕(龔旺)이고 다른 하나는 중전호(中箭虎, 화살 맞은 호랑이) 정득손(丁得孫)이란 놈입니다. 공왕은 온몸에 호랑이 얼룩 같은 문신을 넣고 목에는 호랑이 대가리를 새긴 놈으로 말 위에서 쓰는 비창(飛鎗) 솜씨가 뛰어나다고 합니다. 중전호 정득손이란 놈은 얼굴에 온통 흉터투성이로 역시 말 위에서 쓰는 비차(飛叉)가 놀랍다는군요."

백승이 먼저 그렇게 적장들을 소개하고 숨을 고른 뒤 다시 이었다.

"노 원외께서는 군사를 이끌고 동창부에 이르렀으나 지금 열

흘째나 싸움을 하지 않고 있습니다. 전날 장청이 군사를 이끌고 성을 나와 싸움을 걸자 학사문을 내보냈으나 그 끝이 좋지 않았던 까닭입니다. 학사문이 장청과 싸우는데 몇 합 싸우기도 전에 장청이 달아나기 시작하더군요. 학사문이 멋모르고 그런 장청을 뒤쫓다가 그 돌팔매에 이마빼기를 맞고 말 아래로 굴러떨어졌습니다. 다행히도 연청이 강한 쇠뇌를 쏘아붙여 장청의 말을 쓰러뜨리는 바람에 학사문의 목숨을 구했지만 싸움은 한판 지고 말았지요. 다음 날은 혼세마왕 번서가 항충과 이곤을 데리고 나가 싸우게 되었으나 또 결과가 신통치 못했습니다. 이번에는 정득손이 겨드랑이에서 꺼내 날린 비차에 항충이 맞은 까닭이지요. 결국 그 판까지 합쳐 우리는 두 번이나 싸움에 진 꼴입니다. 이에 군사께서는 다친 학사문과 항충을 배로 옮겨 치료하게 하는 한편 저를 보내 형님에게 빨리 구해 달라는 말을 전하라 하셨습니다."

그 같은 백승의 말을 들은 송강은 두령들을 돌아보며 탄식하듯 말했다.

"노준의는 어찌 이리도 운이 없는가! 내가 특히 오학구와 공손승을 모두 딸려 보내 그를 돕게 하였건만 이기지 못하다니! 나는 그 사람이 공을 세워 첫째 두령의 자리에 앉기를 바랐는데 그같이 강한 적수를 만날 줄 누가 알았겠는가? 일이 그렇게 되었다면 하는 수 없지. 우리 모두 군사를 이끌고 가서 그를 도와야겠다."

그러고는 곧 영을 내려 모든 장졸들을 이끌고 동창부로 달려갔다. 노준의가 달려 나와 반갑게 송강을 맞고 그간의 사정을 들려주었다.

두령들이 모두 둘러앉아 싸움을 의논하고 있는데 갑자기 어떤 작은 두령이 달려와 알렸다.

"몰우전 장청이 또 싸움을 걸어옵니다."

그 말을 들은 송강은 모든 두령들과 함께 자리에서 일어나 장청과 맞서려 나아갔다. 넓고 평평한 들판에 진세를 벌인 송강은 여러 두령들과 함께 말에 올라 문기 아래로 나아갔다. 목소리가 크게 세 번 울리는가 싶더니 장청이 보얗게 먼지를 일으키며 말을 몰아 덤벼 왔다. 그 왼편에는 화항호 공왕이요, 오른편에는 중전호 정득손이 말을 타고 뒤쫓았다. 그 세 필의 말은 송강의 진채 앞에 이르러서야 닫기를 멈추었다. 장청이 손가락으로 송강을 가리키며 큰 소리로 꾸짖었다.

"물가의 하찮은 도적놈아, 한판 겨루어 보자!"

그 말을 들은 송강이 좌우를 돌아보며 물었다.

"누가 나가서 저 사람과 싸워 보겠는가?"

그러자 한 호걸이 성난 기세로 말을 박차고 달려 나갔다. 송강이 보니 구겸창을 휘두르며 달려 나가는 그 사람은 바로 금창수 서령이었다. 송강이 흐뭇한 미소를 띠며 중얼거렸다.

"저 사람이라면 넉넉히 맞설 수 있지."

그사이 나는 듯 말을 달려 나간 서령은 장청과 어울렸다. 두 사람이 탄 말이 서로 엇갈리고 창과 창이 부딪쳤다. 그런데 싸움이 채 다섯 합도 이르기 전에 장청이 갑자기 말 머리를 돌려 달아나기 시작했다. 서령이 그런 장청을 뒤쫓았다. 장청은 달아나면서 창을 왼손으로 옮기고 오른손으로는 비단 주머니에서 팔매질할 돌을 꺼내 들었다.

장청이 갑자기 몸을 뒤틀며 서령의 얼굴을 향해 팔매질을 했다. 이마 한가운데를 돌에 맞은 서령이 비명과 함께 말 아래로 떨어졌다. 그러자 장청을 뒤따르던 공왕과 정득손이 달려 나와 그런 서령을 사로잡으려 했다. 송강의 진중이라고 사람이 모자라는 것은 아니었다. 곧 여방과 곽성이 각기 갈래창을 휘두르며 말을 달려 나아가 서령을 구해 냈다.

서령이 떠메어져 돌아오는 걸 보고 송강을 비롯한 여러 두령들은 크게 놀랐다. 송강은 낯빛이 변해 다시 나가서 싸울 장수를 찾았다. 누가 나가 싸울까를 묻는 송강의 말이 끝나기도 전에 등뒤에서 한 장수가 달려 나갔다. 나가는 뒷모습을 보니 금모호 연순이었다.

송강은 연순이 장청의 맞수가 되지 못함을 염려해 말리려 했다. 그러나 그때 이미 연순이 탄 말은 장청에게로 다가가 있었다. 연순은 장청과 맞붙었으나 송강의 걱정대로 적수가 되지 못했다. 몇 합 싸우기도 전에 말 머리를 돌려 달아나기 시작했다.

장청이 그런 연순을 뒤쫓으며 가만히 돌멩이를 집어 힘껏 던졌다. 그 돌멩이가 연순의 등판을 막아 주는 갑옷 철판을 두들겨 요란한 쇳소리를 냈다. 연순은 놀라 말 등에 바짝 붙은 채 달아나기에만 바빴다.

"저따위 하찮은 놈을 두려워할 게 무어란 말이냐!"

다시 누군가가 그렇게 큰 소리로 외치며 말을 박차 달려 나갔다. 송강이 보니 그 장수는 바로 백승장 한도였다. 한도는 말 한

마디 건네는 법 없이 곧바로 장청과 어울렸다. 두 말이 서로 엇갈리자 양편 진중에서 크게 함성이 일었다. 한도는 송강의 앞에서 솜씨를 보이려고 정신을 바짝 차려 장청과 싸웠다. 그 때문인지 싸움이 열 합에 이르기도 전에 장청이 말 머리를 돌려 달아나기 시작했다. 그러나 한도는 장청이 또 돌을 던질까 봐 감히 뒤쫓지 못했다.

장청은 달아나면서 뒤를 돌아보아도 한도가 뒤쫓아오지 않자 다시 몸을 돌려 싸우러 왔다. 한도가 기다렸다는 듯 창을 들고 그런 장청과 맞섰다. 하지만 그때 이미 장청은 손안에 몰래 팔매질할 돌을 쥐고 있었다. 갑자기 장청의 손이 번쩍 들리는가 싶더니 날아온 돌팔매가 한도의 콧등을 때렸다. 한도는 얼굴이 피범벅이 되어 급히 본진으로 도망쳐 왔다.

한도가 다시 돌아오는 걸 본 팽기는 몹시 성이 났다. 미처 송강의 명을 기다릴 틈도 없이 세 끝이 뾰족한 삼첨양인도를 휘두르며 말 배를 박차고 달려 나갔다. 팽기는 한칼에 장청을 베어버릴 듯 덮쳐 갔으나 좋은 것은 기세뿐이었다. 미처 두 사람이 맞붙기도 전에 그새 장청이 들고 있던 돌이 날아와 다시 팽기의 얼굴을 때렸다. 아무리 팽기라도 얼굴에 정통으로 돌을 맞고는 견뎌 낼 재간이 없었다. 들고 있던 칼마저 내던지고 황망히 본진으로 되쫓겨 돌아왔다.

송강은 여러 장수들이 잇따라 싸움에 지는 걸 보자 놀랍고도 걱정스러웠다. 얼른 인마를 거두려고 하는데 노준의의 등 뒤에서 한 장수가 뛰어나오며 소리쳤다.

"오늘 이렇게 위세가 꺾이고서야 내일 어찌 싸울 수 있겠습니까? 제가 한번 나가 보지요. 저놈의 돌멩이가 나를 맞힐 수 있는지 없는지 한번 보아 주십시오!"

송강이 보니 그 장수는 바로 추군마 선찬이었다. 선찬은 춤추듯 칼을 휘두르며 말을 박차 똑바로 장청을 덮쳐 갔다. 장청이 그를 보고 큰 소리로 이죽거렸다.

"한 놈이 오면 한 놈을 때려 엎고 두 놈이 오면 두 놈을 때려잡을 뿐이다. 너는 내 팔매질 솜씨를 알지 못하느냐?"

"헛소리 마라. 다른 사람은 맞힐 수 있었는지 몰라도 나는 아니다!"

선찬이 그렇게 맞받았다. 그런데 미처 그 말이 끝나기도 전에 장청의 손이 번쩍하며 다시 돌팔매가 날아들었다. 돌은 다른 곳도 아닌 선찬의 입을 맞혀 선찬은 비명조차 제대로 못 지르고 말 위에서 떨어졌다. 그걸 본 공왕과 정득손이 선찬을 잡으러 달려 나왔다. 송강의 진중에서 다시 여러 장수가 달려 나가 겨우 선찬을 구해 냈다.

거느린 장수들이 거듭 장청에게 다치는 걸 보자 송강도 몹시 화가 났다. 손에 들고 있던 칼로 옷자락을 베며 맹세했다.

"내 만약 저 사람을 얻지 못한다면 결코 군사를 돌리지 않으리라."

호연작이 그런 송강의 맹세를 듣고 얼른 말했다.

"형님의 그 말씀은 우리 형제들이 아무 쓸모없다는 뜻이기도 하겠구려."

그러고는 척설오추마를 채찍질해 달려 나갔다.

“보자 보자 하니 어린놈이 너무 까부는구나. 그것도 재주라고 우쭐대는 꼴이라니……. 너는 대장 호연작을 알기나 하느냐?”

호연작이 그렇게 꾸짖자 장청이 얼른 받았다.

“싸움에 져 나라를 욕되게 한 놈아, 너 잘 걸렸다. 어디 내 매운 솜씨를 봐라.”

그러고는 말이 끝나기 무섭게 호연작을 향해 팔매질을 했다. 호연작은 돌이 날아드는 걸 보고 쇠 채찍을 내리치려 했지만 뜻같지가 못했다. 손목에 모진 돌팔매를 맞고 쇠 채찍 한번 휘둘러 보지 못한 채 본진으로 쫓겨 오고 말았다.

송강이 참지 못하고 소리쳐 물었다.

“마군의 두령들은 모두 다쳤다. 보군 두령 중에 누가 나가 저 놈을 사로잡아 보겠느냐?”

그러자 이번에는 유당이 손에 박도를 들고 뛰쳐나갔다. 장청이 그런 유당을 보고 껄껄 웃으며 꾸짖었다.

“이 어수룩한 놈아, 마군이 이미 졌는데 너 같은 보졸이 무얼 하겠다고 뛰쳐나오느냐?”

유당은 그 말에 몹시 성이 났다. 대꾸도 않고 똑바로 장청을 향해 내달았다. 장청이 탄 말을 따라잡은 유당은 재빨리 칼질을 해 장청의 말을 베었다. 칼을 맞은 말은 아픔을 못 이겨 뒷발굽만으로 뻣뻣이 섰다. 그 바람에 말 꼬리가 유당의 얼굴을 후려쳐 유당은 정신을 차릴 수가 없었다. 장청이 그 틈을 타 돌을 던지니 거기 맞은 유당은 땅바닥에 쓰러졌다. 유당이 일어나려고 버둥거리는데 관군 쪽에서 군사들이 우르르 달려 나와 그를 저희 진채로 끌고 가 버렸다.

"누가 가서 유당을 구하겠느냐?"

놀란 송강이 다시 크게 소리쳤다. 그러자 이번에는 청면수 양지가 말을 박차고 달려 나갔다. 양지는 춤추듯 칼을 휘두르며 달려가 똑바로 장청을 덮쳤다. 장청은 짐짓 창을 들어 양지를 맞는 듯했다. 양지가 칼을 휘둘러 그런 장청을 베어 갔다. 장청이 말 안장에 바짝 몸을 붙여 피하는 바람에 양지의 칼질은 헛손질이 되고 말았다. 그사이 장청은 돌멩이를 꺼내 들고 양지를 겨누며 소리쳤다.

"받아라!"

그 소리와 함께 날아온 돌은 양지의 겨드랑이 사이로 빠져나갔다. 장청은 다시 돌 하나를 꺼내 재빨리 내던졌다. 이번에는 양지의 투구에 맞아 요란한 쇳소리를 냈다. 그제야 양지도 장청의 팔매질 솜씨에 간담이 서늘해졌다. 말 안장에 바짝 엎드려 자기 편 진채로 물러나고 말았다.

양산박, 몰우전 장청을 얻다

양지까지 쫓겨 들어오는 꼴을 보자 송강은 맥이 빠졌다. 홀로 탄식하듯 말했다.

"만일 이 싸움에서 사기가 꺾인다면 어찌 살아서 양산박으로 돌아갈 수 있으리요. 누가 나의 이 분함을 풀어 주겠는가?"

그 소리를 들은 주동이 문득 뇌횡을 보며 말했다.

"한 사람이 나가서 안 된다면 우리 두 사람이 나가 협공해 보세."

그 말을 들은 뇌횡도 어쩔 수 없다는 듯 고개를 끄덕이며 주동을 따라나섰다. 주동은 왼편에 서고 뇌횡은 오른편에 서서 둘이 한꺼번에 칼을 휘두르며 달려 나가자 장청이 그들을 보고 비웃었다.

"한 놈으로 안 되니 한 놈을 더 보탰구나. 네 따위 놈들 열 놈이 몰려와 봐라. 눈 한번 깜짝하나."

그러는데 정말 조금도 겁내는 기색이 없었다. 그저 돌멩이 두 개만 꺼내 쥔 채 가만히 말 위에서 기다릴 뿐이었다.

먼저 장청 가까이 이른 것은 뇌횡이었다. 장청의 손이 번쩍 들리면서 돌멩이가 날아와 뇌횡의 얼굴을 때렸다. 뇌횡은 돌을 맞고 그대로 쓰러졌다.

주동이 급히 그를 구하려는데 다시 돌멩이가 날아와 목덜미를 쳤다. 구경을 하고 있던 관승이 두 장수가 상하는 걸 보고 위엄을 떨치며 일어났다. 청룡도를 수레바퀴 돌리듯 휘두르며 적토마를 몰고 달려 나왔다. 관승이 뇌횡과 주동을 구해 돌아가는 걸 보고 장청이 또 돌을 던졌다. 관승은 얼른 청룡도를 들어 그 돌을 막았다. 돌을 맞은 청룡도에서 번쩍하고 불꽃이 튀었다. 그걸 본 관승도 싸울 마음이 없어져 주동과 뇌횡을 구해 낸 것으로 만족하고 그대로 물러나고 말았다.

그때 쌍창장 동평은 속으로 생각했다.

'나는 이번에 새로 송강에게 항복한 사람이다. 만약 여기서 내 무예를 보여 주지 못한다면 산채로 돌아가더라도 별 대접을 받지 못할 것이다.'

그런 생각으로 쌍창을 움켜잡고 말을 달려 나갔다. 장청이 동평을 알아보고 큰 소리로 욕했다.

"너와 나는 가까운 고을을 맡아 입술과 이 같은 사이다. 함께 도둑 떼를 쳐 없애는 게 바른 이치거늘 너는 어찌하여 조정에 반역했느냐? 그래 놓고 부끄럽지도 않더란 말이냐?"

그 말을 들은 동평은 몹시 성이 났다. 대꾸조차 않고 그대로 장청을 덮쳐 갔다. 곧 두 말이 얽히고 두 사람의 창이 맞부딪쳤다. 네 개의 팔이 어지러이 움직이며 싸우기를 오륙십 합이나 했을까, 장청이 갑자기 말 머리를 돌려 달아나기 시작했다.

"다른 사람은 네놈의 팔매에 맞을지 몰라도 나는 어림없다!"

동평이 그렇게 소리치며 장청을 뒤쫓았다. 장청은 가만히 창을 안장에 내려놓고 주머니에서 돌 한 개를 꺼냈다.

장청의 오른손이 번쩍 쳐들리는가 싶더니 돌멩이 하나가 날아왔다. 동평은 눈이 밝고 몸이 재빨라 얼른 그 돌을 피했다. 장청은 팔매질이 맞지 않는 걸 보자 다시 두 개의 돌을 꺼내 들고 재빨리 내던졌다. 동평이 번득 몸을 움직여 피하니 돌멩이 둘이 모두 빗나가고 말았다.

팔매질이 세 번이나 헛손질이 되자 장청도 속으로 당황했다. 그때 두 사람이 탄 말은 이미 꼬리가 닿을 만큼 가까워져 있었다. 장청이 힘을 다해 저희 진문 왼편으로 달아나는데 동평이 그런 그의 등판을 향해 창을 내질렀다.

장청이 몸을 납작 엎드려 안장에 붙듯이 하며 그 창을 피했다. 창은 허공을 찌르고 장청의 몸을 스쳐갔다. 그때는 동평의 말도 장청의 말과 나란히 달릴 만큼 가까워져 있었다. 장청은 얼른 자신의 창을 내던지고 두 손으로 동평의 창과 팔을 한꺼번에 붙잡았다. 동평이 그 창을 놓을 리 없어 둘은 곧 한 덩이가 되었다.

송강의 진중에서 그 광경을 본 삭초가 큰 도끼를 휘두르며 동평을 도우러 달려 나왔다. 관군의 진중에서도 공왕과 정득손이 일제히 말을 박차 달려 나왔다. 장청과 동평이 아직 떨어지지 않았는데 다시 삭초와 공왕, 정득손의 싸움이 벌어졌다.

송강의 진중에서 다시 임충, 화영, 여방, 곽성 네 장수가 한꺼번에 뛰쳐나왔다. 혼자서 둘을 맞아 싸우고 있는 삭초를 돕기 위함이었다.

형세가 불리해지는 걸 깨달은 장청은 잡고 있던 동평을 놓아주고 말 목에 매달려 저희 진채로 달아났다. 동평은 그런 장청을 놓아주지 않으려고 그의 귀신 같은 팔매질 솜씨도 잊고 뒤쫓기에만 바빴다. 장청은 동평이 뒤쫓아오는 걸 보자 가만히 돌멩이 하나를 골라 쥐고 동평의 말이 가까이 다가오기를 기다려 내던졌다.

"받아라!"

그 같은 장청의 외침과 함께 날아온 돌은 동평의 귓불을 스치고 지나갔다. 그제야 놀란 동평은 뒤쫓기를 단념하고 되돌아섰다.

그때 삭초가 공왕과 정득손을 버려 둔 채 관군의 진채로 뛰어들었다. 장청은 다시 돌을 꺼내 재빨리 삭초를 향해 던졌다. 삭초가 얼른 몸을 굽혀 피하려 했지만 돌은 어느새 그의 얼굴을 때렸다. 이에 삭초는 피투성이가 되어 도끼를 끌고 자기의 진채로 되돌아갔다.

한편 공왕과 정득손은 송강 측의 네 장수에게 붙들려 있었다. 임충과 화영은 왼쪽에서 공왕이 돌아갈 길을 막고 있었고 여방과 곽성은 다른 쪽에서 정득손의 길을 막았다. 당황한 공왕은 얼른 비창을 꺼내 들고 화영과 임충을 향해 던졌다. 임충과 화영이 맞지 않으니 손에 든 무기가 없는 공왕은 곧 그 둘에게 사로잡히고 말았다.

그때까지도 정득손은 비차를 휘두르며 죽을힘을 다해 여방과 곽성에게 맞서고 있었다. 그 싸움을 보고 있던 연청이 속으로 가만히 중얼거렸다.

'이게 무슨 꼴이냐? 우리는 잇따라 열다섯 장수가 저놈들에게 당했다. 그런데 저 한낱 조무래기 장수조차 잡지 못한다면 어떻게 얼굴을 들 수 있겠는가.'

그러면서 들고 있던 몽둥이를 내려놓고 가만히 활을 꺼내 들었다. 연청이 시위에 살을 얹고 당겼다 놓으니 바람 소리와 함께 화살은 정득손이 탄 말의 다리를 맞혔다. 말이 아픔을 못 이겨 쓰러지자 정득손은 말에서 떨어져 역시 여방과 곽성에게 사로잡히고 말았다.

장청이 정득손을 구해 보려 했으나 홀로는 어쩔 수가 없었다. 다만 사로잡은 유당만 끌고 동창부로 돌아가 버렸다.

동창부의 태수는 성벽 위에서 장청이 모두 합쳐 열다섯이나 되는 양산박의 장수들을 쓰러뜨리는 걸 보고 있었다. 비록 공왕과 정득손을 잃었으나 유당을 사로잡아 끌고 온 것을 본 태수는 술을 내어 장청을 치하했다. 그리고 유당에게는 큰칼을 씌워 감옥에 내린 뒤 나중에 그 죄를 따지기로 했다.

한편 군사를 거두고 돌아온 송강은 먼저 공왕과 정득손을 양산박으로 묶어 보낸 뒤 노준의와 오용에게 말했다.

"내가 듣기로 오대(五代) 시절에 대량(大梁)의 왕언장(王彦章)

은 하루해가 지기도 전에 당나라 장수 서른여섯을 쓰러뜨린 일이 있었다. 그러나 오늘 장청은 잠시 동안에 나의 장수 열다섯을 잇따라 쓰러뜨렸으니 결코 왕언장보다 못하지 않다. 실로 용맹스런 장수다."

그 말을 들은 여러 두령들은 아무도 입을 열지 못했다. 그러나 송강은 곧 여러 두령들을 격려라도 하듯 덧붙였다.

"내가 보니 장청은 공왕과 정득손을 날개로 삼고 그 같은 위세를 부린 듯하다. 그러나 이제 그 두 날개가 모두 우리에게 꺾였으니 좋은 계책을 쓴다면 그를 사로잡을 수도 있을 것이다."

그러자 오용이 기다리고 있었다는 듯 계책을 내놓았다.

"형님은 마음 놓으십시오. 제가 장청의 들고 남을 살펴 이미 계책을 짜 놓은 지 오랩니다. 먼저 다친 두령들은 산채로 돌려보낸 다음 노지심, 무송, 손립, 황신, 이립 등으로 하여금 수군을 모조리 이끌고 나아가게 하십시오. 수레와 배를 마련해 물과 뭍으로 나아가며 배와 말이 서로 손발을 맞춰 장청을 꾀어 내면 큰일을 이룰 수 있을 것입니다."

송강이 기뻐하며 그 말을 따르자 오용은 계책대로 인마를 배치히였다.

한편 장청은 장청대로 성안에서 태수와 함께 의논이 한창이었다.

"비록 두 번이나 싸움에 이겼다고는 하지만 놈들의 세력을 뿌리째 뽑지는 못했습니다. 먼저 사람을 풀어 적의 허실을 살펴본 뒤에 따로 방도를 찾아보는 게 좋을 듯합니다."

장청이 그렇게 말하고 있을 때 풀어놓은 염탐꾼이 돌아와 알렸다.

"진채 서북쪽으로 어디서 오는지 모르나 많은 곡식을 실은 수레 백여 대가 오고 있습니다. 또 강으로는 역시 곡식과 말먹이 풀을 실은 크고 작은 배 백여 척이 땅 위의 수레와 나란히 올라오고 있습니다. 그런데 그 배와 수레를 돌보는 두령들은 몇 명 되지 않은 듯합니다."

그 말을 들은 태수는 조심성 많은 척 말했다.

"그게 그 도둑놈들의 계책이 아닐까? 잘못하면 그것들의 모진 손에 걸릴지 모르니 다시 사람을 뽑아 염탐을 시켜 보는 게 좋겠소. 정말로 배와 수레에 실린 것이 곡식과 말먹이 풀이 맞는지 알아보도록 하시오."

장청도 그 말을 옳게 여겨 다시 사람을 풀었다. 이튿날 염탐꾼이 돌아와 알렸다.

"수레에 실린 것은 모두가 곡식이 틀림없는 듯합니다. 길바닥에 낟알이 흘러 있으니까요. 물에 뜬 배들도 비록 덮개를 하고는 있으나 곡식 자루가 드러나 보입니다."

그제야 장청은 움직일 마음을 먹었다.

"오늘 밤 성을 나가 먼저 물가의 수레를 빼앗은 뒤 다시 물 위의 배들도 빼앗도록 합시다. 태수께서 싸움을 도와주신다면 북소리 한 번으로 그 모두를 얻을 수 있을 것입니다."

그렇게 태수에게 권했다. 태수도 기꺼이 따랐다.

"그 계책이 참으로 묘하구려. 어쨌든 일이 잘되도록 해 봅시다."

그러고는 곧 채비에 들어갔다. 태수와 장청은 군사들에게 술과 밥을 배불리 먹인 뒤 모두 갑옷을 입고 비단 자루 하나씩을 지니게 했다.

모든 채비가 끝나자 장청은 손에 긴 창을 들고 천 명의 군사들을 거느린 채 가만히 성을 빠져나갔다. 그날 밤은 달빛이 희미하고 별만 하늘에 가득했다. 성을 나간 지 십 리도 안 되어 정말로 한 떼의 수레가 보였다. 수레에 걸린 깃발에는 '수호채 충의량(水滸寨 忠義糧)'이라 쓰여 있었다.

그 수레를 앞장서 이끌고 있는 것은 노지심이었다. 노지심은 선장을 둘러멘 채 성큼성큼 앞만 보고 걷고 있었다. 아직 장청을 보지 못해 그의 팔매질은 걱정하지 않았다.

장청이 그런 노지심을 향해 팔매를 날렸다.

"받아라!"

소리와 함께 돌멩이 하나가 노지심의 머리를 때렸다. 노지심은 머리가 터져 피를 흘리며 뒤로 벌렁 자빠졌다. 그걸 본 장청의 군사들이 일제히 함성을 지르며 밀고 들었다.

노지심과 함께 있던 무송은 급했다. 두 자루 계도를 휘둘러 겨우 노지심을 구해 낸 뒤 곡식 실은 수레는 버리고 달아났다. 수레를 얻은 장청이 보니 거기에 실린 것은 정말로 곡식이었다. 기쁜 나머지 노지심을 쫓는 것도 잊고 곡식만 거두어 성안으로 돌아갔다.

장청이 많은 곡식을 빼앗아 오자 태수 또한 몹시 기뻤다. 빼앗은 곡식은 창고에 거두어들이고 장청을 치하해 마지않았다. 기세가 오른 장청은 뒤이어 다시 물에 뜬 곡식 배를 빼앗으려 했다. 태수도 그런 장청을 말리지 않았다.

"장군 좋으실 대로 하시오."

그렇게 허락하자 장청은 다시 말에 올라 남문으로 달려갔다.

장청이 남문 위에서 바라보니 나루에 수많은 배가 떠 있는 게 보였다. 장청은 얼른 성문을 열고 함성과 함께 물가로 달려 나갔다. 그때는 어두운 구름이 두텁게 하늘을 덮고 검은 안개가 가득한 밤이었다. 장청을 따르는 마보군은 고개를 돌려보아도 서로를 알아볼 수가 없을 정도였다. 바로 공손승이 술법을 부린 까닭이었다.

장청은 그 같은 어둠에 적이 놀랐을뿐더러 앞뒤도 전혀 분간할 수 없어 돌아가려 했다. 그러나 그것마저 뜻대로 되지 않아 나아가지도 물러나지도 못하게 되고 말았다. 그때 갑자기 사방에서 함성이 일며 얼마인지도 모를 적병이 밀려들었다.

양산박 쪽의 군사를 이끌고 있던 것은 임충이었다. 임충은 갑옷 입은 군사를 휘몰아 장청을 강물 쪽으로 밀어붙였다. 밀리던 장청은 별수 없이 말에 탄 채 강물 속으로 빠지고 말았다. 그때 물속에서는 이준과 장횡·장순 형제, 그리고 완씨 삼 형제와 동씨 형제들 여덟 명의 수군 두령이 한 줄로 늘어서서 장청이 걸려들기만을 기다리고 있었다. 장청의 팔매질 솜씨가 아무리 뛰어나다 한들 물속에서 무슨 소용이 있겠는가. 장청은 곧 완씨 삼 형제에게 사로잡혀 온몸이 꽁꽁 묶여 양산박 쪽 진채로 끌려갔다.

그사이 오용은 나머지 크고 작은 두령들을 휘몰아 성을 들이쳤다. 태수 혼자서 무슨 수로 성을 지켜 낼 수 있겠는가. 성 밖 사방에서 포향이 들리더니 이윽고 성문이 열렸다. 겁을 먹은 태수는 달아나려 했으나 달아날 길조차 없었다.

성안으로 쏟아져 들어온 송강의 인마는 먼저 유당을 구해 낸 뒤 관아의 창고를 열어 거기에 있던 곡식과 돈을 모조리 털었다. 그리고 절반은 양산박으로 실어 보내고 절반은 성안 백성들에게 나누어 주었다. 동창부의 태수도 사로잡혔으나 평소에 몸가짐이 깨끗하고 욕심이 적어 목숨만은 살 수 있었다.

송강은 동창부의 관아에 자리를 잡고 여러 두령들이 모여들기를 기다렸다. 오래잖아 수군 두령들이 장청을 끌고 나타났다. 기다리던 두령들은 여러 형제 장수들이 장청의 돌팔매에 다친 일 때문에 이를 갈며 장청을 죽이려 들었다. 그러나 송강은 그들과 달랐다. 장청이 끌려오는 걸 보자 몸소 계단 아래까지 내려와 맞으며 오히려 사죄하듯 말했다.

"저희가 잘못하여 범 같은 위엄을 범했습니다. 너무 노여워하지 마십시오."

그러면서 밧줄을 풀어 준 뒤 마루 위로 이끌었다. 그때 문득 계단 아래 있던 노지심이 머리를 헝겊으로 싸맨 채 선장을 끌며 계단을 쫓아 올라왔다. 그대로 두면 단번에 장청을 쳐 죽일 태세였다. 송강이 가운데 들어서서 그런 노지심을 꾸짖어 내쫓았다.

더 말이 없어도 장청은 그 같은 송강의 의기에 절로 고개가 수그러졌다. 그대로 땅바닥에 엎드려 절을 올리며 항복을 청했다. 송강은 기꺼이 장청을 받아들인 뒤 술을 땅에 쏟고 화살을 부러뜨리며 맹세하듯 외쳤다.

"여러 형제들 중에서 만약 이 사람에게 원수 갚으려 드는 자가 있다면 하늘이 그를 벌하리라. 반드시 칼 아래서 죽게 되리라!"

그렇게 되니 다른 두령들도 어쩌는 수가 없었다. 두 번 다시 장청에 대해서 딴마음을 먹지 못했다.

한 시절을 뒤흔든 호걸들이라 그런지 장청에 대한 두령들의 감정은 그리 오래가지 않았다. 송강이 맹세까지 하며 장청을 받아들이자 두령들도 곧 지난 감정을 털어 버리고 껄껄 웃으며 장청을 받아들였다. 거기다가 어쨌든 이긴 싸움이었다. 빼앗은 곡식과 재물을 앞세우고 산채로 돌아가게 되니 기쁘지 않을 수가 없었다.

떠나기에 앞서 장청은 송강에게 동창부에 사는 인물 하나를 소개했다. 짐승의 병을 잘 고치는 황보단(皇甫端)이란 사람이었다.

"이 사람은 말의 상을 볼 줄 알 뿐만 아니라 병도 잘 알아맞혀 약을 쓰거나 침을 놓으면 못 고칠 병이 없습니다. 그야말로 옛적 백락(伯樂)의 재주를 이어받은 사람이지요. 원래는 유주에서 살았는데 그 생김이 눈이 푸르고 수염이 누래 변방 오랑캐 같으므로 사람들은 그를 자염백(紫髥伯, 자줏빛 수염 난 어른)이라고 부릅니다. 양산박에서도 이런 사람은 쓸데가 있을 것이니 가족과 함께 데려가도록 합시다."

그 같은 장청의 말을 들은 송강은 몹시 기뻐하며 받아들였다.

"황보단이 우리와 함께 가준다면 그보다 기쁜 일이 어디 있겠소?"

이에 장청은 곧 황보단을 찾아가 송강에게로 데려오고 다른 여러 두령들도 보게 했다.

송강은 먼저 황보단의 생김이 속되지 않은 게 마음에 들었다. 눈은 푸르고 눈동자는 겹인 데다 길게 드리운 수염은 허리께에 이르렀다. 황보단도 송강이 의기로운 호걸임을 알아보고 기쁨으로 따랐다. 가족들을 데리고 송강과 함께 양산박으로 들게 되었다.

동창부에서 처리할 일들이 모두 끝나자 송강은 여러 두령들에게 산채로 돌아가자는 영을 내렸다. 두령들은 그 영에 따라 빼앗은 양식과 돈을 수레에 싣고 한꺼번에 군사를 움직여 아무 거침 없이 양산박으로 돌아갔다.

양산박으로 돌아와 충의당에 오른 송강은 곧 공왕과 정득손을 끌어오게 하고 좋은 말로 그들을 달랬다. 두 사람 또한 기꺼이 항복했다. 송강은 이번에 함께 따라온 황보단에게는 짐승의 병을 고치는 일을 맡기고 동평과 장청은 두령들 중의 하나로 세웠다. 이어 송강은 크게 잔치를 벌이게 하고 모든 두령들을 충의당으로 불러들였다. 각기 서열에 따라 앉히고 보니 두령의 수는 모두 합쳐 백여덟 명이었다.

송강이 감회 깊은 눈으로 그들을 돌아보다가 문득 입을 열었다.

"이 송강은 강주에서의 소동이 있고 이 산채에 오른 뒤로 여러 형제들의 도움으로 우두머리 자리에 앉게 되었소. 그런데 이제 백여덟이나 되는 두령이 모여들게 되고 보니 마음속으로 기쁘기 그지없소. 조개 형님께서 돌아가신 뒤로 군사들을 이끌고 산채를 내려갔을 때마다 아무런 일 없이 모두를 지켜 낼 수 있었으니 위로 하늘이 돌보신 것이요, 사람이 할 수 있는 바가 아니외다. 개중에는 적에게 사로잡혔던 이도 있고 함정에 빠져 묶인 이도 있으며 혹은 다쳐서 돌아오기도 했으되, 끝내는 아무도 잃지 않았던 것이오. 이제 이렇게 백여덟 사람이 서로 마주 보고 앉게 되니 실로 고금에 드문 일이외다. 따라서 내 오늘 여러 형제들에게 할 말이 있는데 들어주시겠소?"

그러자 오용이 얼른 받았다.

"무엇이든 형님께서 뜻하시는 바대로 일러 주십시오."

이에 송강은 진작부터 별러 온 듯한 말을 했다.

서른여섯 천강(天罡), 일흔둘 지살(地煞)

"싸움이 있는 곳에는 죽음이 있게 마련, 우리는 지난번의 여러 싸움에서 수많은 목숨을 앗았으나 아직껏 그 억울한 넋들을 달래 주지 못했소. 나는 크게 나천대초(羅天大醮)를 지내 천지신명이 우리를 돌봐 주신 은덕에 보답했으면 좋겠다고 생각하오. 그리고 아울러 빌고 싶은 것이 세 가지가 있소. 그 첫째는 여러 형제들의 몸과 마음이 한가지로 편안하고 즐거운 것이요, 둘째로는 조정이 은혜로 하늘을 거스른 죄를 사면해 주어 우리에게도 나라에 충성할 기회가 오는 것이며, 셋째로는 조 천왕의 넋을 하늘 높이 들게 하여 우리 죽은 뒤에도 길이길이 만나 뵈올 수 있게 되는 것이외다. 그 밖에 제명이 아닌 때에 죽었거나 불에 타고 물에 빠져 죽은 이와 아무 죄 없이 목숨을 잃은 이들도 좋은 곳에

들 수 있도록 빌어 주고 싶소. 그런데 형제들의 뜻은 어떠시오?"

두령들도 그 같은 송강의 뜻을 마다할 까닭이 없었다. 모두 입을 모아 대답했다.

"그 일은 참으로 옳고 마땅한 일입니다. 형님의 뜻대로 하십시오."

그때 오용이 나서서 말했다.

"먼저 공손승에게 이번 행사를 맡게 하시고 다시 사람을 산 아래로 내려보내 사방의 이름 높은 도사들을 초청하는 것이 좋겠습니다. 그때 그들로 하여금 나천대초에 쓰이는 제기들을 가져오게 하는 한편 내려보낸 사람들에게는 제사에 쓸 향과 초, 지전, 과일, 음식 따위도 함께 마련하도록 합시다."

이어 제삿날도 정해졌다. 사월 보름날에 시작해 그로부터 일곱 밤 일곱 낮이었다.

한번 일이 결정되자 산채는 돈과 재물을 아끼지 않고 풀어 그 채비에 들어갔다. 정한 날이 가까워지면서 충의당 앞 네 모퉁이에는 큰 깃발이 내걸리고 삼 층의 높은 대가 얽어졌다. 충의당 안에는 칠보삼청(七寶三淸)의 상이 모셔지고 양쪽에는 이십팔수(宿)와 십이 궁진(宮辰)을 비롯한 모든 성관(星官, 별에 해당되는 신)들이 모셔졌다. 또 당 밖에는 제당을 지킬 최(崔), 노(盧), 등(鄧), 두(竇)의 네 신장(神將)이 세워졌다.

그 모든 채비가 끝나자 초제(醮祭)에 쓸 제기들이 펼쳐지고 여러 곳에서 청한 도사들도 이르렀다. 도사는 공손승을 합쳐 모두 마흔아홉 명이었다. 나천대초가 있는 날은 하늘이 맑고 따뜻했다. 밤도 달이 밝고 바람 한 점 없었다. 송강과 노준의를 비롯해 여러 두령들은 차례로 향을 살랐다. 공손승이 앞장서서 제례를 진행하는데, 거기 쓰이는 모든 문서와 부적 또한 그가 맡았다. 공손승은 다른 마흔여덟 명의 도사와 함께 하루에 세 번씩 정성 들여 제례를 올려 이레가 차면 끝내기로 했다.

송강은 하늘의 응답을 들어 보기 위해 공손승에게 하루에 세 번씩 상제(上帝)께 청사(靑詞, 도교에서 제사를 지낼 때 푸른 종이에 희망하는 바를 적어 불에 사르는 것)를 올리게 했다. 그렇게 하여 일곱째 날 삼경이 되었을 무렵이었다. 공손승은 허황단(虛皇壇) 맨 위층에 서 있고 여러 도사들은 그 아래층에, 그리고 송강을 비롯한 두령들은 그다음 층에, 나머지 작은 두령들은 단 아래에서 하늘에 절을 올리며 빌고 있는데 돌연 하늘에서 비단을 찢는 듯한 소리가 들려왔다. 바로 서북쪽 하늘 끝이었다.

사람들이 놀라 그쪽을 보니 마치 금 쟁반을 세워 놓은 듯 양끝은 뾰족하고 가운데는 넓적한 구멍이 하늘에 나 있었다. 이른바 '하늘 문이 열렸다.'거나 혹은 '하늘이 눈을 떴다.'라고 하는 이변이었다. 그 틈새로 눈부신 빛이 쏟아지고 오색 안개가 감돌더니 문득 그 가운데서 고리짝 같은 불덩이 하나가 튀어나와 허황단 쪽으로 내려왔다. 그 불덩이는 제단을 한 바퀴 돌더니 마침내 정남쪽 땅속으로 뚫고 들어가 버렸다. 그러자 열려 있던 하늘 문이 닫히고 도사들은 모두 제단을 내려왔다.

송강은 곧 사람을 불러 괭이와 삽으로 불덩이가 뚫고 든 흙을 파보게 했다. 땅을 미처 석 자도 파기 전에 한 개의 비석이 나왔다. 비석 양면에는 기이한 문자로 천서(天書)가 적혀 있었다. 그 비석을 하늘의 응답으로 생각한 송강은 지전을 사르고 그날로 제사를 끝냈다.

다음 날 날이 밝자 송강은 여러 도사들에게 비단과 금을 나눠 주어 정성을 표시하고 비석 곁으로 가서 그 모양을 살폈다. 비석 위에는 용 같고 봉 같은 필체의 과두(蝌蚪, 황제 때 창힐이라는 사람이 지었다는 문자) 문자가 쓰여 있었는데 아무도 알아보는 사람이 없었다. 다만 도사들 가운데 성이 하(何)씨이고 법명이 현통(玄通)인 도사 하나가 송강을 보고 알은체를 했다.

"제가 집안의 조상들로부터 한 권의 책을 물려받아 천서를 알아볼 수 있습니다. 이 비석 위쪽에 있는 것은 모두 옛날의 과두 문자로서 제가 어찌 읽을 수 있을 듯도 합니다. 그걸 풀이하면 내용도 알 수 있겠지요."

그 말을 들은 송강은 몹시 기뻐하며 하 도사로 하여금 그 비석을 읽어 보게 했다. 하 도사가 한참 들여다보다가 말했다.

"이 돌 위에는 여러분 의사들의 크신 이름들이 적혀 있습니다. 그리고 옆구리 한쪽에는 '하늘을 대신해 도를 행한다.'고 되어 있고 또 한쪽에는 '충성과 의리를 아울러 갖추라.'고 쓰여 있습니다. 이 비석의 머리 부분에는 남극성과 북두성의 여러 별들이 적혀 있고 그 별들의 이름 아래는 여러분 의사들의 존호(尊號)가 적혀 있는데, 나무라지 않으신다면 제가 위쪽부터 하나하나 읽어 드리겠습니다."

"다행히도 도력이 높으신 분을 만나 어두움을 깨치게 되었으니 도사님과 우리의 연분이 실로 얕지 않습니다. 만약 저희에게 그걸 일러 주신다면 그저 고마울 따름이지요. 하늘의 꾸짖음이 거기 적혀 있더라도 감추지 마시고 부디 있는 그대로 들려주십시오. 한마디도 빼서는 아니 됩니다."

송강이 그렇게 대답한 뒤 성수서생 소양을 불러 누런 종이에 도사가 읽어 주는 대로 받아쓰게 했다. 비석의 글씨들을 읽어 나가기 전에 하 도사가 다시 한번 풀이했다.

"앞면에는 천서 서른여섯 줄이 적혀 있는데 모두 천강성(天罡星)의 이름들입니다. 뒷면에는 천서 일흔두 줄이 적혀 있는데 모두가 지살성(地煞星)이구요. 그리고 그 별들의 이름 아래 여러분 의사들의 이름이 있습니다."

그러면서 읽어 주는데 앞면에 쓰인 양산박의 천강성 서른여섯은 이러했다.

천괴성(天魁星) - 호보의 송강(呼保義 宋江)
천강성(天罡星) - 옥기린 노준의(玉麒麟 盧俊義)
천기성(天機星) - 지다성 오용(智多星 吳用)
천간성(天閒星) - 입운룡 공손승(入雲龍 公孫勝)
천용성(天勇星) - 대도 관승(大刀 關勝)
천웅성(天雄星) - 표자두 임충(豹子頭 林沖)
천맹성(天猛星) - 벽력화 진명(霹靂火 秦明)
천위성(天威星) - 쌍편 호연작(雙鞭 呼延灼)
천영성(天英星) - 소이광 화영(小李廣 花榮)

천귀성(天貴星) - 소선풍 시진(小旋風 柴進)

천부성(天富星) - 박천조 이응(撲天雕 李應)

천만성(天滿星) - 미염공 주동(美髥公 朱仝)

천고성(天孤星) - 화화상 노지심(花和尙 魯智深)

천상성(天傷星) - 행자 무송(行者 武松)

천립성(天立星) - 쌍창장 동평(雙鎗將 董平)

천첩성(天捷星) - 몰우전 장청(沒羽箭 張淸)

천암성(天暗星) - 청면수 양지(靑面獸 楊志)

천우성(天佑星) - 금창수 서령(金鎗手 徐寧)

천공성(天空星) - 급선봉 삭초(急先鋒 索超)

천속성(天速星) - 신행태보 대종(神行太保 戴宗)

천이성(天異星) - 적발귀 유당(赤髮鬼 劉唐)

천살성(天殺星) - 흑선풍 이규(黑旋風 李逵)

천미성(天微星) - 구문룡 사진(九紋龍 史進)

천구성(天究星) - 몰차란 목홍(沒遮攔 穆弘)

천퇴성(天退星) - 삽시호 뇌횡(揷翅虎 雷橫)

천수성(天壽星) - 혼강룡 이준(混江龍 李俊)

천검성(天劍星) - 입지태세 완소이(立地太歲 阮小二)

천평성(天平星) - 선화아 장횡(船火兒 張橫)

천죄성(天罪星) - 단명이랑 완소오(短命二郎 阮小五)

천손성(天損星) - 낭리백조 장순(浪裏白條 張順)

천패성(天敗星) - 활염라 완소칠(活閻羅 阮小七)

천뢰성(天牢星) - 병관삭 양웅(病關索 楊雄)

천혜성(天慧星) - 반명삼랑 석수(拚命三郎 石秀)

천폭성(天暴星) - 양두사 해진(兩頭蛇 解珍)

천곡성(天哭星) - 쌍미갈 해보(雙尾蝎 解寶)

천교성(天巧星) - 낭자 연청(浪子 燕靑)

비석 뒷면에 쓰인 일흔둘의 지살성은 이러했다.

지괴성(地魁星) - 신기군사 주무(神機軍師 朱武)

지살성(地煞星) - 진삼산 황신(鎭三山 黃信)

지용성(地勇星) - 병울지 손립(病尉遲 孫立)

지걸성(地傑星) - 추군마 선찬(醜郡馬 宣贊)

지웅성(地雄星) - 정목안 학사문(井木犴 郝思文)

지위성(地威星) - 백승장 한도(百勝將 韓滔)

지영성(地英星) - 천목장군 팽기(天目將軍 彭玘)

지기성(地奇星) - 성수장군 선정규(聖水將軍 單廷珪)

지맹성(地猛星) - 신화장군 위정국(神火將軍 魏定國)

지문성(地文星) - 성수서생 소양(聖手書生 蕭讓)

지정성(地正星) - 철면공목 배선(鐵面孔目 裴宣)

지벽성(地闢星) - 마운금시 구붕(摩雲金翅 歐鵬)

지합성(地闔星) - 화안산예 등비(火眼狻猊 鄧飛)

지강성(地强星) - 금모호 연순(錦毛虎 燕順)

지암성(地暗星) - 금표자 양림(錦豹子 楊林)

지축성(地軸星) - 굉천뢰 능진(轟天雷 凌振)

지회성(地會星) - 신산자 장경(神算子 蔣敬)

지좌성(地佐星) - 소온후 여방(小溫侯 呂方)

지우성(地祐星) - 새인귀 곽성(賽仁貴 郭盛)

지령성(地靈星) - 신의 안도전(神醫 安道全)

지수성(地獸星) - 자염백 황보단(紫髥伯 皇甫端)

지미성(地微星) - 왜각호 왕영(矮脚虎 王英)

지혜성(地慧星) - 일장청 호삼랑(一丈青 扈三娘)

지폭성(地暴星) - 상문신 포욱(喪門神 鮑旭)

지묵성(地默星) - 혼세마왕 번서(混世魔王 樊瑞)

지창성(地猖星) - 모두성 공명(毛頭星 孔明)

지광성(地狂星) - 독화성 공량(獨火星 孔亮)

지비성(地飛星) - 팔비나타 항충(八臂哪吒 項充)

지주성(地走星) - 비천대성 이곤(飛天大聖 李袞)

지교성(地巧星) - 옥비장 김대견(玉臂匠 金大堅)

지명성(地明星) - 철적선 마린(鐵笛仙 馬麟)

지진성(地進星) - 출동교 동위(出洞蛟 童威)

지퇴성(地退星) - 번강신 동맹(翻江蜃 童猛)

지만성(地滿星) - 옥번간 맹강(玉旛竿 孟康)

지수성(地遂星) - 통비원 후건(通臂猿 侯健)

지주성(地周星) - 도간호 진달(跳澗虎 陳達)

지은성(地隱星) - 백화사 양춘(白花蛇 楊春)

지리성(地異星) - 백면낭군 정천수(白面郎君 鄭天壽)

지리성(地理星) - 구미구 도종왕(九尾龜 陶宗旺)

지준성(地俊星) - 철선자 송청(鐵扇子 宋淸)

지락성(地樂星) - 철규자 악화(鐵叫子 樂和)

지첩성(地捷星) - 화항호 공왕(花項虎 ps旺)

지속성(地速星) - 중전호 정득손(中箭虎 丁得孫)

지진성(地鎭星) - 소차란 목춘(小遮攔 穆春)

지기성(地羈星) - 조도귀 조정(操刀鬼 曹正)

지마성(地魔星) - 운리금강 송만(雲裏金剛 宋萬)

지요성(地妖星) - 모착천 두천(摸著天 杜遷)

지유성(地幽星) - 병대충 설영(病大蟲 薛永)

지벽성(地僻星) - 타호장 이충(打虎將 李忠)

지공성(地空星) - 소패왕 주통(小霸王 周通)

지고성(地孤星) - 금전표자 탕륭(金錢豹子 湯隆)

지전성(地全星) - 귀검아 두흥(鬼臉兒 杜興)

지단성(地短星) - 출림룡 추연(出林龍 鄒淵)

지각성(地角星) - 독각룡 추윤(獨角龍 鄒潤)

지수성(地囚星) - 한지홀률 주귀(旱地忽律 朱貴)

지장성(地藏星) - 소면호 주부(笑面虎 朱富)

지복성(地伏星) - 금안표 시은(金眼彪 施恩)

지평성(地平星) - 철비박 채복(鐵臂膊 蔡福)

지손성(地損星) - 일지화 채경(一枝花 蔡慶)

지노성(地奴星) - 최명판관 이립(催命判官 李立)

지찰성(地察星) - 청안호 이운(青眼虎 李雲)

지악성(地惡星) - 몰면목 초정(沒面目 焦挺)

지추성(地醜星) - 석장군 석용(石將軍 石勇)

지수성(地數星) - 소울지 손신(小尉遲 孫新)

지음성(地陰星) - 모대충 고대수(母大蟲 顧大嫂)

지형성(地刑星) - 채원자 장청(菜園子 張青)

지장성(地壯星) - 모야차 손이랑(母夜叉 孫二娘)

지열성(地劣星) - 활섬파 왕정륙(活閃婆 王定六)

지건성(地健星) - 험도신 욱보사(險道神 郁保四)

지모성(地耗星) - 백일서 백승(白日鼠 白勝)

지적성(地賊星) - 고상조 시천(鼓上蚤 時遷)

지구성(地狗星) - 금모견 단경주(金毛犬 段景住)

하 도사가 그렇게 일러 주자 소양은 그것을 모두 받아썼다. 소양이 받아쓴 걸 본 두령들은 모두 놀라움을 금치 못했다. 송강이 두령들을 향해 감탄하듯 말했다.

"나는 하찮은 벼슬아치였는데 알고 보니 원래는 별 중의 우두머리였고 여러 형제들도 모두가 하늘에 있는 별의 운기를 가진 이들이었구려. 우리가 모여서 대의를 행하는 것은 하늘의 뜻에 따르는 일인지도 모르겠소. 이제 모두가 채워졌으니 각기 자리를 정해 그 맡은 바를 행하며 서로 다투는 일이 있어서는 아니 되겠소. 하늘의 말을 거슬러서는 안 될 것이오."

"하늘과 땅의 뜻이며 이미 정해져 있는 이치라면 누가 감히 어기겠습니까?"

여러 두령들도 그렇게 입을 모아 대답했다.

송강은 다시 황금 오십 냥을 가져오게 해 하 도사에게 사례하고 그 나머지 도사들에게도 넉넉히 나눠 주었다. 이에 도사들은 몹시 고마워하며 가져온 집기들을 챙겨 각기 산채를 내려갔다.

도사들이 모두 떠나간 뒤 송강은 군사 오학구 및 주무 등과 의논해서 양산박의 모습을 새롭게 했다. 먼저 충의당에는 '충의당' 석 자를 크게 쓴 편액을 걸게 하고 단금정의 편액도 큰 것으로 바꾸게 했다. 또 충의당 앞에는 세 개의 관문을 새로 세우고 충의당 뒤에는 안대(雁臺) 하나를 세웠다. 산꼭대기 앞쪽에는 큰 마루방 한 채를 짓고 동서 두 개의 방을 들였다. 그 마루방에는 조천왕의 위패를 모시고 동쪽 방에는 송강, 오용, 여방, 곽성이, 그리고 서쪽 방에는 노준의, 공손승, 공명, 공량이 거처했다. 둘째 언덕 왼쪽 방에는 주무, 황신, 손립, 소양, 배선이 들고, 오른쪽 방에는 대종, 연청, 장청, 안도전, 황보단이 들었다. 충의당 왼편의 곡식과 돈을 넣어 두는 창고 쪽에는 시진과 이응, 장경, 능진이 거처하고, 오른편은 화영, 번서, 항충, 이곤이 거처했다. 산 앞 남쪽 길 첫 번째 관은 해진과 해보가 지키고, 두 번째 관은 노지심과 무송이, 그리고 셋째 관은 주동과 뇌횡이 맡아 지키도록 했다. 동쪽 산에 있는 관문은 사진과 유당이 지키고, 서쪽 산에 있는 관문은 양웅과 석수가 지켰으며, 북쪽 산에 있는 관문은 목홍과 이규가 지키도록 되어 있었다. 그 여섯 관 외에도 여덟 개의 진채를 세웠는데, 네 개는 땅을 지키는 진채요, 네 개는 물을 지키는 수채였다. 땅을 지키는 진채 중 남쪽의 진채는 진명, 삭초, 구붕, 등비가 맡고, 동쪽 진채는 관승, 서령, 선찬, 학사문이 맡았다.

서쪽은 임충과 동평, 선정규, 위정국이 맡고 북쪽은 호연작과 양지, 한도, 팽기가 맡았다. 동남쪽의 수채는 이준과 완소이가 맡았으며, 서남쪽은 장횡, 장순, 동북쪽은 완소오, 동위, 서북쪽은 완소칠, 동맹이 각기 맡아 물길을 지켰다. 그 나머지 두령들에게도 각기 할 일이 정해졌다.

산채에서 쓰는 깃발들도 모두 새로이 갈았다. 산꼭대기에는 한 폭의 넓은 깃발을 세웠는데 거기에는 '하늘을 대신해 도를 행한다.[替天行道]'라는 뜻의 글자가 크게 쓰였다. 충의당 앞에도 두 개의 붉은 깃발이 세워졌는데 그 한 폭에는 '산동 호보의(山東 呼保義)' 다섯 글자가 수놓아지고 또 다른 한 폭에는 '하북 옥기린(河北 玉麒麟)' 다섯 자가 수놓아졌다. 충의당 바깥에도 깃발이 숲처럼 둘러섰다. '비룡비호(飛龍飛虎)기', '비웅비표(飛熊飛豹)기', '청룡백호(青龍白虎)기', '주작현무(朱雀玄武)기'에 '황월백모(黃鉞白旄)', '청번조개(青旛皂蓋)', '비영흑독(緋纓黑纛)' 등 중군에 쓰는 의장이 늘어서고, 다시 '사두오방(四斗五方)기', '삼재구요(三才九曜)기', '이십팔수(二十八宿)기', '육십사괘(六十四卦)기', '주천구궁팔괘(週天九宮八卦)기' 따위 백스물네 폭의 진천기(鎭天旗)까지 늘어세웠다. 모두가 후건이 만든 것들이었다.

김대견은 병부(兵符)와 인신(印信)을 새로이 만들었다. 그 모든 것이 갖춰지자 송강은 날을 골라 소와 말을 잡고 천지신명에게 제사를 올렸다. 그런 다음 충의당과 단금정에 새 편액을 걸고 '체천행도'라고 쓴 누른 기를 세웠다. 그날 다시 큰 잔치가 벌어지고 송강은 여러 두령들에게 병부와 인신을 나누어 준 뒤 산채에 널리 영을 내렸다.

> 이제 여러 형제들에게 각기 일할 바를 맡길 터이니 모두 받은 영을 지켜 일을 그르치거나 잘못됨이 없게 하라. 이를 지키지 않는 자는 군법에 따라 처단할 것이요, 결코 가벼이 용서하지 않으리라.

이어서 송강은 미리 정한 대로 여러 두령들의 직분을 하나하나 밝혀 주었다.

양산박의 군사를 모두 거느리는 도두령(都頭領)은 호보의 송강과 옥기린 노준의였다. 기밀을 관장하는 군사는 지다성 오용과 입운룡 공손승이요, 그들과 함께 군무를 보는 또 다른 두령 하나는 신기군사 주무였다. 곡식과 돈은 소선풍 시진과 박천조 이응이 맡아 보기로 되었다.

마군에는 오호장(五虎將)을 두었는데 대도 관승과 표자두 임충, 벽력화 진명, 쌍편 호연작, 쌍창장 동평이 맡았다.

마군의 대표기(大驃騎) 겸 선봉은 소이광 화영, 금창수 서령, 청면수 양지, 급선봉 삭초, 몰우전 장청, 미염공 주동, 구문룡 사진, 몰차란 목홍 여덟 두령이 맡았다.

마군 소표장(小彪將) 겸 척후두령은 진삼산 황신, 병울지 손립, 추군마 선찬, 정목안 학사문, 백승장 한도, 천목장 팽기, 성수장군 선정규, 신화장군 위정국, 마운금시 구붕, 화안산예 등비, 금모호 연순, 철적선 마린, 도간호 진달, 백화사 양춘, 금표자 양림, 소패

왕 주통 열여섯이 맡았다.

보군두령은 합쳐 열 명이었는데 화화상 노지심, 행자 무송, 적발귀 유당, 삽시호 뇌횡, 흑선풍 이규, 낭자 연청, 병관삭 양웅, 반명삼랑 석수, 양두사 해진, 쌍미갈 해보가 그들이었다.

보군장교로는 혼세마왕 번서, 상문신 포욱, 팔비나타 항충, 비천대성 이곤, 병대충 설영, 금안표 시은, 소차란 목춘, 타호장 이충, 백면낭군 정천수, 운리금강 송만, 모착천 두천, 출림룡 추연, 독각룡 추윤, 화항호 공왕, 중전호 정득손, 몰면목 초정, 석장군 석용 열일곱 두령이었다.

네 수채의 수군두령은 여덟으로 혼강룡 이준, 선화아 장횡, 낭리백조 장순, 입지태세 완소이, 단명이랑 완소오, 활염라 완소칠, 출동교 동위, 번강신 동맹이 그 자리를 맡았다.

네 군데 주막에서 바깥 소식을 염탐하고 찾아오는 손님을 접대하는 일도 여덟 두령이 나누어 하게 되었다. 동쪽 산의 주막은 소울지 손신과 모대충 고대수가 맡았고, 서쪽 산의 주막은 채원자 장청과 모야차 손이랑이 맡았다. 남쪽 산의 주막은 한지홀률 주귀와 귀검아 두흥이 맡았으며, 북쪽 산의 주막은 최명판관 이립과 활섬파 왕정륙이 맡았다.

멀고 가까운 곳의 소식을 총괄하여 염탐하는 일은 신행태보 대종이 맡았다. 군중의 첩보를 전달하는 두령으로는 철규자 악화와 고상조 시천, 금모견 단경주, 백일서 백승 넷이 있었으며, 중군을 지키는 마군효장(馬軍驍將)은 소온후 여방과 새인귀 곽성이 되었고, 중군을 지키는 보군효장(步軍驍將)은 모두성 공명과 독화성 공량이 되었다. 형벌을 주고 목을 베는 일은 철비박 채복과 일지화 채경이 맡았으며 삼군을 안에서 보살피는 일은 왜각호 왕영과 일장청 호삼랑이 맡았다.

산채에 필요한 것들을 만들고 산채 안에서 일어나는 일들을 다스리는 두령은 열여섯이었다. 군사를 일으키고 장수를 보내는 문서와 격문은 성수서생 소양이 맡았고 공을 정하고 상과 벌을 주는 일은 철면공목 배선이 맡았다. 곡식과 돈을 헤아리고 그 드나듦을 보살피는 일은 신산자 장경이, 크고 작은 싸움배를 만드는 일은 옥번간 맹강이, 병부와 인신은 옥비장 김대견이, 깃발과 옷은 통비원 후건이 각기 맡아 만들게 되었다. 말의 병은 자염백 황보단이 다스리고 사람의 병은 신의 안도전이 맡았다. 쇠로 된 병기는 금전표자 탕륭이 맡아서 만들고 크고 작은 화포는 굉천뢰 능진이 맡아서 만들었다. 살 집을 짓고 고치는 일은 청안호 이운이 하기로 되었고, 소와 말, 돼지를 잡는 일은 조도귀 조정에게로 돌아갔다. 잔치를 여는 일은 철선자 송청이 맡았으며, 술·간장·식초는 소면호 주부가 맡아서 하기로 되었다. 양산박 주변의 성벽은 구미구 도종왕이 맡고 '수(帥)' 자 기는 험도신 욱보사가 잡기로 되었다.

송강을 비롯한 백여덟 호걸들이 양산박의 위용을 새로이 한 날은 선화(宣和) 2년 4월 스무이틀이었다. 그날 송강의 영이 전해지자 두령들은 모두 각기 그 맡은 바 직분으로 옮기고 거기 따른 병부와 인신을 받았다. 잔치가 끝났을 때는 모두가 크게 취해 있었다. 먼저 두령들이 각기 정해진 방으로 돌아가고 할 일을 지정받지 못해 안당(雁堂) 앞뒤에서 기다리던 사람들도 영을 받는 대로 각기 물러났다.

다음 날이었다. 송강은 북을 울려 두령들을 모두 충의당으로 모았다. 먼저 향을 살라 분위기를 엄숙히 한 뒤 송강이 두령들을 보고 말했다.

"이제는 지난날과 같지 않으니 내 한마디 하겠소. 우리가 하늘과 땅의 기운에 상응해 만났다면 반드시 그 하늘에 대고 맹세해야 할 일이 있소. 모두가 딴마음을 먹지 않고 죽든 살든 서로 도우며 어려울 때는 서로 구해 주고 힘을 합쳐 이 송강을 도와주는 것이오. 그것이야말로 우러러 하늘의 뜻에 보답하는 일이 될 것이외다."

그 말을 들은 두령들은 모두 기꺼운 표정으로 따랐다. 각기 제단 앞으로 나아가 향을 사르고 마루에 무릎을 꿇었다. 송강이 그들의 우두머리로서 맹세했다.

선화 2년 4월 23일 양산박 의사 송강, 노준의, 오용, 공손승, 관승, 임충, 진명, 호연작, 화영, 시진, 이응, 주동, 노지심, 무송, 동평, 장청, 양지, 서령, 삭초, 대종, 유당, 이규, 사진, 목홍, 뇌횡, 이준, 완소이, 장횡, 완소오, 장순, 완소칠, 양웅, 석수, 해진, 해보, 연청, 주무, 황신, 손립, 선찬, 학사문, 한도, 팽기, 선정규, 위정국, 소양, 배선, 구붕, 등비, 연순, 양림, 능진, 장경, 여방, 곽성, 안도전, 황보단, 왕영, 호삼랑, 포욱, 번서, 공명, 공량, 항충, 이곤, 김대견, 마린, 동위, 동맹, 맹강, 후건, 진달, 양춘, 정천수, 도종왕, 송청, 악화, 공왕, 정득손, 목춘, 조정, 송만, 두천, 설영, 시은, 이충, 주통, 탕륭, 두흥, 추연, 추윤, 주귀, 주부, 채복, 채경, 이립, 이운, 초정, 석용, 손신, 고대수, 장청, 손이랑, 왕정륙, 욱보사, 백승, 시천, 단경주 등은 성심으로 모여 맹세합니다.

저희 백여덟은 사람마다 얼굴은 다르게 생겼으나 하나하나가 다 특출한 재주가 있으며 또 저희 백여덟은 사람마다 한 마음씩을 가졌으나 마음마다 깨끗하기 그지없습니다. 즐거운 일이 있으면 반드시 같이 즐기고 근심할 일이 있으면 같이 근심할 것이며, 살아서도 함께 살 것이요, 죽을 때도 함께 죽을 것입니다. 이미 그 이름이 하늘에 얽혀져 있으니 사람의 비웃음을 살 일은 하지 않을 것이며 하루의 소리는 서로 맞지 않아도 죽을 때까지 두 마음을 먹는 일은 없을 것입니다. 혹시라도 어질지 못한 마음을 먹고, 대의를 그르치며, 겉과 속이 다르고, 시작은 있고 끝이 없는 자가 있으면 하늘이 굽어 살피시어 창칼 아래 그 몸이 토막나게 하소서. 벼락이 그 자취를 씻어 없애고 영원토록 지옥에 빠져 있게 하여 만세가 지나도 다시는 인간으로 태어날 수 없게 하소서! 귀신과 하늘이 함께 살피시어 보응을 분명히 내리소서.

그 같은 송강의 맹세가 끝나자 두령들이 목소리를 모아 자기들의 바람을 보탰다.

"바라건대 다시 태어날 때마다 서로 만나고 길이 헤어짐이 없이 오늘처럼 지나게 하여 주소서."

그런 다음 두령들은 모두 입에 짐승의 피를 바르고 맹세의 술을 마셨다. 다시 더없이 흥겨운 잔치가 벌어지고 마음껏 마신 두령들은 취한 뒤에야 각기 흩어져 제 방으로 돌아갔다.

그런데 그날 밤이었다. 노준의가 제 방에서 자다가 기이한 꿈을 꾸었다. 꿈속에 한 사람을 보았는데 키가 몹시 크고 손에는 보배로운 활을 들고 나타났다.

"나는 계강(嵇康)이라 하며 대송 황제의 도둑 잡는 수포적인(收捕賊人)이다. 맡은 일이 도둑을 잡는 것이라 홀로 여기까지 왔으니 너희는 어서 스스로를 묶어 모진 내 솜씨를 맛보지 않도록 하라."

그 사람이 그렇게 소리쳤다. 노준의는 꿈속에서도 벌컥 화가 났다. 얼른 박도를 꺼내 들고 우르르 그를 덮쳐 갔다. 그러나 어찌 된 셈인지 손에 든 박도는 그를 치기도 전에 끝이 부러져 나갔다. 당황한 노준의는 부러진 칼을 버리고 다시 창칼을 걸어 둔 시렁 쪽으로 달려갔다. 하지만 알 수 없는 일이었다. 분명 거기에는 창과 칼이 수없이 걸려 있었으나 하나같이 날이 빠지거나 부러졌거나 구부러진 것들이라 들고 싸울 수가 없었다. 그때 이미 그 사람은 노준의의 등 뒤로 바짝 다가와 있었다. 노준의는 앞뒤 살필 것도 없이 오른손 주먹을 들어 그의 얼굴에다 내질렀다. 그러나 그를 쓰러뜨리기는커녕 노준의가 거꾸로 그의 활대를 맞고 왼팔이 떨어지며 땅에 쓰러졌다. 그 사람은 허리춤에서 밧줄을 꺼내 들더니 노준의를 꽁꽁 묶어 어떤 곳으로 끌고 갔다.

노준의가 끌려간 곳은 어떤 관아인 듯싶었다. 그 사람이 남쪽을 향해 앉으며 노준의를 계단 아래에 꿇어앉혔다. 노준의의 죄상을 따지려 한 듯한데 그때 갑자기 바깥에서 무수한 사람들의 울부짖는 소리가 들렸다.

"누구냐? 할 말이 있으면 모두 들어와서 하라!"

그 사람이 그렇게 소리치자 수많은 사람이 한꺼번에 울부짖으며 관아 안으로 끌려 들어왔다. 노준의가 보니 놀랍게도 굴비 두름 엮이듯 묶여 끌려오고 있는 것은 송강을 비롯한 백일곱 명의 형제들이었다. 노준의는 꿈속에서도 몹시 놀라 가까이 있는 단경주를 보고 물었다.

"이게 어찌 된 일이오? 누가 와서 우리 형제들을 사로잡았소?"

그러자 단경주가 무릎걸음으로 노준의에게 다가와 낮은 소리로 일러 주었다.

"송공명 형님은 원외께서 사로잡혔단 말을 듣고 구해 낼 계책이 없어 군사와 함께 의논을 했습니다. 그 결과 이와 같은 고육지계(苦肉之計)밖에는 딴 도리가 없었지요. 진정으로 조정에 귀순하기를 바란다면 원외의 목숨은 살릴 수 있다고 믿은 것입니다."

그런데 미처 그런 단경주의 말이 끝나기도 전에 그 사람이 손바닥으로 공안(公案)을 치며 꾸짖었다.

"이 만 번 죽여도 시원찮은 미친 도둑놈들아, 너희들은 하늘에 가득할 큰 죄를 짓고도 조정에서 여러 차례 보낸 관군들에 항거해 왔다. 그동안 조정이 허비한 재물이 얼마며 죽은 관군들이 얼마인지 아느냐? 그래 놓고도 이제 와서 꼬리를 흔들며 불쌍히 여겨 주기를 빌어 너희 목에 떨어질 칼과 도끼를 피하려 드느냐? 내 만약 너희들의 죄를 용서해 준다면 뒷날 무슨 법으로 천하를 다스리겠느냐? 더군다나 네놈들은 늑대 같은 놈들이라 믿을 수도 없다."

그러고는 문득 주위를 둘러보며 소리쳤다.

"망나니들은 다 어디로 갔느냐?"

그러자 미처 호령이 떨어지기 바쁘게 이백열여섯 명의 망나니들이 우르르 달려 나왔다. 망나니들은 한 두령에 두 사람씩 붙어 뜰 아래서 송강과 노준의를 비롯한 백여덟의 목을 자르기 시작했다. 노준의도 놀라는 가운데 넋이 몸을 떴다…….

하지만 노준의가 눈을 뜨니 그것은 한바탕 꿈이었다. 첫눈에 들어오는 것은 대청 처마에 걸린 '천하태평(天下太平)' 네 글자였고 양산박은 모두가 그대로였다.

오래잖아 그 어느 때보다 밝고 크게 아침 해가 떠오르고 이곳저곳에서 하룻밤을 쉰 호걸들이 그 늠름한 자태를 드러냈다. 꿈과는 달리 새로운 양산박의 환하고 기운찬 시작이었다.

동경으로 숨어든 시진

하늘이 미리 정해 둔 땅에 백여덟의 호걸이 다 모이니 양산박의 기세는 전에 없이 드높았다. 각기 맡은 바 일이 정해지고도 한동안은 잔치와 같은 날들이 지나갔다. 그러나 그렇다고 해서 호걸들이 모두 양산박 안에서만 갇혀 지내는 것은 아니었다. 호걸들은 이따금씩 산채를 내려갔는데, 때로는 인마를 이끌고 가기도 하고 때로는 몇몇 두령들만이 길을 나누어 가기도 했다.

그들은 가는 도중에 떠돌이 장사꾼들이나 그 수레를 만나면 그대로 지나치지만 임지로 가는 벼슬아치들을 만나면 달랐다. 지니고 있는 금은을 모두 빼앗을 뿐 아니라 딸린 가솔이 있으면 하나도 남기지 않고 죽여 버렸다. 그리고 얻은 재물은 산채로 보내 창고에 넣어 두고 다 같이 쓸 수 있게 했으며 나머지 자질구레한 것들은 그 자리에서 나누어 가졌다. 또 그들은 그게 백 리 길이 덜 되든 수백 리 길이 넘든 곡식과 돈을 많이 쌓아 두고도 백성들을 해치는 부자가 있다는 말만 들으면 그냥 넘기지 않았다. 곧바로 인마를 이끌고 내려가 거리낌 없이 재물을 털어 오는 데 아무도 막을 이가 없었다. 착하고 힘없는 백성을 억눌러서 된 벼락부자가 있다는 말을 들었을 때도 마찬가지였다. 멀고 가깝고를 가리지 않고 사람을 보내어 그 재산을 모조리 빼앗아 왔다.

양산박 호걸들이 그같이 하기를 수천 번이 되었으나 누구도 그들을 당해 내지 못할뿐더러 털린 자들도 떠들어 봤자 아무런 소용이 없었으므로 소문조차 제대로 나지 않았다.

그러던 어느 날이었다. 그동안 한 번도 산채에서 내려가지 않고 지내던 송강은 문득 무더운 여름이 가고 초가을이 왔음을 느꼈다. 가만히 날짜를 헤아려 보니 중양절(重陽節)이 며칠 남지 않은 때였다. 송강은 곧 송청을 불러 크게 잔치를 차리게 하고 여러 형제들을 불러 모으게 했다. 중양절날 함께 국화꽃을 보고 즐기는 '국화지회(菊花之會)'를 갖기 위함이었다. 산채를 내려가 있는 형제들에게도 있는 곳이 어디든 모두 돌아오라는 전갈이 보내졌다. 드디어 정한 날이 되자 '고기는 산처럼 쌓이고, 술은 바다처럼 넘쳐흐르는' 잔치가 벌어졌다. 먼저 마(馬), 보(步), 수(水) 삼군의 작은 두령들부터 각기 졸개들을 이끌고 와서 그 술과 고기를 나누어 먹게 하고, 큰 두령들은 모두 충의당으로 모였다. 마루 한구석에 국화를 꺾어 두고 각기 순서에 따라 자리에 앉아 술잔을 나누는데 양편에서는 풍악 소리가 흥겹기 그지없었다. 불고, 두드리고, 퉁기는 소리 가운데 두령들은 서로 권커니 잣거니 하며 오랜만에 가슴을 열고 통쾌하게 마셨다. 마린은 피리를 불고 악화는 노래를 불렀으며 연청은 작은 거문고를 뜯었다.

모두들 마시고 즐기는 중에 날이 저물어 왔다. 몹시 취한 송강은 종이와 붓을 가져오게 해 「만강홍(滿江紅)」(송사(宋詞)의 한 종류) 한 수를 지었다. 송강이 쓰기를 마치자 악화가 그 사(詞)를 노래로 바꾸어 불렀다.

중양절 기쁜 날에 담가 둔 술까지 새로이 익었구나
푸른 물 붉은 산을 바라보니, 갈잎은 누르고 대나무는 시들었다
머리에 흰 터럭 늘었다손 고운 국화조차 즐길 수 없겠는가
술동이 길게 펼쳐 놓으니 형제의 정이 금옥 같아라
범 같고 이리 같은 형제들을 거느리고 나라를 지킨다면
호령은 밝고 위엄은 드높으리
진정으로 원하기는 오랑캐를 쳐 백성을 지키고 나라를 평안케 하는 것
달과 해는 항상 충렬한 가슴속에 걸려 있건만
바람과 먼지는 간사한 무리의 눈을 가리네
천자께서 조서를 내려 부르신다면 이 마음도 얼마나 기꺼우랴

악화의 노래가 거기에 이르렀을 때였다. 무송이 문득 큰 소리

로 외쳤다.

"오늘도 불러 주시오, 내일도 불러 주시오. 도대체 부르기는 누가 우리를 부른단 말이오? 괜히 그런 소리로 형제들의 마음만 약하게 하지 마시오!"

송강이 조정의 부름을 기다리고 있는 걸 빗대 하는 소리였다. 흑선풍 이규가 고래 같은 두 눈을 부릅뜨고 맞장구를 쳤다.

"말끝마다 불러 준다, 불러 준다, 하는데 흥, 부르기는 어느 놈이 불러."

그러고는 발길로 술상을 걷어차니 애매한 술상만 박살났다.

이규의 갑작스러운 난동에 화가 난 송강이 소리 높여 꾸짖었다.

"저 시커먼 놈이 어찌 이리 무례하냐. 여봐라, 저놈을 끌어내다 당장 베어 버려라!"

그 소리에 놀란 여러 두령들이 송강 앞으로 달려 나가 무릎을 꿇고 말렸다.

"저 사람은 원래 술만 먹으면 미치는 사람 아닙니까. 형님께서 너그럽게 보아주십시오."

처음부터 죽일 생각까지는 없었던 송강도 애써 화를 억눌렀다.

"여러 형제들이 모두 일어나 비니 어쩔 수 없구려. 저놈을 우선 가둬 놓도록 하시오."

그렇게 결정을 바꾸니 여러 두령들은 비로소 가슴을 쓸었다. 곧 몇몇의 형벌을 맡은 작은 두령이 달려 나와 이규를 이끌고 나갔다. 이규를 끌고는 가면서도 쭈뼛거리는 작은 두령들을 보고 이규가 소리소리 질러 댔다.

"왜 내가 주먹질이라도 할까 겁나느냐? 송강 형님이라면 나를 죽인대도 원망이 없다. 살을 깎고 뼈를 발라낸들 무슨 한이 있겠는가. 그렇지만 딴 놈은 어림없지. 하늘이라도 무섭지 않다!"

그러고는 다른 말썽 없이 작은 누령들에게 이끌려 감방으로 갔다.

송강은 이규가 떠드는 소리를 듣자 취한 중에도 슬몃 서글픈 마음이 들었다. 그렇게 자신을 믿고 따르는 형제들이 있음에도 불구하고 평생 도둑으로 살아야 할 것 같은 예감에 서글퍼진 것이었다. 오용이 그 눈치를 알고 송강을 위로했다.

"형님, 이왕 이런 잔치를 벌이셨고 또 형제들도 모두 즐거워하며 마시고 있는데 까짓 놈 때문에 무얼 그러십니까? 그 덜돼먹은 놈이 취한 기분에 떠드는 것이니 너무 마음에 걸려하지 마십시오. 남은 형제들과 한바탕 신나게 퍼마시기나 합시다."

"나는 전에 강주에서 술에 취해 함부로 반역의 시를 썼다가 이규란 놈 덕에 살아난 적이 있지. 그런데 오늘 「만강홍」 한 편을 지었다가 자칫하면 그놈을 죽일 뻔하지 않았나. 여러 형제들이 때맞춰 구해 주었기에 망정이지 하마터면 일을 크게 그르칠 뻔했네. 그놈과의 정분을 생각하면 눈물이 쏟아지려 하네."

송강도 어지간히 속이 풀렸는지 그렇게 대꾸하고는 무송을 향했다.

"아우는 세상일을 잘 아는 사람이면서 왜 그러나? 조정이 우리를 불러 주어 우리가 바른 삶으로 돌아가고 또 나라를 위해서 신하 된 이의 도리를 다하겠다는 게 무에 나쁜가? 어째서 그것이 여러 사람의 마음을 약하게 만든단 말인가?"

송강의 그 같은 물음에 노지심이 무송을 대신해 받았다.

"지금 조정을 가득 채우고 있는 문무의 벼슬아치들이란 게 모두가 간사한 무리라 천자의 밝음을 가리고 있소. 마치 나의 승복이 검게 물들어진 것과 같으니 아무리 힘들여 빤다 한들 이 승복이 희어질 수야 있겠소이까? 조정의 부름이란 것은 기다려 봤자 헛일이외다. 차라리 모든 것을 때려치우고 내일이라도 뿔뿔이 흩어져 제 갈 길로 가는 게 어떻겠소?"

목소리에 불평이 가득한 게 무송과 뜻이 같은 듯했다. 송강이 이번에는 노지심을 향해 타이르듯 말했다.

"여러 형제들은 내 말을 들으시오. 지금의 천자께서는 어질고 밝으시나 다만 간신들이 막아서서 그 어질고 밝음을 가리고 있을 뿐이오. 구름이 걷히고 해가 다시 빛나는 날까지 우리가 하늘을 대신해 도를 행하며 죄 없는 백성들을 괴롭히지 않는다면 죄를 용서받고 조정의 부름을 받게 될 것이오. 그때 모두 힘을 써 나라의 은혜에 보답하고 청사에 길이 이름을 남긴다면 그 아니 아름다운 일이겠소! 그런 까닭에 하루빨리 조정의 부름이 있기를 바라고 있을 뿐, 딴 뜻이 있는 것이 아니오."

송강의 그 같은 말에 비로소 두령들은 모두 고개를 끄덕였다. 그러나 마음속이 어두워서인지 그날은 종일토록 술을 마셔도 모두가 그리 즐겁지 못했다.

다음 날 새벽이었다. 이규가 걱정이 된 두령들은 감방으로 가보았다. 이규는 아직도 술에서 깨어나지 못한 채 코를 골고 있었다. 두령들이 그를 깨운 뒤 일러 주었다.

"자네 어제 몹시 취했더군. 송강 형님에게 욕설을 퍼부어 형님이 자네를 죽이려 한다네."

그러나 이규는 별로 겁내는 기색이 없었다.

"나는 꿈에도 형님을 욕한 일이 없는데 형님이 나를 죽이려 하다니! 하지만 할 수 있는가, 형님이 죽인다면 죽는 수밖에."

두령들은 그러는 이규를 끌고 충의당으로 갔다. 송강을 만나보고 죄를 빌라는 뜻이었다. 송강은 이규를 보자, 다시 꾸짖었다.

"내 아래에는 수많은 사람이 있지만 너같이 예의를 모르고 법을 어지럽히는 놈은 없다. 이번에는 여러 형제들의 낯을 보아 네 목을 붙여 놓겠지만 앞으로 또다시 그런 짓을 하면 그때는 가볍게 용서하지 않을 것이다!"

그러자 이규도 전날과는 달리 기어드는 목소리로 잘못을 빌고 물러났다.

그 뒤로는 별일 없이 세월이 흘러 어느새 한 해가 저물어 왔다. 오래 눈이 오다가 갠 어느 날, 졸개 하나가 산 아래에서 헐레벌떡 달려와 알렸다. 산채로부터 멀지 않은 곳에서 동경으로 등을 바치러 가는 무리들을 사로잡았는데 지금 관문 밖에서 처분을 기다린다는 내용이었다.

"그들을 묶지 말고 좋게 끌고 오너라."

그 말을 들은 송강이 그같이 명령을 내렸다. 오래잖아 그들이 충의당 앞으로 끌려왔다. 공인 두 명과 아홉 명의 등 만드는 장인들이었다. 그들의 우두머리 되는 사람 하나가 나서 말했다.

"저희 둘은 내주(萊州)에서 공인으로 있사옵고 나머지 저 사람들은 모두가 등 만드는 장인들입니다. 해마다 동경에서는 저희들에게 등 세 틀을 만들어 바치게 하는데 올해는 거기다 두 틀을 더 만들어 올리라 하지 않겠습니까? 그것도 옥붕영롱구화등(玉棚玲瓏九華燈)으로 말입니다요."

송강은 그들에게 술과 밥을 내린 뒤에 등 구경을 청했다. 그러자 등장이들은 옥붕등을 펼쳐 보였다. 사방에 줄을 걸고 아래위 합쳐 여든한 개의 등을 충의당 위로부터 땅 아래까지 드리우니 아주 볼만했다.

구경을 하던 송강이 그들에게 말했다.

"원래 나는 너희들이 가지고 온 등을 모두 이곳에 두고 가게 하려고 했다. 하지만 그렇게 되면 너희들이 괴로움을 당할 테니 어쩔 수 없구나. 이 구화등(九華燈)만 여기에 남겨 두고 나머지는 모두 가지고 가서 관가에 바치도록 해라. 등 만드는 데 애쓴 값으로는 백은 스무 냥을 주마."

그 말에 공인과 등장이들은 고마워 어쩔 줄 몰라 했다. 그냥 뺏어가도 별수 없는 터에 한 등만 남기게 하고 값마저 넉넉하게 쳐주니 그럴 수밖에 없었다. 모두 머리가 땅에 닿도록 절하며 감사하고 산채를 내려갔다.

송강은 그 등을 조 천왕의 위패가 있는 당 안에 걸게 했다. 그런데 알 수 없는 일은 그다음 날 아침에 벌어졌다. 송강이 여러 두령들을 모아 놓고 불쑥 말했다.

"나는 산동에서 나고 자라 아직껏 도성 구경을 하지 못했소.

듣자 하니 이번에 천자께서는 장안에 크게 등불을 매달고 백성들과 함께 즐기면서 정월 대보름을 맞으려 하신다고 하오. 동지가 지나면 등을 매달기 시작해 곧 그 일이 끝날 거외다. 나는 이번에 몇몇 형제들과 함께 가만히 도성으로 들어가 그 등불놀이 구경을 한번 하고 돌아왔으면 좋겠소."

송강의 그 같은 말에 오용이 놀라며 말리고 나섰다.

"아니 됩니다. 지금 동경에는 관원들이 쫙 깔렸을 겁니다. 형님께서 가셨다가 혹시라도 잘못되면 그때는 어쩌시렵니까?"

"낮에는 주막에서 몸을 숨기고 있다가 밤이 깊으면 성안으로 들어가 등불놀이를 구경할 작정이네. 그래도 아니 되나?"

송강이 그렇게 받으며 기어이 갈 것을 고집했다. 두령들이 모두 나서 말렸지만 송강은 끝내 뜻을 굽히지 않았다.

말리는 두령의 기세가 수그러드는 걸 보고 송강이 자신과 함께 도성의 등불놀이를 구경할 두령을 골랐다.

"나와 시진이 한패가 되고 사진과 목홍, 노지심과 무송, 주동과 유당이 각기 한패가 되어 네 길로 나누어 떠나는 게 좋겠소. 나머지 형제들은 모두 남아 산채를 지켜 주시오."

그러자 이규가 달려 나오며 소리쳤다.

"동경의 등불놀이 구경이라면 나도 한번 가 봐야겠소!"

"너는 안 돼. 또 무슨 짓을 하려고."

송강이 한마디로 잘랐다. 그러나 이규도 만만치 않았다. 죽어도 따라가겠다고 떼를 쓰니 어쩔 수가 없었다. 송강이 마침내 조건을 달아 허락했다.

"네가 기어이 가겠다면 데려가긴 하겠지만 결코 말썽을 피워서는 아니 된다. 머슴처럼 꾸미고 나를 따라오되 연청과 한패가 되어 반드시 붙어 다녀야 한다."

그런데 여기서 한 가지 이야기할 것은 송강의 얼굴에 새겨진 먹자이다. 얼굴에 죄인의 표를 달고 도성 안으로 들어갈 수는 없기 때문이다. 하지만 그 문제는 이미 신의(神醫) 안도전에 의해서 해결된 뒤였다.

안도전은 송강의 얼굴에 새긴 먹자 위에 독한 약을 발라 그 부분을 썩게 한 뒤, 다시 좋은 고약으로 치료를 해서 붉은 살이 돋게 했다. 그리고 그 붉은 새살 위에 좋은 금과 아름다운 옥을 부수어 발라 살결이 원래처럼 되게 했다. 의서(醫書)에 '아름다운 옥이 얼굴의 점을 없앤다.'라고 했는데 바로 그같이 된 것이었다.

산채를 내려가는 날 송강은 먼저 사진과 목홍을 불러 나그네로 꾸미고 떠나게 했다. 그리고 다시 노지심과 무송은 떠돌이중처럼 꾸며서 내려보냈으며, 주동과 유당은 장사치로 꾸며 내려보냈다. 모두 허리에 칼을 차고 손에는 박도를 들었으며, 몸속에는 암기들을 감춘 채였다.

송강은 시진과 함께 한량관(閒凉官, 암행어사 비슷한 직책)으로 꾸미고, 다시 대종을 불러 승국(承局) 차림으로 따르게 했다. 무슨 급한 일이 있으면 급히 산채로 달려가 알리기 위함이었다. 이규와 연청은 일꾼으로 꾸미고 송강과 시진의 짐을 졌다.

남은 두령들은 금사탄까지 내려가 송강을 배웅했다. 오용이 이규를 보고 두 번 세 번 당부했다.

"자네 산을 내려가더라도 부디 말썽 부리지 말게. 이번에는 형님과 함께 동경으로 들어가는 것이니 그전하고는 아주 다르네. 가는 길에는 술도 마시지 말고 매사에 조심하게. 성질을 못 이겨 함부로 일을 저질렀다가는 그걸로 끝장일세. 우리 형제들을 다시 볼 수도 없거니와 함께 지내기는 더욱 어려울 것이네."

"군사께서는 걱정하지 마시우. 이번에는 절대 말썽 피우지 않겠우."

이규가 그런 다짐으로 오용을 안심시켰다.

길을 떠난 송강 일행은 제주, 등주, 단주, 조주를 지나 멀리 동경성의 만수문(萬壽門)이 보이는 곳의 어떤 주막에 이르렀다. 송강과 시진이 가만히 날짜를 셈해 보니 때는 정월 열하루였다. 송강이 시진을 보고 자신의 생각을 밝혔다.

"벌건 대낮에는 성안으로 들어가지 않는 게 좋겠소. 정월 열나흗날 밤이 되어 사람들이 북적대거든 그때 성안으로 들어갑시다."

"아우가 내일 연청을 데리고 먼저 한번 들어가 보겠습니다. 길이라도 알아 두는 게 좋지 않겠습니까?"

시진이 그렇게 제 의견을 내놓았다.

"그것도 아주 좋은 생각이네."

송강이 그러면서 머리를 끄덕였다.

다음 날이었다. 시진은 의젓하게 깨끗한 차림에 새 두건을 쓰고 가죽신까지 말끔한 것으로 갈아 신었다. 연청도 알맞게 꾸미고 나서니 두 사람 다 그 모습이 속되지 않았다.

주막을 나선 시진과 연청은 먼저 성 밖의 집들을 살펴보았다.

집집마다 떠들썩하게 정월 대보름을 맞을 준비들을 하고 있었다. 겉보기에는 태평스럽기 그지없는 세상이었다. 성문 아래 이르러도 막는 사람이 없었다. 성안을 돌아보니 동경은 실로 대단한 곳이었다. 지세도 좋고 물산도 풍부하며 거리도 당당하고 화려했다.

성안으로 들어간 시진과 연청은 가장 번잡한 거리로 접어들어 오가는 사람들이며 풍물을 구경하다가 동화문(東華門) 밖으로 나갔다. 비단옷에 꽃 모자를 쓰고 여러 가지 차림으로 꾸민 사람들이 찻집이며 술집을 분주하게 드나드는 게 보였다. 시진은 연청을 끌고 작은 술집으로 들어갔다. 거리가 내려다보이는 누각 창가에 자리를 잡고 내려다보니, 대궐을 드나드는 관원들이 저마다 두건이나 벙거지에 푸른 잎 달린 꽃 한 송이를 꽂고 있었다.

시진은 무슨 생각이 났던지 연청을 불러 귓속말로 무어라고 일러 주었다. 연청은 머리가 잘 돌아가는 사람이라 자세한 걸 묻는 법도 없이 얼른 누각을 내려갔다. 연청이 술집 문을 열고 나서는데, 마침 나이 지긋한 당직 관원 하나가 마주 오고 있었다. 연청이 그를 보고 알은척을 하자 어리둥절해 물었다.

"누구신지 처음 보는 얼굴인데 무슨 일이시오?"

"제 주인어른은 관찰님과 예전부터 아시는 사이랍니다. 그래서 저를 보내 뫼셔 오라고 하셨습니다. 혹시 장(張) 관찰님 아니십니까?"

연청이 그렇게 능청스레 물었다. 하지만 그 관원은 장씨가 아니었다.

"내 성은 왕(王)씨요."

그 말에 연청이 얼른 말을 바꾸었다.

"아 참, 그랬군요. 주인님께서 왕 관찰님이라고 했는데 제가 그만 깜빡했습니다."

연청이 워낙 태연스럽게 둘러대니 왕 관찰이란 그 관원도 넘어가지 않을 수 없었다. 오히려 연청의 주인이 누구인지를 궁금해하며 술집 누각 위로 따라 올라왔다. 누각 위에 이른 연청이 발을 걷으며 시진을 향해 큰 소리로 알렸다.

"왕 관찰님을 모셔왔습니다."

시진이 일어나 은근하게 왕 관찰을 맞아들였다. 얼결에 방 안에 이끌려 들어온 왕 관찰은 자리에 앉아 한참이나 시진을 살폈지만 아무래도 아는 사람이 아니었다.

"저는 눈이 어두워 어디서 뵈었는지 도통 기억이 나지 않습니다. 죄스럽지만 존함을 들려주실 수는 없겠습니까?"

왕 관찰이 머뭇거리며 그렇게 묻자 시진이 빙긋 웃으며 대답했다.

"저와 형씨는 어릴 적부터 아는 사이외다. 제 입으로는 대답을 않을 터이니 가만히 생각해 보십시오."

그러고는 술집 주인을 불러 술과 고기를 내오게 한 뒤, 왕 관찰과 잔을 나누었다.

연청은 술집 주인이 낸 좋은 안주와 술을 연신 왕 관찰에게 권했다. 술이 반 넘게 오른 뒤에 시진이 슬쩍 물었다.

"관찰의 머리에 꽂힌 그 꽃은 무엇을 뜻하는지요?"

"천자께서는 이번 정월 대보름을 맞아 우리 좌우내외 당직 스물네 반(班) 오천칠백여 명에게 모두 옷 한 벌씩과 푸른 잎 달린 비단 꽃 한 송이, 그리고 여민동락(與民同樂)이라고 새겨진 금패(金牌) 한 쪽씩을 내리셨습니다. 그래서 매일 그 옷과 꽃으로 저희를 알아보게 됩니다. 곧 저희가 궁궐 문을 드나드는 신표가 되는 셈이지요."

왕 관찰이 별 의심 없이 그렇게 대답했다. 시진도 아무런 내색 없이 그의 말을 들었다.

"아, 그렇군요. 제가 그걸 몰랐습니다."

그러고는 몇 차례 술잔을 건넨 뒤에 문득 연청을 돌아보며 말했다.

"넌 가서 데운 술 한잔을 내오너라. 그걸 좀 마셔야 되겠다."

안으로 들어간 연청은 오래잖아 시진이 말한 술을 내왔다. 시진이 몸을 일으켜 그 술을 왕 관찰에게 따라 주며 말했다.

"형씨 제가 올리는 이 술 한 잔을 받으시오. 그래야만 제 이름을 알 수 있을 겁니다."

"실은 아무리 생각해도 형씨의 이름을 떠올릴 수 없었소. 이젠 존함을 들려주시오."

왕 관찰이 그런 대답과 함께 시진이 내준 술잔을 받았다. 기분 좋게 한 잔을 죽 비운 것까지는 좋았으나 그다음이 이상했다. 갑자기 왕 관찰이 입가로 침을 질질 흘리며 두 다리를 뒤로하고 마룻바닥에 벌렁 나자빠졌다. 시진은 얼른 자신의 옷과 신발을 벗어 버리고 왕 관찰의 옷과 머리 장식이며 신발 따위를 벗겨 대신 걸쳤다. 왕 관찰의 품속에서 금패까지 찾아 품 안에 갈무리한 뒤,

연청을 보고 말했다.

"술집 주인이 묻거든 이 관찰은 취해 있고, 나는 아직 돌아오지 않았다고 말하게."

"말씀하지 않아도 제가 다 알아서 처리할 테니 염려 말고 다녀오십시오."

연청이 그런 말로 시진을 안심시켰다.

술집을 나온 시진은 곧바로 동화문 쪽으로 갔다. 궁궐 안으로 들어가 살펴보니 인간 세상에서는 드물 만큼 아름다운 세상이 펼쳐져 있었다. 시진이 내처 안으로 들어가도 왕 관찰에게서 벗겨 입은 옷과 머리 장식 때문에 아무도 시진을 막는 사람이 없었다.

자신전(紫宸殿)을 지나서 문덕전(文德殿)에 이르니, 문마다 금색의 쇠줄이 쳐져 있어 더는 안으로 들어갈 수 없었다. 할 수 없이 응휘전(凝暉殿)을 끼고 돌아가다 보니 문득 작은 편전(偏殿)이 나왔다. 처마에 걸린 편액을 살펴보니 예사전(睿思殿, 천자가 책을 읽는 곳) 석 자가 금박으로 쓰여 있었다. 그곳은 바로 관원들이 서류를 살펴보는 곳이었다.

시진은 예사전의 붉은 비단 문을 열고 슬쩍 안으로 들어가 보았다. 정면으로는 어좌(御座)가 놓여 있고 양쪽으로는 일 보는 상이 죽 벌여져 있는데 그 위에는 문방사우가 놓여 있었다. 종이며 붓이며 벼루며 먹이 하나같이 당시에 으뜸으로 치는 것들이었다. 그리고 서가에는 책들이 가득 쌓여 있는데, 책마다 아첨(牙籤, 책갈피에 읽는 곳을 표시하기 위해 끼우는 물건)이 꽂혀 있었다.

앞쪽의 병풍에는 푸른색과 연두색으로 「사직혼일지도(社稷混一

之圖)」가 그려져 있었다. 그 병풍을 돌아가니 뒤에는 다시 흰 병풍이 펼쳐져 있는데 그 위에는 천자가 친필로 써 놓은 것이 있었다.

산동(山東) 송강(宋江), 회서(淮西) 왕경(王慶), 하북(河北) 전호(田虎), 강남(江南) 방납(方臘)

그걸 읽은 시진은 속으로 중얼거렸다.

'나라가 우리 때문에 어지러움을 겪게 되니 천자께서 언제나 잊지 않으시려고 여기다 이렇게 써 놓으셨구나.'

그러고는 몸 안에 감추고 있던 암기를 꺼내 '산동 송강' 넉 자를 깎아내 버렸다.

시진은 그길로 급히 예사전을 나왔다. 누군가 뒤쫓아오는 것 같아 재빨리 궁궐 뜰을 벗어난 뒤 동화문을 나섰다. 주막으로 돌아와 왕 관찰을 보니 아직도 깨어나지 못한 채였다. 시진은 얼른 그에게서 빌려 입은 비단옷과 꽃이 꽂힌 벙거지 따위를 벗어 두고 자기가 원래 입고 있던 옷으로 바꿔 입었다.

이어 시진은 연청을 불러 술값을 치르게 했다. 술집 주인이 달라는 것보다 여남은 관이나 더 주니 술집 주인의 입이 절로 벌어졌다. 누각을 내려오면서 시진이 술집 주인에게 당부했다.

"나와 왕 관찰은 형제와 같은 사이라네. 저 사람이 취했기로 내가 잠시 그를 대신해서 궁궐 안으로 들어가 점고를 받고 왔는데도 저 사람은 아직 덜 깨었구먼. 나는 성 밖에 사는 사람이라 성문이 닫히기 전에 나가 봐야겠네. 남은 돈은 자네가 가지게. 저 사람의 옷이며 벙거지는 모두 여기 있네."

"나리 마음 놓으십시오. 저희가 알아서 모시겠습니다."

술집 주인이 연신 머리를 꾸벅이며 대답했다. 시진과 연청이 주막을 떠난 뒤 왕 관찰은 그날 밤 늦게서야 깨어났다. 옷이며 벙거지는 다 그대로 있었으나 도대체 자기가 어디 있는지를 알 수가 없었다. 그때 술집 주인이 올라와 시진이 한 말을 들려주었다. 깨어나기는 했어도 아직 술에 잔뜩 취해 있던 왕 관찰은 별다른 의심 없이 제집으로 돌아갔다.

다음 날 어떤 사람이 왕 관찰에게 알렸다.

"참 이상한 일이 생겼습니다. 예사전의 병풍에 쓰여 있던 도둑의 이름들 중에서 '산동 송강' 넉 자가 보이지 않습니다. 그래서 오늘은 성문마다 빈틈없이 지키면서 드나드는 사람을 엄하게 다그치고 있습니다."

그 말을 들은 왕 관찰은 속으로 짐작이 가는 바가 있었다. 그러나 자칫하면 제 죄가 드러날까 봐 감히 그 일을 입 밖에 내지 못했다. 한편 원래 있던 주막으로 돌아온 시진은 송강에게 궁 안에서 있었던 일을 죄다 들려주고 병풍에서 떼어 낸 '산동 송강' 넉 자를 보여 주었다. 그걸 본 송강은 자신이 나라에 근심거리가 되었음을 알고 탄식해 마지않았다.

열나흗날 해가 지자 밝은 달이 동산 위로 떠올랐다. 하늘에는 구름 한 점 없었다. 송강과 시진은 한량패처럼 꾸미고 대종은 승복 차림을 하고 연청은 시중꾼으로 꾸며 주막을 나섰다. 남아서

방을 지키는 것은 이규 몫이었다.

그들 네 사람은 광대패들 사이에 끼여 봉구문(封丘門)으로 성에 든 뒤 번화한 동경 거리를 돌아다녔다. 밤은 따뜻하고 바람은 부드러워 돌아다니며 놀기에 꼭 좋은 날씨였다. 마행가(馬行街)를 돌아서니 집집마다 시렁을 걸고 갖가지 모양의 등을 걸어 놓아 거리가 마치 대낮 같았다. 높은 누각 아래위에도 등불을 걸어 등불이 등불을 비추는 가운데 수레와 말이 부산스럽게 오갔다.

그곳을 지난 네 사람은 어가(御街)로 들어섰다. 길 양쪽에는 기생이 있음을 알리는 연월패(煙月牌)가 죽 늘어선 게 보였다. 그중 한 집에는 푸른 천을 늘어뜨리고 대나무 발을 쳤는데 그 양편으로는 파란 비단을 바른 창문이 나 있었다. 그 창문 밖에 걸린 두 개의 팻말에는 각기 '가무신선녀(歌舞神仙女)', '풍류화월괴(風流花月魁)' 다섯 자가 쓰여 길 가는 사람의 눈길을 끌었다.

송강은 가까운 찻집으로 들어가 찻집 주인에게 물었다.

"바로 요 앞에 있는 기생집이 누구의 집이오?"

"저 집은 동경의 상청(上廳)에서 으뜸가는 기생 이사사(李師師)의 집입니다."

찻집 주인이 송강이 가리키는 쪽을 흘끗 보고 그렇게 대답했다. 송강이 들은 게 있다는 듯 놀란 표정을 지으며 다시 물었다.

"그렇다면 요즘 천자의 굄을 듬뿍 받고 있다는 그 기생 아닌가?"

"큰 소리 내지 마시오. 누가 들을까 겁납니다."

찻집 주인이 그렇게 주의를 주었다. 송강은 무슨 생각이 났는지 연청을 불러 귀에 대고 속삭였다.

"내가 이사사를 한번 만나 봤으면 좋겠네. 가만히 꾸며 볼 일이 있어. 자네는 가서 어떻게 만날 길을 한번 만들어 보게. 우리는 찻집에서 기다리겠네."

그러고는 시진, 대종과 함께 기다렸다.

송강의 당부를 받은 연청은 곧 이사사의 집으로 달려가 문 앞에 걸린 푸른 휘장을 젖히고 발을 걷어올리며 안으로 들어갔다. 장안에서 제일가는 기생이라 그런지 집 안의 꾸밈도 다른 데가 있었다. 방 안에 켜진 원앙등이며 물소 가죽을 덧씌운 향탁(香卓)이 그러했고 그 위에 얹힌 고동(古銅) 향로와 거기서 피어오르는 향내가 그러했다. 양쪽 벽에는 네 폭의 그림이 걸려 있었는데 하나같이 이름 있는 사람들의 것이었고 그 아래 놓인 네 개의 물소 가죽 덧씌운 의자도 여느 물건이 아니었다.

사람이 집 안으로 들어가도 아무도 나와 보지 않자 연청은 더욱 안으로 들어갔다. 거기에는 큰 손님맞이 방이 있는데 방 안은 앞서보다 더욱 으리으리했다. 꽃을 새긴 녹나무 침상 위에는 고운 무늬의 비단 요가 펼쳐 있고 머리 위로는 좋은 옥붕등이 걸려 있었다.

연청은 가볍게 기침을 해 사람이 들어온 기척을 냈다. 그러자 병풍 뒤에서 심부름하는 계집아이가 달려 나와 연청에게 나부죽이 절을 하고 물었다.

"손님은 성함이 어떻게 되시는지요? 어디서 오셨습니까?"

"아가씨, 번거롭겠지만 마님을 나오라 이르시오. 그러면 내가 그분에게 말하겠소."

연청이 점잔을 빼고 그렇게 대답했다. 그러자 계집아이는 아무 말 없이 안으로 들어갔다. 얼마 뒤에 이사사의 어미인 듯한 할멈이 나왔다. 연청은 대뜸 그 할멈을 자리에 앉게 하고 머리를 조아리며 네 번이나 절을 했다.

"댁은 뉘시오?"

"할머니 벌써 잊으셨습니까. 저는 장을(張乙)의 아들 장한(張閒)입니다. 멀리 나가 있다가 오늘 밤 돌아왔습죠."

연청이 그렇게 천연덕스레 대답했다. 가장 흔한 성이 장가와 이가와 왕가라 그중에서 하나를 골라 아무렇게나 둘러댄 이름이었다.

할멈은 한참 동안이나 생각에 잠겼다가 다시 불빛 아래 연청의 얼굴을 들여다보더니 문득 생각난 듯 알은체했다.

"그럼 네가 바로 태평교(太平橋) 아랫동네에 살던 꼬마 장한이냐? 그동안 어디 가 있었기에 그토록 오래 볼 수 없었더냐?"

할멈이 그렇게 나오니 일은 잘 맞아 돌아간 셈이었다. 연청이 여전히 시치미를 뚝 떼고 꾸며 댔다.

"그동안 집을 떠나 있어 자주 찾아뵙지 못했습니다. 오늘 이렇게 갑작스레 온 것은 산동에서 손님 한 분을 모시고 왔기 때문입죠. 재산이 얼마인지도 모를 만큼 부유한 분으로, 아마도 연남(燕南) 하북에서 제일가는 부자일 겁니다. 이번에 대보름 등불놀이도 구경하고 친척들도 찾아볼 겸 해서 도성으로 오셨는데 그 길에 장사도 하고 아씨도 한번 뵙고 싶어 하십니다. 하지만 이 댁을 아무나 함부로 드나들 수가 있겠습니까? 그래서 저를 먼저 보낸 것입니다. 그분이 바라시는 바는 다만 한자리에서 아가씨와 술이나 한잔 나누려는 것뿐 딴 뜻은 없습니다. 아울러 말씀드릴 것은 그분께서 상당한 금은을 할머니께 보내 드리겠다고 하셨습니다. 결코 제가 함부로 지어낸 말이 아니니 어떻게 길을 좀 터 주십시오."

말썽꾸러기 이규

이사사의 어미는 원래가 이득을 좋아하고 재물을 탐하는 할멈이었다. 금은이 생긴다는 말에 홀딱 넘어가 얼른 이사사를 불러냈다. 연청이 보니 이사사의 용모는 실로 아름다웠다. 연청은 이사사를 보고 머리를 조아려 절을 올렸다.

꽃다운 나이의 미인 청루(青樓)에 이름도 드높아라
옥 같은 미모 천하에 둘도 없네
하늘같이 높으신 분도 사랑을 쏟았으니
장사 머리 숙여 부끄러울 것 없네

라는 시가 절로 마음에서 우러났다.

할멈에게서 자세한 이야기를 들은 이사사가 연청을 보고 물었다.

"그 어르신은 지금 어디 계신가?"

"요 앞 마주 보고 있는 찻집에서 기다리십니다."

연청이 그렇게 대답했다. 이사사도 할멈의 말에 솔깃해졌는지 연청이 대답하자마자 얼른 말했다.

"누추하지만 이리로 모시고 오게. 내가 차라도 한 잔 대접하겠네."

그 말에 연청이 할멈 쪽을 보며 머뭇거렸다.

"아직 마님께서는 모셔 오란 말씀이 없었는데 어찌 감히 그리 하겠습니까?"

"괜찮다, 어서 가서 모셔 오너라."

할멈이 곁에 있다가 그렇게 연청을 재촉했다.

연청은 뒤듯이 찻집으로 달려가 귓속말로 그 소식을 전했다. 대종이 찻값을 치른 뒤 세 사람은 연청을 따라 이사사의 집으로 갔다. 문 안으로 들어서니 사람이 나와 그들을 큰방으로 이끌었다. 미리 그곳에서 기다리고 있던 이사사가 두 손을 모으고 몸을 수그리며 그들을 맞아들였다.

"장한을 통해 좋은 말씀 많이 들었습니다. 욕스러움을 마다 않고 이렇게 와 주시니 앉아서 기다린 저로서는 더없는 영광이옵니다."

그 마당에서 오래 닳은 기생다운 말솜씨에 송강이 점잖게 받았다.

"산골짜기 시골 구석에 사는 보잘것없는 놈입니다. 뜻밖에도 이렇게 꽃 같은 모습을 뵙게 되니 평생에 이보다 더한 행운이 없을 듯싶소이다."

이사사는 얼른 송강에게 자리를 권한 뒤 다시 시진을 보고 물었다.

"이분 나리는 누구십니까?"

"그 사람은 나의 이종 아우 섭(葉) 순간(巡簡)이외다."

송강은 그렇게 둘러대고 다시 대종을 불러 이사사에게 절하게 했다.

인사가 끝난 뒤 송강과 시진은 왼쪽 손님 자리에 앉고 이사사는 오른쪽 주인 자리에 앉았다. 곧 시중드는 여자가 차를 내왔다. 그 차 맛이 얼마나 향기롭고 좋은지 이루 다 말하기 어려울 정도였다. 차를 다 마시고 잔을 거둔 뒤 송강이 찾아온 뜻을 밝히려고 하는 데 시중드는 여자가 와서 이사사에게 알렸다.

"폐하께서 뒤채로 드셨습니다."

그 말을 들은 이사사가 송강을 향해 나직이 말했다.

"죄스럽지만 더는 모실 수 없게 되었습니다. 내일은 폐하께서 상청궁(上淸宮)으로 가셔야 하니 이곳에는 오시지 못할 겝니다. 여러분은 내일 다시 오도록 하시지요. 그때 제가 술이라도 몇 잔 따라 올리겠습니다."

천자가 왔다는데 송강인들 별수가 없었다. 고분고분 승낙하고 세 사람과 함께 이사사의 집을 나섰다.

작은 어가(御街)를 빠져나온 세 사람은 곧바로 천한교(天漢橋)

로 가 등불놀이를 구경하기로 했다. 어떤 누각 앞을 지나니 피리 소리, 북소리가 요란하고 등불이 눈부신 가운데 사람이 개미 떼처럼 모여 있는 게 보였다. 송강과 시진은 술집인 그 누각으로 올라가 자리를 잡고 술과 안주를 청했다.

네 사람은 술을 마시며 등불놀이를 구경했다.

술잔이 몇 순배 돌았을 무렵 갑자기 벽 저쪽 방 안에서 누군가 큰 소리로 노래를 불렀다.

호기는 하늘을 찔러 두우(斗牛)를 꿰뚫어도
영웅의 할 일은 아직 다 못했네
석 자 용천검(龍泉劍)이 손안에 있으니
간사한 무리를 베지 않고 어쩌리

송강이 가만히 들으니 어딘가 귀에 익은 목소리였다. 송강은 얼른 몸을 일으켜 노랫소리가 흘러나오는 방을 엿보았다. 놀랍게도 구문룡 사진과 몰차란 목홍이 엉망으로 술에 취해 되지도 않는 소리를 마구 떠들어 대고 있었다. 송강이 그들 앞으로 나아가 꾸짖었다.

"자네들 두 사람이 나를 죽일 작정인가? 얼른 술값을 치르고 여기서 나가도록 하게. 우연히 내가 자네들 떠드는 소리를 들었기에 망정이지 만약 관원들이 들었다면 큰일 날 뻔했네. 자네들까지 이렇게 앞뒤를 못 헤아릴 줄 누가 알았겠나. 머뭇거리지 말고 빨리 성을 나가도록 하게. 내일 밤엔 등불놀이는 구경하되 그

밤 안으로 돌아가는 게 좋을 것이네. 행여라도 잘못되어 우리 정체가 드러나는 일이 있어서는 아니 되네."

취한 중에도 송강을 알아본 사진과 목홍은 아무런 대꾸도 못하고 그대로 따랐다. 술집 주인을 불러 값을 치른 뒤 곧바로 술집을 나가 성을 벗어났다. 송강과 시진을 비롯한 네 사람도 몇 잔 더 마시지 않고 자리에서 일어났다. 대종이 술값을 치르고 누각을 내려온 네 사람은 곧바로 만수문 쪽으로 가 묵고 있던 객점 문을 두드렸다. 이규가 졸음기 있는 눈을 크게 뜨고 송강을 쏘아보며 퍼부어 댔다.

"날 데려오기 싫으면 데려오지 말 것이지, 이왕 데려와 놓고 이게 뭐요? 나더러는 방구석에 처박혀 있으라 하고, 그래 형님만 나가 즐긴단 말이오?"

"네가 성격이 고약하고 얼굴이 험상궂어 너를 데리고는 성안으로 들어갈 수가 없었다. 또 무슨 말썽을 피울까 겁도 나고 해서 말이야."

송강이 그렇게 맞받았다. 이규가 더욱 뒤틀린 목소리로 대들었다.

"나를 안 데리고 갔으면 안 데리고 갔지 무슨 놈의 핑계가 그리 많소? 그래 내가 언제 뉘 집 아이건 어른이건 놀라게 해서 죽인 적이라도 있단 말이오?"

하기는 좀 안된 구석도 있어 송강이 목소리를 누그러뜨렸다.

"내일 대보름 밤에는 너도 데리고 가마. 그렇지만 등불놀이를 구경한 뒤에는 곧바로 돌아가도록 하자."

그러자 이규도 껄껄 웃으며 어린아이처럼 금세 속을 풀었다.

그날 밤이 지났다. 그다음 날은 대보름날이었다. 날씨가 몹시 맑아 달을 구경하기에 꼭 좋았다. 밤이 되자 대보름달을 맞이하기 위한 사람들이 수없이 거리로 쏟아져 나왔다. 옛 시인이 노래한 어느 아름다운 정월 대보름날 밤 같았다.

송강은 시진과 함께 그전처럼 한량으로 꾸미고 대종과 이규, 연청을 뒤딸린 채 만수문으로 들어갔다. 그날은 대보름이라 밤이 되어도 사람들이 성문을 드나드는 걸 막지 않았다. 다만 성문을 지키는 군사들은 모두가 하나같이 갑옷, 투구를 걸치고 무기를 단단히 꼬나든 게 경비가 여간 엄하지 않았다. 활과 쇠뇌에는 시위에 살이 얹히고 칼은 칼집에서 뽑혀 무슨 일이 생기면 금세 맞받아칠 태세가 되어 있었다. 거기다가 고 태위는 스스로 오천의 갑옷 걸친 기마군을 이끌고 성벽을 돌며 만일에 대비했다.

송강을 비롯한 다섯 사람은 와글거리는 사람들 틈에 섞여 성안으로 들어갔다. 송강은 먼저 연청을 불러 무어라고 귓속말을 한 뒤 그 전날 밤처럼 찻집에서 기다렸다.

연청은 곧장 이사사의 집으로 달려가 문을 두드렸다. 그런데 뜻밖의 일이 기다리고 있었다. 이사사와 그 어미인 할멈이 나와 연청을 보고 소리 죽여 말했다.

"오늘 밤은 아무래도 아니 되겠네. 수고스럽겠지만 나리께 그렇게 전하고 너무 괴이쩍게 여기지 말라 이르게. 폐하께서 갑자기 우리 집을 찾으셨다네. 그런데 어찌 감히 접대를 소홀히 할 수 있겠나."

연청은 속으로 적이 실망이 되었으나 내색 않고 말했다.

"저희 주인께서 두 번 세 번 할머님께 말씀 올려 달라고 하셨습니다. 꽃 같은 아가씨를 뵙게 해 준 것은 고맙기 그지없는 터이나 산동이 바닷가에 치우친 메마른 땅이라 마땅히 바칠 만한 것이 없어 걱정스럽다 하셨습니다. 마음에 드실지 모르지만 우선 저에게 황금 일백 냥을 전하게 하시고 아울러 뒷날 따로이 좋은 것이 있으면 보내시겠다는 말씀이었습니다."

아무리 천자가 귀한 사람이라지만 황금 일백 냥도 적은 재물이 아니었다. 거기다가 다시 더 보낼 게 있다니 그냥 있을 수가 없었다. 이사사의 어미가 연청에게 물었다.

"지금 나리는 어디 계시느냐?"

"지금 골목 끝에서 기다리고 계십니다. 제가 여기서 인사를 올리고 가면 함께 등불놀이를 구경하기로 되어 있습죠."

세상에 그런 할멈치고 금전을 좋아하지 않는 사람이 없다. 연청이 품 안에서 벌겋게 핀 숯덩이 같은 금덩이 두 개를 꺼내 할멈 앞에 바치니 어찌 그냥 있을 수 있겠는가. 갑자기 말투를 바꾸어 연청에게 일렀다.

"오늘은 대보름 명절이니 우리 모녀가 집 안에서 조촐하게 자리를 만들고 술이라도 몇 잔 나누려 하던 참일세. 자네 주인 나리께서 마다 않으신다면 우리 집에 와서 이야기라도 나누고 가라 이르시게."

천자가 왔다는 것은 빈말인 듯싶었다. 연청은 속으로 옳거니 하며 대답했다.

"제가 가서 말씀드려 보지요. 틀림없이 오실 겝니다."

그러고는 몸을 돌려 송강이 기다리는 찻집으로 달려갔다. 연청의 말을 들은 송강은 곧바로 이사사의 집으로 갔다. 대종과 이규는 문 앞에서 기다리라 하고 송강과 시진, 연청이 집 안으로 들어가니 기다리던 이사사가 반겨 맞으며 말했다.

"나리께서는 처음 보는 저에게 이토록 두터운 예물을 내리셨습니까? 받지 않자니 예가 아니겠고, 받자니 너무 지나친 듯싶습니다."

"산골의 촌뜨기라 바칠 만한 예물이 없어 하찮은 걸 조금 보냈을 뿐입니다. 그저 정성을 표한 것뿐인데 아가씨께서 그 무슨 말씀이십니까?"

송강이 그렇게 점잖게 받았다. 이사사는 그들을 작은방 안으로 이끈 뒤 주인과 손님의 자리로 나누어 앉았다.

오래잖아 시중드는 계집들이 좋은 안주와 향기로운 술을 내왔다. 음식을 담은 그릇마저 여느 집에서는 보기 어려운 귀한 것들이었다. 이사사가 잔을 들고 송강과 시진에게 예를 올린 뒤 말했다.

"여러 세상에 걸친 인연이 있어 오늘 밤 두 분을 뵌 듯합니다. 변변찮은 술이나마 나리께 올리고자 하오니 받아 주십시오."

"제가 비록 재물깨나 있다고는 하지만 산골짜기에 사는 촌놈에 지나지 않습니다. 그 바람에 옥 같은 용모와 풍류로 이름이 높으신 낭자의 소문은 익히 들었으면서도 여태껏 뵙지를 못했습니다. 얼굴 한번 우러르는 것도 하늘에 오르기만큼이나 어려운 일인데 하물며 술잔까지 내려 주시니 이보다 감격스러운 일이 어디 있겠습니까?"

송강이 다시 그렇게 겸양스레 말했다. 자신을 그같이 높여 말해주니 이사사가 아니 기쁠 수 없었다.

"나리께서는 말씀이 지나치십니다. 저 같은 게 어찌 거기에 당키나 하겠습니까?"

그러면서 연신 술을 권했다. 첫 잔은 자신이 따르고 그다음부터는 시중드는 계집아이들을 시켜 잔을 돌리는 것이었다.

잔을 나누면서 이사사가 이런저런 저잣거리의 재미난 이야기들을 꺼냈고 시진이 거기에 답했다. 연청도 한 켠에서 웃음으로 그들의 이야기에 끼어들었다. 술이 몇 순배 돌면서 말수 적은 송강도 입을 열었다. 송강은 양산박에서 하듯 소매를 걷어붙이고 주먹을 쥐었다 폈다 연신 손짓을 해 가며 떠들어 대기 시작했다. 시진이 이사사를 돌아보며 웃음 섞어 말했다.

"우리 형님은 술만 취하면 저렇습니다. 너무 웃지 마십시오."

"사람이 저마다 성품이 다른데 그러신들 어떻겠어요?"

그때 심부름하는 계집아이가 방 안으로 들어와 말했다.

"문 앞에 두 사람이 있는데 그중 누런 수염에 험상궂게 생긴 사람이 무어라고 웅얼웅얼 욕을 퍼붓고 있습니다."

"그 두 사람을 들게 하시오."

그들이 대종과 이규란 걸 알아차린 송강이 이사사의 허락도 구하지 않고 그렇게 말했다. 얼마 안 있어 대종이 이규를 데리고 방 안으로 들어왔다. 이규는 송강과 시진이 이사사와 마주 앉아 술을 마시고 있는 걸 보자 벌써 속이 반쯤은 뒤틀렸다. 그러잖아도 사나운 눈길을 더욱 사납게 해 세 사람을 쏘아보았다. 이사사가 송강을 보고 물었다.

"저분은 누구시죠? 꼭 토지묘(土地廟)에 선 판관(判官) 맞은편의 작은 귀신 같네요."

그 같은 이사사의 말에 듣는 사람이 모두 소리 내어 웃었다. 그러나 말귀가 어두운 이규는 그게 무슨 뜻인지를 잘 알아듣지 못했다.

"저놈은 우리 집에 데리고 있는 소이(小李)란 놈입니다."

송강이 그렇게 이규를 소개했다. 이사사가 웃으며 받았다.

"저는 어쨌거나 별 상관이 없지만 이태백 같은 선비께서는 힘드시겠습니다."

아마도 이규의 험상궂은 얼굴과 사나운 눈길을 두고 하는 농담 같았다.

송강이 이규를 위해 좋은 말을 했다.

"그래도 저놈의 무예는 쓸 만하지요. 이삼백 근쯤은 가볍게 지고 사오십 명 정도는 때려누일 수 있습니다."

그러자 이사사는 은으로 만든 큰 사발을 가져와 두 사람에게 술을 권하게 했다. 모두에게 세 사발씩이었다. 대종까지 술 세 사발을 마신 걸 보자 연청은 불쑥 그들이 헛소리라도 할까 봐 걱정이 되었다. 가만히 대종을 이끌고 문밖으로 가서 자리를 잡았다.

"대장부가 술을 마시는데 어찌 작은 잔을 쓰겠소. 우리도 저 큰 사발로 따라 마시도록 합시다."

호기가 치솟은 송강이 그렇게 말하면서 사발째 술을 들이켜기 시작했다.

이사사도 흥이 나서 소동파(蘇東坡)의 「대강동거사(大江東去詞)」를 나직이 노래했다. 술기운이 오른 송강은 종이와 붓을 가져오게 하고 먹을 갈았다. 먹이 짙게 갈리자 송강은 붓을 들고 종이를 펴며 이사사를 보고 말했다.

"제가 비록 재주 없으나 글 한 구절을 적어 가슴속의 뜻을 펼쳐 보이겠소. 아가씨에게 바치는 것이니 한번 봐 주시오."

그러고는 붓을 휘둘러 악부사(樂府詞) 한 수를 썼다.

동서남북 이 세상 어느 곳에 이 미친 나그네를 받아 줄 곳이 있으리요

산동의 한갓진 물가 진채에 머물다가 봉성(鳳城)의 봄빛을 사러 예까지 왔네

푸른 소매엔 향기가 어리고 눈같이 흰 살결은 비단옷에 싸여 한번 웃음은 천금(千金)에 값하네

이 바로 신선의 자태려니 나같이 가엾은 놈이 무슨 수로 얻기를 바라리요

갈댓잎 날리는 물가, 들풀 우거진 언덕에서 나는 기러기 떼 바라보며 고운 님 소식을 기다리리

의로움은 하늘을 채우고 충성스러움은 땅을 덮어도 세상에는 알아주는 이 하나 없구나

이별의 슬픔과 걱정 하도 많아 취하여 보내는 하룻밤에 머

리가 백발되네

쓰기를 다한 송강은 그 악부사를 이사사에게 보여 주었다. 송강으로 보아서는 꽤나 절실하게 자신의 마음속을 노래한 것이지만 송강의 정체를 알 수 없는 이사사로서는 그 노래의 뜻이 얼른 가슴에 와 닿지 않았다. 만약 이사사가 그 글 속에 감추어진 뜻을 물었다면 송강은 숨김없이 마음속을 털어놓았을 것이다. 그러나 때마침 심부름하는 계집아이가 달려와 이사사의 관심을 다른 곳으로 돌려놓았다.

"폐하께서 땅 밑 길을 통해 뒷문에 이르셨습니다."

그 말에 놀란 이사사가 급히 몸을 일으키며 송강에게 작별을 했다.

"멀리 바래다 드리지 못하오니 너그러이 보아주십시오."

그러고는 종종걸음으로 달려 나갔다. 시중드는 계집아이들도 황망히 술상을 치우고 누각이며 정자를 쓸고 닦았다.

가란 말이나 다름없는 이사사의 작별에도 불구하고 송강과 시진은 그곳을 떠나지 않고 어두운 곳에 몸을 숨긴 채 집 안에서 벌어지는 일을 살폈다. 저만치서 이사사가 땅에 엎드려 절을 올리는 게 보였다.

"성상께서 예까지 납시니 황공스러워 몸둘 바를 모르겠사옵니다."

천자는 엷은 비단으로 만든 당건(唐巾)에 곤룡포 차림이었다. 사랑스러운 듯 이사사를 내려다보며 부드럽게 받았다.

"짐은 상청궁에서 이제 막 돌아오는 길이다. 태자로 하여금 선덕루(宣德樓)에서 뭇 백성들에게 어주(御酒) 내리는 일을 맡게 하고 짐의 아우에게는 천보랑(千步廊)에서 장을 보고 오는 김에 양 태위(太尉)도 데려오게 했던바 오래 기다려도 오지 않으므로 짐은 홀로 이리 오게 되었다. 어여쁜 그대는 어서 이리 가까이 오라."

그 광경을 어둠 속에서 보고 있던 송강이 시진을 보고 소리 죽여 물었다.

"이번이 아니면 이런 좋은 때는 다시 만나기 어려울 것이네. 우리 세 사람이 이 자리를 빌려 천자께 말씀드려 보는 게 어떻겠나? 이번에 우리 죄를 용서해 주고 우리를 조정으로 불러들인다는 교서를 받을 수만 있다면 그보다 더 좋은 일이 어디 있겠나."

"그 일이 될 법이나 합니까? 우리가 뛰쳐나가면 당장이야 우리가 원하는 대로 들어주는 척하겠지요. 그러나 뒤에는 반드시 생각이 달라질 겝니다."

시진이 그런 말로 송강을 말렸다. 송강도 그리 자신이 서지 않아 그대로 어둠 속에 몸을 숨기고 있었다.

한편 이규는 송강과 시진이 어떤 아리따운 여인과 함께 술을 마시면서 저와 대종에게는 문이나 지키라 하는 것에 몹시 화가 났다. 머리털이 곤두설 만큼 분이 치솟아 어디다 풀어야 할지 몰라 하는데 문득 양 태위가 문에 걸린 발을 들치며 들어섰다. 양 태위는 이사사의 집에 웬 험상궂고 낯선 사내를 보고 대뜸 소리 높여 물었다.

"이놈 너는 누구냐? 여기가 어디라고 감히 들어왔느냐?"

집 안에 천자가 있다는 것을 들은 터라 태위로서는 당연히 물을 것을 물은 셈이었다. 그러나 분풀이할 데가 없어 억지로 속을 누르고 있던 이규에게는 때마침 알맞은 먹이가 걸려든 셈이었다. 아무 대꾸도 않고 곁에 있던 의자를 번쩍 들어 양 태위의 얼굴을 향해 냅다 던졌다. 놀란 양 태위는 손써 볼 틈도 없이 그 의자에 얻어맞고 땅바닥에 쓰러졌다. 대종이 급히 달려와 말려 보려 했으나 무슨 수로 성난 범같이 날뛰는 이규를 막을 수 있겠는가. 이규는 벽에 걸린 그림을 찢어 내려 촛불에 불을 붙인 뒤 이리저리 뛰어다니며 불을 지르는 한편 집 안의 의자와 탁자 따위를 모조리 때려부쉈다. 그 시끄러운 소리를 들은 송강과 시진 등이 달려가 보니 이규는 웃통을 벗어부치고 한창 행패를 부리는 중이었다. 송강, 시진, 연청, 대종 네 사람은 그런 이규를 억지로 끌고 문밖으로 나갔다.

이규는 그래도 속이 풀리지 않는지 길거리에 나오자마자 어디선가 몽둥이 하나를 찾아 쥐고는 닥치는 대로 휘둘러 댔다. 그리고 이렇다 할 목표도 없이 작은 골목 쪽으로 마구 내닫는 것이었다.

송강은 이규가 성이 난 걸 보고 어쩔 수 없이 시진, 대종과 함께 먼저 성문을 나갔다. 혹시라도 그 소동 때문에 성문이 닫혀 몸을 빼지 못할까 봐 걱정이 된 까닭이었다. 다만 연청만 성안에 남아 이규를 돌보게 되었다.

이사사의 집에 불길이 일자 천자는 몹시 놀랐다. 이것저것 알아볼 새도 없이 한 줄기 연기처럼 몸을 빼내 궁궐로 돌아갔다. 이웃이 달려와 한편으로는 불을 끄고 한편으로는 양 태위를 부축해 일으켰다. 그 소동이 어떠했을지는 더 말할 나위조차 없었다. 성안에는 함성이 일고 하늘과 땅이 놀라 움직일 지경이었다.

고 태위는 북문 쪽을 돌아보고 있다가 그 소동을 전해 들었다. 얼른 군마를 이끌고 소동을 피운 범인들을 뒤쫓았다.

연청은 이규와 함께 달아나다가 목홍과 사진을 만났다. 한 덩이가 된 네 사람은 제각기 손에 창과 몽둥이를 들고 서로 도우며 성벽 쪽으로 길을 뚫고 나아갔다. 성문을 지키던 군사들이 놀라 성문을 닫아걸려는데 갑자기 성 밖에서 또 한 패가 쏟아져 들어왔다. 노지심과 무송과 주동과 유당이었다. 노지심은 쇠로 만든 선장을 바람개비처럼 돌리고 무송은 한 쌍의 계도를 휘둘렀으며 주동과 유당도 각기 손에 박도를 들고 있었다. 그들은 군사들이 미처 성문을 닫아걸 틈도 주지 않고 성안으로 밀고 들어 이규와 연청, 목홍, 사진을 구해 냈다.

이제는 여덟으로 불어난 그들이 막 성문을 빠져나오는데 고 태위의 군마가 그곳에 이르렀다. 여덟 명의 두령들은 겨우 성을 빠져나오기는 했으나 송강과 시진, 대종 세 사람이 보이지 않자 몹시 당황했다. 아직 성을 빠져나오지 못한 줄로 안 까닭이었다.

하지만 그때 이미 그들 세 사람은 군사 오용의 헤아림 덕분에 안전히 몸을 뺀 뒤였다. 오용은 그런 일이 있을 줄 짐작하고 날을 정해 다섯 명의 범 같은 장수와 갑옷을 입은 마군 일천 기를 동경으로 보냈다. 그리고 성 밖에서 기다리게 하다가 급히 성을 빠져나오는 송강과 시진, 대종 세 사람을 맞게 했다. 끌고 온 빈 말에 세 사람을 태우고 나니 성안으로 들어갔던 나머지 다른 두령들도 뛰쳐나왔다. 양산박에서 온 다섯 두령은 그들에게도 빈 말을 주어 타게 했다. 그런데 어찌 된 셈인지 이규가 또 보이지 않았다.

고 태위가 군마를 이끌고 성을 나온 것은 그 무렵이었다. 범 같은 다섯 장수 관승과 임충, 진명, 호연작, 동평이 말을 몰아 성곽의 해자 둑 위로 올라갔다.

"양산박의 호걸들이 모두 여기 있다. 어서 성을 바치면 목숨은 붙여 주겠다!"

다섯 장수가 그렇게 외치자 고 태위는 잔뜩 겁을 먹었다. 감히 성을 나올 생각을 못하고 황망히 성안으로 되쫓겨 간 뒤 지키기만 했다. 군사를 물려 양산박으로 돌아가면서 송강이 연청을 불러 말했다.

"자네가 그 시커먼 놈하고 가장 가깝게 지내니 아무래도 자네가 그놈을 기다려야겠네. 그놈을 찾아 같이 우리를 따라오도록 하게. 나와 이곳의 군마는 오늘 밤 안으로 돌아가야겠네. 도중에 무슨 일이 있을까 걱정되는군."

이에 연청만 남아 이규를 기다리게 되었다. 연청은 민가의 처마 밑에 몸을 숨기고 이규를 찾아보았다. 혼자 빠져나간 이규가 간 곳은 바로 그들이 묵었던 주막이었다. 주막에 둔 짐 속에서 쌍도끼를 찾아든 이규가 한소리 크게 외치며 문을 나왔다. 이규는 저 혼자서 동경성을 칠 작정인지 겁도 없이 성벽 쪽으로 내달았다. 도끼로 성문을 쪼개 버릴 작정인 듯했다. 연청은 얼른 달려가 이규의 허리를 껴안고 다리를 걸어 넘어뜨렸다. 그런 다음 버둥거리며 몸을 일으키는 이규를 끌고 작은 샛길로 달아나기 시작했다. 이규도 어찌 된 셈인지 별로 뻗대지 않고 연청을 뒤따랐다. 이규가 그렇게 연청에게 끌려가는 데는 까닭이 있었다. 원래 연청은 세상에서 제일가는 씨름꾼이어서 그걸 아는 송강은 연청에게 이규를 맡겼다. 이규가 말을 듣지 않으면 연청이 씨름으로 메다꽂는데 그전에도 몇 번 당해 본 적이 있는 이규라 이번에도 순순히 따르고 있을 뿐이었다.

가짜 송강 소동

연청과 이규는 혹시라도 뒤쫓는 군마를 만날까 봐 큰길로 나설 수가 없었다. 둘만으로는 많은 군사를 당해 낼 수 없었기 때문이었다. 그저 샛길로 돌아 진류현 쪽으로 달아났다.

이규는 그 사이 다시 윗옷을 껴입고 도끼는 소매 속에 감추었다. 그러나 두건은 구할 수가 없어 헝클어진 머리칼을 두 가닥으로 뭉쳐 묶었다. 걷다 보니 어느새 날이 밝아 왔다. 연청에게 약간의 돈이 있어 두 사람은 가까운 주막에서 밥과 고기를 사 먹고 난 뒤 다시 걸음을 재촉했다.

다음 날 아침이 되자 동경성 안에서는 북새통이 벌어졌다. 고태위는 군사를 끌고 성을 나가 소동을 일으킨 자들을 뒤쫓았으나 끝내 잡지 못하고 빈손으로 돌아왔다. 이사사는 시끄러워지는 게 싫어 아무것도 모르는 척했으며 다친 양 태위는 제집으로 돌아가 몸을 돌보았다. 성안에서 다친 사람을 헤아려 보니 사오백 명이 넘었고 이리저리 밀리는 통에 팔다리를 삐거나 긁힌 사람은 헤아릴 수 없을 정도였다. 고 태위는 추밀원의 동관(童貫)과 만나 의논하고 함께 태사부로 갔다. 그리고 어서 빨리 군사를 일으켜 도적들을 치자고 천자께 상주했다.

한편 이규와 연청은 걸어걸어 사류촌(四柳村)이란 곳에 이르렀다. 그사이 날이 저물어 왔으므로 두 사람은 눈에 띄는 큰 장원으로 들어가 문을 두드렸다. 장원의 주인인 적(狄) 태공이 사랑으로 나와 두 사람을 맞았다. 적 태공은 이규가 머리를 두 가닥으로 뭉쳐 묶었으나 도포도 입지 않아 도대체 뭘 하는 사람인지 종잡을 수 없었다. 게다가 얼굴까지 못생기고 험해 연청을 보고 먼저 물었다.

"저분은 어디서 오신 스님이시오?"

일단 이규를 중으로 보고 그렇게 물은 것이었다. 연청이 웃으며 대답했다.

"이 스님은 대단하신 분이십니다. 어르신께서야 잘 모르시겠습니다마는 어쨌거나 저녁 한 끼하고 하룻밤만 부탁드립니다. 내일 아침 일찍 떠나지요."

이규는 곁에서 능청스레 입을 다물고 서 있을 뿐이었다. 연청의 말에 넘어간 태공은 문득 땅에 엎드려 이규에게 절을 하며 말했다.

"스님, 제발 저를 좀 구해 주십시오."

"무얼 구해 달란 말씀이오? 모든 것을 바른대로 나에게 일러 주시오."

이규가 정말로 큰 도사라도 되는 듯 그렇게 물었다. 어지간히 급한 일이 있었던지 태공이 의심도 않고 털어놓았다.

"저희 집에는 식구가 백여 명이 되지만 우리 내외를 빼고 혈육이라고는 다만 딸아이 하나뿐입니다. 이제 스무 살이 갓 넘었지요. 그런데 반년 전쯤부터 그 아이에게 요귀가 붙어 방 안에 처박혀 있으면서 밥도 먹으러 나오지 않습니다. 만약 사람을 시켜 부르러 보내면 그 방에서 벽돌과 돌멩이가 쏟아져 그 방으로 가는 사람은 모두 다치고 말지요. 여러 번 이름 높은 도사님들을 불러 요귀를 잡으려 했지만 아직도 잡지를 못했습니다."

그 말을 들은 이규가 무슨 생각을 했는지 능청스레 늘어놓았다.

"어르신! 내가 바로 계주 나 진인(眞人)의 제자 되는 사람이외다. 구름을 타고 안개를 피워 올릴 줄도 알지요. 요귀를 잡는 것쯤은 어렵지 않습니다. 약간의 재물을 아끼지 않으신다면 오늘 밤 그 요귀를 잡아 드리지요. 먼저 돼지 한 마리와 양 한 마리를 잡아 신장(神將)에게 제사부터 올리도록 하시오."

연청이 듣기에는 어이없는 말이었다. 그러나 당장 급한 태공에게는 그렇지도 않은 모양이었다.

"돼지나 양은 저희 집에 얼마든지 있습니다. 술은 말할 것도 없고요."

그렇게 말하면서 거듭 머리를 조아렸다.

이규가 엄숙하게 말했다.

"그럼 살찐 놈으로 골라 한 마리씩 잡은 뒤 푹 삶아서 내오시오. 좋은 술도 몇 병 있으면 좋겠소. 어서 준비해 주시면 오늘 밤 삼경에는 그 요귀를 잡아 드리겠소."

"대사님, 부적을 쓸 종이가 필요하시다면 그것도 이 늙은이의 집 안에 있습니다."

태공이 깨우쳐 주듯 말했다. 그러나 이규는 고개를 내저었다.

"나의 법술은 오직 하나뿐으로 부적 따위는 필요가 없소. 내 몸이 그 방 안에 들어가기만 하면 요귀를 끌어낼 수 있소."

그 같은 이규의 능청에 연청은 속으로 웃음을 참기가 어려웠다. 그러나 늙은이는 이규의 말을 좋게만 듣고 그가 시키는 대로 했다. 초저녁이 되자 적 태공은 돼지와 양을 삶고 구워 대청으로 내왔다. 이규는 열 개의 큰 술잔과 데운 술 열 병을 가져오게 했다. 그리고 두 개의 촛불을 밝힌 뒤 향로에는 좋은 향을 살랐다. 그런데 그다음이 이상했다. 이규가 의자 하나를 끌어당겨 앉더니 염불 한번 외는 법 없이 허리춤에서 도끼를 꺼냈다. 그러고는 그 도끼로 돼지와 양고기를 큼직큼직하게 썰어 널름널름 삼켜 대며 연청을 불렀다.

"소을(小乙) 형도 여기 와서 자셔 보시오."

연청은 차게 웃을 뿐 이규와 함께 먹으려 들지 않았다. 이규는 배부르게 고기를 먹고 술도 대여섯 사발이나 마셨다. 보고 있던 태공이 놀라 입을 다물지 못했다. 이규는 조금도 무안해하는 기색 없이 장원의 일꾼들을 불러 권했다.

"너희들도 이리 와 음복이나 하지."

그러면서 남은 고기를 그들에게 나누어 주는 것이었다.

"어서 더운물 한 통을 가져오너라. 손발을 좀 씻어야겠다."

이윽고 먹고 마시기를 다한 이규가 일꾼들을 보고 그렇게 말했다. 그리고 태공에게 차까지 청해 마신 뒤 연청을 보고 태연스레 물었다.

"당신은 끼니나 때웠소?"

"배부르게 먹었소이다."

연청이 이규의 물음에 그렇게 대답했다. 이규가 이번에는 태공을 돌아보며 기막힌 소리를 했다.

"술도 취하고 고기를 먹어 배도 부르군. 내일 가야 할 길이 있으니 우리들은 가서 이만 자야겠소."

"아이고 그 무슨 말씀이십니까? 그 요귀는 언제 잡으려 하십니까?"

태공이 놀라 그렇게 물었다. 그제야 그 일이 생각났다는 듯 이규가 말했다.

"꼭 그 요귀를 잡고 싶거든 나를 따님의 방으로 데려다 주시오."

"지금 그 아이의 방 안에는 요귀가 있을 겁니다. 하지만 벽돌과 돌멩이가 마구 날아오는데 누가 들어갈 수 있겠습니까?"

태공이 울상을 지으며 그렇게 일러 주었다. 그러자 이규는 두 자루의 도끼를 뽑아 들고 자리에서 일어났다. 사람들로 하여금 멀찌감치서 횃불을 밝히게 하고 성큼성큼 요귀가 있다는 방으로 다가가는데 조금도 겁내는 기색이 없었다.

이규가 다가가 보니 방 안에 희미하게 등불이 켜져 있었다. 이규는 발소리를 죽이고 문틈으로 방 안을 들여다보았다. 방 안에서는 어떤 젊은 놈이 한 계집을 끌어안고 속살거리는 중이었다. 이규는 한 발길질로 방문을 차 부수고 도끼를 휘둘렀다.

갑자기 불빛이 사방으로 튀며 번개라도 치는 것 같았다. 이규의 도끼가 등잔을 후려친 것이었다. 젊은 놈이 놀라 달아나려 했으나 될 일이 아니었다. 이규의 한소리 외침과 함께 도끼가 먼저 그 젊은 놈을 쪼개 놓았다. 놀란 계집은 침상 밑으로 몸을 숨겼다. 이규는 먼저 그 젊은 놈의 목을 베어 침상 위에 얹어 놓고 다시 도끼로 침상 언저리를 두드리며 소리쳤다.

"이 계집년아, 어서 나오너라. 만약 나오지 않으면 침상째로 가루를 내 버리겠다."

"나가겠어요. 부디 목숨만 살려 주세요."

계집이 그렇게 빌면서 침상 밑으로 머리를 내밀었다. 이규는 계집의 머리채를 쥐고 시체 곁으로 다가가 물었다.

"내가 죽인 이놈은 누구냐?"

"왕, 왕소이(王小二)예요."

계집이 기어드는 목소리로 그렇게 밝혔다. 이규가 다시 물었다.

"벽돌과 음식은 어디서 가져왔느냐?"

"제가 금은과 비녀 장식 등을 그에게 주어서 들여오게 한 것입니다. 한밤중에 담장을 넘어 몰래 들여오게 했어요."

계집이 거기까지 밝히자 이규는 더 참고 들을 수가 없었다.

"너 같은 더러운 화냥년을 살려 두어 무엇에 쓰겠느냐!"

그 한마디와 함께 도끼로 계집의 목을 후려쳤다. 이규는 계집과 사내의 목을 가지런히 놓고 이어서 목 없는 시체들도 한데 끌어모았다.

"너무 먹어 속이 거북하더니 잘되었다. 덕분에 배가 좀 꺼지겠구나."

이규가 그렇게 씨부렁거리면서 윗도리를 벗어부치고 도끼를 들어 두 시체를 한바탕 짓이겼다. 얼마나 지났을까? 그제야 속이 풀렸는지 이규가 쩝쩝거리며 일어났다.

"이것들이 다시 살아나는 일은 없겠지."

이규가 그렇게 중얼거리며 도끼를 허리춤에 꽂더니 잘린 머리 둘을 들고 사랑으로 내려갔다.

"요귀 둘을 내가 모두 잡았소."

이규가 그러면서 목 둘을 내던지자 장원 안에 있던 사람들은 모두 깜짝 놀랐다. 두 목을 자세히 살피니 하나는 태공의 딸이지만 하나는 누구의 것인지 알 수 없었다. 그러다가 장원의 일꾼 중의 하나가 겨우 그 사람을 알아보고 말했다.

"저 머리는 동촌의 바람둥이 왕소이의 것 같소."

"그 사람 눈 한번 밝구먼."

이규가 씩 웃으며 그 일꾼을 보았다. 태공이 겨우 정신을 차려 이규에게 물었다.

"스님께서는 어떻게 아십니까?"

"댁의 따님이 침상 밑으로 기어 들어갔다가 내게 끌려 나오면서 다 말을 해 줍디다. 저놈은 샛서방 왕소이고 그동안 먹은 음식도 모두 저놈이 날라다 준 것이라고요. 나는 그 소리를 다 들은 뒤에 손을 썼소."

이규의 그 같은 대답에 태공이 울며 말했다.

"스님, 제 딸을 살려 두지 않으시구요."

이규가 그런 태공을 꾸짖었다.

"곤장을 맞아도 적게 맞아서는 안 될 소 같은 늙은이. 딸년이 서방질을 하는데 살려서 뭣하겠다는 말이오. 그 꼴로 훌쩍거리기만 하고, 그래 내게 고맙다는 소리도 않는단 말이오? 좋소, 내일 봅시다."

그러고는 돌아섰다. 연청은 빈방 하나를 찾아 이규와 함께 그날 밤을 보냈다. 이규가 간 뒤 적 태공은 사람들과 함께 불을 켜 들고 딸의 방으로 가 보았다. 방 안에는 목 없는 시체 둘이 토막나 뒹굴고 있었다. 태공과 그 아내는 슬피 울며 시체를 뒤뜰로 끌어내 불태우게 했다.

다음 날이었다. 새벽같이 일어난 이규는 태공을 찾아가 말했다.

"어젯밤 나는 영감을 위해 요귀를 잡아 주었소. 그런데 어째 영감은 나에게 고맙다고 하지 않는 거요?"

이에 태공은 하는 수 없이 술과 밥을 내어 두 사람을 대접했다.

이규와 연청은 한 상 잘 대접받은 뒤에 다시 그 장원을 떠나 양산박으로 향했다. 사류촌을 떠난 이규는 별일 없이 길을 줄여 양산박 북쪽에 이르렀다. 그러나 길을 돌아보니 산채에 이르자면 아직도 칠팔십 리는 더 걸어야 했다.

형문진(荊門鎭)이 멀지 않고 해서 다시 날이 저물자 두 사람은 근처의 한 장원으로 들어가 문을 두드렸다.

그때 연청이 이규에게 말했다.

"우리 주막에서 쉬는 게 더 낫겠소."

그러나 이규의 생각은 달랐다.

"장원이 저만한데 어찌 시골 주막보다야 못하겠소?"

그런데 이규의 말이 미처 끝나기도 전에 장원 안에서 일꾼 하나가 나와 말했다.

"저희 주인어른께서는 괴로운 일이 많으신 터라 두 분께서는 다른 곳을 찾아가 주셨으면 좋겠습니다."

하지만 이규는 들은 척도 않고 안으로 달려 들어갔다. 연청이 그런 이규를 붙잡았으나 소용이 없었다. 똑바로 사랑마루에 오른 이규가 안을 보고 소리쳤다.

"지나가던 나그네가 하룻밤 묵어가겠다는데 어찌 이럴 수 있나. 주인어른이 걱정거리가 있다니 그게 무엇이오? 나는 바로 그 걱정 많은 사람과 이야기하러 왔소!"

집주인이 안에서 몰래 내다보니 이규의 생김이 흉악한 게 아무래도 곱게 물러날 것 같지가 않았다. 가만히 사람을 시켜 구석진 방에 들게 하고 밥상도 차려 내게 했다. 그냥 조용히 하룻밤 묵고 가라는 뜻이었다.

한참 있다 밥상이 나왔다. 둘은 사양 없이 그릇을 비우고 정해진 방으로 가 쉬었다.

이규는 잠을 자려고 누웠으나 도무지 잠을 이룰 수 없었다. 저녁상에 술이 없어 마시지 못한 탓도 있지만 그보다는 무엇 때문인지 슬피 울어 대는 주인 내외의 울음소리 때문이었다. 두 눈을 뜬 채 밤을 새운 이규는 이튿날이 새기 바쁘게 일어나 주인 내외의 방 앞으로 갔다.

"누군가 어르신네 집안사람이 밤새도록 울어 나는 한숨도 잘 수가 없었소. 어찌 된 셈이오?"

그러자 집주인 늙은이가 나와 울먹이며 대답했다.

"제게 열여덟 살 난 딸이 있었는데 그만 어거지로 빼앗기고 말았습니다. 그것이 괴롭고 슬퍼 운 것입니다."

"또 그런 괴이쩍은 일이오! 어르신네의 따님을 빼앗아 간 놈이 도대체 누구요?"

이규가 그렇게 물었다. 집주인이 떨리는 목소리로 더듬거렸다.

"내가 당신에게 그 사람의 이름을 말하면 당신은 아마도 놀라 오줌을 쌀 것이외다. 그 사람은 다름 아닌 양산박의 우두머리 송강이오. 거느린 무리들 중에 이름난 호걸만도 백일곱이오. 그 졸개는 헤아릴 수 없다오."

그 같은 대답에 이규의 눈빛이 변했다. 갑자기 목소리를 높여 다시 물었다.

"어르신께 물어보기나 합시다. 그놈들이 몇 명이나 왔더랬소?"

"이틀 전 그 송강이란 사람과 한 젊은이가 말을 타고 왔더랬습니다."

그러자 이규는 더 물어볼 것도 없다는 듯 연청을 보고 성난 얼굴로 말했다.

"소을 형, 형도 저 어르신이 하는 이야기를 들었지요. 우리 형님이 원래 그런 사람인 듯하오. 입으로는 갖은 좋은 말을 다 해도 속은 컴컴한 나쁜 놈이란 말이오!"

"형, 그런 말씀 함부로 마시오. 결코 그럴 리가 없소."

연청이 그렇게 송강을 편들고 나섰으나 이규는 들은 척도 안 했다.

"그 사람은 동경에 가서도 이사사네 집부터 찾은 사람이오. 여기서라고 그따위 짓을 못할 리가 있소?"

아마도 송강이 이사사와 술을 마신 일에 몹시도 속이 뒤틀린 모양이었다. 송강을 갈데없는 바람둥이로 단정 짓고 더 따져 볼 것도 없다는 듯 집주인 늙은이에게 소리쳤다.

"집 안에 밥이 있거든 되는 대로 한 상 차려 주시오. 어서 먹고 떠나 봐야겠소. 바른대로 말씀드리자면 나는 바로 양산박의 흑선풍 이규고 저 사람은 낭자 연청이오. 송강이란 놈이 어르신네 따님을 빼앗아 갔다니 내가 가서 찾아드리겠소!"

그 말에 장원의 주인 늙은이는 고마워 어쩔 줄 몰라 했다. 몇 번이나 절을 올리고 아침상을 그득하게 차려 내왔다.

아침을 먹고 난 이규는 연청을 데리고 나는 듯 양산박으로 달려갔다. 산채에 이른 이규는 똑바로 충의당을 찾아갔다. 송강은 이규가 연청과 함께 돌아온 걸 보고 반기며 말했다.

"이보게 아우들, 자네들은 어느 길로 왔나? 이제야 온 걸 보니 길을 많이 돈 모양이군."

그러나 이규는 그 말에는 대꾸도 않고 도끼부터 빼어 들었다. 그러고는 고리눈을 사납게 뜬 채 먼저 대청에 있던 행황기(杏黃旗)부터 쳐 넘겼다. '하늘을 대신해 도를 행한다(替天行道).'라고 쓰인 큰 깃발이었다.

이규의 그같이 갑작스러운 행패에 두령들은 모두 놀랐다.

"저 시커먼 놈이 또 무슨 짓이냐?"

송강이 큰 소리로 이규를 꾸짖었다. 그러나 이규는 대답도 않고 쌍도끼를 꼬나쥔 채 송강에게 덮쳐 갔다.

마침 그곳에 있던 관승과 임충, 진명, 호연작, 동평의 다섯 두령이 황망히 이규를 막고 도끼를 뺏은 뒤 마룻바닥으로 끌어내렸다. 송강도 이규가 까닭 없이 자신을 죽이려 들자 몹시 성이 났다.

"저놈이 또 미쳤구나. 도대체 무슨 일이냐? 내가 무엇을 잘못했기에 그러느냐?"

그래도 이규는 너무나 분에 차 있어 말조차 제대로 하지 못했다. 연청이 나서서 이규를 대신해 말했다.

"형님, 우리가 돌아오는 길에 있었던 일을 자세히 말씀 올리겠습니다. 그날 저 사람은 동경성 밖 주막에서 도끼를 찾아내고 달려 나오더니 바로 성문을 쪼개고 들려 했습니다. 나는 그를 씨름 기술로 쓰러뜨린 뒤 억지로 끌고 나오면서 형님께서 이미 떠나신 걸 일러 주었지요. 혼자서는 그래서 안 된다고 했더니 겨우 제 말을 알아듣더군요. 저희는 감히 큰길로 올 수가 없어 샛길로 샛길로만 돌았습니다. 더군다나 저 사람은 머리에 두건조차 없어 머리카락을 두 갈래로 뭉쳐 묶었지요. 그래서 먼저 이르게 된 곳이 사류촌의 적 태공네 장원이었습니다. 저 사람은 그곳에서 스스로를 귀신 잡는 도사라 하고 적 태공의 화냥기 있는 딸과 요귀

행세를 한 샛서방을 붙잡아 도끼로 토막 내 버렸습니다. 그다음 저희는 큰길 서쪽을 돌아 산채로 돌아오려 했으나 형문진 근처에 이르니 다시 날이 저물더군요. 그래서 찾게 된 곳이 유 태공의 장원이었습니다. 그런데 그 집에 자면서 보니 집주인 내외가 밤새도록 슬피 울지 않겠습니까. 그 바람에 저 사람은 잠을 자지 못했던지 날이 새기 바쁘게 일어나 집주인에게 까닭을 묻더군요. 그러니까 집주인 유 태공이 뜻밖의 말을 했습니다. 이틀 전 양산박의 송강이 어떤 젊은이를 데리고 와서 그 늙은이의 장원에 들었다는 것입니다. 주인 내외는 그들이 하늘을 대신해 도를 행하는 사람들이라는 바람에 열여덟 살 난 딸을 불러내 술을 치게 하였는데 그날 밤 그 둘은 늦도록 술을 마시다가 딸아이를 빼앗아 가 버렸다는 것입니다. 이규 형은 그 말을 듣자 바로 그게 형님이 한 짓인 줄로 알더군요. 형님이 결코 그런 사람이 아니라고 제가 두 번 세 번 말했지만 소용이 없었습니다. 세상에는 여기저기 떠돌면서 남의 이름을 대고 못된 짓을 하는 놈도 많다구요. 그러나 이 형은 동경에서의 일을 들먹이며 제 말을 들어주지 않았습니다. 형님이 이사사에게 반해 동경에서 뭉그적거렸다는 것이지요. 그 때문에 이 소동을 부린 것 같습니다."

연청의 이야기를 들은 송강은 어이없다는 듯 이규를 보며 나무랐다.

"그런 일이 있었는지 내가 어찌 알겠나? 그렇다면 진작에 말이라도 했어야지."

그래도 이규는 송강에 대한 의심을 거두지 않았다.

"나는 늘상 당신이 호걸인 줄만 알아 왔소. 그런데 알고 보니 짐승 같은 사람이었구려. 정말 좋은 일도 하셨소!"

이규가 그렇게 빈정대자 송강이 목소리를 높였다.

"야, 이놈아. 내 말도 한번 들어 봐라. 나는 이삼천이나 되는 군마와 함께 돌아왔는데 도중에 어떻게 말 두 필만 빠져나간단 말이냐. 무슨 수로 그 많은 사람들의 눈을 속일 수 있겠느냐? 또 만약 내가 그 여자를 빼앗았다면 반드시 이 산채에 있을 게다. 정 못 믿겠다면 내 방을 한번 뒤져 봐라."

그래도 이규는 눈도 꿈쩍 않았다.

"허튼수작 부리지 마슈. 이 산채에 있는 사람은 모두가 당신 밑에 사람 아니오? 모두가 당신을 싸고도는데 어딘들 감추지 못하겠소? 내가 애초에 당신을 우러러본 것은 계집을 밝히지 않는 호걸이기 때문이었소. 그런데 알고 보니 이건 뭐 술과 계집에 미친 사람이었단 말이오. 염파석을 죽인 일은 대단찮다 하더라도 동경의 이사사에게 빠진 일은 작은 일이 아니오. 이러니저러니 여러 소리 할 것 없이 그 여자를 어서 빨리 유(劉) 늙은이에게 보내 주시오. 만약 보내지 않으면 그냥 두지 않겠소. 그 여자가 여기 있는지를 내가 알게 되면 당신은 일찍 죽을 것이외다!"

송강은 기가 막혔다. 무턱대고 소리만 지를 수도 없는 일이어서 목소리를 낮추었다.

"알았으니 그리 소란 피울 것 없다. 그 유 태공이란 사람이 아직 죽지 않았고 장원의 일꾼들도 모두 살아 있으니 우리 함께 가서 얼굴을 맞대고 확인해 보자. 만약 네 말이 사실이라면 내 목은 네 도끼에 맡기마. 그렇지만 네 말이 틀렸다면 그때는 어쩔 테냐? 아래위도 없이 날뛴 그 죄는 어떻게 물을 테냐?"

"만약 내가 당신을 잘못 보았다면 그때는 이 목을 바치겠소!"

이규가 서슴없이 대답했다.

"좋다, 여기 있는 여러 형제들이 모두 증인이 될 테니 그리 알아라."

송강이 그렇게 겁을 주고는 철면공목 배선을 불러 이규의 말을 군령장(軍令狀)으로 남기게 했다. 군령장 두 장이 쓰여지자 송강과 이규는 각기 수결을 한 뒤 한 장씩 지녔다. 송강이 수결을 한 군령장은 이규가 지니고 이규의 수결이 있는 군령장은 송강이 지니는 식이었다.

"그때 유 태공의 장원에 나타났다는 그 젊은 놈도 짐작이 가오. 그는 틀림없이 시진일 것이오."

이규는 그래도 자신의 믿음이 옳다는 듯 시진까지 걸고 넘어졌다. 시진이 씩 웃으며 받았다.

"그렇다면 나도 함께 가야겠군."

"당신이 안 간다고 해서 겁날 것도 없소. 만약 그 일이 사실로 밝혀진다면 당신이 시(柴) 대관인이든 미(米) 대관인이든 상관않고 내 도끼 맛을 보여 줄 거요."

이규는 이번에는 시진을 보고 그렇게 으르렁거렸다. 시진이 별로 화내는 기색 없이 대꾸했다.

"그래도 할 수 없지. 그럼 자네가 먼저 가서 기다리게. 우리가 먼저 가면 또 의심받을까 걱정일세. 유 태공을 겁주어 입을 막았다고 우기면 낭패 아니겠나."

시진의 말에는 은근히 빈정거리는 데가 있었으나 단순한 이규는 그 뜻을 곧이곧대로 받아들였다.

"그것도 그렇군. 내가 먼저 가 봐야겠소."

그렇게 말하고는 연청을 돌아보았다.

"우리 둘이 먼저 가자구. 저 사람들이 만약 오지 않는다면 뭔가 꿀리는 게 있어설 거야. 그때는 돌아와서 끝장을 내는 거지 뭐."

이규가 워낙 거세게 나오니 연청도 어찌 말려 볼 수가 없었다. 이규와 함께 다시 유 태공의 장원으로 돌아갔다.

이규와 연청이 되돌아와 유 태공을 찾자 유 태공이 나와 그들을 맞으며 물었다.

"호걸분들, 가신 일은 어떻게 되었습니까?"

"내가 그 송강이란 자를 이리로 오게 하였소. 낯짝을 보여 주고 영감께 확인시킬 요량이우. 영감 내외분과 댁의 일꾼들은 그 자를 자세히 살펴 두슈. 만약 따님을 빼앗아 간 놈이 맞다면 바로 말해 주면 되는 거외다. 그것들은 조금도 두려워할 게 없소. 내가 다 알아서 처리할 테니까."

아직도 자신이 옳다고 믿고 있는 이규가 그렇게 말했다. 오래잖아 장원의 일꾼 하나가 와서 말했다.

"말 탄 사람 여남은 명이 우리 장원에 이르렀습니다."

그 말을 들은 이규는 대뜸 그들이 누군지를 알아차리고 그 일꾼에게 말했다.

"그게 바로 그 사람이다. 말과 사람은 한 켠에 있게 하고 송강과 시진만 들라고 해라."

이규의 기세에 눌린 장원의 일꾼은 군소리 없이 시키는 대로 했다. 오래잖아 송강과 시진이 사랑마루로 올랐다. 이규는 도끼를 뽑아 들고 그들 곁에 섰다. 늙은이가 확인해 주면 바로 그 자리에서 손을 쓸 작정이었다. 이윽고 유 태공이 나와 집주인의 예로 송강에게 머리를 숙였다. 이규가 그러는 늙은이에게 물었다.

"저 사람이 따님을 빼앗아 간 사람 아니오?"

그 말에 늙은이는 눈을 뜨고 정신을 가다듬어 송강과 시진을 살폈다.

"아닙니다."

한참이나 살피던 늙은이가 고개를 저으며 그렇게 말했다. 그제야 송강이 이규를 노려보며 물었다.

"이놈, 이제는 어쩔 테냐?"

"당신들 둘이 먼저 저 늙은이에게 눈짓을 한 거지? 그래서 늙은이가 겁을 먹은 나머지 바로 말하지 못하는 걸 거요!"

이규가 그렇게 뻗대었다. 송강이 그런 이규에게 빈정거리듯 말했다.

"그럼 이제 장원 안에 있는 사람들을 모두 불러내라. 그래야 나를 알아보는 사람이 있을 것 아니냐?"

그 말에 이규는 장원에 있는 일꾼이고 손님이고를 가리지 않고 불러내 송강과 시진을 살펴보게 했다. 그러나 대답은 한결같이 '아니오'였다. 그제야 송강이 이규를 제쳐 놓고 유 태공을 향해 점잖게 일렀다.

"주인장, 내가 바로 양산박의 송강이고, 저 사람은 시진이오. 댁의 따님은 모두 가짜 이름을 쓴 놈들에게 속아 뺏긴 듯하외다. 만약 딸의 소문을 듣거든 우리 산채에다 알려 주시오. 내가 힘써 찾아 드리겠소."

그러고는 이규를 보고 엄하게 말했다.

"여기서는 너하고 더 말하지 않겠다. 함께 산채로 돌아가 거기서 따져 보자."

이규도 더는 할 말이 없어 송강이 시키는 대로 했다. 산채로 돌아가면서 연청이 이규를 보고 물었다.

"이 형, 이제 어쩌실 작정이오?"

"내가 성질이 급해 뭘 잘못 생각한 모양이군. 할 수 있나, 이왕 목을 바치기로 했으니 그대로 할 수밖에. 내가 내 도끼로 이 목을 잘라 줄 테니 자네가 형님에게 갖다 바치게."

이규가 그제야 풀이 죽은 목소리로 그렇게 대답했다. 연청이 그런 이규에게 귀띔해 주었다.

"그만 일로 죽을 것까지야 있겠소. 내가 한 수 일러 드리지. 말하자면 '회초리를 지고 가서 용서를 빈다[負荊請罪].'는 수 말이오."

"회초리를 진다는 게 무슨 뜻인가?"

이규는 그래도 죽기가 싫었던지 그렇게 물었다. 연청이 자세히 일러 주었다.

"먼저 옷을 벗은 뒤 밧줄로 몸을 묶고 등에는 한 다발의 가시 회초리를 진 뒤 충의당 앞으로 가는 거요. 그리고 그 앞에 엎드려 '형님 마음껏 때려 주십시오.'라고 빌면 송강 형님도 차마 어쩔 수 없을 것이오. 그게 바로 회초리를 지고 가서 용서를 빈다는 수외다."

그 말을 듣고 잠시 생각에 잠겼던 이규가 불쑥 소리쳤다.

"그것도 좋지만 아무래도 낯부끄러운 짓이오. 차라리 목을 베어 바치는 게 낫겠소."

"산채 안에는 모두가 형제들뿐인데 누가 형을 비웃는단 말이오?"

연청이 그렇게 이규를 달랬다. 이규는 한동안을 어찌해야 할지 모르다가 마침내는 연청의 말을 따랐다. 산채로 돌아가기 바쁘게 회초리를 지고 용서를 빌러 갔다. 그때 송강과 시진은 먼저 충의당에 이르러 여러 형제들과 함께 이규의 일을 이야기하고 있었다. 그때 바로 그 이규가 벌거벗은 몸을 묶은 채 등에는 한 단의 회초리를 지고 충의당 앞에 꿇어앉아 머리를 조아렸다. 말 한마디 없이 엎드려 있는 그를 보고 송강이 웃으며 물었다.

"이 시커먼 놈아, 회초리는 왜 지고 왔느냐? 그렇게 잘못을 빌고 싶은 모양이다만 그걸로 되겠느냐?"

"아우가 잘못했습니다. 형님 큰 몽둥이를 골라 들고 몇십 대라도 때려 주십시오."

이규가 그렇게 빌고 나섰다. 그러나 송강은 짐짓 목소리를 높였다.

"너는 나와 머리 자르기를 내기하지 않았느냐. 그래 놓고 매를 지고 와?"

그러자 이규도 더는 구구하게 빌지 않았다.

"형님께서 정히 용서하지 못하시겠다면 하는 수 없지. 어서 칼을 가져와 이 목을 자르시우."

그때 곁에 있던 여러 두령들이 나서서 이규를 대신해 송강에게 빌었다. 송강이 못 이기는 척 이규를 용서해 주며 조건을 내세웠다.

"나로 하여금 저놈을 용서해 주게 하려면 먼저 저놈에게 이르시오. 그 두 놈의 가짜 송강을 잡고 유 태공에게 딸을 찾아 주어야만 내가 저놈을 용서할 거라고."

그 말을 들은 이규는 누구의 말을 기다릴 것도 없이 벌떡 일어나 소리쳤다.

"내가 가면 물독에서 자라를 건져내듯 그놈들을 잡을 수 있소."

송강이 그런 이규를 깨우쳐 주듯 말했다.

"그놈들은 두 놈이나 되는 데다 말까지 갖추고 있다. 네놈 혼자 가서 무슨 수로 잡는단 말이냐? 연청을 불러 함께 가거라."

"형님께서 보내 주신다면 기꺼이 가겠습니다."

연청이 그러면서 선뜻 따라나섰다.

연청은 제 방으로 돌아가 평소에 잘 쓰는 쇠뇌와 키만큼 되는 몽둥이를 찾아 들고 이규와 함께 다시 유 태공의 장원으로 갔다. 어눌한 이규를 대신해 연청이 주인에게 가짜 송강이 왔던 때의 일을 상세히 캐물었다. 유 태공이 일러 주었다.

"해 질 무렵에 왔다가 밤이 깊어서 돌아갔는데 어디 사는지도 모르고 감히 뒤쫓을 생각도 못했습니다. 다만 그 우두머리 되는 놈은 키가 작은 데다 낯이 가무잡잡하고 또 다른 놈은 몸집이 좋은 데다 수염은 짧고 눈이 컸습니다."

그 말을 들은 두 사람은 먼저 유 태공부터 안심시켰다.

"어르신께서는 마음 놓으십시오. 오래지 않아 따님을 찾아 드리겠습니다. 우리 형님 송공명께서 명을 내리시기를 우리 두 사람더러 찾아내라 하셨으니 어찌 감히 그 명을 어기겠습니까?"

그러고는 유 태공에게 마른 고기를 굽고 떡을 찌게 해서 각기 봇짐에 싼 뒤 등에 멨다.

유 태공의 장원을 나선 이규와 연청은 먼저 북쪽부터 찾아보았다. 그러나 북쪽 땅은 메마르고 거칠어 사람 사는 곳이 거의 없었다. 이틀이나 걸어도 아무것도 보이지 않자 두 사람은 다시 동쪽으로 향해 이틀이나 찾아보았다. 그러다 보니 그들은 어느새 능주 고당(高唐)의 경계 부분에까지 이르렀다. 하지만 여전히 그 도둑들의 자취는 찾을 길이 없었다.

이규는 초조한 만큼 화가 났다. 곧 발길을 돌려 서쪽을 더듬어 보았다. 또 이틀을 헤맸으나 여전히 아무런 단서를 찾을 길이 없었다.

그날 저녁 날이 저물자 이규와 연청은 어떤 산기슭에 있는 낡은 사당의 제상 위에서 잠을 잤다. 하지만 며칠이나 허탕을 쳐 마음이 급한 이규에게 잠이 올 리가 없었다. 슬그머니 제상에서 기어 내려와 사당 바닥에 앉았다. 그런데 그때 바로 사당 밖에서 사람이 내닫는 소리가 들렸다. 벌떡 몸을 일으킨 이규는 살며시 사당 문을 열고 살펴보았다. 웬 사내놈이 사당을 돌아 뒷산자락을 오르고 있었다. 이규는 발소리를 죽이고 그 사내를 뒤쫓았다. 그때쯤은 사당 안에 있던 연청도 이규가 움직이는 소리를 듣고 일어났다. 쇠뇌와 몽둥이를 찾아 들고 이규를 뒤쫓으며 소리쳤다.

"이 형, 쫓아가지 마슈. 내게 수가 있우."

그 말에 이규가 걸음을 멈추었다.

그날 밤은 달빛이 희미했다. 연청은 이규에게 몽둥이를 넘겨주고 쇠뇌를 꺼냈다. 가만히 살피니 사내는 저만치서 머리를 수그린 채 정신없이 내닫고만 있었다. 연청은 사내 가까이 쫓아가서 쇠뇌의 시위에다 살을 먹였다.

'언제나 내 뜻대로 따라 준 화살아, 이번에도 내 뜻을 어기지 말아 다오!'

연청은 속으로 그렇게 빌면서 시위를 놓았다. 날아간 화살은 보기 좋게 그 사내의 오른쪽 다리를 맞혔다. 이규가 달려 나가 쓰러진 사내의 멱살을 잡고 그 낡은 사당으로 끌고 왔다.

"이놈 유 태공의 딸을 빼앗아 가 어디로 데려갔느냐?"

이규가 다짜고짜로 그렇게 을러댔다. 사내가 죽는소리로 빌기부터 했다.

"아이구 호걸님, 저는 그 일을 모릅니다. 결코 유 태공의 딸을 빼앗지 않았습니다. 저는 그저 여기서 길목을 지키다가 지나가는 사람에게서 자질구레한 것들이나 털었을 뿐입니다. 저 같은 게 어찌 남의 집 딸을 빼앗아 가는 그런 끔찍한 죄를 지을 수 있겠습니까."

그래도 이규는 들은 척도 않고 사내를 한 덩이로 뭉치듯 꽁꽁 묶더니 도끼를 치켜들고 소리쳤다.

"이놈 거짓말 마라. 네놈이 바로 불지 않으면 스무 토막을 내 놓겠다."

그 말에 놀란 사내가 비명 같은 소리로 말했다.

"우선 저를 앉혀 주십시오. 그러면 드릴 말씀이 있습니다."

"이봐, 우선 그 화살부터 뽑아 주지."

그 사내에게서 뭔가 얻을 게 있다고 생각한 연청이 그렇게 인심부터 썼다. 그리고 사내의 다리에서 화살을 빼 준 뒤 일으켜 앉히면서 물었다.

"유 태공의 딸은 어떤 놈이 빼앗아 갔느냐? 여기서 길목을 지키며 지나가는 사람을 턴다니 소문이라도 들었을 것 아니냐?"

"저도 맞는지 안 맞는지는 모르지만, 짚이는 데는 있습니다. 여기서 서북쪽으로 십오 리쯤 가면 우두산(牛頭山)이라는 산이 하나 있는데 그 산 위의 오래된 도원(道院)에 요즘 새로이 두 도적이 들었다고 합니다. 한 놈은 왕강(王江)이란 놈이고 또 한 놈은 동해(董海)라던가요. 둘 다 숲속에 숨어 도둑질이나 하던 놈들로 그놈들이 도사와 도동(道童)들을 모두 죽이고 그 도원을 차지했다고 합니다. 그리고 대여섯 명의 졸개들과 함께 산을 내려가 근처 마을을 턴다더군요. 놈들은 가는 곳마다 스스로를 송강이라고 내세운다니 유 태공의 딸을 뺏어 간 두 놈도 어쩌면 그놈들일지 모르겠습니다."

"그 말도 그럴듯한 데가 있군. 이봐 우리를 겁내지 말게. 나는 바로 양산박의 낭자 연청이고 저 사람은 흑선풍 이규일세. 내가 자네의 화살 맞은 상처를 치료해 줄 테니 자네는 우리 두 사람을 그곳으로 안내해 주게."

말을 듣고 난 연청이 그렇게 사내를 구슬렸다. 사내가 얼른 대답했다.

"그러지요, 그러고말고요."

연청은 그런 사내에게 박도를 돌려준 뒤 화살 맞은 상처를 싸매주었다.

희미한 달빛 아래 연청과 이규는 그 사내를 부축하고 우두산을 향해 출발했다. 한 십오 리쯤 갔을까, 눈앞에 산 하나가 나타나는데 그리 높지 않으나 생김은 정말 소의 머리 같았다. 세 사람은 그 산 위로 올라갔다.

그들이 산 위에 이르렀을 때는 아직 날이 새기 전이었다. 어스름한 새벽달 아래 가만히 살펴보니 흙담을 두른 스무남은 칸의 집 한 채가 보였다.

"내가 먼저 이 담을 넘어 들어가지."

이규가 그렇게 서두르고 나섰다. 연청이 이규를 말렸다.

"날이 밝기를 기다리는 게 좋을 성싶소."

하지만 성미 급한 이규가 어찌 지그시 참고 기다릴 수 있겠는가. 연청의 말을 들은 척도 않고 훌쩍 담을 뛰어넘었다. 갑자기 집 안에서 사람의 고함 소리가 들리더니 문이 열리면서 한 사내가 뛰쳐나왔다. 그 사내는 대뜸 박도를 꼬나들고 이규에게 덤벼들었다. 바깥에 있던 연청은 혹시라도 일이 잘못될까 걱정이 되었다. 들고 있던 몽둥이를 짚고 훌쩍 담을 뛰어넘었다. 그사이 화살에 맞았던 사내는 한 줄기 연기처럼 내빼 버렸다.

연청은 가만히 몸을 숨긴 채 이규와 싸우는 사내에게로 다가갔다. 그리고 들고 있던 몽둥이로 사내의 뒤통수를 후려쳤다. 갑자기 뒤통수를 맞은 사내가 이규 쪽으로 안기듯 쓰러졌다. 이규가 번쩍 도끼를 쳐들어 그 사내를 찍어 버렸다.

그동안에 집 안에서는 아무도 뛰쳐나오는 사람이 없었다. 연청이 이규에게 낮은 목소리로 말했다.

"이것들이 뒷길로 해서 달아난 모양이오. 내가 가서 뒷문을 막을 테니 형님은 앞문을 지키시오. 함부로 뛰어들어 가서는 아니 되오."

그러고는 뒷문 쪽으로 달려가서 어두운 곳에 몸을 숨겼다. 오래잖아 문득 뒷문이 열리더니 한 사내가 열쇠를 들고 나와 뒤쪽 담장의 문을 열려 했다. 연청이 얼른 몸을 일으켜 그런 사내를 덮쳐 갔다. 연청을 본 사내는 처마 밑을 돌아 앞문 쪽으로 달아났다. 연청이 뒤쫓으며 큰 소리로 외쳤다.

"앞문을 막으시오."

그 소리를 들은 이규가 뛰쳐나와 한 도끼질로 사내의 가슴을 쪼개 놓았다.

이어 둘은 죽은 두 놈의 머리를 베어 낸 뒤 한데 묶었다.

그때 이규는 이미 피맛을 보고 제정신이 아니었다. 연청의 말도 듣지 않고 안으로 뛰어들더니 마구잡이 도끼질로 안에 있는 것들을 죄다 쓸어버렸다.

부엌이고 고방이고 가릴 것 없이 얼씬거리는 놈들은 모두 도끼로 베어 넘긴 이규가 어떤 방 안으로 들어가니 한 아가씨가 침상 위에서 흐느끼고 있었다.

구름 같은 머리칼에 꽃 같은 얼굴로 여간 아름답지가 않았다. 뒤따라온 연청이 그 아가씨에게 물었다.

"혹 유 태공의 따님이 아니시오?"

그러자 아가씨가 울며 대답했다.

"그렇습니다. 저는 십여 일 전에 저 두 놈에게 잡혀 이리로 오게 되었지요. 그런데 밤마다 두 놈이 번갈아 가며 욕을 뵈는 바람에 나날을 눈물로 보내 왔습니다. 죽으려 해도 어찌나 감시가 심한지 그마저 뜻대로 되지 않더군요. 이제 장군께서 저를 구해 주셨으니 제게는 다시 낳아 준 어버이나 다름없습니다."

"그놈들에게 말 두 필이 있었다는데 어디다 두었소?"

연청은 답례 대신 급한 것부터 물었다. 아가씨가 대답했다.

"아마 동쪽에 있는 방 안에 있을 거예요."

이에 연청은 그 말을 찾은 뒤 안장을 얹고 문밖으로 끌고 나왔다. 그런 다음 집 안에 있던 금은과 재화를 그러모으니 오천 냥 가까이나 되었다. 연청은 말 한 필에는 그 아가씨를 태우고 다른 한 필에는 금은과 사람의 목을 실었다. 이규가 풀 더미를 묶어 불을 붙인 뒤 집 안 여기저기에 불을 질렀다.

불타는 도원을 뒤로하고 산을 내려온 그들은 곧바로 유 태공의 장원을 찾아갔다. 딸을 다시 찾게 된 유 태공 내외는 기뻐 어찌할 줄 몰랐다. 거듭거듭 절을 올리며 이규와 연청에게 고마움을 나타냈다.

"어르신께서는 우리 두 사람에게 감사하실 건 없소. 산채로 가서 송공명 형님에게나 고맙다고 하시오."

연청은 그렇게 유 태공 내외에게 일러 준 뒤 술과 밥을 마다하고 말에 올라 산채로 돌아갔다. 이규와 연청이 양산박에 이르렀을 때에는 붉은 해가 서산으로 넘어갈 무렵이었다. 산채의 세 관문을 지나 두 사람은 금은과 사람의 목이 실린 말을 끌고 충의당으로 가 송강을 보았다.

연청이 그간에 있었던 일을 자세히 이야기하자 듣고 난 송강은 몹시 기뻐했다. 졸개들을 불러 사람의 머리는 땅에 묻게 하고 금은은 산채의 창고에 들이며 끌고 온 말은 마구간으로 보내게 했다.

다음 날이었다. 송강은 크게 잔치를 열어 연청과 이규가 한 일을 추어주었다. 그때 유 태공이 금은을 싣고 산채로 찾아왔다. 유 태공은 충의당까지 올라와 송강에게 절을 올리며 감사를 드렸다. 송강은 그에게 술과 밥을 내리고 사람을 붙여 장원까지 바래다주게 했다.

그 뒤 양산박에는 이렇다 할 얘깃거리가 없었고 세월은 살같이 흘러 다시 봄이 왔다. 하루는 송강이 충의당에 앉아 있는데 관문을 지키던 졸개들이 한 떼의 사람을 묶어 끌고 들어왔다.

"어느 소 새끼 같은 놈들이 일고여덟 대의 수레를 끌고 가는데 그 수레에 실린 상자에는 몽둥이가 여러 묶음 들어 있었습니다."

그 말을 들은 송강이 살펴보니 그 패거리는 모두가 날래 뵈고 몸집 큰 사내들이었다. 그중 하나가 송강 앞에 무릎을 꿇으며 말했다.

"저희들은 봉상부로부터 태안주로 향을 올리러 가는 길입니다. 이번 삼월 스무여드렛날은 천제성제(天齊聖帝)의 탄신일인데 그날 우리는 모두 봉술 시합에 나가게 되어 있습니다. 그날부터 사흘 동안이나 계속되는 시합이라 수백 번이나 하게 되지요. 게다가 이번에는 솜씨 좋은 씨름꾼도 한 사람 옵니다. 태원부 사람으로 이름은 임원(任原)인데 키가 열 자요, 스스로를 경천주(擎天柱, 하늘을 떠받치는 기둥)라 일컫는 이지요. 그 사람이 큰소리치기를 '씨름으로는 세상에 나와 맞설 이가 없으니 내가 천하에서 으뜸가는 씨름꾼이다.'라는 것입니다. 듣기로 그 사람은 지난 이태 동안 그곳에 씨름하러 왔으나 맞수가 없어 씨름도 않고 상을 탔다고 합니다. 올해도 크게 방문을 써 붙이고 상대될 만한 씨름꾼을 찾고 있습니다. 저희들이 이번에 온 것은 첫째로는 사당에 향도 바치고, 둘째로는 임원의 솜씨도 구경하며, 셋째로는 다른 사람들의 봉술 다루는 솜씨도 배우려는 것이었습죠. 바라건대 대왕께서는 저희를 가엾게 여기시어 너그럽게 놓아주시기를 빌 따름입니다."

송강도 굳이 그들을 해쳐야 할 까닭이 없었다. 곧 중간 두령 하나를 불러 일렀다.

"저 사람들을 산 아래로 내려보내라. 털끝 하나도 다쳐서는 아니 된다. 뿐만 아니라 앞으로는 태안주로 분향하러 가는 사람들은 그냥 지나 보내도록 하라. 쓸데없이 그들을 놀라게 할 것 없다."

그러자 그 사람들은 송강의 너그러움에 감격해 몇 번이나 절을 올린 뒤 산을 내려갔다.

씨름 대회

태안주로 가는 패거리가 산을 내려간 뒤 연청이 송강한테 말했다.

"저는 어려서부터 노 원외를 따라다니면서 씨름을 익혔습니다. 일찍이 강호에서는 맞수가 될 만한 씨름꾼을 만난 적이 없었지요. 그런데 마침 오늘 이런 기회를 만났으니 한 사람쯤 데리고 산을 내려가 보았으면 좋겠습니다. 가서 삼월 스무여드렛날에 있다는 그 씨름 대회에 나가 경천주란 사내와 한번 맞서 보고 싶습니다. 힘이 모자라 죽게 된다 해도 원한이 없을 것입니다. 또 이기게 되면 형님에게도 광영이 아니겠습니까? 그날 어쩌면 한바탕 소란이 벌어질지도 모르는데 그때는 형님께서 사람을 보내 저희를 좀 도와주십시오."

그때 연청은 비록 나이 서른여섯을 넘지 않았으나 원체 영리하고 꾀가 많은 데다 이곳저곳을 돌아다니며 보고 들은 것도 많았다. 거기다가 몸놀림도 빨라 혼자서도 몇십 명은 당해 낼 만했다. 송강은 그런 연청을 잘 알고 있었으나 아무래도 마음을 놓을 수가 없었다.

"그렇지만 아우 자네도 듣지 않았나. 그 경천주란 사내는 키가 열 자요, 생김도 금강역사 같고 힘도 엄청나다더군. 자네는 몸이 약해 비록 약간은 솜씨가 있다 해도 무슨 수로 그를 당해 내겠나."

그렇게 연청을 말렸다. 하지만 연청은 조금도 움츠러드는 기색이 없었다.

"그가 키가 크다거나 몸집이 좋다는 것은 겁낼 것 없습니다. 다만 나와 상대하지 않을까 걱정될 따름이죠. 원래가 씨름이란 힘이 있으면 힘을 쓰고 힘이 없으면 꾀로 당한다는 말이 있지 않습니까? 이 연청이 큰소리치는 건 아닙니다만 그때그때 변화에 맞춰 잘만 해 나간다면 못 이길 것도 없지요."

연청이 그렇게 나서고 노준의가 곁에서 거들었다.

"우리 소을(小乙)은 어렸을 적부터 씨름을 배워 솜씨가 상당합니다. 거기다가 제가 가고 싶어 하니 한번 보내 보시지요. 때가 되면 이 노 아무개가 직접 가서 저 아이를 구해 돌아오겠습니다."

그제야 송강도 조금 마음이 놓이는지 연청을 보고 물었다.

"언제 떠나려는가?"

"오늘이 삼월 스무나흘이니 내일쯤 산채를 내려갔으면 합니다. 가다가 하룻밤을 잔다 하더라도 스무엿샛날에는 동악묘에 이를 수 있을 것입니다. 스무이렛날은 하루쯤 이런저런 정탐을 하고 스무여드렛날 그자와 한번 붙어 보지요."

이에 송강이 고개를 끄덕여 연청은 마침내 씨름 대회에 나가게 되었다.

다음 날이었다. 송강은 술을 내어 떠나는 연청을 위로했다. 연청은 시골 사람처럼 수수하게 차려입고 산동의 봇짐 장사꾼으로 꾸몄다. 등에 진 잡화 봇짐이며 여러 가지 차림이 어찌나 그럴듯한지 여러 두령들이 모두 보고 웃었다. 송강이 그런 연청에게 우스갯소리를 했다.

"어차피 네가 장사꾼처럼 꾸몄으니 장사꾼 노래나 하나 불러주고 떠나거라. 「화랑전조가(貨郎轉調歌, 각설이 타령 같은 장사꾼 노래)」를 여러 두령들에게 한번 들려주는 게 어떠냐?"

그러자 연청은 한 손으로 북을 치고 한 손으로는 박판을 긁으며 「화랑태평가(貨郎太平歌)」를 불렀다. 이번에도 하도 그럴듯해 여러 두령들이 또 한바탕 크게 웃었다. 술이 어지간히 된 연청은 마침내 여러 두령들과 작별하고 산채를 내려갔다. 금사탄을 건너 뭍에 오른 뒤 곧 태안주로 가는 길로 접어들었다.

그날 날이 저물 무렵이었다. 연청이 묵을 주막을 찾아 두리번거리고 있는데 등 뒤에서 누군가가 소리쳤다.

"연소을 형, 조금만 기다리시오."

연청이 봇짐을 내려놓고 돌아보니 난데없이 흑선풍 이규가 쫓아오고 있었다.

"형이 무슨 일로 따라오셨소?"

연청이 그렇게 묻자 이규가 갑자기 바뀐 말투로 대답했다.

"자네는 나와 형문진에서부터 짝이 되어 움직이지 않았나. 이번에 자네 혼자 가는 걸 보니 아무래도 마음이 놓이지 않아 그냥 있을 수가 없었네. 그래서 송강 형님에게 말씀도 드리지 않고 몰래 산을 내려왔다네."

연청보다 두어 살 많은 걸 내세워 억지를 부리는 듯했다.

"이번에는 형이 그리 쓰일 데가 없을 듯싶소. 공연히 송강 형님에게 꾸중 듣지 말고 어서 산채로 돌아가시오."

연청이 개의치 않고 그렇게 받자 이규가 벌컥 화를 내며 소리쳤다.

"남은 좋은 뜻으로 자네를 돕겠다고 왔는데 그게 무슨 소린가? 자네는 오히려 나쁘게만 생각하다니. 좋아, 돌아가라면 돌아가지 뭐."

연청이 가만히 생각해 보니 좀 안된 구석도 있었다. 제 딴은 의리를 내세워 뒤쫓아온 사람을 너무 매정하게 돌려보내는 것 같아 변명하듯이 말했다.

"형과 함께 가는 게 싫어서 그런 건 아니오. 아시다시피 내일은 성제(聖帝)의 탄신일이외다. 사방에서 사람들이 몰려드니 개중에는 형을 알아보는 사람도 많을 거요. 하지만 만약 형이 세 가지 조건만 들어준다면 함께 갈 수도 있고……."

"그게 뭔가?"

"길을 갈 때는 앞뒤로 떨어져서 가되 주막에 든 뒤에는 함부로 나다녀서는 아니 되오. 그게 첫 번째 지켜 주실 일이오. 둘째로는 동악묘에 있는 주막에 든 뒤에 할 일인데 형은 병든 것처럼 하고 머리와 얼굴을 싸맨 뒤 귀머거리, 벙어리 흉내를 내는 것이오. 그 다음 세 번째로는 씨름 대회가 있는 날 구경꾼들 사이에서 씨름을 구경하되 무슨 일이 있더라도 놀라거나 괴이쩍게 여겨서는 아니 되오. 내가 하는 대로 두고 봐 달란 말입니다. 형님, 이대로 해 주실 수 있습니까?"

연청이 그렇게 조건을 내걸자 이규가 자신 있게 대답했다.

"그거야 어려울 게 뭐 있나. 모두 자네가 시키는 대로 하지."

이에 연청은 이규와 함께 길을 걷게 됐다. 그날 밤 근처 주막에서 묵은 두 사람은 다음 날 새벽같이 일어나 방값을 치르고 주막을 나섰다. 얼마 가다가 아침밥을 지어 먹은 뒤 연청이 이규에게 말했다.

"형이 먼저 떠나시오. 나는 곧 뒤따라가도록 하겠소."

그때 이미 태안주로 가는 길목은 분향하러 가는 사람들이 끊이지 않고 북적거렸다. 사람들은 모두 경천주 임원의 솜씨를 치켜세우면서 두 해나 맞상대가 없었고 금년에도 또 없으리란 추측들을 했다. 연청은 그런 이야기를 듣자 더욱 임원과 맞붙어 볼 마음이 생겼다. 오후 늦게 동악묘에 이르니 사당 주변에는 이미 수많은 사람들이 모여 있었다.

봇짐을 내려놓은 연청은 사람들을 헤치고 안으로 들어가 그 사람들이 쳐다보고 있는 팻말을 살펴보았다. 거기에는 두 개의 붉은 팻말이 세워져 있는데 위쪽 팻말에는 '태원의 씨름꾼 경천주 임원'이라 쓰여 있고 그 곁에는 작은 글씨로 '주먹은 남산의 맹호를 때려잡고 발길질은 북해의 창룡(蒼龍)을 걷어찬다.'라는 구절이 쓰여 있었다. 그것을 본 연청은 봇짐의 멜대를 빼내 팻말을 산산이 두들겨 부수었다. 그리고 말 한마디 없이 봇짐을 멘 뒤 사당 쪽으로 걸어갔다. 구경꾼들은 재미있는 일거리가 생겼다는 듯 얼른 임원에게 달려가 그 일을 알렸다.

한편 연청은 이규를 만난 뒤 가까운 주막을 찾아 쉬러 들어갔다. 사당 근처는 매우 번창했다. 백여 갈래의 길로 흘러들어 온 장사꾼들은 말할 것도 없고 거기 있는 객점만 해도 천사오백 개나 되었다. 그 객점마다 향을 사르러 온 사람들이 들어차 빈방이 없을 정도였다. 연청과 이규가 간신히 작은 객점을 찾아 봇짐을 내렸다. 이규는 벌써 침상에 드러누워 코를 고는데 객점의 심부름꾼이 와서 물었다.

"댁들은 산동의 장사꾼들 같은데 이 비싼 방세를 물 수 있겠습니까?"

연청이 그런 일꾼을 나무라듯 말했다.

"자네는 어찌 그리 사람을 막보나. 이 좁은 방이 비싸다고 해서 얼마나 되겠나? 큰방보다야 아무래도 싸겠지. 다른 사람이 내는 만큼은 낼 테니 걱정 말게."

그러자 객점 일꾼이 미안한 듯 말했다.

"너무 이상히 여기지 마십시오. 성제 탄신일이 가까워서 그렇습니다. 이런 일은 먼저 말해 두는 것이 좋을 것 같아서요."

"나는 장사를 하러 온 사람이니 아무려나 상관없네. 어디 가서 묵은들 어떠랴만 오는 도중에 친척 하나를 만났는데 그 사람이

심하게 감기가 들어 이 객점을 찾게 되었네. 먼저 자네에게 동전 다섯 관을 줄 테니 밥과 차나 좀 가져다주게. 나머지는 떠날 때 한꺼번에 계산함세."

연청이 돈을 내주자 일꾼 녀석은 안으로 물러가 차와 밥을 마련했다. 그런데 그로부터 얼마 되지 않은 때였다. 갑자기 객점 밖이 시끌벅적하더니 스무남은 사내들이 안으로 뛰어들어 왔다.

"경천주 임원의 팻말을 부수어 버린 호걸은 어느 방에 묵고 계시냐?"

몰려온 사내들 중 하나가 물었다. 놀라 달려 나간 일꾼 녀석이 어리둥절한 표정으로 대답했다.

"우리 집에는 그런 분이 안 계시는데요."

"아니야, 모두 그 사람이 이 객점에 들었다고 하던데."

몰려온 사내들이 그렇게 우기고 나섰다. 그래도 일꾼 녀석은 짐작이 가지 않는지 제가 아는 대로만 말했다.

"방이랬자 둘뿐인데 한 방은 비어 있고 한 방은 산동의 봇짐장수가 들었을 뿐입니다. 그것도 병든 사람 하나를 데리구요."

"그 장사꾼이 바로 팻말을 쪼갠 사람이야."

몰려든 사내들 중에는 연청을 본 사람이 있는지 그렇게 잘라 말했다. 그래도 일꾼 녀석은 터무니없다는 듯 고개를 내저었다.

"그런 소리 마십시오. 다른 사람이 들으면 웃습니다. 그 장사꾼은 한낱 호리호리한 애송이에 지나지 않습니다. 그런 사람이 어떻게……."

그러나 사내들이 입을 모아 말했다.

"어쨌든 우리를 그리로 데려다주게. 한번 봐야겠어."

"그야 어려울 것도 없지요. 저쪽 끝 방입니다."

일꾼 녀석이 여전히 영문을 모르겠다는 표정으로 한쪽 방을 가리켰다. 사내들은 우르르 그쪽으로 몰려갔다. 그러나 방문이 닫혀 있어 봉창으로 들여다보는 수밖에 없었다.

모두 봉창에다 눈을 모으고 안을 들여다보니 연청과 이규는 침상 위에서 잠을 자고 있었다. 그렇게 보아서는 연청이 정말로 팻말을 부순 사람인지 아닌지 얼른 구별이 되지 않았다. 함부로 물어볼 수도 없고 해서 긴가민가하고 있는데 그중에 한 사람이 말했다.

"이미 팻말을 부수었다면 임원의 맞수가 될 만해서 그랬을 것이오. 결코 얕잡아 볼 사람은 아닌 듯하외다. 다만 다른 사람들이 그 일로 자신을 해칠까 봐 병이 난 것처럼 꾸미고 있는 것일게요."

그 말에 다른 사람들도 맞장구를 쳤다.

"맞아, 서둘 것 없소. 날이 오면 그때 가서 구경이나 하면 될 것 아니오."

그러고는 모두 흩어졌다. 그러나 연청을 구경하러 온 사람은 그들뿐만이 아니었다. 그 뒤로도 몇십 패거리가 찾아와 묻는 바람에 일꾼 녀석의 입술이 다 닳을 판이었다.

그날 밤이었다. 일꾼 녀석이 밥상을 들이자 이규가 이불 속에서 얼굴을 내밀었다. 그 험상궂은 얼굴에 놀란 일꾼 녀석이 저도 몰래 소리쳤다.

"아이쿠, 이분이 바로 씨름을 하실 어른이시구나!"

그러자 곁에 있던 연청이 바로잡아 주었다.

"씨름을 할 사람은 저분이 아니다. 저분은 병환이 나셔서 꼼짝할 수 없어. 씨름을 하러 온 것은 바로 나야."

그러나 일꾼 녀석은 아무래도 믿을 수가 없는 모양이었다.

"저를 속이려 들지 마십시오. 저도 임원을 본 적이 있습니다요. 아마도 손님 같은 분은 통째로 삼켜 버리고 말걸요."

"너무 나를 비웃지 마라. 내게는 수라는 게 있다. 너희들을 한바탕 시원하게 해 주마. 상금을 많이 타서 돌아오게 되면 네게도 한몫 떼어 주지."

연청이 그렇게 일꾼 녀석의 의심을 풀려 애썼다.

연청과 이규가 저녁상을 물리자 일꾼 녀석은 빈 그릇들을 들고 나갔다. 그러나 부엌으로 가 그릇을 씻으면서 아무리 머리를 굴려봐도 연청의 말을 믿을 수가 없었다.

다음 날이 밝았다. 가볍게 아침밥을 먹고 난 뒤 연청이 이규에게 말했다.

"형, 문을 닫아걸고 잠이나 자 두시오."

그러고는 방을 나와 여러 사람들 틈에 끼여 대악묘(岱岳廟)로 갔다. 대악묘는 천하에 으뜸이요, 산 중의 산인 태산 기슭에 있었다. 위로 요(堯), 순(舜) 임금으로부터 아래로 우(禹), 탕(湯)에 이르기까지 여러 성제와 저승의 사명관(司命官)이며 병령성공(炳靈聖公, 태산 신의 셋째 아들을 높여 부르는 이름), 판관(判官), 토신(土神) 등을 모신 사당이 즐비했다. 연청은 여러 사당과 정각을 한 바퀴 둘러본 뒤 초참정(草參亭)에 이르러 네 번 절하고 난 뒤 그곳에서 분향하고 있는 사람에게 물었다.

"씨름꾼 임원은 지금 어디 머물고 있소?"

그러자 남의 일에 끼어들기 좋아하는 사람이 알은척 나서서 일러 주었다.

"영은교(迎恩橋) 아래의 큰 객점에 있소. 이삼십 명이나 되는 솜씨 좋은 제자들을 가르치는 중이오."

연청은 말을 들은 즉시 영은교 쪽으로 달려갔다. 가서 보니 영은교 다리 난간에는 이삼십 명의 씨름 배우는 젊은이들이 앉아 있고 그 앞에는 금박 입힌 깃발이며 수놓은 비단 장막이 펼쳐져 있었다. 연청은 재빨리 객점 안으로 들어가 보았다. 임원은 객점 안의 정자 한가운데 자리 잡고 있었다. 늠름하고 굳세 보이기 짝이 없는 풍채였다. 헤쳐진 앞가슴에는 이존효(李存孝, 후당 태조 이극용이 거느렸던 맹장)가 호랑이를 때려잡던 때의 위엄이 엿보였고 호상(胡床)에 엇비슷이 기대앉은 모습에는 산을 뽑던 초패왕(楚霸王)의 기세를 닮은 데가 있었다. 그 앞에는 제자들이 씨름을 하고 있었다. 그 제자들 중에 연청이 팻말을 쪼개는 것을 본 사람이 있어 몰래 임원에게 알렸다. 임원이 벌떡 몸을 일으키더니 팔을 휘저으며 소리쳤다.

"올해는 누가 죽으려 나서겠느냐? 내 손에 목숨을 바칠 놈이 누구냐?"

연청은 아직 때가 아니라 생각하고 그런 임원에게 나서지 않았다. 머리를 수그린 채 급히 객점 문을 나섰다. 등 뒤에서 여러 사람들의 비웃음 소리가 들려왔다.

자신이 묵고 있는 곳으로 돌아온 연청은 아무 말 않고 점심을 청해 이규와 함께 먹었다. 밥을 먹고 난 이규가 불평처럼 말했다.

"자네는 나더러 잠을 자라 했지만 이것참 답답해 숙을 지경이네."

"오늘 밤뿐이오. 내일 날만 새면 결판을 내는 걸 볼 수 있는데 뭘 그러시오."

연청이 그렇게 이규를 달랬다. 그날은 별일 없이 지나가고 다시 밤이 되었다. 삼경 무렵이 되자 한차례 북소리와 함께 사람들의 목소리가 시끌벅적 들려왔다. 사당에 분향하러 온 사람들이 성제께 제례를 올리기 시작한 것이었다. 사경 무렵 되어 일어난 연청과 이규는 먼저 객점 일꾼에게 물을 데워 오게 했다. 얼굴을 씻고 머리를 단정히 빗은 연청은 지금껏 입고 있던 옷을 벗고 깨끗한 비단옷으로 갈아입었다. 삼으로 짠 미투리에 무릎 싸개를 단단히 한 뒤 아침을 먹은 연청은 방을 나서면서 일꾼 녀석에게 말했다.

"방에 있는 짐을 잘 봐다오."

"어김없이 지켜드리겠습니다. 어서 이기고 돌아오십시오."

그때쯤에야 연청의 말을 믿게 된 일꾼 녀석이 그렇게 연청을 배웅했다. 그 주막 안에는 연청과 이규 말고도 스무남은 명의 분향하러 온 사람들이 있었다. 그들이 걱정스러운 듯 연청을 보고 말했다.

"젊은이, 잘 생각해 보게. 잘못하면 목숨을 잃는 일이네."

연청이 짐짓 자신에 찬 목소리로 그들의 말을 받았다.

"걱정 마시고 제 당부나 들어주십시오. 제가 씨름에 이겨 갈채를 받을 때 여러분은 저를 위해 상 받은 물건이나 잘 거둬 주시면 됩니다."

그 말에 사람들은 조금 안심이 된 듯했다. 모두 연청보다 앞서 씨름장으로 떠났다.

"아무래도 이 도끼들을 차고 가는 게 좋겠는데."

이규가 연청을 보고 불쑥 그렇게 말했다.

연청이 그런 이규를 말렸다.

"도끼를 쓸 일은 없을 게요. 공연히 남의 눈에 띄게 되면 오히려 큰일을 그르치게 됩니다."

그런 다음 연청과 이규는 여러 사람들 틈에 끼여 동악묘로 갔다. 두 사람은 한 덩이가 되어 동악묘 낭하에 몸을 숨기고 주위를 살펴보았다. 그날은 분향하러 온 사람들이 어찌나 많이 몰렸는지 그 큰 동악묘가 차고 넘쳤다. 하다못해 지붕이며 대들보 위에까지 구경꾼들이 올라앉은 판이었다.

씨름 대회는 가령전(嘉寧殿) 앞에서 벌어질 모양이었다. 그 앞에 흙더미로 약간 높게 대를 만들고 대 위에는 금과 은으로 된 그릇이며 비단 필을 늘어놓았다. 또 가령전 문밖에는 다섯 필의 좋은 말이 매여 있는데 그 말들에는 모두 안장과 고삐가 갖춰져 있었다.

분향하러 온 사람들도 단속하고 씨름도 구경할 겸 지주(知州)까지 그곳에 나와 있었다. 한 늙은 벼슬아치가 제관이 되어 제례를 치른 뒤 씨름 대회가 시작되었다.

"올해 씨름하러 오신 분들은 모두 나오시오."

그 늙은 제관이 소리치자 미처 말이 끝나기도 전에 사람의 물결을 헤치고 여남은 패의 몽둥이 든 사람들이 몰려나왔다. 모두 네 폭의 수놓은 깃발을 앞세우고 있는데 그 뒤로 임원이 탄 가마가 따랐다. 임원 주위에는 또 이삼십 명의 팔에 문신을 새긴 사내들이 에워싸고 있었다. 제관이 임원을 가마에서 내리게 하고 몇 마디 치켜세우는 말을 했다. 임원이 거드름 섞어 받았다.

"나는 이태나 여기 이 대악(岱岳)에 와서 으뜸가는 씨름꾼의 자리를 차지했소. 그러나 그때는 두 번 다 씨름도 해 보지 않고 상을 받았는데 올해는 아마도 팔소매를 걷어붙여야 될 것 같소."

임원의 말이 끝나자 어떤 사람이 물통을 들고 대 위로 올라왔다. 임원의 제자들이 모두 대 위로 따라와 빽빽이 둘러섰다.

임원은 먼저 웃통을 벗고 두건까지 풀어 젖히더니 비단옷으로 갈아입고 큰 소리로 참배했다. 이어 임원은 조금 전에 날라져 온 신수(神水)를 마시고 비단옷마저 벗어젖혔다. 그 늠름한 알몸에 보고 있던 구경꾼들이 모두 요란하게 갈채를 보냈다.

"교사께서는 거푸 두 해째나 적수를 만나지 못했소. 금년에 또 그리되면 세 번째가 되는구려. 혹시 분향하러 모이신 여러분에게 무슨 할 말은 없으시오?"

제관이 임원을 보고 그렇게 물었다. 임원이 나와 오만하게 소리쳤다.

"사백의 큰 고을과 칠천의 작은 고을에서 두루 모이신 여러분께 아룁니다. 여러분께서 성제를 공경하여 모아 주신 재물은 이 임원이 이태나 공짜로 받아 갔습니다. 올해를 마지막으로 저는 성제께 작별을 하고 고향으로 돌아가 다시는 이 태산에 오르지 않겠습니다. 동으로 해 뜨는 곳에서부터 서로 해 지는 곳까지, 남쪽으로는 남만(南蠻)으로부터 북쪽으로는 유연(柔然, 선비족이 사는 땅)에 이르기까지 어디서 오신 분이라도 좋습니다. 이번에 저와 상을 다투실 분은 없으십니까?"

그런데 미처 그 말이 끝나기도 전에 주위 사람들의 어깨를 밀치고 연청이 나서며 외쳤다.

"여기 있소. 내가 왔소."

그러고는 사람들의 등을 뛰어넘듯 해 대 위로 달려 나왔다. 그걸 본 사람들이 모두 함성을 질러 댔다. 제관이 연청을 맞으며 물었다.

"호걸의 이름은 어떻게 되시오? 고향이 어디며 어디서 왔소?"

"나는 산동에서 온 장사꾼 장 아무개외다. 이번에 특히 저 사람과 상품을 다투어 보러 왔소."

연청이 그렇게 대답했다.

"이보시오 호걸, 당신은 지금 목숨이 오락가락하고 있다는 걸 아시오? 또 당신을 보증해 줄 사람은 있소?"

제관이 걱정스러운 듯 연청에게 물었다.

연청이 조금도 기죽는 법 없이 받았다.

"내가 바로 스스로를 보증하겠소. 죽는다 한들 누구에게 내 목숨을 내놓으라 할 수 있겠소?"

“그렇다면 먼저 웃통부터 벗어 보게.”

제관이 아무래도 마음이 놓이지 않는다는 듯 그렇게 청했다. 연청은 먼저 두건을 벗어젖혀 반듯하게 빗은 머리칼을 드러내고 이어 미투리와 무릎 싸개도 풀어 젖혔다. 그런 다음 대 위로 뛰어 올라와 입고 있던 옷을 벗어부치고 씨름할 태세를 갖추었다. 구경꾼들이 한참을 웅성거리다가 곧 조용해졌다.

임원은 연청의 몸에 새겨진 눈부신 문신과 탄탄해 뵈는 몸매에 속으로 반나마 겁을 먹었다. 그때 정각 밖의 월대(月臺)에는 주의 태수가 앉아 있었다. 태수는 그를 둘러싸고 있는 칠팔십 명의 검은 옷 입은 아전들 중에 하나를 시켜 연청을 부르게 했다. 연청이 불려 오자 태수는 찬찬히 살폈다. 몸에 새겨진 문신도 그러하거니와 옥기둥같이 미끈한 몸매도 태수의 마음에 썩 들었다.

“호걸은 어디 사람인가? 어찌하여 이곳으로 왔는가?”

“저는 성이 장가이옵고, 항렬로는 맏이여서 이름을 일이라 합니다. 산동의 내주가 고향인데 이번에 임원이 천하의 모든 사람들을 상대로 씨름을 한다기에 한번 와 보았습니다.”

연청이 그렇게 공손히 대답했다. 태수가 그런 연청을 달래듯 말했다.

“앞에 있는 네 필의 안장 얹은 말은 내가 이번 대회의 상품으로 내놓은 것이다. 대 위에 있는 저 물건들도 모두 상품으로 내놓은 것인데 내가 그 절반을 너에게 내릴 테니 너희 두 사람은 그 상품을 나누어 가지고 씨름은 그만두는 게 어떠냐? 너를 뽑아 내 곁에 두고 싶어서 하는 말이다.”

처음 보는 연청에게 하는 말치고는 너무 엄청난 호의였다. 그러나 연청은 고개를 저었다.

"아니올시다. 저 상품들은 제게 그리 탐나는 것들이 아닙니다. 저는 다만 씨름으로 저 사람을 거꾸러뜨려 여기 있는 사람들을 즐겁게 해 주고 갈채나 한번 받고 싶을 뿐입니다."

"저 사람은 금강역사처럼 우람한 몸집을 가진 장사다. 네가 무슨 수로 이기겠느냐?"

태수가 여전히 걱정스러운 말투로 그렇게 연청을 일깨웠다. 그래도 연청은 전혀 흔들리는 기색이 없었다.

"죽더라도 아무런 원망이 없습니다. 붙여만 주십시오."

그러고는 태수의 허락도 기다리지 않고 대 위로 올라가 임원과 맞서려 했다.

그렇게 되니 한판 씨름은 피할 길이 없었다. 마지못한 제관이 먼저 연청에게 죽어도 좋다는 다짐을 하는 문서를 받은 뒤에 품에서 씨름의 규칙을 써 온 걸 꺼냈다. 제관이 그 규칙들을 한번 죽 읽고 나서 연청을 보고 물었다.

"이제 알겠는가. 암수를 써서는 아니 되네."

"저 사람은 채비를 단단히 하였고 나는 아랫도리 하나밖에 걸친 게 없는데 어떻게 암수를 쓰겠습니까?"

연청이 차게 웃으며 그렇게 대꾸했다. 그때 걱정이 된 태수가 제관을 불러 당부했다.

"저 호걸은 생김이 빼어난 젊은이인데 애석하구나. 네가 가서 다시 한번 저들의 씨름을 말려 보아라."

그 말을 들은 제관은 대 위로 돌아와 연청에게 한 번 더 물었다.

"이보게 장사, 자네 목숨이나 건져 고향으로 돌아가는 게 어떻겠나? 나는 아무래도 이 씨름을 말리고 싶네."

"어르신은 정말로 무얼 모르시는군요. 내가 이길지 질지 어떻게 알고 하시는 말씀입니까?"

연청이 그렇게 쏘아붙이듯 말했다.

그때 구경하고 있던 사람들이 모두 일어나 떠들어 댔다. 수만 명이나 되는 분향객들이 마당 양편으로 늘어섰을 뿐만 아니라 지붕이며 대들보 위에까지 가득 차 있었다. 그들은 볼만한 씨름을 공연히 말려 못 보게 될까 봐 걱정이었다.

이때쯤은 임원도 마침내 씨름을 하기로 마음을 굳혔다. 단번에 연청을 패대기치지 못하는 게 한스러울 뿐이었다. 생각 같아서는 하늘 밖까지 내던지고 한 발길질로 차 죽이고 싶었다. 제관도 말리기를 단념했다.

"이왕 자네들 두 사람이 씨름을 하게 되었으니 그럼 시작하게. 이번의 씨름은 성제께 바치는 것이니 모두가 조심하게나."

그때 대 위에는 임원과 연청, 그리고 제관을 합쳐 세 사람뿐이었다. 아침 이슬이 떠오른 햇볕에 마를 때쯤 대나무 쪽을 든 제관이 두 사람에게 주의를 주고 난 뒤 소리쳤다.

"자 이제 씨름을 시작하라!"

그러자 임원과 연청이 움직이기 시작했다. 두 사람이 노려보며 이리저리 왔다 갔다 하는데 말로 하니 그렇지, 실제로는 빠르기가 번개 같았다. 그러다가 연청은 오른쪽에 몸을 웅크리고 앉고 임원은 왼쪽에 엉거주춤 서게 되었다. 연청이 꼼짝 않고 있자 임원이 연청 쪽으로 다가갔다. 그래도 연청은 임원의 발밑 쪽만 노려볼 뿐 여전히 움직이지 않았다.

'저놈이 내 아랫도리를 어찌해 볼 속셈이로구나. 제발 그러기만 해라. 그런다면 나는 손 한번 까딱 않고 발길질 하나로 네놈을 차 대 아래로 떨어뜨리겠다.'

임원은 속으로 그렇게 중얼거리면서 연청에게 다가들어 일부러 헛발질을 했다.

빈틈을 보여 연청을 패대기칠 속셈이었다.

"다가오지 마라!"

연청이 그렇게 소리치며 덮쳐 오는 임원의 왼쪽 겨드랑이 사이로 빠져나갔다.

어이없게 연청을 놓치고 화가 난 임원이 급히 몸을 돌려 연청을 붙잡으려 했다. 그러나 연청은 펄쩍 뛰는 척하다가 다시 그의 오른쪽 겨드랑이 사이로 빠져나갔다.

임원은 몸집이 커서 아무래도 몸을 돌려세우기가 좋지 못했다. 세 번이나 연청을 따라 돌고 보니 절로 발걸음이 어지러워졌다. 연청이 그 틈을 놓치지 않고 임원에게 덤벼들었다. 오른손으로 다리께를 잡은 뒤 어깨로 가슴을 떠받치니 임원의 큰 몸집이 허공에 떴다. 연청은 그런 임원을 네댓 바퀴 돌리다가 내던졌다.

"내려가라!"

연청의 그 같은 외침이 미처 끝나기도 전에 임원이 대 아래에 곤두박였다.

연청이 쓴 기술은 '비둘기 돌리기'란 것이었다.

호리호리한 연청이 몸집 큰 임원을 대 아래로 내던지는 걸 보고 수많은 사람들이 갈채를 보내왔다. 하지만 임원의 제자들은 달랐다. 그들은 스승이 곤두박이자 대를 둘러엎고 소동을 피우면서 거기 있던 상품들을 마구 훔쳤다.

구경꾼들이 그들을 때려잡으라고 외쳐 댔지만 소용이 없었다. 이삼십 명이나 되는 젊은이들이 부리는 소동이라 태수마저도 당장은 어찌하지 못했다.

그렇지만 임원의 제자들도 모르는 게 있었다. 곧 흉악한 귀신 같은 흑선풍 이규가 노려보고 있다는 것을 잊고 있었다.

구경꾼 틈에 끼여 일이 되어 가는 꼴을 보고 있던 이규는 임원의 제자들이 그같이 날뛰자 불같이 화가 났다. 두 눈을 부릅뜨고 범의 수염을 곧추세우더니 눈앞에 있는 삼나무 기둥을 뽑아 들었다. 그리고 그 기둥을 두 동강 내어 한 손에 한 개씩 거머쥐었다. 몽둥이로 쓸 요량인 듯했다.

분향하러 온 사람 중에 이규를 알아보는 사람이 있어 그 이름을 말했다. 그 자리에 나와 있던 포졸들이 듣고 큰 소리로 외쳐 댔다.

"양산박의 흑선풍이 여기 있다. 그놈을 놓치지 마라."

그 소리를 듣고 가장 놀란 것은 태수였다. 머리 꼭대기로는 삼혼(三魂)이 빠져나가고 다리 밑으로는 칠백(七魄)이 흩어진 사람처럼 뒤쪽 정각으로 달아났다. 태수가 그같이 달아나자 그곳에 있던 수많은 사람들도 저마다 머리를 싸매고 도망치기에 바빴다.

이규가 임원을 보니 임원은 대 아래 쓰러져 정신을 잃고 있는데 숨결만 겨우 붙어 있었다. 이규는 널찍한 댓돌 하나를 집어 들어 그런 임원의 머리통을 부수어 버렸다.

할 짓을 다 한 이규와 연청은 곧 사당을 빠져나가려 했다. 그러나 문밖에서 화살이 비 오듯 쏟아져 나갈 수 없었다. 하는 수 없이 두 사람은 사당 지붕 위로 기어올라 가 기왓장을 내던지며 버티었다.

얼마 가지 않아 사당문 앞쪽에서 크게 함성이 일며 한 떼의 사람들이 쏟아져 들어왔다. 앞선 사람을 보니 흰 범양 전립에 흰 비단 옷을 걸치고 칼을 찬 옥기린 노준의였다. 노준의 뒤로는 사진과 목홍, 노지심, 무송, 해진, 해보 여섯 사람이 천여 명의 졸개를 거느리고 따라왔다. 그런 일이 있을 줄 알고 양산박에서 보낸 사람들이었다.

그들을 본 이규와 연청은 얼른 지붕에서 뛰어내려 그들과 합쳤다.

사당을 빠져나온 뒤 이규는 얼른 주막으로 돌아가 쌍도끼를 찾아 들고 일행을 뒤쫓았다. 고을의 관군이 몰려왔을 때는 이미 모두가 멀리 사라진 뒤였다. 관군은 양산박의 패거리와 맞서기가 겁나 감히 그들을 뒤쫓지 못했다.

관군의 추적이 없자 노준의는 마음을 놓고 양산박을 향했다. 그런데 반나절이나 지났을까 다시 이규가 보이지 않았다. 노준의가 웃으며 말했다.

"그 사람이 또 무슨 일을 내겠구나. 사람을 보내 산채로 불러

들여야겠다."

"제가 가서 찾아오지요."

곁에 있던 목홍이 스스로 나섰다. 노준의가 허락했다.

"좋아, 그렇게 하게나."

그러고는 나머지 두령들과 졸개들을 이끌고 산채로 돌아갔다.

한편 쌍도끼를 꼬나쥔 이규가 달려간 곳은 수장현(壽張縣)이었다. 때는 마침 지현과 아전들이 오전 일을 마치고 흩어진 뒤였다. 현청 문 앞에 이른 이규가 큰 소리로 외쳤다.

"양산박의 흑선풍 어른이 여기에 오셨다!"

현청 안에 남아 있던 사람들은 그 소리를 듣자 사시나무 떨듯 몸을 떨며 어찌할 줄 몰랐다.

수장현은 양산박에서 가장 가까운 곳이라 '흑선풍 이규' 다섯 자만 들어도 울던 아이가 울음을 그칠 정도로 이규를 두려워했다. 그런데 바로 그가 나타났으니 어찌 두려워하지 않겠는가.

아무도 막는 사람들이 없자 뚜벅뚜벅 현청 안으로 들어간 이규는 지현의 의자에 털썩 앉더니 고래고래 소리쳤다.

"두어 놈쯤 나와 이야기 좀 하자. 나오지 않으면 불을 확 싸질러 버릴 테다."

그 소리를 들은 사람들은 저희끼리 의논했다.

"몇 명이라도 나가 대답을 하도록 해야겠네. 그렇지 않으면 무슨 일이 날지 모르겠어."

그러고는 저희들 중 두 사람을 뽑아 내보냈다. 뽑힌 두 사람이 이규 앞에 나와 네 번 절한 뒤 무릎을 꿇고 말했다.

"두령께서 여기까지 오셨으니 반드시 무슨 가르침이 있으실 듯합니다. 어떤 일입니까?"

"나는 너희들을 괴롭히려고 이곳에 온 것은 아니다. 지나가다 심심해서 들렀으니 지현이나 나오라고 해라. 할 이야기가 좀 있다."

이규가 천연스러운 얼굴로 그렇게 대답했다. 두 사람이 잠깐 밖에 나갔다가 돌아오더니 말했다.

"지현 어른께서는 방금 두령께서 오신 걸 보고 뒷문으로 나가셨습니다. 어디로 가셨는지 알 길이 없습니다."

이규는 그 말을 믿지 못했다. 스스로 뒤채로 가 방마다 뒤지며 지현을 찾았다.

"두령님 보십시오. 여기 지현의 의관과 복색을 놓아두는 상자가 그대로 있지 않습니까?"

보다 못한 두 사람이 상자 하나를 가리키며 그렇게 말했다. 지현이 없음을 일깨우기 위함이었다. 그러자 이규는 무슨 생각을 했는지 자물쇠를 비틀어 그 상자를 열었다. 이규는 지현의 관복을 입고 그의 두건과 신발까지도 갖춰 쓰고 신었다. 이어 회나무로 만든 홀까지 들고 나서니 복색만으로는 영락없이 지현이었다.

"아전들은 다 어딜 갔느냐? 모두 나와 나를 뵈도록 하라."

지현 차림을 한 이규가 다시 나와 의자에 앉으며 소리쳤다. 숨어 있던 사관들이 어쩔 수 없이 나와 이규 앞에 열 지어 섰다.

"나의 이 같은 차림이 어울리느냐?"

이규가 여럿을 보고 물었다. 아전들이 다시 마지못해 대답했다.

"예, 아주 그럴싸합니다."

그러자 이규가 다시 엉뚱한 분부를 내렸다.

"그렇다면 너희들 구실아치들은 모두 이리 모이라고 해라. 만약 내 말대로 않는다면 이놈의 현청을 쑥밭으로 만들어 놓을 테다!"

그 말에 다시 그곳에 있던 아전들은 겁을 먹었다. 곧 고을의 모든 구실아치들을 모으는 북을 울렸다. 이규가 껄껄 웃더니 다시 그들에게 말했다.

"너희들 중 두 사람이 나와 억울한 일이 있으면 일러라."

"두령님께서 여기 앉아 계시는데 누가 감히 고소장을 내겠습니까."

아전 하나가 기어드는 목소리로 그렇게 받았다. 이규가 여전히 빙글거리며 말했다.

"고소할 사람이 없으면 너희들 중 두 사람이 나와 송사를 해 보아라. 내가 누구를 다치게 하려고 하는 게 아니라 그저 한바탕 웃음거리를 장만하려는 것뿐이다."

그 말에 고을의 구실아치들은 잠깐 머뭇거렸으나 마다할 구실이 얼른 떠오르지 않았다. 할 수 없이 그들 중 두 사람이 송사 흉내를 내게 되었다. 그사이 소문이 퍼져 현청 문밖에는 수많은 고을 사람들이 구경을 왔다.

이규 앞에 무릎을 꿇은 두 구실아치 중 하나가 말했다.

"상공께서는 부디 불쌍히 여겨 이 억울함을 풀어 주십시오. 저 놈이 저를 때렸습니다."

그러자 다른 한쪽이 받았다.

"저놈이 저를 욕하기에 때렸습니다."

그 말을 다 들은 이규가 짐짓 엄한 얼굴로 물었다.

"어느 놈이 때린 놈이냐?"

"저놈이 먼저 나를 욕하기 때문에 때린 것이니 제가 옳습니다."

고소를 당한 쪽이 그렇게 스스로를 변명했다. 이규가 한번 생각해 보는 법도 없이 판결을 내렸다.

"저기 저 때린 놈은 호걸이니 먼저 놈을 놓아주어라. 그렇지만 저 비리비리한 놈은 남에게 맞고 다니는 못난 놈이니 벌을 주어야겠다. 먼저 목에 칼을 씌우고 현청 문 앞에서 여럿에게 조리돌림을 하여라."

그러고는 몸을 일으키더니 푸른 도포 소매를 걷어붙이고 도끼를 꺼내 들었다.

이규의 원님 행세는 그걸로 그치지 않았다. 고소를 당한 사람을 쏘아보며 정말로 현청 문 앞에다 세워 두라고 호령하는 것이었다.

다가오는 조정

엉뚱한 판결로 송사를 끝낸 이규는 지현의 복색을 한 채로 현청을 걸어 나왔다. 문 앞에서 구경하던 백성들이 하나같이 웃음을 참을 수 없어 킥킥거렸다.

이규는 수장현의 현청 앞을 이리저리 왔다 갔다 했다. 그런데 문득 그의 귀에 가까운 서당에서 글 읽는 소리가 들려왔다. 이규는 그 소리를 따라 서당으로 갔다. 그가 발을 걷고 안으로 들어서자 놀란 서당의 훈장은 창문으로 튀어 달아났다. 놀라 소동을 피우기는 배우는 아이들도 마찬가지였다. 우는 놈은 울고, 소리치는 놈은 소리치고, 달아나는 놈은 달아나고, 숨는 놈은 숨고, 삽시간에 서당 안은 난장판이 되었다.

껄껄 웃으며 그 광경을 바라보던 이규는 몸을 돌려 서당을 나왔다. 목홍이 이규를 찾아낸 것은 바로 그때였다. 목홍이 그런 이규를 잡고 목소리를 높였다.

"모든 이들이 자네를 기다리느라 걱정이 태산 같은데 자네는 여기서 뭘 하나? 그만 놀고 어서 산채로 돌아가세."

그러고는 이규의 소매를 끌었다. 이규도 하는 수 없이 수장현을 떠나 양산박으로 돌아갔다.

두 사람이 금사탄을 건너 산채로 올라가니 모든 두령들은 이규의 차림새를 보고 한결같이 웃음을 터뜨렸다. 그때 충의당에서는 송강이 술자리를 열어 연청의 일을 경하하는 중이었다. 푸른 도포를 걸친 이규가 도끼는 내던지고 지현의 홀을 두 손으로 잡은 채 송강 앞에 허리를 굽혔다. 그런데 두 번째 절을 올리다가 도포 자락을 밟아 도포는 찢어지고 이규는 벌렁 자빠졌다. 보고 있던 두령들이 다시 웃음을 터뜨렸다. 그러나 송강은 웃을 기분이 아니었다. 목소리를 높여 이규를 꾸짖었다.

"네 이놈, 실로 간도 크구나. 내게 알리지도 않고 함부로 산채를 내려가다니 그게 죽을죄인 줄 아느냐 모르느냐? 네놈이 가는 곳마다 말썽을 부리니 이제 더는 못 참겠다. 여러 형제들에게 다짐하거니와 앞으로는 두 번 다시 너를 용서치 않겠다!"

이규는 그때 술에 취해 있지도 않고 기분도 나쁘지가 않았다. 게다가 제가 한 짓도 있어 그저 기어드는 목소리로 예, 예 하며 물러났다.

그 일 뒤로 양산박 안은 아무 일 없이 평안했다. 산채 안에서는 매일 무예를 익히고 인마를 조련하였으며 물질에 익숙한 사람은 배 위에서 하는 싸움 연습에 열을 올렸다. 창칼이며 갑옷, 활과 화살, 방패, 깃발 같은 것도 쉴 새 없이 만들어져 앞날을 대비했다.

한편 태안주에서는 씨름 대회에서 있었던 소동을 소상히 적어 동경에 알렸다. 진주원(進奏院)에서는 그 밖에 다른 고을에서도 올라온 표문을 받았는데 하나같이 송강의 무리가 난을 일으켜 고을을 소란케 한다는 내용이었다.

그 무렵 도군황제(道君皇帝)는 한 달 동안이나 조회에 나오지 않고 있었다. 그러다가 그날에야 겨우 조회에 나오니 모든 표문이 한꺼번에 올려질 수밖에 없었다.

고요한 대궐 안에 문무의 벼슬아치들이 두 줄로 늘어서 있는데 전두관(殿頭官)이 나와서 소리쳤다.

"천자께 아뢰올 말씀이 있으면 아뢰도록 하시오. 아무 일이 없다면 발을 내리고 조회를 끝내겠소."

나라를 다스리는 데 별 뜻이 없는 천자를 대신해 하는 소리였다. 그때 진주원경(進奏院卿)이 나와서 아뢰었다.

"신이 맡고 있는 진주원에서는 나라 안의 각 고을에서 여러 차례에 걸쳐 올라온 표문들이 있사온데 모두가 송강의 무리에 관한 것입니다. 그 도둑 떼는 대낮에 버젓이 고을의 관아로 들어와 창고를 털고 양식을 빼앗아 간다고 합니다. 관군과 백성들을 죽이고 못하는 짓이 없으며 안 가는 데가 없으나 아무도 막아 내지 못한다니 이 일을 어찌하면 좋겠습니까? 만약 일찍이 그것들을 잡아 없애지 않는다면 뒷날에는 반드시 큰 걱정거리가 될 것입니다."

그러자 천자도 송강의 무리에 대해서만은 기억이 있는지 오랜만에 정색을 했다.

"정월 대보름날 밤에도 그 도둑들이 도성까지 들어와 소동을 부리더니 이제는 여러 고을까지 그냥 두지 않는구나. 그것들의 근거지에 가까운 고을들이야 오죽하겠느냐. 짐이 이미 여러 번 추밀원으로 하여금 군사를 내도록 하라 일렀으나 아직도 그 답을 듣지 못했다."

천자가 그렇게 말하자 어사대부 최정(崔靖)이 나와서 아뢰었다

"신이 듣기로 양산박에는 한 폭의 큰 깃발이 걸려 있는데 거기에는 '하늘을 대신하여 도를 행한다.'라는 글귀가 적혀 있다고 합니다. 이는 바로 백성들의 마음을 꼬이자는 수작이니 민심이 이미 그들을 따르는데 군사를 내어서는 안 될 듯하옵니다. 게다가 지금 요나라 군사가 국경을 침범해 각처의 군마는 그들을 막기에도 모자랄 지경입니다. 따라서 만일 군사를 풀어 그 도둑 떼를 쳐 없애려 한다면 여러 가지로 어려움이 많을 것입니다. 신의 어리석은 생각으로는 그것들은 그저 목숨이나 구하자고 산속으로 숨어든 무리에 지나지 않습니다. 모두가 관가에 죄를 짓고 벌을 피할 길이 없어 산속에서 그런 못된 짓을 하고 있을 뿐이니 폐하께서 한 통의 조서와 어주(御酒) 한 병에 대신(大臣) 한 사람을 뽑아 양산박으로 보내시어 좋은 말로 그것들을 달래게 한다면 아니 될 것도 없을 듯합니다. 그것들을 조정으로 귀순시켜 요나라 군사를 막게 한다면 이쪽 저쪽 다 좋은 일이 되지 않겠습니까?

바라건대 폐하께서는 밝게 살펴 주시옵소서."

여러모로 깊이 생각해 보고 올리는 계책이었다. 천자도 그런 최정의 말을 옳게 여겼다.

"경의 말이 매우 옳다. 바로 짐의 뜻과 같다."

그렇게 말하고는 곧 전전태위(殿前太尉) 진종선(陳宗善)을 사신으로 뽑아 조서와 어주를 가지고 양산박으로 가게 했다.

진종선은 조서를 받고 자신의 집으로 돌아가 길 떠날 채비를 했다. 그를 아는 사람들이 여럿 찾아와 축하했다.

"태위의 이번 길은 첫째로는 나라를 위한 큰일이고, 둘째로는 백성의 걱정을 덜어 주며 그 병을 없애는 일이 됩니다. 양산박은 충의를 으뜸으로 삼고 조정이 불러 주기만을 기다린다고 하니 태위께서 좋은 말로 그들을 어루만지고 달랜다면 반드시 좋은 결실이 있을 것입니다."

진종선도 큰일을 맡았다는 흐뭇함 때문에 그 일의 어려움은 걱정되지 않았다. 찾아온 사람들을 정성으로 대접하고 있는데 태사부(太師府)에서 사람이 왔다.

"태사께서 하실 말씀이 있다고 태위 어른을 부르십니다."

그 같은 전갈을 받은 진종선은 곧 가마에 올라 신송문(新宋門) 거리에 있는 태사부로 달려갔다. 진종선이 가마에서 내리자 태사부에서 온 사람은 그를 절당(節堂) 안의 서원으로 데려갔다. 거기서 기다리던 채 태사가 차 한 잔을 마시기 바쁘게 입을 열었다.

"듣자 하니 천자께서는 자네를 뽑아 양산박으로 보낸다더군. 내 자네에게 특히 할 말이 있어 불렀다네. 어디를 가든지 조정의 기강을 잃게 하고 국가의 법도를 어지럽히는 일이 있어서는 아니 되네. 『논어』에 '부끄러움이 무엇인지를 알아 어디로 가든지 임금을 욕되게 하지 않는 자라야 사신이라 이를 수 있다[行己有恥 使於四方 不辱君命 可謂使矣].'라는 말이 있음을 자네도 들었을 것이네."

"저도 잘 알고 있습니다. 태사의 가르침대로 따르겠습니다."

진종선이 그렇게 대답했다. 채경이 덧붙여 말했다.

"내 생각에는 이 사람을 자네에게 딸려 보냈으면 좋겠네. 이 사람은 법도에 대해 아는 게 많네. 자네가 미처 살피지 못한 게 있을 때는 이 사람이 도와줄 것이네."

그러면서 심부름 왔던 사람을 가리켰다.

"여러 가지로 저를 좋게 보아주셔서 고맙습니다."

진 태위는 그런 말로 인사를 대신하고 태사부를 떠났다.

집으로 돌아온 진 태위가 좀 쉬려고 하는데 다시 문지기가 와서 알렸다.

"고 전수(殿帥)께서 오셨습니다."

고 전수란 전수부 태위 고구를 일컫는 말이었다. 같은 태위라도 천자의 총애를 받는 고구가 찾아왔다는 말에 진 태위는 황망히 몸을 일으켜 달려 나갔다.

진 태위는 고 태위를 집 안으로 맞아들여 윗자리에 앉혔다. 서로 안부를 물은 뒤에 고 태위가 찾아온 용건을 밝혔다.

"오늘 조정에서 송강을 불러들이는 일을 의논했다고 들었소. 만약 내가 거기에 있었다면 반드시 말렸을 것이오. 그 송강이란 도둑은 여러 차례 조정을 욕보여 죄가 하늘 끝에 사무친 놈이오. 그런데 그런 놈들의 죄를 용서하고 도성으로 끌어들인다니 이는 반드시 뒷날의 걱정거리가 될 것이외다. 나는 그 소식을 듣자마자 달려가 다시 폐하께 아뢰 보려 했으나 이미 옥음(玉音)이 계신 뒤라 하는 수 없이 일이 어떻게 되는가를 살펴보기로 했소만 실로 걱정이오. 만약 그 도둑놈이 본심을 되돌리지 못하고 폐하의 뜻을 받들지 않거든 태위께서는 되도록 빨리 도성으로 되돌아오도록 하시오. 그러면 내가 천자께 말씀드려 대군을 이끌고 양산박으로 가 놈들을 뿌리째 뽑아 버릴 것이오. 실은 그게 내 오랜 소원이외다. 그 밖에 또 한 가지 드릴 말씀은 내 밑에 있는 우후 한 사람을 태위께서 이번에 가실 때에 데려가 달라는 것이오. 아주 말을 잘해 한 가지를 물으면 열 가지를 대답하는 재주가 있는 자인데 태위께도 여러 가지로 도움이 될 것이외다."

이번에도 진 태위는 그저 고맙다고 하는 수밖에 없었다.

"전수께서 이렇도록 걱정해 주시니 무어라고 감사드려야 할지 모르겠습니다."

그러자 고구는 몸을 일으켜 진 태위의 집을 나갔다.

다음 날이 되었다. 채 태사 쪽에서는 장 간판(幹辦)이라는 사람이, 그리고 고 전수 쪽에서는 이 우후란 사람이 각기 진 태위를 찾아왔다. 진 태위는 말과 사람을 수습하고 열 병의 어주를 챙긴 뒤 누런 깃발을 앞세우고 길을 떠났다.

진 태위와 곁에서 시중드는 대여섯 명, 그리고 장 간판, 이 우후는 모두 말에 오르고 조서를 진 이는 앞장을 섰다.

일행이 신송문을 나서자 배웅 나왔던 사람들은 모두 돌아갔다. 그럭저럭 제주에 이르자 태수 장숙야(張叔夜)가 나와 그들을 맞았다. 장 태수는 진 태위 일행을 부중으로 모신 뒤 크게 상을 차려 대접하면서 송강을 불러들이는 일에 대해 물었다. 진 태위가 아는 대로 대답하자 장숙야가 말했다.

"제 어리석은 생각에도 그것들을 달래어 불러들이는 것이 가장 좋을 듯합니다만 한 가지 유념하셔야 할 일이 있습니다. 태위께서 그곳에 이르시거든 무엇이든 부드럽게 대하시고 좋은 말로 그들을 달래십시오. 그래서 어떻게든 큰일을 이루셔야 합니다. 개중에는 성질이 사납고 거친 놈들이 몇 있으니 태위께서는 특히 그놈들에게 조심하십시오. 한마디라도 그놈들의 비위를 거스르게 되면 이번의 큰일은 망치고 맙니다."

그때 곁에 있던 장 간판과 이 우후가 끼어들었다.

"우리 두 사람이 태위를 따라왔으니 일을 그르치지는 않을 것입니다. 태수께서는 무턱대고 부드럽게만 대하라고 하시지만 그러다가 잘못하면 조정의 기강을 해치게 됩니다. 하찮은 무리들은 힘으로 억눌러도 절반밖에 따르지 않는 법이지요. 그런데 만약 그것들이 고개를 들게 놔두었다가는 반드시 제 하고 싶은 대로 하려 들 것입니다."

그들의 갑작스러운 참견에 장 태수가 알 수 없다는 눈길로 진 태위에게 물었다.

"저 두 사람들은 어떤 사람들입니까?"

"한 사람은 채 태사의 부중에 있는 간판이고 또 한 사람은 고 태위의 부중에 있는 우후외다."

진 태위가 그렇게 알려 주었다. 장숙야는 그들의 어마어마한 배경을 듣고도 조금도 움츠러드는 기색 없이 진 태위에게 권했다.

"저 두 사람은 아무래도 데려가지 않는 게 좋겠습니다."

"저 사람들은 채 태사와 고 태위가 자신만큼이나 믿는 사람들이오. 데려가지 않는다면 반드시 의심을 할 거외다."

진 태위가 두 사람을 흘긋 돌아보며 그렇게 대답했다. 그래도 장숙야는 제 뜻을 굽히지 않았다.

"제가 말씀드린 대로 하는 게 좋으실 듯합니다. 공연히 애만 쓰고 공은 세우지 못하게 될까 걱정입니다."

그때 장 간판이 나섰다.

"저희 두 사람을 꼭 데려가 주십시오. 그래야만 틀림없을 것입니다."

채 태사를 업고 있는 장 간판이 직접 그렇게 우기고 나서자 장숙야도 두 번 다시 그 일을 말하지 못했다. 그저 술자리나 크게 벌여 잘 대접하고 잠잘 곳이나 편하게 해 주는 수밖에 없었다.

다음 날이 되었다. 제주부에서는 먼저 사람을 양산박에 보내 조정의 사신이 이르렀음을 알렸다.

한편 양산박의 송강은 매일 여러 두령들과 함께 충의당에 모여 산채 일을 의논하며 날을 보냈다. 그런데 어느 날 사방에 풀어놓은 세작들 중의 하나가 그 같은 도성의 움직임을 알려 왔다. 송강은 그게 참인지 거짓인지를 알기는 어려웠지만 마음속으로는 기쁘기 그지없었다. 그러던 중 졸개 하나가 제주에서 보낸 사람을 데리고 충의당으로 올라왔다.

"조정에서 태위 진종선을 사신으로 삼아 보내왔습니다. 어주 열 병과 모든 죄를 용서하고 조정으로 불러들인다는 내용이 적힌 조서 한 통을 지녔다고 합니다. 지금 제주성 안에 머물고 있으니 산채에서도 그 사람들을 맞을 채비를 하십시오."

그 같은 말을 들은 송강은 몹시 기뻤다. 제주에서 보내온 사람에게 술과 밥을 잘 대접하고 비단 두 필과 은 열 냥을 주어 돌려보냈다.

심부름꾼이 돌아간 뒤 송강은 여러 두령들을 불러 모아 놓고 말했다.

"우리들은 조정의 부르심을 받았으니 이제는 모두 나라의 신하가 되었소. 지난날에는 여러 가지로 어려움이 많았으나 이제 드디어 좋은 열매를 거두게 되었구려."

그러자 오용이 알지 못할 미소를 띠며 말했다.

"이 오 아무개가 보기로는 이번의 조정에서 부른 일은 제대로 될 것 같지가 않습니다. 사신을 보내 부른다고 덜렁덜렁 따라나섰다가는 저들이 우리를 하찮게 볼 것입니다. 그보다는 차라리 조정에서 대군을 보내게 해서 그들에게 우리의 매운 솜씨를 보여 주고 사람과 말을 수없이 죽여 꿈속에서도 우리를 두려워하게 한 뒤에 조정의 부르심을 받아들이는 게 좋을 듯합니다. 그래야 우리의 기개를 보여 줄 수 있을 뿐만 아니라 불려 간 뒤에도 저들이 우리를 얕잡아 볼 수 없을 것입니다."

"자네 말대로 한다면 우리가 앞세운 충의 두 글자는 어그러지고 마는 게 아닌가?"

송강이 걱정스러운 듯 그렇게 받았다. 임충이 곁에서 오용을 거들어 말했다.

"조정에서 높은 벼슬아치를 보낼 때에는 그에 따른 격식이 있을 것입니다. 그런데 그게 좋은 일만은 아닐 듯싶습니다."

관승도 한마디 했다.

"그 조서에는 반드시 우리를 겁주는 말들이 적혀 있을 듯합니다. 놀라 굽히고 들라는 수작이겠지요."

"오는 사람은 틀림없이 고 태위네 패거리일 것입니다."

서령도 곁에서 거들었다.

"자네들은 모두 그렇게 너무 의심하지 말게. 크게 잔치나 열어 조서를 맞아들이세."

송강은 그렇게 그들을 달래고 송청과 조정을 불러 술자리를 차리게 하였다. 또 시진에게는 천자의 사신을 맞아들이는 일을 도맡아 돌보게 해 조금이라도 어긋남이 없게 했다.

산채를 깨끗이 하고 꽃과 비단을 여기저기 내건 뒤 배선과 소양, 여방, 곽성 네 사람이 산을 내려갔다. 산채에서 이십 리 밖 길가로 나아가 천자의 사신 일행을 맞아들이기 위함이었다. 수군 두령들은 그들을 옮길 큰 배들을 물가 언덕에 대 놓고 있었다.

"자네들은 모두 내가 시키는 대로만 하게. 그렇지 않으면 일을 그르치고 말 것이네."

오용이 무슨 생각에선지 수군 두령에게 가만히 당부를 했다.

몸에 짧은 무기 하나 지님 없이 산채를 내려간 소양과 세 두령은 대여섯 명의 졸개와 함께 술과 안주를 받쳐 들고 이십 리나 나아가 기다렸다. 그날 진 태위는 장 간판, 이 우후와 함께 말을 타지 않고 말 앞에서 걸었다. 그들 뒤로는 이삼백 명의 시중드는 사람이 따르고 앞으로는 여남은 기의 제주 군관이 길을 열었다. 어주는 용과 봉을 수놓은 짐 보따리에 싸여 있고 조서는 훌륭한 상자에 넣어져 말 등에 실려 있었다.

소양, 배선, 여방, 곽성 네 사람은 도중에 그들을 만나 땅바닥에 엎드렸다. 장 간판이 그들을 보고 거만하게 소리쳤다.

"너희 두령 송강이란 놈은 도대체 어떤 놈이냐? 황제의 조칙이 이르렀는데도 어찌 몸소 나와 맞지 않는단 말이냐? 천자를 업신여기는 게 너무 심하구나. 네놈들은 본래가 죽을죄를 지은 몸들인데 이래 놓고도 어찌 감히 조정의 부름을 기다릴 수 있겠느냐?"

그러고는 진 태위에게 그대로 돌아가기를 권했다. 소양과 배선, 여방, 곽성이 땅에 엎드린 채 용서를 빌었다.

"이제껏 조정에서 조서를 저희 산채로 보내온 적이 없어 그렇습니다. 참인지 거짓인지를 알지 못해 송강 형님과 크고 작은 두령들은 모두 금사탄에서 기다리고 계십니다. 바라건대 태위께서는 잠시 노여움을 푸시고 나라를 위해 이번 일이 잘되도록 해 주십시오. 저희들의 잘못을 너그럽게 보아주신다면 그보다 더 고마운 일이 없겠습니다."

그러자 이번에는 이 우후가 끼어들어 꾸짖었다.

"일이 잘못된다 해도 걱정될 것은 하나도 없다. 네놈들이 하늘 끝으로 날아 숨기라도 하겠다는 뜻이냐?"

그 같은 이 우후의 호통에 먼저 불끈한 것은 여방과 곽성이었다.

"무슨 말씀을 그리하십니까. 이거 사람을 너무 가볍게 여기시는 것 아닙니까."

그렇게 맞받았다. 그러나 소양과 배선은 그저 공손하게 빌며 술과 안주를 바쳤다. 진 태위와 장 간판, 이 우후는 무엇을 믿고 그러는지 올리는 술조차 받지 않고 길만 재촉할 뿐이었다. 물가에 이르니 양산박에서는 이미 세 척의 큰 배가 나와 있었다. 그 중 한 척에는 말을 태우고 또 다른 한 척에는 배선을 비롯한 양산박 사람들을 태웠다. 그리고 마지막 배에는 태위와 그를 뒤따르는 사람들을 태운 뒤 조서와 어주는 뱃머리에 모셨다.

진 태위가 탄 배를 감독하게 된 것은 활염라 완소칠이었다. 그 날 완소칠은 배꼬리 쪽에 앉아 스무남은 명의 수군 졸개들에게 노를 젓게 하였는데 그들은 모두 허리에 칼 한 자루씩을 차고 있었다. 진 태위는 배에 오를 때부터 거만을 떨며 눈앞에 사람이 없는 듯 한중간에 자리를 잡았다. 완소칠이 노를 젓게 하니 양쪽에 있던 수군들이 일제히 노래를 부르기 시작하였다. 이 우후가 그런 수군들을 꾸짖었다.

"야, 이 시골 당나귀 같은 놈들아, 높으신 분이 여기 계시는데 어찌 이리 함부로 구느냐?"

그러나 수군들은 들은 척도 않고 계속 노래를 불러 댔다. 이 우후가 성이 나 등나무 채찍을 들어 양쪽의 수군들을 때리려 했다. 그래도 누구 하나 겁내는 기색이 없고 몇몇 두령은 대들기까지 했다.

“우리는 저 좋아 노래할 뿐인데 무슨 간섭이 이리 심하시오?”

그 같은 말대꾸에 이 우후는 더욱 성이 났다.

“이 죽여도 시원찮은 역적 놈들아, 네놈들이 감히 말 대거리를 해?”

그렇게 소리치며 등나무 채찍을 들어 양쪽의 수군들을 후려치기 시작했다. 수군들은 이 우후에게 쫓기듯 모두 물속으로 뛰어들어 버렸다. 배꼬리 쪽에 앉아 있던 완소칠이 남의 일 보듯 말했다.

“우리 사공들을 모두 물속으로 내쫓아 어쩌실 작정이오. 배는 누가 젓겠소?”

그때 물 위쪽에서 두 척의 빠른 배가 저어 왔다. 완소칠은 원래 그 뱃바닥에 구멍을 내어 나무쐐기를 박아 놓고 있었다. 그러다가 그 두 척의 배가 오는 걸 보자 슬그머니 그 쐐기를 뽑아 버렸다. 금방 배 안으로 물이 쏟아져 들어왔다. 완소칠이 시치미를 떼고 소리쳤다.

“배에 물이 샌다!”

그 말을 듣고 모두 그쪽을 쳐다보니 정말로 물이 쏟아져 들어오고 있었다. 어떻게 막아 보려고 애썼으나 이미 배에는 한 자나 물이 찼다. 그때 빠른 배 두 척이 그곳에 이르니 사람들은 앞뒤 살필 것도 없이 진 태위부터 그 배로 옮겼다. 이어 나머지 사람부터 옮겨 타느라 조서며 어주는 미처 손이 가지 못했다.

두 척의 빠른 배는 사람들을 태우기 바쁘게 노를 저어 떠나갔다. 빠른 배들이 멀리 간 뒤에야 완소칠은 물구멍을 막고 배에 든 물을 퍼냈다. 걸레로 배 안의 물기까지 모두 닦아 내자 완소칠이 문득 생각난 듯 수군 졸개에게 말했다.

"너 가서 어주 한 병을 꺼내 오너라. 내가 우선 맛을 좀 보아야겠다."

그러자 졸개 하나가 비단 보자기에 싸인 어주 한 병을 꺼내 봉을 뜯고 완소칠에게 바쳤다. 완소칠이 병을 받아 냄새를 맡아 보니 좋은 향내가 코를 찔렀다.

"독이 들었는지도 모르니 조심해야지. 내가 우선 마셔 봐야겠다."

완소칠이 그렇게 말하고 잔도 없이 병째 들이켰다. 한 병을 다 마신 완소칠이 감탄의 소리를 냈다.

"거 맛 참 좋구나!"

그런 다음 한 병으로는 간에 기별도 가지 않는다는 듯 또 한 병을 꺼내 단숨에 마셔 버렸다. 천자가 내린 술이니 오죽하겠는가. 그 기막힌 맛에 취한 완소칠은 잇따라 네 병이나 마셨다. 그래 놓고 나니 어지간한 그도 걱정이 되는 모양이었다.

"이거 어떻게 하지?"

그가 혼잣말처럼 중얼거리는 소리를 듣고 수군 졸개 하나가 꾀를 내었다.

"배꼬리 쪽에 한 통의 백주(白酒)가 있습니다. 그걸로 채워 넣으면 어떨는지요?"

그 말에 완소칠은 고개를 끄덕였다. 이제 걱정은 끝났다는 듯 문득 수군 졸개들을 돌아보며 말했다.

"어디 가서 물 뜨는 바가지라도 구해 오너라. 너희들에게도 모두 맛을 보여 주겠다."

그러고는 남은 어주 여섯 병을 졸개들에게 모두 나누어 준 뒤 그 빈 병에는 시골의 소주에 지나지 않는 백주를 담았다. 병 주위를 원래처럼 봉한 뒤 다시 비단 짐 속에 싸 넣은 완소칠은 나는 듯 금사탄으로 배를 저어 갔다.

완소칠의 배가 금사탄에 이르니 마침 송강을 비롯한 여러 두령들은 물가에서 사신을 맞아들이고 있는 중이었다. 비단 등이 걸리고 북소리, 징 소리 요란한 가운데 완소칠이 가져간 어주가 탁자 위에 올려졌다. 네 사람씩 앉게 된 탁자였다. 그리고 또 다른 탁자에는 천자의 조서가 놓여 있었다. 땅 위에 진 태위를 맞아 송강이 머리를 조아려 절한 뒤 말했다.

"얼굴에 먹자를 받은 이 하찮은 옛 벼슬아치의 죄는 하늘에 사무친다 하겠습니다. 귀하신 어른께서 여기까지 오시게 한 것만도 낯없는데 이렇게 접대까지도 시원치 못합니다. 부디 용서하여 주십시오."

그러자 태위를 대신해 이 우후가 나섰다.

"태위께서는 조정에서도 높으신 대신이시다. 너희들을 불러들이려고 여기까지 오셨으니 이 얼마나 놀라운 일이냐? 그런데도 너희들은 어찌하여 물이 새는 배를 보냈느냐? 게다가 그 용서 못할 시골 도둑놈들까지 태워 보내 하마터면 귀하신 어른의 목숨조차 위태롭게 될 뻔했다."

그 같은 꾸짖음에 영문을 모르는 송강이 놀란 시늉을 하며 대답했다.

"저는 산채에서 가장 좋은 배를 보냈습니다. 어찌 물이 새는 배를 보내 귀하신 어른을 태우게 하겠습니까."

"태위 어른의 옷깃이 아직도 젖어 있다. 그래도 아니라고 우길 테냐?"

이번에는 장 간판이 끼어들어 송강에게 호통쳤다.

그때 송강의 뒤에는 다섯 명의 호랑이 같은 장수가 바짝 따라붙어 서 있고 멀지 않은 곳에는 여덟 명의 표기장군(驃騎將軍)이 앞뒤로 둘러싸고 있었다. 그들은 이 우후와 장 간판이 송강 앞에서 함부로 손가락질까지 해 대며 딱딱거리는 짓거리에 화가 났다. 생각 같아서는 한칼에 모두 쳐 죽이고 싶었으나 송강 때문에 함부로 손을 쓰지 못하고 보고만 있었다.

그러나 송강은 조금도 노여운 기색이 없었다. 진 태위에게 어서 가마에 올라 산채에 오른 뒤 조서를 펼쳐 주기만을 빌었다. 진 태위는 네댓 번이나 뻗대다가 겨우 가마에 올랐다. 산채에서는 또 말 두 필을 끌어다가 장 간판과 이 우후를 태웠다. 그 두 놈은 지체가 그리 높지 않으면서도 여간 으스대는 게 아니었다.

송강과 여러 두령들도 말에 올라 산 위를 향했다. 크게 나팔을 불고 북을 울리며 세 관문을 지나는데 송강을 비롯한 백여 두령들은 사뭇 뒤를 따르다가 충의당 앞에 이르러서야 말에서 내려 진 태위를 맞이했다.

진 태위가 충의당에 오르자 그 앞에는 어주와 조서가 든 상자가 놓여졌다.

진 태위와 장 간판, 이 우후는 왼편에 서고 소양과 배선은 오른편에 섰다. 송강은 백일곱의 두령을 불러 모았다. 그런데 어찌된 셈인지 이규만이 보이지 않았다.

송강은 불안한 대로 나머지 백여섯과 함께 무릎을 꿇었다. 때는 사월이라 무더웠으나 모두가 겹으로 된 전포를 입은 채였다.

이윽고 진 태위가 상자 속에서 조서를 꺼내어 소양에게 내렸다. 배선이 예를 표하라고 소리쳐 여러 두령들이 모두 조서를 향해 절을 올렸다. 소양이 조서를 열어 큰 소리로 읽어 나갔다.

문(文)은 나라 안을 평안케 하고 무(武)는 능히 사방을 평정하였다. 오제(五帝)는 예악으로 땅을 갈라 제후를 봉했으며 삼황(三皇)은 정벌로 천하를 평정했다. 일에는 따름과 어김이 있게 마련이며 사람에게는 밝음과 어리석음이 있는 법이다. 짐은 조종(祖宗)으로부터 대업을 이어받아 해와 달처럼 내리쪼이니 온 세상에 엎드려 우러르지 않는 이가 없다. 그런데 근간 너희들 송강의 무리가 산속 수풀에 모여 여러 고을을 노략질하였다. 뜻 같아서는 크게 군사를 내어 너희를 토멸해야 할 것이로되 백성의 괴로움을 걱정하여 이제 태위 진종선을 뽑아 보내는 바이다. 너희 죄를 용서하고 불러 쓰려 함이니 조서가 이르는 날로 지닌 바 모든 곡식과 돈과 창칼과 말과 배를 관가에 바치고 소굴을 없이 한 뒤 도성으로 올라오라. 그리하면 너희 원래의 죄를 씻어 주겠거니와 만약 너희 양심을 어기고 조정의 뜻을 받아들이지 않는다면 대군을 보내어 뿌리째 뽑으리라. 이에 특히 조서를 내려 알리노니 부디 짐의 뜻을 저버리지 말라.

선화(宣和) 3년 여름 4월

소양이 읽기를 마치자 송강을 비롯한 여러 두령들의 얼굴에 모두 노기가 서렸다. 그때 어딘가에 숨어 보이지 않던 흑선풍 이규가 난데없이 대들보 위에서 뛰어내렸다. 조정의 사신이 하는 양이나 구경하고 손을 쓰자고 작정해 거기 숨어 있었던 듯했다.

귀순은 틀어지고

이규는 먼저 소양의 손에 쥐여 있는 조서를 북북 찢어 버리고는 그길로 진 태위를 덮쳐 갔다. 그리고 아무렇게나 진 태위를 끌어내어 주먹질을 하기 시작했다. 그러다가 놀란 송강과 노준의가 몸을 던져 끌어안고 말리자 비로소 손을 거두었다. 겨우 뜯어 말린 이규를 보고 이 우후가 겁없이 꾸짖었다.

"너는 어떤 놈이기에 이토록 간이 크냐?"

그런데 그게 성난 호랑이의 수염을 쥐어뜯은 꼴이었다. 송강과 노준의가 말리는 바람에 때릴 상대를 놓쳐 버린 이규는 잘 걸렸다는 듯 이 우후에게 덤벼들었다. 이규가 이 우후의 상투를 거머쥐고 마구잡이로 주먹질을 하며 소리쳐 물었다.

"여기 이 조서에 쓰여 있는 글은 도대체 어느 놈이 한 말이냐?"

"저…… 그것은 황제 폐하의 뜻이십니다."

곁에 있던 장 간판이 겁먹은 목소리로 그렇게 대답했다. 이규가 대뜸 그 말을 받아쳤다.

"너희의 그 황제란 놈은 여기 있는 여러 호걸들을 잘 모르는 모양이로구나. 이 어르신네들을 불러들이려 하면서 오히려 그렇게 큰소리를 쳐? 너희 황제의 성도 송(宋)가고 우리 형님의 성도 송가다. 황제는 어디 너희 쪽만 해 처먹으란 법이 있느냐. 우리 형님이라고 해서 황제가 되어서는 안 될 게 뭐냐? 여기 이 시커먼 어른의 분통을 함부로 건드리지 마라. 그랬다가는 이 조서를 쓴 벼슬아치 놈들까지 모조리 죽여 버릴 테다!"

그때 여러 사람들이 달려와 이규를 이 우후에게서 뜯어낸 뒤 끌고 나갔다. 방 안이 조용해지자 송강이 진 태위를 향해 공손히 말했다.

"태위께서는 너그럽게 보아주시어 저 덜떨어진 놈의 하는 짓을 용서해 주십시오. 그보다는 폐하의 뜻이 더 급한 듯합니다. 어서 어주를 가져오시어 여기 이 사람들로 하여금 폐하의 은덕을 느끼도록 해 주셨으면 좋겠습니다."

그러고는 보석을 박고 금으로 꽃을 아로새긴 한 벌의 잔을 내오게 한 뒤 어주 한 병을 그 잔에 붓게 했다. 그런데 이게 어찌 된 일인가? 잔에 부어진 술을 보니 기대하던 것과는 달리 한낱 시골의 막소주에 지나지 않았다. 이상히 여겨 나머지 아홉 병의 어주를 다 열어 잔에 쏟아 보았으나 마찬가지였다. 병 안에서 나온 것은 한결같이 값싼 시골의 막소주였다. 그걸 본 호걸들은 너무도 어이가 없어 하나씩 하나씩 충의당에서 나가 버렸다. 그러나 노지심은 그대로 참을 수가 없었다. 쇠로 된 선장을 둘러메며 큰 소리로 욕설을 퍼부었다.

"이 제 어미와 붙어먹을 놈들아. 네놈들이 어쩌자고 이따위로 사람을 속이려 드느냐? 구정물 같은 술을 어주라고 하고 우리에게 퍼먹이려고 들어?"

노지심이 그렇게 나오자 적발귀 유당도 참지 못하고 박도를 빼어 들었다.

행자 무송 또한 두 자루 계도를 빼어 들고 몰차란 목홍, 구문룡 사진도 하나같이 분통을 터뜨렸다. 수군 두령 여섯 명은 무슨 생각에서인지 욕설을 퍼부으며 곧장 관문 밖으로 내려갔다.

송강이 보아도 더 어떻게 말려 볼 계제가 아니었다. 겨우겨우 조정에서 온 사신들의 몸이나 온전하게 지킨 뒤에 급히 명을 내려 그들을 산채 아래로 내려보내게 했다. 하지만 그것마저도 쉽지가 않았다. 사방에서 크고 작은 두령들이 들고일어나 진 태위 일행을 두들기려 했다.

송강과 노준의는 하는 수 없이 몸소 말 위에 올라 진 태위와 그를 따라온 사람들을 산 아래까지 호송했다. 세 관문을 무사히 지나온 뒤 송강이 땅에 엎드려 절을 올리며 죄를 빌었다.

"이 송강이 조정에 귀순할 뜻이 없는 것은 아닙니다. 그러나 조서를 꾸민 관원들이 너무 우리 양산박의 형편을 모르신 듯합니다. 몇 마디만 좋은 말로 어루만져 주셨다면 저희들도 충성을 다해 나라의 은덕에 보답했을 것입니다. 그리하여 나라를 위해 죽은들 무슨 한이 있겠습니까? 태위께서 이번에 돌아가시거든 이런 실정을 잘 말씀드려 주십시오."

그러고는 급히 물을 건너게 해 주었다. 양산박 사람들의 험한 기세에 얼이 빠진 태위 일행은 무어라 대답할 겨를조차 없었다. 오줌을 질금거리며 꽁지가 빠지게 제주로 달아났다.

한편 충의당으로 돌아온 송강은 여러 두령들을 다시 불러 모았다.

"비록 조정의 조서가 그릇된 구석이 있다 할지라도 이건 너무 하지 않았소? 여러 형제들의 성미가 너무 급하구려."

송강이 그렇게 입을 열자 오용이 얼른 그렇게 말을 받았다.

"형님 너무 한쪽으로만 빠져들지 마십시오. 조정에서 우리를 불러들이는 것도 다 때가 있는 법입니다. 이번 일로 여러 형제들이 화내는 걸 너무 괴이쩍게 여기어서는 아니 됩니다. 조정이 도대체 어디 사람 대접을 해 주어야지요. 게다가 이제는 그런 걸 한가롭게 따지고 있을 때가 아닙니다. 형님께서는 우선 명을 내리시어 싸움 준비나 하게 하십시오. 마군은 말을 손질하고 보군은 병기를 손질하며 수군은 배를 잘 손봐 두라고 이르시는 게 좋겠습니다. 오래잖아 대군이 우리를 치러 올 것입니다. 한판 큰 싸움으로 그들의 인마를 두들겨 부숴 갑옷 조각 하나 성케 돌아갈 수 없도록 해야 합니다. 그래서 우리를 두려워하게 한 뒤에야 다시 조정에 귀순하는 일을 생각해 볼 수 있습니다."

"군사의 말씀이 매우 옳습니다."

여러 호걸들이 입을 모아 그렇게 오용을 편들었다. 그렇게 되니 송강도 더는 그들을 나무랄 수 없었다. 그날은 더 의논함이 없이 자리를 흩고 각기 자기 거처로 돌아갔다.

그 무렵 제주에 이른 진 태위는 태수 장숙야를 만나 양산박에서 일어난 일들을 자세히 들려주었다. 듣고 난 장숙야가 말했다.

"혹시 지나친 말씀을 너무 많이 하신 게 아닙니까?"

"맹세코 나는 한마디도 그런 말을 한 적이 없소."

진 태위가 그렇게 대답했다. 그러자 장숙야가 침착히 권했다.

"일이 이미 그렇게 되었다면 할 수 없습니다. 공연히 애만 쓰고 힘만 들였지 일은 틀어지고 말았으니 태위께서는 급히 도성으로 돌아가 폐하께 이 일을 아뢰십시오. 늦어서는 아니 됩니다."

하기는 달리 뾰족한 수도 있을 리 없었다. 진 태위는 장 간판과 이 우후를 데리고 밤낮없이 달려 도성으로 돌아갔다. 진 태위가 채 태사를 찾아보고 양산박의 도둑 떼가 조서를 찢고 행패를 부린 이야기를 하자 채 태사는 발끈 화를 냈다.

"이 하찮은 좀도둑 떼가 어찌 감히 이다지도 겁이 없단 말이냐. 당당한 송나라가 너희들이 멋대로 구는 걸 그냥 보고 있을 성싶으냐."

그 같은 외침에 진 태위가 울며 대답했다.

"만약 태수께서 음으로 양으로 돌봐 주신 덕이 아니었더라면 저는 이미 양산박에서 천 동가리 만 동가리 나고 말았을 겁니다. 오늘 다행히 죽을 곳에서 빠져나와 상공을 다시 뵙게 되니 무어라 드릴 말씀조차 떠오르지 않습니다."

이에 채 태사는 곧 동(童) 추밀과 고(高), 양(楊) 두 태위를 불러 함께 그 일을 의논하기로 했다. 오래잖아 채 태사에게 불려온 그 세 사람이 태사부의 백호당(白虎堂)으로 달려왔다.

모든 사람이 자리를 정해 앉자 채 태사는 장 간판과 이 우후를 불러들여 양산박에서 있었던 일을 모두 아뢰게 했다. 듣고 난 양 태위가 먼저 입을 열었다.

"어쩌자고 그같이 못된 도둑놈들을 불러들이자고 주장하셨습니까? 애초부터 그 일을 천자께 권해 올린 사람은 누굽니까?"

고 태위가 곁에 있다가 양 태위를 거들어 말했다.

"그날 만약에 제가 그 조회에 있었다면 반드시 말렸을 것입니다. 어떻게 그런 일이 있을 수 있겠습니까."

그때 동 추밀이 결연히 말했다.

"그 쥐새끼 같은 좀도둑들을 두고 무에 그리 걱정하십니까. 제가 비록 재주 없으나 한 갈래 군사를 이끌고 가 보았으면 합니다. 날짜를 정해 떠나 불과 물을 가리지 않고 양산박을 깨끗이 쓸어버리도록 하겠습니다."

다른 사람들도 모두 그런 동 추밀의 뜻과 같았다.

"내일 폐하께 아뢰도록 합시다."

그렇게 의논을 마치고는 자리에서 일어났다.

다음 날 아침 조회 때였다. 자리에 모인 모든 벼슬아치들이 세 번 만세를 부르고 임금과 신하의 예를 끝낸 뒤 채 태사가 줄 밖으로 나아갔다. 채 태사로부터 양산박에서 있었던 일을 전해 들은 천자는 몹시 화를 냈다.

"그날 과인에게 그 도둑들을 달래서 불러들이자고 말한 사람은 누군가?"

황제의 성난 물음에 곁에서 시립하고 있던 급사중(給事中)이 아뢰었다.

"그날 그 일은 어사대부 최정의 말을 따른 것입니다."

그 말을 들은 천자는 당장에 최정을 잡아 대리시(大理寺)로 보내 그 죄를 받게 했다. 그리고 천자는 다시 채경을 향해 물었다.

"이 도둑들이 나라에 해를 끼친 지가 오래되었소. 누구를 뽑아 보내면 그것들을 모조리 쓸어버릴 수 있겠소?"

채경이 조심스레 대답했다.

"많은 군사가 아니고서는 그들을 꺾기 어려울 것입니다. 저의 어리석은 생각으로는 추밀원관(樞密院官)이 직접 대군을 이끌고 가서 그것들을 쳐야만 정한 날짜 안에 이길 수 있을 것입니다."

그러자 천자는 추밀사인 동관을 돌아보았다.

"경이 군사를 이끌고 가서 양산박의 도둑들을 쳐 없애 보겠소?"

"옛말에 이르기를 어버이를 섬기는 데는 힘을 다하고 나라에 충성하는 데는 목숨을 바치라고 했습니다. 신은 개나 말의 수고로움이라도 마다 않고 바쳐 나라의 걱정거리를 없이해 보겠습니다."

동관이 천자 앞에 무릎을 꿇으며 그렇게 다짐했다. 고구와 양전(楊戩)도 역시 동관을 보내기를 주청했다. 이에 천자는 그 자리에서 성지(聖旨)를 내려 동관에게 금인(金印)과 병부(兵符)를 주고 대원수로 삼았다. 그런 다음 각처에서 군마를 뽑아 양산박의 도둑떼를 쓸어버리라 명했다.

천자의 명을 받고 추밀원으로 돌아온 동관은 그날로 병부를 보내 동경 관하의 여덟 고을에 각기 군사 일만을 보내라 했다. 도성으로 그 군사를 이끌고 올 사람은 각 고을의 병마도감이었다. 동관은 또 도성의 어림군(御林軍) 안에서 이만의 군사를 뽑아 중군을 호위하게 하고 추밀원의 일은 모두 부추밀사에게 맡겼다.

군사 못지않게 필요한 것은 장수였다. 동관은 어영(禦營)에서 두 명의 좋은 장수를 뽑아 좌익과 우익으로 삼았다. 한번 명이 떨어지자 열흘도 안 돼 모든 채비가 갖추어졌다. 군사들이 먹을 양식을 대는 일은 고 태위가 사람을 보내 맡아 주었다. 동경 관하에서 온 여덟 갈래 군마는 이러하였다.

수주 병마도감 단붕거(段鵬擧), 정주 병마도감 진저(陳翥), 진주 병마도감 오병이(吳秉彛), 당주 병마도감 한천린(韓天麟), 허주 병마도감 이명(李明), 등주 병마도감 왕의(王義), 여주 병마도감 마만리(馬萬里), 숭주 병마도감 주신(周信).

어영에서 뽑아 좌우익으로 삼은 장수는, 어전비룡대장(御前飛龍大將) 풍미(酆美), 어전비호대장(御前飛虎大將) 필승(畢勝) 두 사람이었다.

동관은 으뜸 되는 장수가 되어 중군을 이끌며 대소 삼군을 호령해 군사를 낼 준비를 시켰다. 무기가 든 창고에서는 무기가 나와 군사들에게 나눠지고 다른 준비들도 착착 갖추어졌다. 군사를 출발시킬 좋은 날도 가려졌다.

고 태위와 양 태위는 잔치를 열어 동관을 위로해 주었고 조정에서는 중서성(中書省)으로 하여금 군사들을 상 주어 사기를 돋우게 했다.

다음 날 동관은 여러 장수들을 거느리고 군사를 몰아 성을 나갔다. 그리고 천자께 절을 올려 작별한 뒤 몸을 날려 말에 올라 신조문(新曹門)으로 나아갔다.

동관이 군사를 거느리고 오 리쯤 가니 그곳의 한 정자에 고 태위와 양 태위가 여러 벼슬아치들을 거느리고 기다리고 있었다. 말에서 내리자 고 태위가 술 한 잔을 가득 부어 주며 말했다.

"추밀 상공은 이번에 가면 조정을 위해 반드시 큰 공을 이루고 개선가를 부르며 돌아올 것이외다. 그 도둑들은 물가에 숨어 있는 것들이니 우선 곡식과 마초가 들어갈 길을 모두 끊는 것이 좋을 듯하오. 그런 다음 진채를 굳게 하고 그것들을 산채 아래로 끌어내려 싸우도록 하시오. 그렇게 되면 한 놈도 빠짐없이 죄다 사로잡아 조정의 위엄을 세울 수 있으리라 믿소."

"고마우신 가르침 결코 잊지 않겠습니다."

동관이 그렇게 대답하며 고 태위의 잔을 받았다. 두 사람이 각기 잔을 비우자 양 태위가 다시 동관에게 잔을 따라 주며 말하였다.

"추밀 상공께서는 평소에도 많은 병서를 읽으시어 『육도삼략』을 깊이 알고 계실 것이오. 이번 이 도둑 떼를 잡는 일은 손바닥을 뒤집는 것만큼이나 쉬우리라 믿습니다. 다만 그 도둑들은 물가에 숨어 있어 지세가 유리하지 못할 수가 있으니 상공께서는 그곳에 이르시거든 마땅히 그것에 대해 좋은 계책을 세우셔야 할 것입니다."

"그곳에 이르면 여러 가지를 살펴 거기에 맞도록 일을 꾀하겠습니다. 좋은 수가 나겠지요."

동관이 다시 그렇게 대답하자 이번에는 고 태위와 양 태위가 한꺼번에 잔을 주며 경하의 말을 했다.

"도성 문밖에서 공이 이기고 돌아오기만을 기다리겠소."

이어 두 태위는 동관과 작별한 뒤 각기 말에 올랐다. 여러 관아에서 전송 나온 다른 벼슬아치들도 수없이 많았다. 혹은 가까이 와서 전송을 하고 혹은 멀리서 전송한 뒤 차례로 돌아갔다.

그들이 모두 돌아가자 동관이 거느린 대소의 삼군은 한꺼번에 움직이기 시작했다. 모두 대오를 맞추어 나아가는데 그 법도가 매우 엄정했다. 앞의 네 부대는 선봉총령(先鋒總領)이 이끌었고 뒤의 네 부대는 합후장군(合後將軍)이 돌보았다. 좌우의 여덟 갈래 인마는 우익기패(羽翼旗牌)가 인도했고 동관은 중군에서 모든 마보군을 통솔했는데 중군 이만은 어림군에서 뽑은 것이었다.

그날 도성을 떠난 동관의 인마는 이렇다 할 지체 없이 나아가 이틀도 안 되어 제주 부근에 이르렀다. 태수 장숙야가 성을 나와 그들을 맞아들이고 대군은 성 밖에서 머물렀다. 동관은 가볍게 차린 기마 몇 필만 딸리고 성안으로 들어가 주아 앞에서 말을 내렸다. 장숙야가 동관을 관아 안으로 이끌어 윗자리에 앉힌 뒤 절을 올렸다. 동관이 엄숙하게 입을 열었다.

"물가에 사는 좀도둑 떼가 죄 없는 백성을 죽이고 길 가는 나그네를 터는 등 그 지은 죄가 하나둘이 아니라 조정은 전부터 그들을 쳐 없애려 했다. 그러나 여태껏 그 일을 해낼 만한 사람을 찾지 못해 오늘에 이르렀다. 이제 나는 십만 대군과 장수 백 명을 거느리고 날을 정해 도둑들의 소혈을 쓸어버리려 왔다. 산채는 기와 조각 하나 남기지 않고 도둑들은 모조리 사로잡아 백성들을 평안케 하는 것이 내가 온 뜻이다."

"추밀 상공께서도 아시다시피 그것들은 물가에 숨어 사는 한낱 좀도둑 떼에 지나지 않습니다. 하오나 비록 숲속에 있는 미친 도둑의 무리 가운데도 꾀 많고 용맹스러운 놈들은 있게 마련입니다. 상공께서는 노기에 너무 휘둘리셔서는 아니 됩니다. 군사를 천천히 몰고 나가시어 좋은 계책을 쓰셔야만 큰 공을 이루실 수 있을 것입니다."

장숙야가 동관의 지나친 호기를 경계해 그렇게 일깨웠다. 듣고 난 동관이 성을 내 꾸짖었다.

"모두가 너처럼 겁 많은 것들이라 창칼을 겁내고 살기만을 탐하니 무슨 일이 되겠느냐? 나라의 큰일을 그르치고 도적들의 기세만 길러 준 꼴이다. 이제 내가 여기에 이르렀는데 다시 더 두려워할 게 무어냐?"

그러자 장숙야도 두 번 더 입을 열지 못하고 다만 술과 밥을 정성껏 차려 대접할 따름이었다.

동관은 장 태수의 대접이 끝나기 바쁘게 제주성을 나갔다. 그리고 성 밖에서 하룻밤을 쉰 뒤 다음 날 일찍부터 대군을 몰아 양산박으로 향했다.

한편 송강을 비롯한 양산박의 두령들도 벌써 여러 날 전부터 관군의 그 같은 움직임을 알고 있었다. 여기저기 풀어놓은 세작들이 탐지해 알려 온 까닭이었다. 송강은 오용과 함께 산채를 지킬 철통 같은 계책을 세워 두고 관군이 오기를 기다리는 한편, 여러 두령들에게도 명을 내려 각기 맡은 바 할 일에 조금도 어긋남이 없게 하였다.

그 무렵 양산박 부근에 이른 동관은 다시 한번 진용을 새롭게 했다. 수주 병마도감 단붕거는 선봉이 되고 정주 도감 진저는 부선봉이 되었다. 진주 도감 오병이에게는 뒤를 맡게 하고 허주 도감 이명은 그런 오병이를 돕게 했다. 당주 도감 한천린과 등주 도감 왕의 두 사람은 왼쪽 척후를 맡고 여주 도감 마만리와 숭주 도감 주신 두 사람은 오른쪽 척후를 맡게 했다. 비룡대장 풍미와 비호대장 필승은 중군의 나래로 삼고 동관은 원수가 되어 대군을 통괄해 이끌었다. 동관은 온몸에 갑옷을 두르고 투구를 쓴 채 말 위에 올라 스스로 싸움을 감독했다.

싸움 북 소리가 크게 세 번 울리자 관군의 여러 갈래 인마는 움직이기 시작했다. 그런데 관군이 채 십 리도 나아가기 전에 한군데 자욱이 먼지가 일더니 양산박 군사의 척후대가 나타났다.

말방울 소리를 울리며 가까이 다가온 것을 보니 대략 서른 기 남짓의 기마병이었다. 그들은 모두 푸른 두건에 녹색 전포를 입고 있었는데 말에는 붉은 끈을 늘어뜨리고 수많은 구리 방울을 달아 치장이 대단했다. 잡고 있는 것은 창대에 은을 아로새긴 긴 창이요, 차고 있는 것은 가벼운 활에 짧은 화살이었다.

그들 중에서도 가장 눈에 띄는 것은 맨 앞에 선 장수였다. 금을 입힌 두건에 수놓은 전포를 입고 자줏빛 띠를 묶은 모습뿐만 아니라 안장에 걸린 비단 주머니며 구리 방울 장식을 한 싸움 말과 뒤로 뻗은 꿩 꽁지 깃털도 사람의 눈길을 끌었다.

장수를 알리는 깃발 위에는 '순초도두령(巡哨都頭領) 몰우전 장청' 열 자가 쓰여 있었다. 장청이 그 척후대의 대장으로 나선 것이었다. 장청의 왼쪽에는 공왕이 붙고 오른쪽에는 정득손이 붙어서 있었다. 그들은 조금도 겁내는 기색 없이 동관의 대군 앞으로 다가와 살폈다. 그러다가 백여 걸음 떨어진 곳에 이르러서야 갑자기 말머리를 돌려 달아나기 시작했다. 관군의 앞머리에는 두 선봉장이 있었으나 군령을 받지 못해 함부로 움직이지 못하고 중군에게 그 사실만 알렸다. 원수인 동관이 몸소 앞으로 나와 살펴보았다. 그때 마침 장청이 다시 돌아와 정탐을 계속했다. 동관이 장수를 내보내 잡으려 하자 좌우에서 말렸다.

"저 사람의 안장 뒤에는 비단 주머니가 있는데 그 안에는 돌멩이가 가득 들어 있습니다. 여차하면 내던질 것이니 뒤쫓지 않는 게 좋겠습니다."

그 바람에 동관도 함부로 움직이지 못했다.

장청은 잇따라 세 번이나 관군 가까이 다가와 군세를 헤아렸다.

그래도 동관이 전혀 움직이지 않자 제 스스로 돌아갔다.

동관은 장청이 보이지 않자 다시 군사를 몰아 나아가기 시작했다. 채 오 리도 가기 전에 문득 산 뒤에서 징 소리가 요란하게 울리더니 오백 남짓한 보군이 달려 나왔다. 앞장선 네 두령은 흑선풍 이규와 혼세마왕 번서, 팔비나타 항충, 비천대성 이곤이었다. 사람마다 호랑이 모습이요, 표범의 얼굴이었다. 이규는 두 손에 쌍도끼를 쥐고 있었으며 번서는 허리에 용천검을 차고 있었고 항충과 이곤은 사자 그림이 그려진 방패를 들고 있었다. 뒤따르는 보군도 모두 붉은 옷에 붉은 장식을 늘어뜨려 마치 푸른 숲속에서 갑자기 불꽃이 내뿜어지는 듯했다.

양산박의 오백 보군은 산자락에 내려서자 한 줄로 늘어서며 방패를 앞세웠다. 동관도 그쯤 돼서는 더 참지 못했다. 들고 있던 옥채찍을 들어 가볍게 휘젓자 관군이 물밀듯 앞으로 밀고 들었다.

그런데 알 수 없는 것은 이규와 번서였다. 처음의 등등하던 기세와는 달리 관군이 밀고 들자마자 군사를 두 갈래로 나누어 각기 한 갈래를 끌고 산비탈을 돌아 달아나기 시작했다. 동관의 군사들은 그들을 쫓아 산굽이를 돌았다. 그때 갑자기 널찍한 들판이 나타났다. 동관은 군사를 멈추게 하여 진세를 벌인 후에 이규와 번서를 찾아보았다. 그러나 그들은 어디 숲속에라도 처박힌 것인지 아무데서도 눈에 띄지 않았다.

동관은 그곳의 지세가 한바탕 대군을 몰아 싸울 만한 곳이라고 보았다. 중군 속에 나무로 장대(將臺)를 얽게 하고 진법을 아는 장수 둘을 올려 진을 치게 했다. 두 장수가 깃발을 좌우로 흔들며 군사를 이리저리 배치해 사문두저진(四門斗底陣)을 펼쳤다.

관군의 진세가 겨우 모양을 갖추었을 무렵 갑자기 산 뒤에서 한 소리 포향이 들리더니 한 떼의 군마가 뛰쳐나왔다. 동관은 좌우의 싸움 말을 붙잡아 두고 몸소 장대에 올라가 살펴보았다.

먼저 동관의 눈에 뜨인 것은 산 동쪽에서 쏟아져 나오는 한 갈래 인마였다. 제일 앞선 부대는 붉은 기요, 둘째 부대는 잡색 기였다. 셋째 부대는 푸른 기요, 넷째 부대는 또 잡색 기였다. 산 서쪽에서도 한 갈래 인마가 쏟아져 나오는 게 보였다. 역시 모두 깃발을 앞세우고 있었는데 맨 첫째 부대는 잡색 기요, 둘째 부대가 백기요, 셋째 부대는 잡색 기였고, 넷째 부대는 검은 기였다. 그리고 그들 깃발의 뒤편은 모두 누른 기였다.

벌판으로 쏟아져 나온 양산박 군사들은 한가운데에 이르자 그들도 나름대로 진세를 펼치기 시작했다. 멀리서는 뚜렷하지 않았으나 가까이서 보니 그 모습이 뚜렷이 드러났다. 남쪽에 자리 잡은 인마는 모두 불꽃같은 붉은 깃발에 붉은 갑옷, 붉은 전포, 붉은 말 장식이었다. 맨 앞에 세운 붉은 깃발에는 위로 남두육성(南斗六星)이 금박으로 그려져 있고 아래로는 주작(朱雀)이 수놓아져 있었다. 맨 앞에 선 대장의 깃발에는 '선봉대장 벽력화 진명' 아홉 자가 뚜렷이 쓰여 있었다. 갑옷, 투구에서부터 말 장식과 가시 방망이에 이르기까지 참으로 늠름한 풍채였다. 진명의 옆에는 두 부장(副將)이 따르고 있었는데 왼쪽은 성수장군 선정규요, 오른쪽은 신화장군 위정국이었다. 그들 세 장수는 저마다 손에 병기를 꼬나잡고 붉은 말 위에 올라 진 앞에 섰다. 태산이라도 무너뜨릴 기세였다.

동쪽에 자리 잡은 한 떼의 인마도 볼만했다. 그들은 푸른 깃발, 푸른 갑옷, 푸른 전포, 푸른 말, 푸른 장식이었는데 앞세운 큰 깃발에는 역시 금박으로 동두사성(東斗四星)이 그려지고 그 아래에는 청룡이 수놓아져 있었다. 그들 앞에 나선 대장도 볼만했다. 역시 푸른 두건에 푸른 전포요, 짐승을 아로새긴 갑옷에 보도를 비껴들고 있었는데 우람한 몸집이 무엇보다 눈길을 끌었다. 그를 알리는 깃발에는 '좌군대장 대도 관승' 여덟 자가 쓰여 있었다. 관승도 역시 두 부장을 거느리고 있었는데 왼쪽은 추군마 선찬이요, 오른쪽은 정목안 학사문이었다. 그들 세 장수 역시 저마다 병기를 꼬나들고 털색 푸른 말 위에 올라 진 앞으로 나와 섰다.

서쪽에도 한 떼의 인마가 나뉘어 섰다. 흰 깃발, 흰 갑옷, 흰 전포, 흰 투구에 흰 끈으로 장식된 흰말을 탄 부대였다. 그들 앞에도 한 폭의 큰 깃발이 나부끼고 있는데 깃발 위쪽에는 서두오성(西斗五星)이 그려지고 그 아래에는 백호가 수놓아져 있었다.

그 깃발이 나부끼는 아래로 한 장수가 뛰쳐나왔다. 역시 흰 갑옷, 은 투구에 눈같이 흰말을 타고 있었다. 들고 있는 긴 장대마저 희었고 그 뒤로 나부끼는 흰 깃발들은 마치 눈송이가 휘날리는 듯하였다. 그를 알리는 깃발에는 '우군대장 표자두 임충' 아홉 자가 쓰여 있었다. 임충의 좌우에는 진삼산 황신과 병울지 손립이 늘어섰다. 그들 세 장수 또한 저마다 손에 병기를 꼬나들고 흰말에 우뚝 올라 진 앞으로 나와 섰다.

그들 뒤로 한 떼의 인마가 더 있었다. 이번에는 검은 깃발과 검은 갑옷, 검은 장식, 검은 말로 이루어진 부대였다. 그들도 커다란 검은 깃발 하나를 앞세우고 있었는데 위쪽에는 북두칠성이 금박으로 그려져 있고 아래쪽으로는 현무(玄武)가 수놓아져 있었다.

그 깃발이 흔들리면서 한 장수가 나타났다. 검은 구름처럼 나부끼는 깃발을 뒤로하고 검은 갑옷, 검은 투구에 검은 말을 타고 있었다. 그를 따르는 대장기에는 '합후대장(合後大將) 쌍편 호연작'이라 쓰여 있었다. 그런 호연작의 왼쪽에는 백승장 한도가 서 있었고 오른쪽에는 천목장 팽기가 버텨 섰다. 북쪽을 맡은 그들 세 장수도 각기 병기를 꼬나든 채 검은 말에 올라 진 앞으로 나와 섰다.

진세는 그걸로 그치지 않았다. 동남쪽의 문기(門旗) 아래로도 한 떼의 인마가 나타났는데, 그들은 푸른 깃발에 붉은 갑옷을 입은 부대였다. 앞세운 큰 깃발에는 위쪽으로 손괘(巽卦)가 그려지고 아래쪽으로는 비룡(飛龍)이 수놓아져 있었다. 그 깃발 아래 다시 한 장수가 나타났다. 덩실한 말에 보검을 차고 올라앉아 있는데 무엇보다도 눈에 띄는 것은 양손에 한 자루씩 나누어 쥔 창이었다. 푸른 기와 붉은 갑옷으로 울긋불긋한 가운데 그를 알리는 깃발에는 '호군대장(虎軍大將) 쌍창장 동평'이라 쓰여 있었다. 동평 역시 좌우로 두 부장을 거느렸다. 왼쪽에 선 것은 마운금시 구붕이요, 오른쪽에 선 것은 화안산예 등비였다. 그들 역시 저마다 병기를 꼬나들고 말에 올라 진 앞에 나와 섰다.

서남쪽 문기 아래로도 한 떼의 군마가 서 있었다. 붉은 깃발, 흰 갑옷의 부대였는데 그들을 이끄는 큰 깃발은 곤괘(坤卦)가 그려지고 비웅(飛熊)이 수놓아진 것이었다. 그들을 이끄는 것은 '표기대장(驃騎大將) 급선봉 삭초'였다. 삭초는 금모호 연순과 철적선 마린을 좌우로 거느리고 진 아래로 나와 섰다.

동북쪽에도 한 떼의 인마가 있었다. 검은 깃발, 푸른 갑옷의 부대였는데, 그들을 이끄는 큰 깃발에는 간괘(艮卦)가 그려지고 비표(飛豹)가 수놓아져 있었다. 이들을 이끄는 장수는 '표기대장 구문룡 사진'이었다. 사진의 오른쪽에는 백화사 양춘이 서고 왼쪽에는 도간호 진달이 서 있었다.

서북쪽 문기가 있는 곳에는 흰 깃발과 검은 갑옷으로 이루어진 부대가 서 있었다. 그들이 앞세우고 있는 큰 깃발은 건괘(乾卦)가 그려지고 비호(飛虎)가 수놓아진 것이었다. 역시 맨 앞에는 한 장수가 나와 섰는데 그는 '표기대장 청면수 양지'였다. 양지는 왼쪽으로 금표자 양림, 오른쪽으로 소패왕 주통을 부장으로 거느리고 서 있었다.

그렇게 여덟 방위의 부대가 늘어서니 진세는 마치 철통을 두른 듯하였다.

마군은 말을 탄 채 부대를 이뤄 서고 보군은 보군대로 줄지어 섰는데 번쩍이는 창칼과 도끼가 물결치는 깃발과 어울려 한층 위엄을 더했다.

그 여덟 진 가운데는 행황기(杏黃旗)가 수없이 나부끼는 가운데 예순네 폭의 깃발이 긴 장대 끝에 매달려 솟아 있었다. 모두 금박으로 예순네 개의 괘(卦)가 그려져 있었다.

예순네 괘를 그린 깃발들도 네 개의 진문을 가지고 있었다. 남문은 모두 마군이었는데 남쪽의 행황기 아래에 서 있는 두 장수는 미염공 주동과 삽시호 뇌횡이었고 그들이 거느린 군사들은 모두 누른 깃발에 누른 갑옷이었다. 가운데에 네 진문은 금안표 시은과 백면낭군 정천수, 운리금강 송만, 병대충 설영이 각기 동서남북을 맡아 지키고 있었다. 그리고 그 한복판에는 '하늘을 대신해서 도를 행한다.'라고 쓴 큰 행황기가 세워져 있었는데 그 깃대를 비끄러매고 있는 참바는 키가 크고 힘센 사내 넷이 잡고 있었다.

말을 타고 서서 그 깃발을 지키는 장수는 바로 험도신 욱보사였다. 그 깃발 뒤로 한 무리 포가(砲架)가 늘어서 있는데 그 포가를 맡고 있는 사람은 굉천뢰 능진이었다. 능진이 스무남은 명의 포수를 데리고 포에 붙어 있는 주위를 빙 둘러 수많은 군사들이 지키고 있었다. 적을 사로잡을 갈고리와 올가미 밧줄을 든 부대였다. 그 부대 뒤로 다시 여러 색깔의 깃발들이 보이고 그 밖을 호위하는 군사들이 일곱 겹으로 물샐틈없이 둘러섰다.

그 한가운데 털실로 수를 놓고 가장자리에는 진주를 박고 꼭대기에는 꿩의 꽁지깃을 꽂은 누른 수자기(帥子旗)가 세워져 있었다. 그 기를 지키는 장수는 몰면목 초정이었고 다시 그 곁에서 모두성 공명과 독화성 공량이 초정을 도와 서 있었다. 가시 박힌 쇠 방망이를 들고 갑옷으로 몸을 덮은 군사 스물넷이 마찬가지로 수자기를 에워싸고 있었다.

중군을 지키는 네 장수는 소온후 여방과 새인귀 곽성, 쌍미갈 해보, 양두사 해진이었다. 그들은 각기 자신이 자랑하는 병기를 꼬나들고 마보군을 거느린 채 중군 주위를 오락가락했다.

중군 아래는 양산박의 문사들도 나와 있었다. 문서를 받아 보는 성수서생 소양과 상벌을 맡아보는 철면공목 배선이었다. 그들 뒤로 스물네 명의 군사가 저마다 형을 집행할 때 쓰는 칼을 들고 서 있었는데 그들 중에는 비단옷을 입는 회자수들이 섞여 있었다. 바로 철비박 채복과 일지화 채경 형제였다.

그들 형제 뒤로 스물네 자루의 금 창, 은 창을 든 군사들이 줄지어 서 있었는데 왼쪽 금 창을 든 군사들의 우두머리는 금창수 서령이었고 오른편 은 창을 든 군사들의 우두머리는 소이광 화영이었다. 두 사람 모두 복색이며 마구가 눈부셨다.

그들 금창수, 은창수 외에도 그 부근을 에워싸고 지키는 화려한 복색의 군사들은 수없이 많았다. 그들이 울긋불긋한 비단옷과 번쩍이는 창검으로 위엄을 더하며 겹겹이 에워싸고 지키는 것은 가장 한복판에 있는 금박 입힌 세 개의 해가리개였다. 그 해가리개 뒤로는 비단 안장을 얹은 말 세 필이 있고 그 말 앞에는 두 사람의 장수가 서 있었다. 한 사람은 걸음 빠르기로 소문난 신행태보 대종이요, 또 한 사람은 일솜씨가 뛰어난 낭자 연청이었다.

비단 안장을 얹은 말 위에 앉은 사람들 중에 왼편은 입운룡 공손승이었다. 공손승은 보검 두 자루를 어깨에 걸고 자색 고삐를 잡은 채 말 위에 높이 앉았고 그 곁에는 양산박의 군사 오용이 역시 비단 안장을 얹은 말 위에 올라 있었다.

그 한가운데의 붉은 비단 해가리개 아래 있는 말은 황금 안장을 얹은 조야옥사자마였다. 그리고 그 안장에 높이 올라앉아 있는 것은 통군대원수(統軍大元帥) 송강이었다. 사람들로부터 급시우(及時雨) 또는 호보의(呼保義)라고 불리는 송강은 온몸을 갑옷으로 두른 채 보검을 잡고 말에 올라 곧 있을 싸움을 기다리고 있었다.

송강의 뒤에는 화극과 장창을 든 아장들이 좋은 말 위에 올라 호위하고 있었고 그 뒤에는 또 북치기와 나팔수들이 모여 있었다. 몰차란 목홍과 그 아우 소차란 목춘은 마보군 일천오백 명을 데리고 왼쪽에 매복하고 적발귀 유당은 구미구 도종왕과 함께 마보군 일천오백 명을 데리고 오른쪽에 매복하였다.

뒤편 진에 선 여자로만 이루어진 부대도 매우 특이했다. 앞장 선 세 장수는 모두가 양산박의 여두령들로 가운데 선 것은 일장청 호삼랑이요, 왼편에 선 것은 모대충 고대수였고 오른편에 선 것은 모야차 손이랑이었다. 그리고 그녀들 뒤에서 호응하듯 서 있는 것은 그녀들의 남편 왜각호 왕영, 소울지 손신, 채원자 장청이었다.

무너지는 관군

그날 양산박 쪽에서 펼친 진세는 저 유명한 구궁팔괘진(九宮八卦陣)이었다. 미리 짠 신호에 따라 장졸들이 조금도 흐트러짐 없이 진세를 펼치니 그 기세가 여간 삼엄하지 않았다.

추밀사 동관은 장대 위에서 양산박의 병마가 하는 양을 보고 있다가 깜짝 놀랐다. 양산박 군사들이 잠깐 사이에 구궁팔괘진을 벌이는데 군사는 저마다 호걸이요, 장수는 하나같이 영웅이었다. 싸움도 해 보기 전에 벌써 반나마 얼이 나간 동관은 저도 모르게 홀로 중얼거렸다.

'지금까지 저놈들을 잡으러 왔던 관군들이 왜 여지없이 지고 말았는지를 알 듯하구나. 저 같은 놈들이니 도대체 어떻게 이겨낼 수 있겠는가!'

그러면서 한참이나 멍하니 바라보고만 있었다.

그때 송강의 진중에서 싸움을 재촉하는 징 소리가 울리며 함성이 터졌다. 퍼뜩 정신이 든 동관은 장대에서 내려와 말에 올랐다. 정문 쪽으로 달려간 동관은 그곳의 여러 장수들을 보고 물었다.

"누가 나가서 한바탕 싸우고 저것들과 말을 붙여 보겠는가?"

그러자 앞장선 부대에서 한 사나운 장수가 뛰쳐나와 말 위에 앉은 채 예를 올린 뒤 소리쳤다.

"제가 한번 나가 보았으면 합니다. 바라건대 허락만 내려 주십시오."

동관이 살펴보니 그는 바로 정주의 병마도감 진저였다. 흰 전포에 은빛 갑옷을 걸치고 갈기 푸른 말을 타고 있었는데 한 자루 긴 칼을 들고 있는 모습이 매우 씩씩해 보였다. 동관은 부선봉인 진저가 나서자 두말없이 허락했다. 얼른 깃발로 북을 울리라 신호하니 곧 싸움 북이 크게 세 번 울리며 장대의 붉은 기가 나부껴 길이 열렸다. 진저는 문기 아래서 나는 듯 말을 달려 뛰쳐나갔다.

양쪽 군사들의 함성이 이는 가운데 진채 앞에 말을 멈춘 진저가 칼을 비껴든 채 소리쳤다.

"이 겁없는 좀도둑들아. 네놈들이 감히 조정을 거역하다니 돌아도 한참을 돌았구나. 천병(天兵)이 이미 여기까지 이르렀는데 어째서 항복을 않느냐? 뼈와 살이 부서질 지경이 되어서야 뉘우친들 무슨 소용이 있겠느냐?"

그 소리에 송강 쪽에서는 선봉장인 진명이 말을 박차고 달려 나갔다. 성미 급한 진명은 진저의 말에 대꾸조차 않고 바로 가시 방망이를 휘두르며 덤벼들었다.

곧 두 장수가 탄 말이 어울리고 무기가 얽혔다. 한 사람은 가시방망이로 상대편의 머리통을 후려치려 들고 또 한 사람은 큰 칼로 얼굴을 쪼개려 들었다. 그렇게 붙었다 떨어졌다 하며 치고받기를 스무남은 합이나 하였을까. 갑자기 진명이 거짓으로 허점을 드러내 보였다. 아무것도 모르는 진저가 그 허점을 파고들며 무서운 칼질을 했다. 진명이 슬쩍 피하니 진저의 칼은 엉뚱한 곳을 베고 지나갔다. 진명이 그 틈을 놓치지 않고 가시 방망이를 들어 진저의 머리통을 후려쳤다.

진저가 비록 투구를 썼다지만 진명의 쇠 방망이를 견뎌 내지는 못했다. 정수리가 으깨진 진저는 비명조차 제대로 지르지 못하고 말 아래로 떨어져 죽었다. 진명의 부장인 선정규와 위정국이 달려 나와 주인 잃은 진저의 말을 낚아챈 뒤 진명을 호위해 돌아갔다.

그때 동남방의 문기를 지키던 쌍창장 동평은 진명이 힘들이지 않고 먼저 공을 세우는 걸 보자 그냥 있을 수가 없었다.

'대군이 이미 적의 날카로운 기세를 짓밟아 버렸으니 이때 달려 나가 동관을 사로잡지 않고 다시 어느 때를 기다리겠는가.'

그렇게 생각하고는 한소리 큰 외침과 함께 양손에 두 자루 창을 나눠 쥐고 말 배를 박차 달려 나갔다.

눈앞에서 진저가 죽는 것을 본 데다 동평이 다시 무서운 기세로 자기를 향해 달려 나오자 추밀사 동관은 겁이 덜컥 났다. 관군의 사기는 생각해 보지도 않고 급히 말머리를 돌려 중군 쪽으로 달아났다. 그때 양산박 쪽의 서남방을 맡고 있던 급선봉 삭초가 다시 큰 소리로 외쳤다.

"이때 동관을 사로잡지 않고 어느 때를 기다린단 말인가!"

그러고는 큰 도끼를 휘두르며 관군 쪽을 향해 뛰쳐나왔다. 가운데 있던 진명도 동평과 삭초가 뛰쳐나가는 것을 보자 그냥 있지 못했다. 자기가 이끈 붉은 깃발의 부대를 휘몰아 동관을 사로잡으러 밀고 나아갔다. 양산박의 선봉을 맡은 세 장수와 군사들이 일제히 밀고 나가 동관의 삼군을 들이치니 그 기세는 태산이 무너지고 땅이 꺼지는 듯하였다. 관군은 크게 패해 별이 떨어지고 구름이 흩어지듯 쫓기는데 열 중에 일고여덟은 죽거나 상해 쫓겨 갔다. 징이며 북 따위는 말할 것도 없고 들고 있던 창칼까지 내던진 채 자식을 찾고 아비를 부르며 목숨을 보전하려 달아나는 동안에 만여 명이나 줄고 말았다.

관군이 삼십 리나 쫓겨난 뒤 오용은 비로소 군사를 거둬 명을 내렸다.

"이제 더는 뒤쫓을 것 없다. 저것들에게 맛만 보여 주면 된다."

이에 양산박 군사들은 모두 산채로 되돌아가 각기 세운 공에 따라 상을 청했다.

한편 동관은 한 싸움에 크게 패한 데다 많은 인마가 꺾인 뒤라 비록 진채와 목책을 얽고 남은 군사를 수습하기는 해도 마음속으로는 걱정이 가득하였다. 여러 장수들을 불러 놓고 다음 일을 의논하는데 풍미와 필승 두 장수가 나와서 말했다.

"추밀 승상께서는 너무 걱정하지 마십시오. 저것들은 우리 관군이 온다는 사실을 알고 미리 그 같은 진채를 벌여 두었던 것입니다. 우리 관군은 처음 온 곳이라 적의 허실을 잘 몰라 그 간사한 도둑들의 꾀에 떨어진 것 같습니다. 생각해 보면 저것들은 험한 산에 의지해 세력을 보태고 군마를 넓게 펼쳐 거짓으로 세력을 과장해 보인 데다 지리에서도 우리가 그리 이롭지 못했을 것입니다. 이제 우리는 마보군 장졸들을 조련시킨 뒤 한 사흘쯤 쉬어 사기를 기르고 싸움 말을 쉬게 한 뒤 다시 싸워 보는 게 어떻겠습니까? 사흘 뒤 모든 군사를 내어 장사진(長蛇陣)을 이루고 한꺼번에 밀고 드는 게 좋을 듯합니다. 장사진은 긴 뱀과 같은 형태라 머리를 맞으면 꼬리가 돕고 꼬리를 맞으면 머리가 도우며 가운데를 맞으면 꼬리와 머리가 함께 일어나 도울 수 있습니다. 어떠한 경우에도 서로의 연결이 끊어지지 않는 진이니 이 진으로 결판을 내면 반드시 이길 수 있을 것입니다."

그들의 씩씩한 말에 동관도 조금 힘을 얻었다.

"그 계책이 참으로 묘하오. 바로 내 뜻과 같소."

그렇게 허세를 부리며 곧 삼군에게 영을 내려 먼저 헝클어진 대오를 정비하게 한 뒤 조련에 들어갔다.

사흘이 지나자 그럭저럭 관군들도 다시 한번 싸워 볼 여유를 되찾았다. 동관은 셋째 날 새벽같이 밥을 지어 군사들을 배불리 먹인 뒤 싸움 채비를 하게 했다. 사람이며 말은 갑옷과 투구로 단속하고 큰 칼과 도끼, 활과 쇠뇌도 모두 제대로 갖추게 한 뒤 군사를 몰아 다시 양산박을 향했다. 대장 풍미와 필승이 선봉이 되어 군사를 이끄니 그 기세가 자못 볼만했다.

관군은 양산박 근처에 이르자 여덟 갈래 군마를 좌우로 나눈 뒤 앞으로는 삼백 명의 쇠 갑옷을 두른 척후병을 세워 길을 찾아보게 했다. 먼저 나갔던 척후병들이 돌아와 동관의 진중에 알렸다.

"전날의 싸움터에는 적군이라고는 한 사람도 찾아볼 수 없었습니다."

그 말을 들은 동관은 더럭 의심이 났다. 몸소 정문으로 와 풍미와 필승을 보고 말했다.

"아무래도 이상하오. 군사를 물리는 게 어떻겠소?"

"군사를 물리실 생각은 마십시오. 오로지 군사를 밀고 나아가야 합니다. 우리가 장사진을 치고 있는데 겁낼 게 무엇 있겠습니까?"

풍미가 그렇게 받았다. 동관도 그렇게 되자 공연한 소리로 관군의 사기를 꺾을 필요는 없다 싶어 풍미의 말에 따랐다.

동관이 관군을 몰아 양산박 가에 이르니 사람은 하나도 보이지 않고 끝없이 펼쳐진 물과 갈대숲만 눈앞에 가득할 뿐이었다. 멀리 저만치 보이는 수호산채도 그 꼭대기에서 바람에 나부끼는 한 폭 노란 깃발뿐 작은 움직임도 느껴지지 않았다.

동관은 풍미, 필승과 함께 군사들 앞으로 나아가 말고삐를 잡은 채 물 건너편 언덕을 자세히 살펴보았다. 문득 건너편 갈대숲 속에 작은 배 한 척이 보였다. 배 위에는 한 사내가 푸른 대삿갓에 초록 도롱이를 걸친 채 배 뒤쪽에 비스듬히 기대앉아 있었다.

혼자 낚시질이라도 하는 모양이었다.

"도둑 떼는 어디로 갔느냐?"

동관의 졸개들이 소리쳐 물었다. 그러나 그 어부는 아무런 대꾸가 없었다. 동관은 활 잘 쏘는 군사를 찾았다. 두 명이 말 머리를 나란히 하고 물가까지 나가 말을 멈춘 뒤 그 어부를 향해 활을 쏘았다. 가려 뽑은 군사들이라 그런지 화살 중에 하나가 먼저 그 어부의 삿갓 위로 떨어졌다. 그런데 이게 어찌 된 일인가. 화살이 어부의 머리에 박히기는커녕 알 수 없는 쇳소리와 함께 퉁겨져 나와 물속으로 떨어졌다. 이어 다른 군사가 쏜 화살도 어부의 도롱이를 맞혔지만 결과는 마찬가지였다. 역시 이상한 쇳소리와 함께 퉁겨져 나온 화살은 물속으로 떨어져 버렸다. 마군 중에서 가장 활을 잘 쏜다 해서 동관이 일부러 불러낸 그들이었지만 두 번 모두 화살이 퉁겨져 나오자 놀라지 않을 수가 없었다. 얼른 말 머리를 돌려 동관에게 돌아가 허리를 굽히며 말했다.

"화살 두 대를 다 맞혔으나 이상하게도 뚫고 들지 못합니다. 그놈이 몸에 무얼 걸치고 있는지 모르겠습니다."

그 말을 들은 동관은 다시 삼백 명의 활 잘 쏘는 군사를 불러 강한 활을 주며 물가로 내보냈다. 물가에 이른 삼백 명의 군사는 그 어부를 향해 한꺼번에 화살을 날렸다.

화살이 어지럽게 날아가는데도 그 어부는 전혀 겁먹거나 놀라는 기색이 없었다. 화살은 더러는 물에 떨어지고 더러는 배에 가 닿기도 했다. 그러나 대삿갓과 도롱이에 떨어진 화살들은 모두 도로 퉁겨져 나와 물속으로 떨어졌다.

동관은 화살로는 그 어부를 어찌할 수 없다는 걸 알고 이번에는 헤엄 잘 치는 군사들을 불러냈다. 뽑혀 나온 군사들은 모두 갑옷과 속옷을 벗어 버리고 물속으로 뛰어들었다. 그 어부를 향해 헤엄쳐가는 군사의 수는 사오십 명이나 되었다.

그 어부는 물가에서 첨벙거리는 소리를 듣고 사람들이 저를 잡으러 물속으로 뛰어든 걸 알아차린 듯했다. 그러나 여전히 놀라거나 서두르는 법이 없었다. 천천히 낚싯대를 걷고 삿대를 집어 들었다.

이윽고 군사들이 배 가까이 이르자 그 어부는 삿대를 들어 한 놈씩 후려치기 시작했다. 이마빡, 머리통, 얼굴 할 것 없이 후려 패니 맞은 군사들은 비명조차 제대로 지르지 못하고 물속으로 고꾸라졌다. 뒤따라오던 군사들은 앞서 헤엄쳐 간 몇몇이 그 지경이 되는 걸 보자 떠나왔던 물가 언덕으로 되돌아 헤엄쳐 갔다.

그 꼴을 본 동관은 몹시 화가 났다. 다시 오백 명의 군사를 물속으로 몰아넣으며 그 어부를 반드시 잡아들이라 명했다. 한 놈이라도 쫓겨 되돌아오면 단칼에 두 토막을 내겠다는 으름장과 함께였다.

명을 받은 오백 명의 군사들이 갑옷을 벗어 던지고 함성을 지르며 일제히 물로 뛰어들었다. 그러자 어부가 뱃머리를 물가로 돌리더니 동관을 손가락질하며 큰 소리로 욕을 퍼부었다.

"나라를 어지럽히는 역적이요, 백성을 해치는 짐승 같은 놈아, 여기는 왜 왔느냐? 목숨을 바치겠다면 내가 거두어 주마. 이 죽는지 사는지도 모르는 멍청아!"

그 말을 들은 동관은 더욱 성이 났다. 다시 마군을 시켜 어지러이 활을 쏘아 대게 했다. 그러자 그 어부가 껄껄 웃으며 엉뚱한 소리를 했다.

"이놈아, 저쪽이나 보아라. 저기 우리 군사들이 오고 있다."

그러면서 손가락을 들어 한곳을 가리켰다. 동관과 군사들이 그쪽을 살피는 동안에 어부는 갑자기 대삿갓이며 도롱이를 벗어 던지더니 풍덩 물속으로 뛰어들었다. 물속으로 들어간 오백의 군사는 그 무렵 배 가까이에 이르고 있었다. 갑자기 물속에서 어지러운 비명 소리가 나며 군사들이 하나씩 둘씩 물속으로 가라앉았다. 물속으로 뛰어든 그 어부의 솜씨인 듯했다. 그 어부는 바로 낭리백조 장순이었다. 머리 위에 쓰고 있던 삿갓은 겉에는 갈잎을 둘렀지만 안쪽은 구리를 두들겨 만든 것이었다. 도롱이도 마찬가지로 단단한 구리로 안을 댄 것이라 마치 거북 등을 뒤집어쓴 듯하니 어찌 화살이 박힐 수 있겠는가.

물속으로 자맥질해 들어간 장순은 허리에 차고 있던 칼을 꺼내 자신을 잡으러 온 관군들을 요절내기 시작했다. 돼지 멱이라도 따듯 한 놈씩 찔러 물속으로 가라앉히니 금세 부근은 벌건 핏물로 변했다. 겨우 장순의 칼을 면한 군사들은 한목숨 건지려고 허겁지겁 물가로 헤엄쳐 나왔다. 물가 언덕에서 그 광경을 보고 있던 동관은 얼이 빠질 지경이었다. 그때 곁에 있던 장수 하나가 한곳을 손가락질하며 말했다.

"산꼭대기에 있던 누런 깃발이 움직이고 있습니다."

제정신이 든 동관이 그쪽을 쳐다보니 정말로 그랬다. 그러나 그게 무슨 뜻인지 알 수가 없었다. 여러 장수들을 불러 모아 놓고 어찌할까를 의논하고 있는데 풍미가 입을 열었다.

"먼저 삼백의 갑옷 입은 척후병을 내보내도록 하시지요. 두 패로 갈라 산 뒤 양쪽을 살펴보면 좋겠습니다."

이에 동관은 그대로 따랐다.

두 패로 나뉘어 나간 척후대는 동관의 명대로 산을 향해 달려갔다. 그런데 그들이 막 산 아래에 이르렀을 때 갑자기 갈대숲 속에서 굉천뢰의 포탄이 날아오며 불길이 일었다. 척후대는 얼른 되돌아가 복병이 있다고 알렸다. 그 말을 들은 동관은 적잖이 놀랐다.

풍미와 필승은 군사들이 동요할까 봐 걱정이 되었다. 두 갈래의 인마를 뽑아 삼군 속으로 밀어 넣었다. 칼을 빼 든 그들이 수십만 군사 사이를 말을 타고 오락가락하며 소리쳤다.

"먼저 달아나는 놈은 목을 친다!"

그러자 관군은 좀 안정이 되었다.

동관은 여러 장수들과 함께 말을 탄 채 산 쪽을 살펴보았다. 산 뒤에서 북소리가 땅을 뒤흔드는 것 같더니 요란한 함성과 함께 한 떼의 군마가 뛰쳐나왔다. 모두 누런 깃발을 든 군사들이었다. 그들 앞에는 두 명의 용맹스러워 보이는 장수가 역시 누런 말에 올라탄 채 군사들을 이끌고 있었다. 한 장수는 미염공 주동이요, 또 다른 장수는 삽시호 뇌횡이었다. 그 둘은 이끌고 온 오천의 군마와 함께 한마디 말을 걸어 보는 법도 없이 바로 관군을 덮쳐 왔다.

동관은 풍미와 필승을 앞장세워 몰려오는 적을 막게 했다. 명을 받은 풍미와 필승이 창을 꼬나들고 말을 몰아 나가며 큰 소리로 외쳤다.

"이 겁없는 좀도둑들아, 어서 항복하지 않고 어느 때를 또 기다리느냐."

뇌횡이 말 위에서 껄껄 웃으며 맞받았다.

"이 하찮은 것이 죽음이 눈앞에 닥쳤는데도 아직 모르는구나. 그래, 나와 한판 붙어 볼 테냐?"

그 말을 들은 필승은 몹시 성이 났다. 말을 박차고 창을 휘두르며 뇌횡을 덮쳐 갔다. 뇌횡도 창을 들어 그를 맞았다.

두 사람의 병기가 어우러지고 싸움 말이 엇갈렸다. 그러나 스무합이 넘도록 싸웠지만 얼른 승패는 가려지지 않았다. 풍미는 필승의 싸움이 길어지는 것을 보고 그가 이기기 어렵다고 생각했다. 얼른 말 배를 차고 칼을 휘두르며 필승을 도우러 달려 나왔다.

주동이 그 광경을 보고 큰 소리와 함께 말을 몰아 나오며 풍미를 막았다. 따라서 뇌횡과 필승이 싸우는 한쪽 편에는 주동과 풍미의 한판 싸움이 다시 어우러졌다.

네 말이 어지럽게 얽히며 싸움이 불을 뿜었다. 보고 있던 동관은 그들의 솜씨에 갈채를 금할 수가 없었다.

그런데 싸움이 한참이나 이어지고 난 다음이었다. 주동과 뇌횡이 갑자기 거짓으로 빈틈을 보이고는 말 머리를 돌려 자기편 진채로 달아나기 시작했다.

풍미와 필승은 그것이 거짓인 줄도 모르고 말을 몰아 뒤쫓았다. 달아나는 것이 주동과 뇌횡뿐만이 아니었다. 그를 따라왔던 양산박 군사들도 함성과 함께 산 뒤쪽으로 달아나기 시작했다.

동관은 이때라 생각했다. 힘을 다해 도적을 뒤쫓으라 하니 관군도 모두 양산박 군사들을 쫓아 앞으로 내달았다.

뒤쫓던 관군이 어떤 산발치를 돌아섰을 무렵이었다. 갑자기 산꼭대기에서 나팔 소리가 요란스레 들려왔다. 관군들이 머리를 들어 살펴보니 앞과 뒤에서 두 개의 포가 포탄을 쏘아 대기 시작했다.

동관은 복병이 있음을 알고 인마를 멈추게 하며 더는 뒤쫓지 않았다. 그때 다시 산꼭대기에서 누런 깃발이 솟아올랐다. 그 깃발 위에는 '하늘을 대신해 도를 행한다.'라는 글씨가 크게 쓰여 있었다. 동관은 그 깃발을 바라보며 산기슭을 따라 군사를 내몰았다. 가다 보니 산꼭대기에 다시 한 떼의 여러 가지 수놓은 깃발이 나타나고 그 깃발이 열리며 양산박의 주인인 산동 호보의 송강이 모습을 드러냈다. 송강의 등 뒤에는 군사 오용과 공손승, 화영, 설영 등이 늘어섰고, 금 창을 든 졸개들과 은 창을 든 졸개들이 다른 여러 호걸들과 함께 그들을 호위하고 있었다.

한낱 도둑의 우두머리인 주제에 그토록 위세를 부리는 꼴을 보자 동관은 참을 수가 없었다. 얼른 군사를 산 위로 올려 보내 송강을 사로잡게 했다.

명을 받은 관군은 두 길로 나누어 산을 오르려 했다. 그때 문득 산 위에서 북소리가 하늘 높이 울리더니 양산박의 호걸들이 소리 높여 그런 관군을 비웃어 댔다. 동관은 더욱 성이 났다. 이를 북북 갈며 소리쳤다.

"저 역적 놈들이 감히 나를 놀려? 내 마땅히 몸소 올라가 저놈들을 사로잡으리라!"

그러자 풍미가 나서서 말렸다.

"추밀 상공께서는 너무 노여워하지 마십시오. 저것들은 틀림없이 무슨 꾀를 부리고 있습니다. 결코 상공께서 몸소 위태로운 곳으로 가셔서는 아니 됩니다. 오늘은 이만 돌아갔다가 내일 다시 적의 허실을 정탐해 본 뒤에 군사를 내셔도 늦지 않을 겁니다."

그러나 동관은 풍미의 말을 들으려 하지 않았다. 오히려 풍미를 꾸짖듯 말했다.

"쓸데없는 소리 마라. 일이 이미 이 지경에 이르렀는데 어찌 군사를 물린단 말이냐? 밤을 새워서라도 도둑들과 싸워야 한다. 이미 적과 맞서고 있으니 형세로 보아서도 물러날 수는 없다."

그런데 동관의 말이 미처 끝나기도 전이었다. 갑자기 뒤쪽에서 함성이 울렸다.

"서쪽 산 뒤에서 한 떼의 적군이 나타나 후군을 들이쳐 두 동강을 내 버렸습니다."

알아보고 온 군사가 동관에게 그렇게 전했다. 그 말을 들은 동관은 몹시 놀랐다. 풍미와 필승을 데리고 급히 달려가 후군을 구하려 했다. 그때 다시 동쪽 산 뒤에서 북소리가 울리더니 또 한 떼의 인마가 뛰쳐나왔다. 반은 붉은 기를 들고 반은 푸른 기를 든 군사들로 두 명의 장수가 이끌고 있었다. 붉은 기를 앞세운 부대를 이끄는 두령은 벽력화 진명이었고 푸른 기를 앞세운 부대를 이끄는 두령은 대도 관승이었다. 두 장수는 말을 몰아 질풍같이 밀고 들며 소리 높이 외쳤다.

"동관은 어서 빨리 목을 내놓아라!"

그 소리에 동관은 몹시 성이 났다. 얼른 풍미를 불러 관승을 막게 하고 필승에게는 진명과 싸우도록 했다. 그사이에도 후군에서 들리는 함성 소리는 한층 급박해졌다. 일이 그렇게 되니 동관은 성이 나도 참고 군사를 거둘 수밖에 없었다. 징을 울려 관군을 물러나게 했다.

주동과 뇌횡이 이끄는 누런 깃발의 부대가 다시 나타나 물러나는 관군을 들이쳤다. 그리되고 보니 관군은 양쪽에서 공격을 받는 꼴이 되고 말았다. 겁을 먹은 관군은 곧 어지럽게 달아나기 시작했다. 풍미와 필승도 기우는 대세를 어찌할 수 없어 다만 동관을 호위해 달아나기에만 바빴다.

그들이 얼마 달아나기도 전에 다시 한 떼의 인마가 내리막길을 쏟아져 내려오며 덮쳐 왔다. 절반은 흰 깃발을 앞세우고 절반은 검은 깃발을 앞세운 부대로 역시 한 오천쯤 되는 인마였다. 검은 깃발을 앞세운 부대는 쌍편 호연작이 이끌었고 흰 깃발을 앞세운 부대는 표자두 임충이 이끌고 있었다. 쫓기는 관군의 길을 막은 두 장수가 말 위에서 큰 소리로 외쳐 댔다.

"간신 동관아, 네 어디로 달아나려느냐? 어림없는 수작 말고 어서 목숨이나 내놓아라!"

그러고는 대답도 기다리지 않고 바로 군사를 몰아 덮쳐 왔다.

마침 동관 곁에 있던 수주 도감 단붕거가 호연작을 맡아 싸우고 여주 도감 마만리가 임충과 맞붙었다.

먼저 싸움이 판가름 난 것은 마만리와 임충 쪽이었다. 몇 합 붙어 보기도 전에 자신이 임충의 적수가 되지 못함을 알아차린 마만리는 얼른 말 머리를 돌려 달아나려 했다. 그때 임충이 한소리 외침과 함께 창을 내지르니 마만리는 손발 한번 제대로 써 보지도 못하고 말 아래로 떨어져 죽었다.

단붕거는 마만리가 임충의 창에 찔려 죽는 걸 보자 더 싸우고 싶은 마음이 없어졌다. 힘을 다해 호연작의 두 갈래 채찍을 떨쳐 버린 뒤 말 머리를 돌려 달아나기 시작했다. 기세가 오른 호연작은 군사를 몰아 달아나는 관군을 두들겼다.

관군이 어렵게 호연작과 임충의 군사들을 막아 내고 있는 사이 동관은 다만 길을 찾아 달아나기만을 서둘렀다. 하지만 오래 갈 수 있는 처지가 못 되었다. 이번에는 앞 부대 쪽에서 함성이 크게 일더니 그쪽 산그늘에서 한 떼의 보군이 쏟아져 나왔다. 앞선 적의 두령은 중의 복색을 한 자와 행자의 복색을 한 자였는데, 바로 화화상 노지심과 행자 무송이었다.

노지심과 무송이 이끄는 보군이 무서운 기세로 덮쳐 오자 그러잖아도 쫓기던 관군은 네 토막 다섯 토막 나고 말았다. 앞으로 나가려 해도 길이 없고 뒤로 물러서려 해도 길이 없어 우왕좌왕했다. 그러다가 대장인 풍미와 필승이 힘을 다해 에움을 뚫고 한 갈래 길을 열어 겨우 산 뒤편으로 달아나기 시작했다.

다행히도 양산박의 군사들이 악착스레 뒤쫓지 않아 관군의 일부는 산 뒤쪽으로 빠져나올 수 있었다. 그들은 이제 한숨 돌릴까 싶었으나 그럴 여유까지는 없었다. 다시 가까운 곳에서 포 소리가 크게 일고 북이 요란하게 울리더니 두 사람의 사나운 장수가 한 떼의 보군을 이끌고 길을 막았다.

달려온 보군의 우두머리는 양두사 해진과 쌍미갈 해보였다. 그들이 사나운 기세로 덮치자 동관의 군사들은 어찌할 줄을 몰랐다. 그저 제각각 에움을 빠져나가 한목숨 구하기에 바빴다.

양산박이 낸 다섯 갈래의 군마가 그와 같이 한꺼번에 덮쳐 오니 관군은 그저 별이 떨어지고 구름이 흩어지듯 여지없이 무너져 갔다. 풍미와 필승은 힘을 다해 동관을 호위하며 달아나다가 해보 형제와 만나게 되었다. 동관은 얼른 말에 박차를 가해 가시덤불이 있는 기슭으로 달아나고 풍미와 필승은 뒤따르며 그를 보호했다. 거기에 다시 당주 도감 한천린과 등주 도감 왕의 네 사람이 힘을 합쳐 겨우 에움의 한가운데서는 빠져나갈 수가 있었다.

하지만 그렇다고 그들이 양산박의 수중에서 온전히 빠져나간 것은 아니었다. 겨우 숨이나 돌려 볼까 하던 관군 앞에 다시 아득히 먼지가 일며 함성이 울리더니 푸른 숲속에서 또 한 떼의 인마가 달려 나왔다. 앞선 장수는 쌍창장 동평과 급선봉 삭초였다. 그들 두 장수는 한마디 말도 건네 보는 법 없이 똑바로 동관에게 덤벼들었다.

동관 쪽에서는 등주 도감 왕의가 먼저 창을 끼고 달려 나가 맞섰으나 될 일이 아니었다. 삭초가 손에 든 도끼를 한번 후려치자 왕의는 그대로 머리가 쪼개지며 말 아래로 굴러떨어졌다. 당주 도감 한천린이 왕의를 돌아보려 했으나 끝내는 왕의와 같은 신세가 되고 말았다. 동평이 내지른 한 창을 맞고 말 아래로 굴러 떨어져 죽었다.

그사이 풍미와 필승은 다시 죽을힘을 다해 동관을 호위한 채 목숨을 구해 달아났다. 사방에서 북소리, 징 소리가 요란한데 도대체 어느 편 군사들인지 알 수가 없었다. 동관은 가만히 말을 끌고 언덕 위로 올라가 싸움판을 내려다보았다. 사면팔방을 네 갈래의 마군이 에워싸고 또 양쪽에서는 두 갈래의 보군이 밀고 드는 판이라 마치 관군은 키 속에 든 낟알 같았다. 양산박의 군사들이 밀고 드는 대로 관군은 이리 쏠리고 저리 쏠리며 엉망으로 무너지고 있었다.

동관이 넋을 놓고 이 광경을 보고 있을 때 산 아래서 한 떼의 인마가 달려 나왔다. 앞세운 깃발을 보니 진주 도감 오병이와 허주 도감 이명의 군사들이었다. 하지만 그 두 갈래 군사들도 몰골은 한심했다. 창은 부러지고 칼날은 이지러졌으며 갑옷조차 성하지 않은 게 여지없이 쫓기는 인마였다. 겨우겨우 양산박 군사들의 손길을 벗어나 임랑산(琳琅山) 쪽으로 달아나다 동관의 눈에 뜨인 것이었다.

동관은 군사들을 시켜 그들을 불렀다. 오병이와 이명은 얼른 그 언덕으로 달려가 동관의 군사들과 합치려 했다. 그때 산 옆에서 함성이 일며 한 떼의 인마가 달려 나왔다. 양산박의 군사들로 앞선 장수는 청면수 양지와 구문룡 사진이었다.

양지와 사진은 다짜고짜로 오병이와 이명의 길을 막고 덤벼들었다. 이명이 창을 들어 양지와 맞서고 오병이도 방천극을 들어 사진과 싸웠다. 그들 네 명은 각기 평생에 익힌 무예를 풀어 힘을 다해 겨루었다. 동관은 언덕 위에서 말고삐를 잡은 채 그 싸움을 구경할 수밖에 없었다.

네 사람이 어울려 싸운 지 서른 합이 넘었을 때였다. 오병이가 문득 창을 들어 사진의 가슴을 겨누고 찔렀다. 사진이 선뜻 몸을 들어 피하자 그 창은 사진의 겨드랑이 사이로 빠지고 오병이는 말과 함께 사진 쪽으로 몸이 쏠렸다. 사진이 그 틈을 놓치지 않고 칼을 들어 후려쳤다. 한 줄기 피가 벌겋게 솟구치고 금 투구가 땅에 떨어지며 오병이는 언덕 아래서 목 없는 주검이 되고 말았다.

이명은 함께 싸우던 자기편이 죽자 덜컥 겁이 났다. 얼른 말머리를 돌려 달아나려는데 양지가 한소리 외치는 바람에 더욱 얼이 빠졌다. 손에 쥔 창이 바로 쥐어져 있는지 거꾸로 쥐어져 있는지도 모르는 채 그저 달아나기만을 서두르는데 양지의 칼이 그를 덮쳤다. 양지는 이명의 정수리를 겨누고 베어 갔으나 이명이 얼른 피하는 바람에 칼은 말의 엉덩이를 찍고 말았다.

칼에 맞은 말이 풀썩 주저앉자 이명은 말에서 내려 창까지 내던지고 달아나기에만 바빴다. 하지만 더 빠른 것이 양지의 솜씨였다. 양지가 칼을 들어 다시 한번 내리찍자 가엾게도 이명의 삶은 남가일몽(南柯一夢)이 되고 말았다.

두 장수가 모두 죽자 남은 관군의 운명은 비참했다. 양지와 사진이 군사를 몰아 짓부수니 관군은 마치 호박이 쪼개지고 수박이 으깨지듯 죽어 나자빠졌다. 동관은 풍미, 필승과 함께 그 광경을 보고 있었으나 감히 내려갈 마음이 나지 않았다. 그저 어쩔 줄 몰라하며 서로 맞대고 의논할 뿐이었다.

"이제 어떻게 하면 이곳에서 빠져나갈 수 있겠는가?"

그 같은 동관의 물음에 풍미가 대답했다.

"추밀 상공께서는 너무 걱정하지 마십시오. 제가 살펴보니 정남쪽에 관군의 큰 부대가 있는데, 깃발이 무너지지 않은 것으로 보아 우리를 구해 낼 수 있을 것 같습니다. 필 도통(都統)께서 추밀 상공을 호위하여 산꼭대기로 가 계시면 제가 한 갈래 길을 열어 그쪽의 관군에게로 뚫고 나가 보겠습니다. 가서 이곳의 형편을 알리고 추밀 상공을 구하러 오게 하지요."

"이미 날이 저물고 있으니 자네는 부디 좋은 방도를 내어 얼른 갔다 오게."

물에 빠진 사람이 지푸라기라도 잡는 심정으로 동관이 그렇게 풍미의 말을 받아들였다.

풍미는 관군의 으뜸가는 장수답게 큰 칼을 빼 들고 나는 듯 산 아래로 달려갔다. 그리고 에워싼 양산박의 군사들 사이로 한 줄기 길을 열어 남쪽에 있는 관군의 진채로 달려갔다. 풍미가 그곳에 이르러 보니 그 부대는 숭주 도감 주신이 거느린 군사들이었다. 그들은 진세를 탄탄하게 벌여 놓고 목숨을 다해 싸워 적의 한가운데서도 잘 버텨 내고 있었다.

주신은 풍미가 달려오는 것을 보자 얼른 진채 안으로 맞아들이고 물었다.

"추밀 상공께서는 어디 계시오?"

"지금 앞에 보이는 산언덕 위에 계시는데 오직 이곳의 군마가 와서 구해 주기를 기다릴 뿐이오. 늦어서는 아니 됩니다. 어서 빨리 가서 모셔 오도록 합시다."

풍미가 거친 숨결을 가다듬으며 그렇게 대답했다. 그 말을 들은 주신은 얼른 명령을 내려 군사를 움직였다. 마군, 보군이 서로를 보살피며 조금도 대오가 흐트러짐 없이 진채를 빠져 나서는 것이었다. 풍미와 주신이 장수로서 앞장을 서고 남은 군사들이 함성으로 도우며 동관이 있는 언덕 쪽으로 밀려드니 그 기세가 자못 볼만했다.

구원하러 가는 관군이 동관이 있는 산언덕과 화살 한 대 날아갈 거리쯤에 이르렀을 때 산비탈 쪽에서 다시 한 떼의 인마가 쏟아져 나왔다. 풍미는 적군인 줄 알고 칼을 휘두르며 달려 나갔으나 새로 나타난 인마는 수주 도감 단붕거가 이끄는 군사들이었다.

셋은 서로 반갑게 군례를 나눈 뒤 군사를 하나로 합쳐 언덕 아래에 이르렀다. 그때 필승이 언덕 아래까지 내려와 그들을 맞아들였다. 언덕 위에 이른 네 장수는 다시 동관과 함께 의논했다. 동관이 걱정스러운 얼굴로 물었다.

"오늘 밤에 빠져나가는 것이 좋겠는가, 아니면 내일 아침에 빠져나가는 것이 좋겠는가?"

풍미가 씩씩하게 대답했다.

"저희 네 사람이 목숨을 내던져 상공을 호위할 것이니 오늘 밤

이곳을 빠져나가는 것이 좋겠습니다. 그래야만 도둑들의 손아귀를 벗어날 수 있을 것입니다."

번번이 옳은 계책만 낸 풍미라 이번에도 동관은 군소리 없이 그 말을 따랐다.

얼마 안 있어 밤이 되었다. 그러나 사방에서는 함성이 끊이지 아니하고 북과 징 소리가 요란했다. 그럭저럭 밤 이경이 되었을 무렵이었다. 훤한 달빛 아래 관군이 움직이기 시작했다. 풍미가 앞장을 서고 남은 관군들은 동관을 둘러싼 채 한 덩이가 되어 산 아래로 치고 내려가는 방식이었다.

관군이 움직이기 시작하자 사방에서 외침 소리가 터졌다.

"동관을 놓치지 마라!"

관군은 그런 속에서도 흔들림 없이 남쪽 길을 잡아 뚫고 나아가기 시작했다. 어지러운 싸움 중에 밤이 가고 새벽이 가까워 왔다. 관군이 겨우 정신을 차려 주위를 돌아보니 적군의 한가운데서는 빠져나온 듯했다. 동관은 말 위에서 손으로 머리를 싸안으며 천지신명께 머리 숙여 예를 올렸다.

"부끄럽습니다. 이제 겨우 어려움 중에서 빠져나온 듯합니다."

그리고 남은 군사들에게 제주로 되돌아가기를 재촉했다.

하지만 관군이 기뻐하기에는 아직 일렀다. 양산박을 벗어나 얼마 가기도 전에 앞에 보이는 산언덕에 띠를 두르듯 횃불이 솟는데 그 수가 얼마인지 헤아리기 어려울 정도였다. 이어 등 뒤에서도 함성이 일며 한 떼의 인마가 나타났다. 횃불 아래를 살펴보니 한 호걸이 두 자루 칼을 든 채 흰말에 높이 올라앉아 있고 그 곁에 두 명의 장수가 역시 칼을 꼬나쥐고 버티어 서 있었다. 바로 옥기린 노준의와 병관삭 양웅 그리고 반면삼랑 석수였다. 그 세 장수 뒤로 사기 드높게 길을 막고 선 양산박의 군사들은 삼천 명 남짓했다.

"동관은 어서 말에서 내려 결박을 받지 않고 어느 때를 기다리느냐!"

노준의가 말 위에 높이 올라탄 채 소리쳤다.

동관은 대답 대신 저희 편 장수들을 돌아보며 가만히 물었다.

"앞에는 복병이요, 뒤에는 쫓아오는 군사가 있으니 이제 어찌하면 좋겠는가?"

"제가 목숨을 내던져 상공의 은혜에 보답하고자 합니다. 여러 장수들은 상공을 잘 호위하여 제주로 가는 길을 열어 보시오. 나는 이곳에 남아 저놈과 싸우겠소이다."

이번에도 풍미가 선뜻 나서서 그렇게 대답하고는 말 배를 걷어찼다. 풍미는 큰 칼을 휘두르며 똑바로 노준의를 덮쳐 갔다. 하지만 좋은 것은 그 기상뿐이었다. 말과 말이 서로 어울려 싸운지 몇 합 되기도 전에 노준의가 갑자기 창을 내질러 풍미의 큰 칼을 한쪽으로 퉁겨 버린 뒤 바짝 다가갔다. 그리고 재빨리 손을 뻗어 풍미의 허리께를 잡은 뒤 그가 탄 말을 발길질해 내몰았다. 말을 잃은 풍미는 제대로 버티어 보지도 못하고 노준의에게 사로잡힌 몸이 되었다. 양웅과 석수가 달려 나와 그런 풍미를 쓰러뜨리고 밧줄로 묶어 끌고 가 버렸다.

한편 필승과 주신, 단붕거는 풍미가 시킨 대로 죽을 둥 살 둥 동관을 호위해 달아났다. 한편으로는 싸우며 한편으로는 달아나는데 그 뒤를 노준의가 바짝 쫓으니 동관의 군사는 막막하기가 마치 상갓집 개와 같고 급하기가 그물에 쫓기는 물고기와 같았다.

그럭저럭 날이 훤히 밝아 왔다. 뒤쫓는 함성이 멀어진 걸 보고 동관이 정신을 차려 돌아보니 겨우 위태로운 지경은 벗어난 것 같았다. 하지만 아직도 제주에 이른 것은 아니었다.

갑자기 앞쪽 산언덕 뒤에서 한 떼의 보군이 뛰어나왔다. 군사들은 하나같이 쇠로 된 가슴 가리개로 몸을 단속하고 붉은 두건을 두르고 있었다. 앞장선 네 명의 두령은 흑선풍 이규와 포욱, 항충, 이곤 네 사람이었다. 이규는 두 자루 넓적한 도끼를 갈라 쥐고 포욱은 한 자루 보검을 빼 들었으며 항충과 이곤은 각기 방패를 휘두르며 달려 나오는데 그 기세가 마치 한 줄기 세찬 불길 같았다.

그러잖아도 쫓겨 오느라 잔뜩 겁먹고 지쳐 있던 관군들은 한번 싸워 볼 엄두도 내지 못하고 사방으로 흩어져 달아났다. 동관과 다른 장수들도 연신 달아나면서 싸우고 싸우면서 달아나 겨우 목숨만 건지려 할 뿐이었다.

성난 범같이 관군 속에 뛰어든 이규는 다짜고짜로 단붕거의 말다리를 도끼로 후려쳤다. 말이 쓰러지자 단붕거는 말 아래로 떨어졌다. 이규는 그런 단붕거에게 다가가 한 도끼질로 머리를 쪼개 놓고 다시 도끼질을 더해 그 목을 잘랐다.

그렇지만 아무리 양산박의 호걸들이라도 달아나는 놈들은 어쩔 수 없었다. 관군은 단붕거와 약간의 군사를 잃은 걸로 급한 자리를 면하고 그럭저럭 제주 가까이에 이를 수 있었다.

그때 관군의 모습은 참으로 말이 아니었다. 투구는 비뚤어져 눈을 가리고 갑옷은 찢어져 너덜거렸다. 마군, 보군 할 것 없이 모조리 기운이 쭉 빠지고 말도 더 움직이기 어려울 만큼 지쳐 있었다.

하지만 양산박의 추적이 아직도 끝난 것은 아니었다. 가다가 어떤 개울을 만나 사람과 말이 모두 마른 목을 축이려는데 갑자기 맞은편 계곡에서 한소리 포향이 들렸다. 이어 화살이 날아오는데 마치 여름철에 쏟아지는 장대비 같았다.

관군은 급히 반대편 언덕으로 기어올랐다. 그러자 이번에는 숲속에서 한 떼의 군마가 뛰쳐나왔다. 맨 앞에 선 장수는 몰우전 장청이었고 그 곁에는 공왕과 정득손이 삼백여 기의 마군을 거느리며 뒤따르고 있었다. 말들은 모두 구리 방울과 붉은 끈, 꿩 꽁지깃으로 치장하고 있었고 사람은 수놓은 깃발에 장식을 단 창을 들고 있었다.

숭주 도감 주신이 장청이 이끈 군사가 적은 걸 보고 뛰어나가 맞섰다. 그사이 필승은 동관을 호위해 달아나기 시작했다. 주신이 창을 꼬나들고 말을 몰아 나가자 장청은 창을 왼손으로 옮기고 오른손을 들어 무언가를 내던지며 소리쳤다.

"받아라."

그 소리와 함께 날아온 돌멩이가 주신의 콧등을 때려 주신은 외마디 소리와 함께 말에서 굴러떨어졌다. 공왕과 정득손이 달려나가 갈래창으로 주신의 목을 찔렀다. 이에 주신은 창 한번 내질러 보지 못하고 허망하게 목숨을 잃고 말았다.

한편 겨우겨우 목숨을 구해 달아난 동관은 제주성에 이르렀지만 그곳조차도 마음이 놓이지 않았다. 성안에 갇혀 있다 무슨 일을 당할지 몰라 성안으로는 들어가지 못하고 동경으로 되돌아갔다. 가는 도중에 조금씩 뒤따라온 군사들이 있어 어느 정도 관군이 수습되자 겨우 진채를 얽고 군대의 모양을 유지했다.

원래 송강은 어질고 덕을 지닌 데다 조정으로 귀순할 마음이 있었다. 관군을 죽이는 데 뜻이 있지 않아 군이 뒤쫓으려 들지 않았다. 혹시라도 장수들이 관군을 놓아 보내려 하지 않을까 봐 급히 대종을 시켜 여러 두령들을 불러들였다.

고 태위, 나서다

영(令)을 받은 두령들은 각기 마보군을 이끌고 산채로 돌아와 공을 청하게 되었다. 모두 개선가를 부르며 의기양양해 양산박의 완자성으로 돌아갔다. 송강은 오용과 공손승을 데리고 먼저 산채에 올라와 충의당에 자리를 잡았다. 그리고 배선을 시켜 여러 장졸들이 세운 공을 알아보게 했다. 노준의가 풍미를 사로잡아 이끌고 산채로 돌아와 충의당 앞에 이르렀다. 송강은 몸소 달려나가 풍미의 밧줄을 풀어 준 뒤 충의당 위로 맞아들여 윗자리에 앉혔다. 송강이 좋은 말로 달래며 술까지 받쳐 올리자 풍미는 놀랍도록 감격스러워했다.

뒤이어 여러 두령들이 충의당으로 돌아왔다. 이기고 돌아온 장수들이니 잔치가 없을 수가 없었다. 송강은 소와 말을 잡아 삼군을 배불리 먹이고 후하게 상을 내렸다.

풍미는 이틀 동안 산채에서 좋은 대접을 받았다. 그리고 마지막날엔 안장 얹힌 말까지 얻어 산을 내려가게 되었다. 고마워 어쩔 줄 모르는 풍미에게 송강이 은근하게 당부했다.

"싸움터 안에나 싸움터 밖에나 장군의 위엄을 욕보인 데 대해 다시 한번 용서를 빕니다. 저희들은 원래 다른 뜻이 없습니다. 다만 조정에 귀순해 국가를 위해 힘을 다하고 싶었으나 옳지 못한 자들의 핍박에 못 이겨 이러고 있을 뿐입니다. 바라건대 장군께서는 조정으로 돌아가시거든 좋은 말로 저희들의 사정을 아뢰시어 구함을 받을 수 있도록 해 주십시오. 뒷날에라도 천자의 은혜를 입게 되면 그것은 모두 장군의 덕이라 생각하고 죽도록 잊지 않겠습니다."

풍미는 새삼 송강에게 절을 하여 살려 준 은혜에 감사한 뒤 말에 올라 산을 내려갔다. 송강은 사람을 시켜 양산박의 경계 밖까지 그를 호위하도록 했다. 풍미를 떠나보내고 다시 충의당으로 돌아온 송강은 오용을 비롯한 여러 두령들과 더불어 앞일을 의논했다. 사실 그 싸움은 오용의 십면매복계(十面埋伏計)를 쓴 것이었다. 오용의 계책이 들어맞아 동관의 간담을 서늘케 해 꿈속에서도 양산박의 호걸들을 겁내게 했을뿐더러 관군도 대군의 셋 중 둘을 상하고 말았다.

"동관이 도성으로 돌아가 조정에 아뢰면 조정은 반드시 다시 군사를 보내올 것입니다. 사람을 도성으로 보내 조정의 움직임을 정탐하게 하는 게 좋겠습니다. 그가 산채에 알려 오는 대로 우리 또한 대비가 있어야겠지요."

오용이 그렇게 의견을 내놓았다. 송강도 아무런 반대 없이 머리를 끄덕였다.

"군사의 그 말씀이 꼭 내 뜻과 같소. 여러 형제들 중에서 누가 한번 도성으로 가 허실을 알아보겠소?"

송강이 그렇게 묻자 자리에서 한 사람이 일어나며 소리쳤다.

"제가 한번 가 보겠습니다."

여러 두령들이 보니 신행태보 대종이었다.

"이런 일이 있을 때마다 자네의 수고가 많았네. 이번에도 자네 밖에 갈 사람이 없겠지만 누구 한 사람을 더 데려가게. 그가 자네를 돕는다면 훨씬 나을 거네."

송강이 그렇게 대꾸하기도 전에 이규가 뛰어나왔다.

"제가 따라가서 형님을 돕도록 하지요."

"너는 안 돼. 언제 흑선풍 이규가 가서 일이 꼬이지 않은 적이 있었느냐?"

송강이 그렇게 잘라 말했다. 그래도 이규는 우겨 댔다.

"이번에는 절대로 말썽 피우지 않겠습니다. 형님, 저를 꼭 보내주십시오."

하지만 송강은 아무래도 이규를 믿을 수 없었다. 기어이 이규를 꾸짖어 물리치고 다시 나머지 두령들을 향해 물었다.

"누가 대종을 도와 한번 다녀오겠소?"

그러자 이번에는 적발귀 유당이 나섰다.

"제가 대종 형님을 도와 한번 다녀오면 어떻겠습니까?"

그 말을 들은 송강은 몹시 기뻐했다. 그 자리에서 허락하자 대종과 유당은 보따리를 싸 산채를 내려갔다.

한편 동관과 필승은 돌아오면서 흩어진 관군의 인마를 모으니 그럭저럭 사만이 넘었다. 동경에 이르자 동관은 인근 고을에서 불러 모은 장수들에게는 자기들이 이끌고 온 군마와 더불어 원래 있던 곳으로 돌아가게 하고 어영군에서 뽑은 인마만 이끈 채 성안으로 들어갔다.

동관은 갑옷, 투구를 벗어젖히기 바쁘게 먼저 고 태위의 부중으로 달려갔다. 서로 만나는 예가 끝나자 고 태위는 뒤채 깊숙한 방으로 이끌었다. 동관은 거기서 관군이 두 번 싸움에서 크게 져 여덟 갈래 군마와 장수들을 많이 잃고 풍미까지 사로잡혀 갔음을 자세히 들려주었다. 그리고 아울러 그간에 있었던 일을 하나하나 들려주며 어찌할까를 물었다. 듣고 난 고 태위가 말했다.

"추밀 상공은 너무 걱정하지 마시오. 이번 일은 천자께만 알리지 않으면 되오. 우리가 아니면 누가 감히 이 일을 천자께 알리겠소. 나와 함께 먼저 채 태사께로 가서 모든 걸 말씀드리고 방도를 찾아봅시다."

동관도 다른 수가 있을 리 없었다. 그길로 고구와 말 위에 올라 채 태사의 부중으로 달려갔다.

채경은 이미 동관이 돌아왔다는 것을 알고 있었다. 조용히 돌아온 걸로 보아 싸움에 이기지 못했음을 짐작하고 있는데 고구와 함께 자신의 부중으로 찾아왔다는 말을 듣자 곧 그들을 서실로 불러들였다. 동관은 채 태사에게 절을 올리면서 벌써 눈물이 비 오듯 했다. 채경이 부드럽게 말했다.

"너무 괴로워하지 말게. 나는 이미 자네가 많은 인마를 잃고 돌아왔다는 걸 알고 있다네."

"그 도적 떼는 물가에 숨어 있어 배가 없이는 쳐부수기 어렵습니다. 동 추밀은 다만 마보군만 데리고 적의 소혈을 치려 하다가 이롭지 못해 그 못된 꾀에 빠져든 것뿐입니다."

고구가 곁에 있다가 그렇게 동관을 변명해 주었다. 동관이 울먹이며 양산박에서 있었던 일을 제게 유리하게만 바꾸어 구구하게 들려주었다.

채경이 다 듣고 나서 말했다.

"그대는 수많은 인마를 잃은 데다 많은 곡식과 돈을 허비하고 또 여덟 갈래에서 온 장수들까지 잃었소. 그 일을 어찌 폐하께 알릴 수가 있겠소."

"부디 태사께서 이 일을 덮어 주시어 한목숨 살게 해 준다면 그보다 더 고마운 일이 없겠습니다."

동관이 두 번 세 번 채 태사에게 머리를 조아리며 그렇게 빌었다. 채경이 잠깐 생각에 잠겼다가 의논조로 물었다.

"날씨가 무더운 데다 군사가 그곳 풍토에 맞지 않아 잠시 싸움을 그치고 군사를 물렸다고 내일 천자께 아뢰도록 하겠소. 그렇지만 천자께서 진노하실까 두렵구려. 이처럼 염통과 배의 큰 병 같은 도둑 떼를 쓸어 없애지 않으면 뒷날 반드시 화가 될 것이라 시면서 꾸짖으실 텐데 그때는 어떻게 대답해야 되겠소?"

고 태위가 미리 준비한 듯 대답했다.

"이 고구가 큰소리치는 것이라 여기지 마시고 들어주십시오. 만약에 태사께서 제게 직접 군사를 이끌고 가서 그 도둑 떼를 잡으라 명하신다면 고함 소리 한 번에 그것들을 쓸어버리고 돌아올 수 있습니다."

"만약 태위가 간다면 그보다 더 좋은 일이 없지. 그럼 태위를 원수로 삼도록 내일 천자께 아뢰어 보겠네."

채경이 선뜻 그렇게 대답했다. 고 태위가 다시 말했다.

"다만 한 가지 성지를 받을 게 있습니다. 군사를 마음대로 일으키고 배도 마음대로 모을 수 있어야 합니다. 관가의 배든 백성들의 배든 마음대로 살 수도 있고 혹은 나라에서 정한 가격으로 나무를 사서 싸움배를 만들 수도 있게 해 주십시오. 물과 뭍으로 함께 나아가는데 배와 말이 같이 가면 그때는 정한 기일 안으로 큰 공을 이룰 수 있을 것입니다."

채경이 고 태위의 그 같은 청을 쉽게 허락했다.

"그거야 어려울 것 없지."

그러면서 다시 군사 낼 일을 의논하고 있는데 문지기가 와서 말했다.

"풍미 장군께서 돌아오셨습니다."

그 말을 들은 동관은 누구보다도 기뻤다. 채 태사도 잡혀갔다던 풍미가 돌아왔다니 궁금하지 않을 수 없었다. 얼른 그를 불러들이고 그간에 있었던 일을 물었다.

풍미는 채 태사와 동관에게 예를 올리고 나서 먼저 자신이 양산박 산채로 잡혀갔던 일부터 이야기했다. 이어 송강이 자신뿐만 아니라 잡혀간 모든 군사들을 죽이지 않고 놓아주고 노자까지 넉넉히 주어 고향으로 돌려보냈다는 이야기까지 했다. 곁에서 듣고 있던 고구가 가시 돋친 목소리로 채 태사를 일깨웠다.

“그것이 바로 도적들의 못된 꾀입니다. 조정의 굳은 마음을 무르녹이자는 수작이지요. 다음번에는 도성 부근의 군마를 쓰지 말고 바로 산동과 하북으로 가 거기서 군사를 뽑아야겠습니다. 저는 그런 군사들을 이끌고 가야 이길 수 있다고 생각합니다.”

채경은 고구의 말에 따랐다.

“이미 이렇게 계책이 정해졌으니 그대로 하세. 내일 우리 셋이 모여 천자를 뵈옵고 말씀드리는 게 좋겠네.”

그러고는 사람들을 모두 돌려보냈다. 다음 날 오경 삼점(點)이었다. 조회를 알리는 북소리가 울리자 대신들은 각기 그 품계에 따라 궁궐 뜰에 벌려 섰다. 모두가 천자에게 예를 드린 뒤 문무로 갈라서자 채경이 나와서 아뢰었다.

“지난날 추밀사 동관이 대군을 이끌고 양산박을 치러 갔습니다만 날이 매우 덥고 군마가 풍토에 맞지 않아 어려움이 많았습니다. 게다가 도적들은 물가에 엎드리고 있어 배 없이 마보군만으로는 급히 나아가기 어려운 까닭에 잠시 싸움을 멈추고 각기 진채로 돌아와 쉬려 합니다. 이에 폐하의 성지를 기다리고 있습니다.”

그런데 걱정과는 달리 천자는 관군을 물린 연유를 자세히 묻지 않고 쉽게 받아들였다.

“날이 그렇게 덥다면 더 가지 말아야지.”

그 말을 받아 채경이 다시 아뢰었다.

“동관은 지금 태을궁(泰乙宮)에서 죄를 빌게 하고 따로이 한 사람을 뽑아 원수로 삼은 뒤 도적 떼를 다시 치도록 해야겠습니다. 폐하의 뜻은 어떠하신지요?”

“그 도적 떼는 뱃속에 든 큰 병과 같은 것이라 없애지 아니할 수가 없다. 누가 이 같은 과인의 근심을 덜어 주겠는가?”

천자가 채경의 말을 받아 대신들을 돌아보며 말했다. 고구가 기다렸다는 듯 나와 아뢰었다.

“제가 비록 재주 없으나 개나 말의 힘이라도 다할까 합니다. 가서 그 도적 떼의 소굴을 쳐 없앰으로써 폐하의 뜻을 받들도록 하겠습니다.”

평소에 총애하는 고구가 그렇게 나서자 천자는 몹시 흐뭇했다.

“이미 경이 과인의 근심을 덜어 주겠다고 나섰으니 데려갈 군마는 경이 마음대로 고르도록 하라.”

그렇게 너그러운 분부까지 내렸다. 고구가 다시 아뢰었다.

“양산박 둘레의 팔백여 리는 배가 없이는 앞으로 나아갈 수 없는 곳입니다. 폐하께서는 제가 양산박 부근에서 나무를 찍어 배를 만들거나 관가의 돈을 써서 백성들의 배를 사들이도록 허락해 주십시오. 그래야만 싸움에 이길 수 있습니다.”

“이미 모든 걸 경에게 맡겼으니 경이 알아서 하라. 언제든 떠날 만할 때 떠나되 백성을 해치는 일이 있어서는 아니 된다.”

천자는 그것까지도 선선히 허락했다. 고구가 감격한 듯 말했다.

“제가 어찌 감히 백성을 해치는 일을 하겠습니까? 다만 기한을 넉넉히 주시면 반드시 공을 이루고 돌아오겠습니다."

이에 천자는 비단 전포와 금으로 된 갑옷을 가져오게 해 고구에게 내리고 날을 골라 군사를 내게 했다.

그날 조회가 끝난 뒤 동관과 고구는 채 태사를 그들의 부중으로 모시고 가 군사를 낼 채비를 했다. 먼저 중서성의 벼슬아치를 불러들여 천자의 성지를 전하고 데려갈 군사를 골랐다. 고 태위가 채 태사를 향해 말했다.

"전에 열 명의 절도사가 있어 나라를 위해 세운 공이 아주 많습니다. 혹은 귀방(鬼方, 중국 북서쪽의 오랑캐 땅)을 정벌하고 혹은 서하(西夏)를 정벌했으며 혹은 금, 요나라와의 싸움에서도 공을 세운 이들입니다. 바라건대 태사께서는 그들에게 글을 내려 모두 제 장수로 삼을 수 있도록 해 주십시오."

고 태위와 한패인 채 태사는 그것도 쉽게 들어주었다. 곧 열 통의 공문을 써서 각 절도사들로 하여금 날랜 군사 일만을 이끌고 제주부에 모이도록 했다. 하나같이 범상찮은 절도사 열 명이 명을 받는 대로 곧 제주를 향해 모여들었다. 각기 만 명의 날랜 군사를 이끈 채였다. 그 열 명의 절도사는 다음과 같았다.

하남 하북 절도사 왕환(王煥), 상당 태원 절도사 서경(徐京), 경북 홍농 절도사 왕문덕(王文德), 영주 여남 절도사 매전(梅展), 중산 안평 절도사 장개(張開), 강하 영릉 절도사 양온(楊溫), 운중 안문 절도사 한존보(韓存保), 농서 한양 절도사 이종길(李從吉), 낭야 팽성 절도사 항원진(項元鎭), 청하 천수 절도사 형충(荊忠).

그들이 이끌고 온 열 갈래 군마들은 모두가 오랜 훈련을 쌓은 정병(精兵)들이었다. 열 명의 절도사도 옛날에는 모두가 다 산속에서 도둑질을 하던 패거리의 우두머리들이었으나 나중에 조정의 부름을 받아 높은 벼슬에 오른 이들로 하나같이 용맹할 뿐만 아니라 한때는 나라를 위해 큰 공을 세우기도 했다.

그날 중서성은 열 통의 공문에서 기일을 정해 그들 열 갈래 군마로 하여금 제주부에 이르게 하고 어기는 자는 군령에 따라 처벌한다는 으름장을 놓았다. 그 무렵 금릉(金陵) 건강부(建康府)에는 한 부대의 수군이 있었는데 그 가장 높은 통제관은 유몽룡(劉夢龍)이란 자였다. 유몽룡은 태어날 때 그 어머니가 꿈에서 시커먼 용 한 마리가 뱃속으로 드는 꿈을 꾸었다. 자라나서는 몸집이 큰 데다 물을 잘 알고 물질에 능숙했다. 일찍이 서천 협강에서 도적 토벌에 공을 세워 군관이 된 뒤 통제관에까지 이르렀는데 거느린 수군은 만 오천이요, 배는 오백 척으로 강남을 지키고 있었다.

고 태위는 그 유몽룡에게도 글을 보내 거느린 수군과 배를 이끌고 밤낮없이 달려오게 했다. 또 자기가 믿고 부리는 보군 교위 우방희를 보내 강 아래위와 근처 물가에 있는 모든 배들을 끌어다 제주로 몰아오게 하였다.

고 태위는 막하에 수많은 장수를 거느리고 있었는데 그중에 당세영(黨世英)과 당세웅(黨世雄) 형제가 가장 뛰어났다. 둘 다 통제관으로서 홀로 만 명을 당해 낼 만한 용맹이 있다는 장수들이었다. 고 태위는 또 어영에서 날랜 군사 만 오천 명을 가려 뽑아 보태니 거느린 군사는 모두 합쳐 십삼만 명이나 되었다.

그 밖에 고 태위는 군사들을 먹일 양식이며 말먹이 풀까지도 세심하게 준비했다. 곳곳에 사람을 먼저 보내 수령들에게 군사들이 그곳에 이르면 양식과 말먹이 풀을 댈 수 있게 하라 일렀다. 갑옷 투구며 깃발도 빈틈없이 갖추었다. 고 태위는 매일 이곳저곳을 돌아다니며 군사를 내는 데 필요한 모든 것을 골고루 챙겼다.

병권을 잡을 때에 서둔 것에 비하면 군사를 내는 것은 퍽 더디었다. 하지만 어쨌든 관군 쪽으로 보면 그만큼 목숨이 길어지는 셈이기도 했다.

한편 동경으로 숨어든 대종은 성안에 며칠 머물면서 그 모든 일을 염탐했다. 그리고 밤낮없이 양산박으로 되돌아가 산채의 두령들에게 자신이 알아 온 것을 들려주었다.

송강은 고 태위가 몸소 군사를 거느리고 오는데 십삼만 대군에 열 명의 절도사를 거느렸단 말을 듣자 마음속으로 몹시 놀랐다. 곧 오용을 불러 의논했다.

"형님은 너무 걱정하지 마십시오. 저도 그 열 명의 절도사들 이름은 오래전부터 듣고 있었습니다. 그들이 나라를 위해 많은 공을 세웠다고는 하지만 실은 적수를 만나지 못해서 그리된 것뿐입니다. 말하자면 형편없는 상대와 싸워 이기고 호걸의 이름을 얻은 것이지요. 그렇지만 이번은 다릅니다. 우리 형제들은 늑대나 범같이 무서운 호걸들이라 그 열 명의 절도사로는 어림도 없습니다. 그런데 형님이 걱정할 게 무엇 있겠습니까? 그 열 갈래의 군마가 오면 다시 한번 그들을 놀라게 해 줍시다."

오용이 별로 걱정하는 기색이 없이 그렇게 말했다. 송강이 조금 마음이 놓이는 듯 물었다.

"군사는 어떻게 해서 그들을 놀라게 할 수 있겠소?"

"그 열 갈래의 군마는 모두 제주로 몰려들 것입니다. 우리는 먼저 두 명의 날래고 싸움 잘하는 장수를 보내 제주 근처에서 선수를 치도록 합시다. 첫판에 한바탕 본때를 보여 줘 고구에게 우리 솜씨를 알리는 겁니다."

오용이 자신 있게 대답했다. 언제나 그의 계책대로 따르면 실패가 없었기에 이번에도 송강은 그 말을 받아들였다.

"그렇다면 누구를 보내는 게 좋겠소?"

"몰우전 장청과 쌍창장 동평 이 두 사람을 보내면 될 것입니다."

송강의 물음에 오용이 미리 생각해 둔 것처럼 대답했다.

송강은 장청과 동평을 불러 각기 일천의 마군을 이끌고 먼저 제주로 가게 했다. 가서 관군의 움직임을 살피다가 알맞은 때에 그들 중 몇 갈래를 들이치라는 명령과 함께였다. 또 수군 두령들에게도 명을 내려 물가에서 채비를 하고 있다가 관군의 배가 오면 빼앗아버리도록 했다.

고 태위는 동경에서 스무 날 넘게 끌다가 천자의 조칙이 내린 뒤에야 서둘러 군사를 움직였다. 고 태위는 먼저 어영에서 뽑은 군마를 성 밖으로 내보내고 장안의 기방에서 뽑은 노래하고 춤추는 기녀 서른 명을 뒤따라 보내 떠나는 군사들을 위로하게 했다.

대군은 그 며칠 뒤에야 떠났다. 군기에 제사를 드리고 천자와 조정 대신들에게 일일이 작별을 고한 뒤 떠나다 보니 그럭저럭 한 달이나 지난 뒤였다.

때는 초가을 좋은 날씨였다. 높고 낮은 조정의 벼슬아치들이 모두 장정(長亭)까지 나아가 떠나는 고 태위를 전별했다. 고 태위는 갑옷 투구로 몸을 가린 뒤에 황금 안장을 얹은 한 필의 말에 올라탔고 그 앞에는 옥으로 깎은 굴레를 지운 좋은 말 다섯 마리가 나란히 섰다. 고 태위의 좌우 양쪽에는 당세영과 당세웅 형제가 섰고 그 뒤로는 수많은 전수부 통제관들이 따랐다. 군사들을 통괄하는 제할들이며 병마방어사, 단련사들도 줄줄이 그 뒤를 이었다. 군사들의 대오는 더없이 정연하여 고 태위 같은 간신의 무리가 이끌기에는 분에 넘치는 데가 있었었다.

대군을 이끌고 성을 나온 고 태위는 장정 앞에 이르자 말에서 내렸다. 그리고 여러 대신들과 술잔으로 이별을 나눈 뒤 다시 말에 올라 제주로 향했다.

하지만 떠나는 모습은 그럴듯해도 이미 썩어 빠진 관군들이라 그 뒤는 말이 아니었다. 가는 길에 지나는 마을마다 군사들이 들이닥쳐 백성들의 재물을 빼앗고 행패를 부렸다. 그 폐해가 이만저만이 아니었으나 고 태위는 모르는 척 말리지 않았다.

한편 고 태위의 명을 받은 열 갈래의 군사들은 다투어 제주로 모여들고 있었다. 그 절도사 중에 왕문덕이란 자가 있었는데 도성 부근의 한 갈래 군사를 이끌고 밤낮없이 달려 제주로 향했다. 왕문덕이 제주성에서 사십 리 남짓 떨어진 곳에 이르렀을 때였다. 인마를 재촉하여 이른 곳은 봉미파(鳳尾坡)라는 언덕 아래의 한 무더기 큰 숲이었다. 전군(前軍)이 막 그 숲을 지나려는데 갑자기 크게 징 소리가 한 번 울리더니 숲속 산언덕 아래서 한 떼의 인마가 뛰어나왔다. 앞서서 길을 막는 장수는 갑옷, 투구에 활을 차고 누런 깃발을 꽂았는데, 거기에는 '영웅쌍창장 풍류만호후(英雄雙鎗將 風流萬戶侯)'라 쓰여 있었다. 쓰인 그대로 두 손에 나누어 들고 있는 것은 두 자루의 창이었다.

그는 바로 양산박의 두령 중에서도 언제나 맨 앞장에서 적을 무찌르는 동평이었다.

"어디서 오는 놈들이냐? 어서 빨리 말에서 내려 결박을 받지 않고 어느 때를 기다리려 하느냐."

동평이 길을 막고 서서 그렇게 외쳤다. 고삐를 당겨 말을 세운 왕문덕이 껄껄 웃으며 맞받았다.

"항아리도 병도 다 두 개의 귀가 있다더라. 너는 여러 차례 큰 공을 세운 우리 열 명의 절도사 이야기도 듣지 못했느냐. 나는 천하에 이름을 떨친 대장 왕문덕이다."

"그래? 그렇다면 바로 네놈이 애비를 죽인 그 망나니 놈이로구나."

동평이 그렇게 왕문덕을 비웃었다. 왕문덕은 몹시 성이 났다.

"이 나라를 거역하는 좀도둑놈아, 감히 나를 욕보이려 드느냐?"

그렇게 한소리 외치고는 창을 꼬나들며 말 배를 찼다. 왕문덕이 덤벼들자 동평도 쌍창을 들어 그를 맞았다.

두 사람이 붙었다 떨어지기를 서른 번이나 했지만 승패는 얼른 가려지지 않았다. 아무래도 동평을 이기기는 어렵다 생각한 왕문덕이 문득 소리쳤다.

"잠깐 쉬었다 싸우자."

동평도 굳이 승부가 안 나는 싸움을 계속해야 할 까닭이 없어 창을 거두었다.

저희 진으로 돌아간 왕문덕은 장졸들에게 굳이 싸우려 들지 말고 그대로 뚫고 나아가란 영을 내렸다. 관군들은 그 영에 따라 움직였다. 왕문덕이 앞장을 서고 삼군이 그 뒤를 받치며 함성과 함께 양산박 군사들을 헤치고 나아갔다. 동평이 그런 관군의 뒤를 바짝 쫓았다.

관군이 막 그 숲을 벗어나려는데 앞쪽에서 다시 한 떼의 군마가 달려 나왔다. 앞선 장수는 바로 몰우전 장청이었다.

장청이 말 위에 높이 앉아 크게 외쳤다.

"이놈들, 어디로 달아나려느냐?"

그러고는 손에 든 돌멩이를 왕문덕을 향해 내던졌다. 왕문덕이 급히 머리를 숙여 피하려 했으나 돌멩이는 그의 투구를 맞히고 날카로운 쇳소리를 냈다. 왕문덕은 안장에 납작 엎드린 채 말을 박차 정신없이 달아났다.

그런 왕문덕을 동평과 장청이 사정없이 뒤쫓았다. 그런데 한참 얼이 빠져 달아나는 왕문덕 앞에 다시 한 떼의 군마가 나타났다. 왕문덕이 살펴보니 다행히도 관군 쪽의 또 다른 절도사 양온의 군사들이었다. 두 갈래의 군마가 서로 도우며 합치자 동평과 장청도 함부로 덤빌 수가 없었다. 관군을 혼내는 일은 그쯤으로 하고 군사를 돌려 돌아갔다.

제주성으로 들어간 왕문덕과 양온의 군사는 거기서 쉬며 다른 절도사들이 거느린 군마가 오기를 기다리기로 했다. 태수 장숙야가 몸소 나와 여러 길로 모여드는 군마를 맞이했다. 며칠 안 돼 열 갈래 군마들이 다 이르렀다. 그때 고 태위가 거느린 대군이 제주에 이르렀다는 전갈이 들어왔다.

열 명의 절도사는 모두 성에서 나가 고 태위를 성안으로 맞아들였다. 태위는 제주부의 중앙에 원수부(元帥府)를 세우고 그곳에서 머물렀다.

고 태위의 명에 따라 열 갈래의 군마들은 모두 성 밖에 머물면서 유몽룡의 수군이 이르기를 기다렸다. 수군이 온 뒤에야 물과 뭍으로 함께 나아가기 위함이었다.

열 갈래 군마가 각기 진채를 얽으니 제주성 부근이 소란해졌다. 산의 나무를 함부로 찍어 오고 민가의 문짝을 떼어다 잠자리를 삼으니 백성의 괴로움이 이만저만이 아니었다.

고 태위는 성안 원수부에 자리 잡고 앉아 싸움에 나갈 인마의 배치를 정했다. 돈이 없어 뇌물을 쓰지 못하는 자는 모두 험한 싸움터의 앞장을 서게 했고, 뇌물을 두둑이 바친 자는 중군에 남아 남이 세운 공이나 가로챌 수 있게 해 주었다. 사람을 쓰는 것이 그 모양이니 그 밖에 다른 일도 알 만했다.

고 태위가 제주부에 이른 지 이틀도 안 돼 유몽룡이 싸움배들을 이끌고 그곳에 이르렀다. 유몽룡을 접견한 고 태위는 곧 열 명의 절도사를 모두 대청으로 불러들이고 좋은 계책을 짜내게 했다. 왕환이 몇 사람과 더불어 계책을 올렸다.

"태위께서는 먼저 마보군을 보내시어 적에게 이르는 길을 염탐하게 하십시오. 그러면 도둑 떼가 참지 못하고 뛰어나와 싸움을 걸 것입니다. 그 뒤에 물길로 배를 띄워 적의 소굴을 쓸어버리게 한다면 도적들은 양쪽이 서로 돌볼 틈이 없을 것입니다. 따라서 관군은 큰 힘 들이지 않고 도적들을 모조리 사로잡을 수 있으리라 여겨집니다."

고 태위가 들어보니 그럴듯한 계책이었다. 곧 그대로 따르기로 하고 군사를 내었다. 왕환과 서경을 선봉으로 삼고 왕문덕과 매전으로 하여금 뒤를 받치며 장개와 양온은 좌군으로, 한존보와 이종길을 우군으로 삼았다. 항원진과 형충은 앞뒤로 오가며 필요할 때 호응하고 당세웅은 삼천의 가려 뽑은 군사를 이끌고 배에 올라 유몽룡의 수군을 돕게 되었다.

영을 받은 장졸들은 사흘 동안이나 싸움 채비를 갖춘 뒤 고 태위에게 검열을 받았다. 고 태위는 몸소 성 밖으로 나와 하나하나 살펴본 뒤에 대소 삼군과 수군을 한꺼번에 양산박으로 밀고 들게 했다.

한편 첫 싸움에서 관군에게 본때를 보인 동평과 장청은 산채로 돌아가 자기들이 보고 겪은 일을 자세히 말했다.

송강과 여러 두령들은 대군을 이끌고 산채를 내려가 양산박에서 그리 멀지 않은 곳에 진을 쳤다. 오래잖아 관군이 밀려들었다. 앞선 부대들끼리 서로 활을 쏘아 대니 양군이 맞붙지 못하고 진세를 이뤄 마주 보게 되었다. 관군의 선봉 왕환이 한 자루 긴 창을 들고 말 위에 오른 채 저희 진채 앞으로 나와 소리쳤다.

"이 버릇 없는 좀도둑에 죽어 마땅할 촌놈들아. 네놈들은 대장 왕환을 알아보겠느냐?"

그러자 맞은편 양산박 쪽의 진이 열리며 송강이 몸소 말을 몰고 문기 아래로 나와 왕환에게 공손히 대했다.

"왕 절도사, 그대는 이미 나이가 많으니 나라를 위해 힘을 쓰기는 어려울 것 같소. 창을 들고 맞서겠다 하나 만약 조금이라도 실수를 하게 되면 그대의 깨끗한 이름만 더럽히고 말 것이오. 그러니 어서 돌아가고 보다 젊은 사람을 내보내도록 하시오."

말투는 공손해도 비꼬는 뜻이 있음을 알아들은 왕환은 몹시 성이 났다.

"너 하찮은 시골 아전바치 놈아. 어찌 감히 하늘이 내신 군사에 맞서려느냐!"

그렇게 소리치며 송강을 꾸짖었다. 송강이 여전히 공손하게 받았다.

"왕 절도사는 너무 솜씨만 믿지 마시오. 우리 아이들은 하늘을 대신해 도를 행하는 호걸들이오. 그대에게 지지는 않을 것이외다."

그 말에 왕환은 더 참지 못하고 창을 휘두르며 달려 나왔다. 송강의 등 뒤에 있던 한 장수가 말방울 소리도 요란하게 마주 달려 나갔다. 송강이 보니 표자두 임충이었다.

왕환과 임충의 말이 서로 엇갈리며 창이 얽히자 구경하는 군사들이 모두 함성을 올렸다. 고 태위도 스스로 진 앞까지 나가 말고삐를 잡은 채 싸움을 구경했다. 양군은 저마다 소리소리 질러 대며 마군은 말등자를 밟고 몸을 일으켜 서서 구경하고, 보졸은 투구를 제쳐 눈앞을 넓게 해 싸움 구경에 넋을 잃었다.

그야말로 용과 호랑이가 서로 치고받는 격이었다. 두 사람이 창으로 찌르고 막는 모습은 구렁이가 바위에서 빠져나오는 듯하고 용이 물가에서 꿈틀거리는 듯했다. 호랑이가 양을 삼키는 것 같고 독수리가 토끼를 덮치는 것 같았다.

왕환과 임충은 무려 일흔 합을 넘게 싸웠으나 도무지 승패가 가려지지 않았다. 이에 양군이 각기 징을 울려 불러들이니 두 사람도 싸움을 거두고 각기 저희 진채로 돌아갔다.

그때 절도사 형충이 고 태위 앞으로 나아가 말 위에서 예를 올린 뒤 청했다.

"제가 나가 저 도적놈들과 한판 싸워 보겠습니다. 허락해 주십시오."

고 태위는 기꺼이 허락했다. 허락을 받은 형충이 관군 쪽으로 달려 나오자 송강의 등 뒤에서는 호연작이 말방울 소리를 내며 마주쳐 나갔다. 형충은 자루가 긴 칼을 들고 한 마리 누런 말에 올라 호연작과 맞붙었다.

하지만 이번 싸움은 전 같지가 못했다. 한 스무 합이나 싸웠을까, 호연작이 짐짓 허점을 드러내 보이자 형충이 큰 칼로 헛베면서 자세가 흐트러졌다. 그 틈을 놓치지 않고 호연작이 쇠 채찍을 들어 후려치니 쇠 채찍은 그대로 형충의 머리통에 떨어졌다. 형충은 골이 쏟아지고 눈알이 빠진 채 말에서 떨어져 죽었다.

고구는 절도사 하나가 그렇게 허망히 죽자 급히 항원진을 내보냈다. 항원진이 창을 비껴들고 말을 달려 나와 소리쳤다.

"어떤 놈이 나와 싸워 보겠느냐?"

그 말이 떨어지기도 전에 송강의 말 뒤편에서 쌍창장 동평이 뛰쳐나갔다.

곧 항원진과 동평 사이에 싸움이 벌어졌다. 그러나 항원진은 동평의 적수가 아니었다. 열 합을 버티지 못하고 말 머리를 돌려 달아나기 시작했다.

관군은 또다시 무너지고

동평은 말을 박차 달아나는 항원진을 뒤쫓았다. 그런데 알 수 없는 것은 항원진이었다. 그는 곧장 자기편 진채로 돌아가지 않고 그 언저리를 돌며 쫓기었다.

그런 항원진의 속셈을 알 수 없는 동평은 나는 듯 말을 달려 뒤쫓았다. 그때 항원진이 손에 들고 있던 창을 말안장에 걸고 활을 꺼냈다. 시위 가득 화살을 메겨 몸을 뒤집으며 쏘니 그제야 동평도 항원진의 뜻을 알아차렸다. 시위 소리를 듣고 급히 창을 들어 막아보려 했으나 화살은 어느새 오른팔에 와 박혔다.

화살을 맞은 동평은 창을 떨어뜨리고 말 머리를 돌려 달아나기 시작했다. 항원진은 활을 다시 말안장에 걸고 이번에는 거꾸로 동평을 뒤쫓았다. 호연작과 임충이 그 광경을 보고 한꺼번에 말을 달려 나가 동평을 구해 돌아왔다.

싸움을 보고 있던 고 태위는 이때라 생각했다. 대군을 휘몰아 어지러운 싸움을 시작했다. 송강은 먼저 동평을 산채로 데려가게 하고 남은 인마로 하여금 관군을 막게 했다. 그러나 한번 기세가 꺾여서인지 양산박의 군사들은 관군을 막아내지 못하고 사방으로 흩어져 달아날 뿐이었다. 고 태위는 그 기세를 몰아 양산박 물가까지 쫓게 하고 거기서 물길로 오는 수군과 배들을 맞아들이게 했다.

한편 유몽룡과 당세웅은 관군의 수군을 이끌고 양산박으로 다가오고 있는 중이었다. 양산박 물 깊은 곳에 이르러 보니 호수는 끝이 없이 넓고 갈대숲은 물가를 빽빽이 두르고 있었다. 관군의 배들은 돛을 달고 삿대질을 하며 나아가는데 그 길이가 십여 리에 뻗칠 정도였다.

관군의 배들이 그런 물 가운데 한참 나아가는데 문득 물가 언덕 위에서 한소리 포향이 울렸다. 그리고 그 소리와 더불어 물가 이곳 저곳에서 작은 조각배들이 한꺼번에 쏟아져 나왔다. 배 위에 있던 관군들은 벌써 그때 반은 겁을 집어먹고 있었다. 게다가 갈대숲이 짙어 그 안에 무엇이 들어 있는지 모르니 모두가 당황하지 않을 수가 없었다.

갈대숲에서 뛰쳐나온 배들은 조금도 겁내는 기색 없이 관군들의 큰 배를 덮쳐 왔다. 관군의 싸움배는 곧 앞뒤가 끊겨 서로 돌볼 수 없는 처지에 빠지고 관군의 태반은 배를 버리고 뭍으로 달아나기 시작했다.

양산박 호걸들은 관군의 진이 어지러워진 걸 보고 일제히 북을 울리며 배를 저어 남아 있는 관군의 배를 덮쳤다. 유몽룡과 당세웅은 급히 뱃머리를 돌리려 했다. 그러나 그때는 이미 양산박의 배들이 싣고 온 장작이며 마른풀과 산에서 베어 낸 통나무들을 물 위에 내던져 노를 저을 수가 없었다. 이에 놀란 관군들은 모두 배를 버리고 물속으로 뛰어들었다. 유몽룡도 갑옷을 벗어젖히고 겨우 물 건너 언덕 쪽으로 기어오른 뒤 샛길을 찾아 간신히 달아났다.

그러나 당세웅은 끝내 배를 버리지 않았다. 수군들을 꾸짖어 물이 깊은 곳으로 노를 젓게 하며 배를 탄 채 달아나려 애썼다. 그런데 미처 두 마장도 나아가기 전이었다. 앞쪽으로 세 척의 조각배가 다가왔다. 뱃머리에 서 있는 것은 완씨 삼 형제였다.

완씨 삼 형제가 각기 손에 날이 길고 뾰족한 창을 든 채 배를 저어 다가오자 관선에 있던 수군들은 겁이 났다. 모두 배를 버리고 물속으로 뛰어들었다. 그래도 물에 자신이 없는 당세웅은 홀로 뱃전에 남아 창을 비껴들고 완소이와 맞서려 했다. 완소이가 갑자기 물속으로 뛰어들고 완소오와 완소칠도 바짝 다가왔다.

당세웅도 그렇게 되니 그냥은 더 버틸 수가 없었다. 그 또한 창을 내던지고 물속으로 뛰어들었다. 그러자 물속에서 그때껏 보이지 않던 선화아 장횡이 불쑥 솟아 나와 한 손으로는 당세웅의 머리칼을 움켜잡고 또 다른 한 손으로는 허리춤을 감아쥐었다. 장횡이 한번 용을 써서 당세웅을 물 밖 갈대숲 언저리로 내던지자 미리 그곳에 숨어 있던 여남은 명 졸개들이 갈고리와 올가미로 대뜸 당세웅을 묶어 버렸다. 양산박 수군들은 곧 사로잡은 당세웅을 수호산채로 끌고 갔다.

그 무렵 고 태위도 물가에 이르렀다. 멀리서 다가오던 관군의 배들이 갑자기 이리저리 몰리다가 저쪽 산기슭으로 쫓기는 걸 보았다. 그 배들에 꽂힌 깃발이 모두 유몽룡의 수군을 나타내는 것임을 알자 수군이 싸움에 진 것이라 짐작했다. 곧 군령을 내려 군사를 거두고 제주로 돌아가 따로 계책을 세워 볼 궁리를 했다. 그때 갑자기 사방에서 포향이 울려왔다. 놀란 고 태위는 더 생각할 것도 없이 장수들을 불러 모은 뒤 길을 찾아 달아나기에만 바빴다. 기실 양산박 쪽은 사방에다 포만 걸어 놓고 군사는 숨기지 않았는데 제풀에 겁을 먹은 고 태위가 달아난 것이었다.

밤길을 달려 제주로 돌아간 고 태위는 군사들을 점검해 보았다. 보군은 잃은 것이 많지 않았으나 수군은 절반이나 꺾이고 싸움배는 한 척도 돌아오지 못한 상태였다. 수군 대장인 유몽룡은 목숨을 건져 돌아왔지만 군사들은 헤엄을 잘 치는 자들만 겨우 살아서 돌아올 수 있었던 까닭이었다.

첫 싸움에서 위엄이 꺾이고 날카로운 기세가 상한 관군은 그날 이후 성안에 머물면서 오직 우방희가 또 다른 배들을 모아 오기만을 기다렸다. 고 태위는 다시 사람을 뽑아 공문을 돌려 어떠한 배든 모두 거두어 가지고 제주로 오도록 명을 내렸다.

한편 수호산채에서는 송강이 동평을 데리고 산 위로 올라가 화살을 뽑은 뒤 신의 안도전으로 하여금 그 상처를 치료하게 하였다. 안도전은 금창 약을 동평의 상처에 붙이고 산채에 쉬게 하면서 아픈 곳을 치료했다. 뒤이어 오용이 여러 두령들을 데리고 돌아오고 수군 두령 장횡이 당세웅을 끌고 와 공을 청했다. 송강은 당세웅을 산채 뒤에 있는 감옥에 가두게 하고 빼앗은 관선은 모두 수채에 끌어다 여러 두령 밑으로 골고루 나눠 주게 했다.

고 태위는 고 태위대로 제주성 안에서 여러 장수들과 함께 다시 양산박을 칠 의논이 한창이었다. 상당 절도사인 서경이 나와 말했다.

"제가 어려울 적 강호를 떠돌면서 창봉 기술을 보여 주고 약을 팔던 시절에 알게 된 사람이 하나 있습니다. 이 사람은『육도삼략』에 통해 있고 군사를 부리는 일에 밝아 손자나 오자와 같은 재주에 제갈공명의 지모를 갖췄다 할 수 있지요. 성은 문(聞)이요, 이름은 환장(煥章)인데 지금 동경성 밖 안인촌(安仁村)에서 아이들을 가르치고 있습니다. 만약에 이 사람을 데려다 참모로 쓸 수 있다면 오용의 못된 계책을 깨뜨릴 수 있을 것입니다."

그 말을 들은 고 태위는 곧 사람을 뽑아 비단과 금을 주며 동경으로 달려가게 했다. 가서 예로 문환장을 불러오라는 명과 함께였다.

그 장수가 동경으로 되돌아간 지 사나흘도 안 돼 성 밖에서 급한 전갈이 들어왔다. 송강의 군사들이 성벽 가에 이르러 싸움을 건다는 것이었다. 그 말을 들은 고 태위는 몹시 성이 났다. 곧 군사를 이끌고 성을 나가 맞설 채비를 하고 각 절도사들에게도 함께 나가 싸우기를 명했다.

송강의 군사들은 고 태위가 이끈 관군들이 쏟아져 나온 것을 보자 어찌 된 셈인지 한번 싸워 보지도 않고 뒤로 돌아 달아나기 시작했다. 십오 리 밖에 있는 넓은 들판 쪽을 향해서였다. 고 태위는 신이 나서 군사들을 휘몰아 뒤쫓다가 그 들판에 이르러서야 비로소 꾐에 말려들었음을 깨달았다. 어느새 송강의 군사들이 들판 끝에 있는 산기슭에 진세를 벌여 놓았기 때문이었다.

붉은 깃발을 앞세운 부대 안쪽에서 한 용맹스러운 장수가 나타났다. 그를 알리는 깃발에는 쌍편 호연작이라 쓰여 있었다. 호연작은 창을 비껴들고 말 위에 높이 앉은 채 진문 앞에 나와 섰다. 고 태위가 호연작을 알아보고 말했다.

"저놈은 바로 연환마를 끌고 갔다가 조정을 배반한 놈이다."

그러고는 운중 절도사 한존보를 내보내 맞서게 했다. 한존보는 한 자루 방천화극을 잘 썼다. 둘은 진 앞에서 한마디 말을 주고받는 법도 없이 맞붙었다. 한 사람은 화극을 쓰고 한 사람은 장창을 휘둘러 싸우는데 그 솜씨들이 볼만했다.

두 사람이 싸운 지 쉰 합을 넘겼을 때였다. 호연작이 짐짓 쫓기는 척하며 산언덕 아래쪽으로 말을 몰았다. 한존보는 공을 세우고 싶은 욕심에 눈이 멀어 얼른 그런 호연작을 뒤쫓았다. 두 마리 말의 여덟 개 발굽이 쇠 종지가 철판을 두드리는 소리를 내며 쫓고 쫓기었다. 그렇게 대여섯 마장이나 갔을까, 한 군데 사람이 없는 으슥한 곳에 이르자 호연작이 문득 말 머리를 돌리고 창 대신 쇠 채찍을 꺼내 들었다.

두 사람은 다시 화극과 쇠 채찍으로 열 합 넘게 싸웠다. 그러나 이번에도 호연작이 유리하지 못했다. 거세게 채찍을 휘둘러 한존보의 화극을 쳐낸 뒤 다시 달아나기 시작했다. 한존보가 뒤쫓으며 속으로 생각했다.

'저놈은 창으로도 나를 이기지 못하고 채찍으로도 나를 이기지 못했다. 지금 뒤쫓아가 사로잡지 않고 다시 어느 때를 기다린단 말인가.'

그러고는 급하게 말을 몰아 호연작을 뒤쫓았다. 한참을 가다 보니 어떤 산기슭이 나오고 길이 두 갈래로 갈라져 있었다. 그러나 호연작이 어디로 갔는지 알 수가 없었다.

한존보는 말을 언덕 위로 몰아 높은 곳에서 내려다보며 호연작을 찾았다. 호연작이 한 줄기 계곡을 따라 달아나는 게 보였다.

"이 못된 도적놈아, 어디로 달아나느냐? 어서 빨리 말에서 내려 항복하라. 그러면 목숨은 살려 주마!"

한존보가 호연작을 보고 큰 소리로 외쳤다. 호연작이 달아나다 말고 욕설로 맞받았다. 한존보가 그 틈을 타 호연작의 뒷길을 막았다. 이에 두 사람은 좁은 계곡 가에서 마주치게 되었다. 한쪽은 산이요, 한쪽은 골짜기인데 그 가운데 난 길이라 두 마리의 말이 맞붙어 싸우기에는 넉넉한 공간이 못 되었다.

그때껏 쫓기기만 하던 호연작이 갑자기 사람이 달라진 것처럼 소리 높여 꾸짖었다.

"너는 어서 항복하지 않고 어느 때를 기다리고 있느냐?"

한존보가 어이없어 하며 대답했다.

"너야말로 내 손아귀에 든 놈이다. 그런데 오히려 나더러 항복하라느냐?"

"내가 너를 여기까지 끌고 온 것은 네놈을 산 채로 잡기 위해서였다. 이제 네놈의 목숨은 얼마 남지 않았다."

호연작이 무얼 믿는지 여전히 그렇게 큰소리쳤다. 그러나 한존보는 아직도 자신이 있었다.

"헛소리 마라, 나야말로 네놈을 사로잡아야겠다."

그러고는 호연작에게 덤볐다. 한존보는 긴 화극을 들어 호연작의 가슴을 빗발치듯 잇따라 찔렀다. 호연작은 창으로 이리저리 막아 내며 이어 한 줄기 빠른 바람처럼 찌르고 들었다. 거기서 두 사람은 다시 서른 합을 더 싸웠다. 싸움이 한창 무르익었을 때였다. 한존보가 호연작의 옆구리를 화극으로 찌르고 호연작은 창으로 한존보의 가슴을 찔렀다. 그러나 둘 모두 간신히 몸을 뒤틀어 피한 뒤 상대의 무기를 잡았다. 호연작은 한존보의 화극을 겨드랑이로 꼈고 한존보는 호연작의 창 자루를 틀어쥐는 식이었다.

호연작과 한존보는 말에 탄 채 한 덩어리가 되어 밀고 당기며 싸웠다. 그러다가 한존보가 탄 말의 뒷발이 물에 빠지는 바람에 호연작도 말과 함께 개울 속으로 끌려 들어갔다. 두 사람을 태운 말들이 몸부림치며 물을 튕겨 두 사람은 곧 물에 함빡 젖고 말았다.

호연작이 문득 자신의 창을 버리고 상대편의 화극을 겨드랑이에 낀 채 쇠 채찍을 꺼내려 했다. 한존보도 화극을 버리고 그런 호연작의 두 팔을 움켜쥐었다.

그렇게 되자 그야말로 맨주먹 싸움을 하게 된 두 사람은 한 덩어리가 되어 물속으로 떨어졌다. 말들은 놀라 물가 언덕으로 뛰어오르더니 어디론가 달아나 버렸다.

호연작과 한존보는 병기도 없고 투구와 갑옷도 잃어버린 채 맨주먹으로 치고받았다. 그러다 보니 차츰 물 깊은 곳에서 얕은 쪽으로 나오게 되었다.

그렇게 둘이 엉켜 있을 때 갑자기 언덕 쪽에서 한 떼의 인마가 나타났다. 앞선 것은 몰우전 장청이었다. 그들이 힘을 합쳐 호연작을 도우니 한존보는 곧 사로잡히는 몸이 되고 말았다. 이어 장청은 졸개들을 풀어 두 사람의 말을 찾게 했다. 놀라 달아났던 말은 사람들의 외침 소리를 듣고 저절로 돌아왔다. 사람들이 다시 물속에서 호연작의 병기를 찾아 주자 호연작은 함빡 젖은 몸으로 말에 올랐고, 한존보는 꽁꽁 묶여 골짜기 어귀로 끌려갔다.

그때쯤 해서 관군 쪽에서도 한존보를 찾으러 온 패거리가 있었다. 절도사 매전과 장개가 이끈 군사들이었다.

물에 빠진 생쥐 꼴로 밧줄에 묶여 끌려가는 한존보를 본 매전은 몹시 성이 났다. 얼른 끝이 세 갈래 지고 양쪽에 날이 선 칼을 빼 들고 곧바로 장청에게 덮쳐 갔다.

두 사람이 맞붙은 지 세 합도 안 돼 장청이 말 머리를 돌려 달아나기 시작했다. 매전이 기세 좋게 그런 장청을 뒤쫓았다. 하지만 그게 실수였다. 장청이 문득 늘씬한 허리를 비틀며 긴 팔을 들어 돌팔매를 날렸다. 팔매는 어김없이 매전의 관자놀이를 쳤다. 매전이 칼을 내던지고 두 손으로 피 흐르는 얼굴을 감싸쥐었다.

장청은 얼른 말 머리를 돌려 그런 매전을 덮치려 했다. 그때 장개가 시위 가득 화살을 메겨 장청에게로 날렸다. 장청이 말 머리를 안고 몸을 피하자 화살은 그대로 말의 눈을 맞혔다. 말이 아픔을 이기지 못해 쓰러지니 장청은 말에서 뛰어내려 창으로만 싸우려 들었다. 그러나 장청은 원래가 돌팔매질은 잘해도 창 솜씨는 그리 대단하지가 못했다. 장개는 먼저 매전을 구해 놓고 다시 장청에게 덤볐다.

장개가 말 위에서 귀신 같은 창 솜씨를 부리니 장청은 당해 낼 수가 없었다. 그저 겨우겨우 막기만 하다가 마침내 창을 버리고 마군 사이로 달아나 숨었다. 장개는 그런 마군 사이에 뛰어들어 함부로 찔러 죽였다. 비록 쉰 명이 넘는 마군이었으나 장개의 솜씨를 당해 낼 장수가 없어 사방으로 흩어져 달아나다 보니 일껏 사로잡은 한존보를 빼앗기지 않을 수 없었다.

매전을 구하려다 사로잡힌 한존보까지 되찾은 장개는 신이 나서 저희 진채로 되돌아가려 했다. 그때 다시 함성이 크게 일더니 골짜기 어귀에서 두 갈래의 인마가 나타났다. 벽력화 진명이 이끄는 군사들과 대도 관승이 이끄는 군사들이었다. 범 같은 두 장수가 양쪽에서 쳐 오니 장개 혼자서는 어찌해 볼 수가 없었다. 그저 매전이나 보호해 달아날 뿐이었다. 그러나 양쪽에서 덮친 군사들은 다시 한존보를 빼앗아 갔다.

그 무렵 장청도 말 한 필을 얻어 탔고 호연작도 다시 기운을 회복했다. 네 장수가 힘을 다해 관군을 들이치니 그러잖아도 몰리던 관군으로서는 버티어 낼 재간이 없었다. 제대로 싸워 보지도 않고 제주로 물러나 버렸다.

양산박의 군사들도 그런 관군을 굳이 뒤쫓지는 않았다. 사로잡은 한존보를 이끌고 산채로 되돌아갔다.

충의당에서 기다리던 송강은 한존보가 끌려오는 걸 보자 끌고 온 군사들을 꾸짖어 물리치고 몸소 그 밧줄을 풀어 주었다. 그리고 한존보를 대청 위로 맞아 올린 뒤 은근하기 그지없게 대접했다. 감격한 한존보는 먼저 사로잡혀 온 당세웅을 만나 보기를 청했다. 불려 나온 당세웅을 보니 역시 나쁜 대접을 받은 것 같지는 않았다. 송강이 한존보와 당세웅을 보고 말했다.

"두 분 장군께서는 조금도 걱정하지 마십시오. 저희들은 아무런 딴마음을 먹은 바 없습니다. 다만 썩은 벼슬아치들의 핍박을 받아 쫓기다 보니 이 지경에 이르렀을 뿐입니다. 조정에서 은혜를 베풀어 저희들의 죄를 용서하고 불러들여 주신다면 진정으로 나라를 위해 있는 힘을 다하겠습니다."

"그렇다면 지난날 진 태위가 천자의 조서를 가지고 이 산채까지 부르러 왔을 때는 왜 그러셨습니까? 무슨 까닭으로 사특한 길을 벗어나 바른 곳으로 돌아올 기회를 저버리셨습니까?"

한존보가 알 수 없다는 듯 그렇게 물었다. 송강이 별로 망설이는 기색 없이 대답했다.

"비록 조정의 조서가 있었다고는 하나 참인지 거짓인지 뚜렷하지 않은 데다 시골의 막소주를 어주라고 내놓으니 어찌 믿을 수가 있겠습니까. 그 바람에 저희 여러 형제들이 마음속으로 그 조서를 받아들이지 못한 것입니다. 게다가 그때 함께 왔던 장 간판과 이 우후는 공연히 위세를 부려 여러 두령들을 욕뵈려 들었습니다."

"사이에 낀 좋지 못한 것들이 나라의 큰일을 그르쳤습니다그려."

한존보가 그제야 알겠다는 듯 그렇게 대꾸했다. 그날 송강은 크게 잔치를 열어 두 사람을 잘 대접했다. 그리고 다음 날은 안장까지 갖춘 말을 내주며 산 아래까지 두 사람을 배웅했다.

한존보와 당세웅은 돌아오면서 입에 침이 마르도록 송강의 좋은 점을 칭찬했다. 그래저래 두 사람이 제주성에 이르렀을 때는 날이 저문 뒤였다.

다음 날 날이 밝기를 기다려 성안으로 들어간 두 사람은 고 태위를 찾아보고 송강이 자기들을 놓아 보낸 일을 자세히 말하였다. 듣고 난 고 태위가 대뜸 성을 내며 소리쳤다.

"그 도적놈들이 못된 꾀를 써서 우리 군사들의 마음을 흐트러지게 하는구나. 너희 두 놈은 무슨 낯짝으로 나를 보러 왔느냐? 여봐라, 저 두 놈을 끌어내 목을 베어라!"

그러자 왕환을 비롯한 여러 장수들이 고 태위 앞으로 무릎을 꿇고 나와 말렸다.

"이 일은 두 사람이 꾸민 게 아니라 송강과 오용의 꾀입니다. 만약 저 두 사람을 목 벤다면 도적들의 비웃음을 면치 못할 것입니다."

그 밖에도 여러 장수들이 힘써 말리니 고 태위는 굳이 두 사람을 죽이려 들지는 않았다. 두 사람의 직분을 빼앗고 동경으로 돌려보내 태을궁에서 죄를 빌게 하였다. 이에 한존보와 당세웅은 그날로 죄인이 되어 동경으로 끌려갔다.

원래 한존보는 한충언(韓忠彦)의 조카였다. 한충언은 국로태사(國老太師)로서 조정의 벼슬아치들 중에는 그 문하에서 배운 사람들이 많았다. 그중에서 문관교수(門館教授)로 있는 정거충(鄭居忠)이라는 사람이 있었는데 그는 한충언이 천거해 어사대부에 오른 사람이었다. 도성으로 압송된 한존보는 먼저 정거충에게 자신이 당한 일을 알렸다. 정거충은 그 말을 듣기 바쁘게 한존보와 함께 가마에 올라 상서(尙書) 여심(余深)을 찾아갔다.

정거충과 함께 한존보의 일을 의논하던 여심이 말했다.

"이 일은 반드시 태사에게 알려야 할 것 같소. 그래야만 천자께 상주할 수 있을 것이오."

한존보도 그 말을 옳게 여겼다. 이에 두 사람은 채경을 찾아보고 말했다.

"송강은 본래 딴 뜻이 없답니다. 다만 조정의 부르심을 기다리고 있을 뿐입니다."

그러자 채경이 고개를 갸웃거리며 받았다.

"그렇다면 전에는 무슨 일로 조서를 찢고 폐하를 비웃었소? 그토록 예를 모르는 놈들이니 결코 불러들일 수 없소. 오직 쳐 없앨 뿐이오!"

"지난번 조정이 부를 때는 사람을 잘못 쓴 것 같습니다. 조서를 들고 간 자는 조정을 대신해 은덕을 베풀고 불쌍히 여기는 마음을 보여 주었어야 했습니다. 그런데 개중에는 한마디 좋은 말도 없이 위세만 부린 자가 있어 일이 그처럼 틀어지고 만 것입니다."

두 사람이 양산박을 위해 힘써 발명했다. 채경도 그제야 천자께 상주하는 일을 허락했다.

다음 날 조회 때였다. 대전 높이 앉아 있는 도군 천자 앞에 나아간 채경이 다시 조칙을 내려 양산박의 무리들을 조정으로 불러들이자는 상주를 올렸다. 듣고 난 천자가 한참 뒤에 말했다.

"방금 고 태위가 사람을 보내어 안인촌에 사는 문환장을 참모로 보내 달라고 청을 보내왔소. 그 사람을 싸움터에서 쓰기 전에 먼저 사신과 함께 양산박으로 보내도록 하시오. 그 도적들이 조정의 말을 듣고 항복해 온다면 지금까지의 죄를 용서해 줄 것이나 기어이 항복하지 않는다면 고구를 시켜 치는 수밖에 없소. 기한을 정해 그 도적 떼를 모조리 쓸어버린 후에 도성으로 돌아오라 이르시오."

이에 채 태사는 한편으로는 조서를 꾸미고 다른 한편으로는 문환장을 불러 술자리를 벌였다.

문환장은 이름이 널리 알려진 문사로서 조정의 대신들 중에도 그를 아는 사람이 많았다. 그러나 여러 해째 안인촌이라는 시골 구석에서 서당 훈장 노릇이나 하고 있어도 누구 하나 천거해 주는 사람이 없었다. 그런데 이제 하루아침에 조정의 부름을 받아 도성으로 나오게 되니 알 수 없는 게 세상 일이었다.

한편 제주성 안에 갇혀 있다시피 한 고 태위는 이래저래 걱정이 많았다. 그런데 하루는 문지기가 달려와 알렸다.

"우방희 장군이 이르렀습니다."

고 태위는 오뉴월 가뭄에 단비라도 만난 사람처럼 얼른 그를 불러들이게 했다. 예가 끝난 뒤에 고 태위가 물었다.

"배들은 어떻게 되었소?"

"오는 동안에 끌어모은 것이 크고 작은 배를 합쳐 천오백 척이 넘습니다. 모두 가까운 물가에 대 놓았습니다."

우방희의 그 같은 대답에 고 태위는 몹시 기뻤다. 우방희에게 듬뿍 상을 내린 다음 배들을 모두 넓은 나루로 끌어들이게 했다.

한번 배들을 양산박의 수군에게 잃어 본 적이 있는 터라 고 태위의 단속은 아주 엄했다. 배 세 척씩을 한데 묶고 그 위에다 널빤지를 깐 뒤 고물은 쇠고리로 한데 얽었다. 그리고 보군들은 모두 배에 오르게 하고 나머지 마군들은 물가에서 그 배들을 지키게 했다.

군사들의 조련에도 전과 달리 힘을 썼다. 군사들을 모두 배에 올린 뒤 물에서의 싸움에 익숙하게 단련시키다 보니 보름이 훌쩍 지나갔다.

그동안 그러한 관군의 소식은 양산박 쪽의 귀에도 들어갔다. 오용은 유당을 불러 계책을 주고 물에서의 싸움을 도맡아 이끌어 공을 세울 수 있도록 했다.

양산박의 여러 수군 두령들은 계책에 따라 싸움 준비를 했다. 각기 작은 배를 마련한 뒤 뱃머리에는 철갑을 두르고 선창 안에는 갈대와 마른 장작을 실었으며 그 위에는 또 유황이며 염초 같은 불붙기 쉬운 물건들을 얹었었다. 포수들은 사방이 내려다보이는 높은 곳에다 포를 걸어 두고 신호를 하게 하였으며 물가 수풀이 우거진 곳은 나무마다 깃발을 매달고 징과 북과 화포를 배치하여 마치 군사가 숨어 있는 것처럼 보이게 했다. 공손승에게는 도술을 부려 바람을 일으키는 일이 맡겨졌고 땅 위의 인마는 세 부대로 갈라져 장차 있을 싸움에서 서로 호응할 수 있게 했다. 모두가 다 오용이 짜 놓은 계책대로였다.

한편 고 태위는 어느 정도 채비가 갖춰졌다 싶자 제주에서 군사를 일으켰다. 물길로 나아가는 군사는 우방희와 유몽룡 및 당세영이 맡아 이끌게 되었다. 갑옷, 투구를 받쳐 입은 고 태위가 세 번 북을 울리자 나루에 있던 배들이 일제히 나아가기 시작했다. 뭍에서도 마군들이 배를 따라 움직였다. 배는 마치 화살같이 빠르고 말은 나는 듯하게 양산박으로 몰려갔다.

물길로 나아간 관군의 배들은 쉴 새 없이 노를 젓고 징과 북을 울리며 양산박 물 깊은 곳까지 밀고 들어갔다. 그런데 이상하게도 호수에는 배 한 척 보이지 않았다. 관군은 그 조용함에 마음이 언짢았으나 기세를 타고 계속 나아갔다. 그럭저럭 금사탄이 가까워졌을 때였다. 문득 물가 풀숲에서 두 척의 고기잡이배가 나타났다. 배마다 두 사람씩 타고 있는데 무엇이 좋은지 손뼉을 치며 껄껄거리고 있었다.

관군의 뱃머리에 있던 유몽룡은 얼른 군사들을 시켜 활을 쏘게 했다. 화살이 어지럽게 날아가자 웃고 있던 고기잡이 사내들이 모두 물속으로 뛰어들어 버렸다.

유몽룡은 한층 더 싸움배를 재촉해 금사탄으로 다가갔다. 이윽고 금사탄에 이르러 보니 울창하게 늘어선 버드나무 가지에는 두 마리 황소가 매어져 있고 푸른 풀밭에는 서너 명의 소 치는 아이들이 드러누워 낮잠을 자고 있었다. 그리고 저만치에는 또 다른 아이가 한 마리 황소 위에 올라앉아 있었는데 입으로는 구성지게 피리를 불고 있었다.

유몽룡은 선봉으로 나선 군사들 중에서도 특별히 날래고 용맹한 자들을 골라 먼저 뭍으로 오르게 하였다. 그걸 본 소 치는 아이들이 자다 말고 벌떡 일어나더니 깔깔거리고 웃으며 모두 버드나무 그늘 속으로 숨어 버렸다.

그러는 사이 관군의 앞장이 된 오륙백 명의 군사들이 물가 언덕으로 기어올랐다. 갑자기 버드나무 숲 그늘에서 한소리 포향이 터지더니 양쪽에서 북소리가 요란하게 울렸다. 왼쪽에서 한 떼의 붉은 갑옷을 입은 군사들이 뛰쳐나오는데 앞장을 선 것은 벽력화 진명이었고 오른쪽에서 검은 갑옷을 입은 군사를 이끌고 나선 것은 쌍편 호연작이었다. 두 부대는 각기 오백의 인마를 이끌고 물가로 덮쳐 왔다.

유몽룡은 급히 군사들을 배에서 내리게 해 먼저 내린 관군을 도우려 했으나 그때 이미 뭍에 올라가 있던 관군은 태반이 꺾인 뒤였다. 뒤따라오던 우방희는 전군 쪽에서 함성이 이는 소리를 듣자 얼른 배를 뒤로 뺐다. 그때 산꼭대기에서 연주포 소리가 울리고 갈대밭 속에서는 거센 바람 소리가 들려왔다. 공손승이 머리를 푼 채 검을 짚고 도술을 부려 바람을 일으킨 것이었다.

바람은 처음에 나뭇가지를 흔들더니 이어 모래와 자갈을 날리고 다시 물결을 일으켰다. 곧 흰 물결이 하늘을 치받는 듯 솟아오르고 미친 듯한 바람이 불며 검은 구름이 하늘을 뒤덮었다. 해가 빛을 잃을 지경이었다.

놀란 유몽룡은 모든 배를 급히 되돌리게 했다. 그때 빽빽한 갈대숲에 숨어 있던 작은 배들이 쏟아져 나와 관군의 큰 싸움배 속으로 끼어들었다. 북소리가 울리자 작은 배들에는 일제히 불길이 치솟았다. 불은 미친 듯한 바람에 힘입어 잠깐 동안에 큰 불길로 변해 사방으로 솟아오르는 불꽃이 관군의 큰 배로 옮아 붙었다.

관군의 배는 세 척씩 묶어 둔 터라 빠르지도 못하거니와 한번 불이 붙자 걷잡을 수가 없었다. 배는 뒤집히고 꽂아 두었던 깃발은 불길에 휩싸여 자취를 감추었으며 세워 두었던 창칼도 불길에 휩싸여 그을린 쇳덩이가 되고 말았다.

그런 배에 타고 있던 관군들의 신세는 더욱 가련했다. 시체는 자라와 함께 물 위를 떠돌고 붉은 피는 물결과 더불어 끓었다. 거센 불길이 날며 배 위의 모든 것을 삼켜 버리자 유몽룡은 갑옷과 투구를 벗어 던지고 물속으로 뛰어들었다. 그러나 언덕 위로는 감히 기어오르지 못하고 깊고 넓은 물길을 따라 목숨이나 부지하려고 헤엄쳐 갈 뿐이었다. 하지만 그마저도 뜻대로 되지 않았다. 갈대숲에서 한 사람이 작은 배를 저어 쫓아오고 있지 않은가. 놀란 유몽룡은 급히 물속으로 몸을 감추었다. 그때 웬 사람이 그의 허리를 덥석 껴안더니 배 위로 던져 올렸다. 배를 저어 온 것은 출동교 동위였고 허리를 잡아 배 위로 끌어올린 것은 혼강룡 이준이었다.

우방희도 무사하지 못하기는 마찬가지였다. 사방의 관선들에 불이 붙자 그 또한 갑옷을 벗어 던지고 물속으로 뛰어들었으나 배 밑에서 어떤 사람이 불쑥 나타나더니 밧줄 달린 갈고리를 던져 물속으로 끌고 들어갔다. 그는 바로 선화아 장횡이었다.

일이 그렇게 되니 양산박 물 위는 떠 있는 시체로 가득하고 푸른 물은 붉게 물들었다. 머리가 터져 죽은 관군만도 그 수를 헤아릴 수 없을 정도였다. 오직 당세영만은 작은 배를 얻어 타고 불구덩이를 빠져나왔으나 그도 끝내 무사하지는 못했다. 한참 달아나는데 양쪽 갈대숲에서 활과 쇠뇌의 화살이 쏟아지니 당세영은 고슴도치처럼 되어 물속으로 떨어졌다. 수많은 관군 중에서 헤엄을 칠 줄 아는 자는 겨우 목숨을 건졌으나 헤엄을 치지 못하는 자는 모두 죽었다. 그리고 그 나머지 사로잡힌 관군들은 모두 양산박으로 끌려갔다.

한편 유몽룡을 사로잡은 이준과 우방희를 사로잡은 장횡은 둘을 그대로 산채로 끌고 가면 송강이 또 살려 보낼까 걱정이 되었다. 의논 끝에 두 사람을 모두 죽이고 그 목을 잘라 산채로 가지고 올라갔다.

한편 마군을 이끌고 물가를 따라오던 고 태위도 수군 쪽에서 먼저 싸움이 붙은 걸 알았다. 연주포 소리가 들려오고 북소리가 끊이지 않자 물 위에서 싸움이 벌어졌음을 짐작하고 얼른 말을 몰아 산을 등진 채 싸움터를 살펴보았다. 그때는 이미 관군들이 배를 버리고 저마다 흩어져 물가로 헤엄쳐 나오고 있는 중이었다. 개중에서 간신히 물가에 기어오른 자기편 군교 하나를 알아본 고구가 싸움의 경과를 물었다.

"싸움배는 모조리 불이 붙어 모두 어떻게 되었는지 알 수가 없습니다."

군교가 숨을 헐떡이며 그렇게 대답했다. 그 말을 들은 고 태위는 몹시 놀랐다. 게다가 함성 소리가 끊이지 않고 검은 연기가 하늘에 가득한 걸 보니 더 싸워 볼 엄두가 나지 않았다. 급히 군사를 돌려 오던 길로 돌아가려는데 갑자기 산 앞에서 북소리가 울렸다. 한 떼의 인마가 길을 막는데 앞선 것은 급선봉 삭초였다.

삭초는 산이라도 쪼갤 듯한 큰 도끼를 휘두르며 말을 몰아 덮쳐왔다. 고 태위 곁에 있던 절도사 왕환이 창을 비껴들고 나가 삭초와 싸웠다.

그런데 어찌 된 일인지 다섯 합도 싸우기 전에 삭초가 말 머리를 돌려 달아나기 시작했다. 고 태위는 저희 편이 이긴 줄 알고 군사를 몰아 그런 삭초를 뒤쫓았다. 그러나 산굽이를 하나 도니 어찌 된 셈인지 삭초는 보이지 않고 등 뒤에서 표자두 임충이 한 떼의 인마를 이끌고 나타나 덤볐다.

한바탕 힘든 싸움 끝에 겨우 임충을 떨쳐 버리기는 했으나 그때부터 관군은 정신없이 달아나기에 바쁜 신세가 되고 말았다. 그러나 대여섯 마장도 가기 전에 청면수 양지가 한 떼의 인마를 이끌고 나타났다. 관군은 이번에도 힘겹게 양지를 물리쳤으나 아직도 끝은 아니었다. 십 리도 못 가 미염공 주동이 나타나 또 한바탕 관군을 휩쓸고 사라졌다.

그 모든 것이 다 오용의 계책이었다. 앞에서 길을 막지 않고 뒤에서 후려치니 이미 싸움에 져서 쫓기는 관군이라 제대로 싸울 리가 없었다. 저마다 제 한목숨 구해 달아나느라 뒤에 오는 저희 편 군사를 돌볼 틈이 없었다.

거듭거듭 당하는 동안에 거의 얼이 빠진 고 태위가 겨우 제주 성 안에 이른 것은 이미 밤도 깊은 삼경 무렵이었다. 그런데 이게 어찌 된 일인가? 다시 성 밖에 있는 영채에서 불길이 치솟고 끊임없이 함성이 들려오는 게 아닌가. 이번 소동은 석수와 양웅의 솜씨였다. 둘은 오백의 보군과 함께 성 밖 서너 곳에 불을 지른 후 가만히 돌아가 버린 것이었다.

놀란 나머지 혼이 몸에 붙어 있는지 아닌지조차 모르게 된 고 태위는 얼른 사람을 시켜 까닭을 알아보게 했다. 다행히도 양산박 군사들이 불만 지르고 돌아갔다는 소식이라 겨우 마음을 놓고 인마를 점검해 보았다. 돌아온 머릿수는 데리고 나간 군사의 절반이 못 되었다.

고구는 괴롭고도 걱정스러웠다. 앞날이 캄캄해 어찌할 바를 모르고 있는데 멀리 정탐을 나가 있던 군사들이 돌아와 알렸다.

"조정에서 보낸 사자가 이르렀습니다."

그 말을 들은 고구는 절도사들과 인마를 이끌고 성 밖까지 나와 천자가 보낸 사자를 맞아들였다. 사자는 양산박의 호걸들을 용서하고 불러들이고자 하는 조정의 뜻을 전하고 도성에서 데려온 문환장에게 고구를 보게 했다. 고구는 그들과 함께 성안으로 들어와 그 일을 의논했다. 그러나 그의 속마음은 괴롭기 짝이 없었다. 조정의 초안을 받아들이지 않자니 두 번이나 싸움에 진 데다 수많은 배를 잃어버린 터라 어찌해 볼 수가 없었고 조정의 초안대로 하자니 부끄러운 꼴로 도성에 돌아가야 할 일이 막막했다. 이에 고 태위는 이러지도 저러지도 못하고 며칠이나 날짜만 축냈다.

그런데 그때 제주에는 왕근(王瑾)이라는 늙은 벼슬아치가 하나 살고 있었다. 평생 한 짓이 모질어 사람들은 그를 모두 완심왕(剜心王, 염통을 도려낸 왕가놈)이라 불렀는데 그 무렵에는 제주부에서 군사들에게 물자를 대는 일을 맡아보고 있었다.

끼리끼리 통하는 데는 있다고 못된 꾀에 뛰어난 왕근은 한눈에 고구의 괴로움을 알아차렸다. 고 태위가 조정의 사자를 맞고도 날짜를 끌며 결단을 내리지 못하는 걸 보자 때 만났다는 듯 찾아와 말했다.

"귀인께서는 그렇게 걱정하실 까닭이 없습니다. 제가 보기에 조정에서 내린 조서에는 한 가닥 살길이 열려 있더군요. 한림(翰林)께서 조서를 쓰실 때 귀인께 도움이 되게 하려고 뒷문을 열어 둔 듯합니다."

그 말을 들은 고 태위가 놀란 얼굴로 물었다.

"자네가 어떻게 뒷문이 열려 있음을 아는가?"

왕근이 잘난 척하며 까닭을 일러 주었다.

"조서에서 가장 요긴한 곳은 '송강과 노준의 등 몇 사람이 범한 죄를 없애고 모두 사면해 준다[除宋江, 盧俊義等大小人衆 所犯過惡並與赦免].'라는 구절입니다. 그 구절은 이리 해석해도 되고 저리 해석해도 되니, 조서를 읽으실 때 '송강을 제외하고[除宋江]'와 '노준의를 비롯한 여러 사람이 범한 죄는 모두 사면한다[盧俊義等大小人衆 所犯過惡 與赦免].'를 따로 떼어 읽으십시오. 그리고 그것들을 모두 성안으로 불러들인 뒤 송강 하나만 잡아 끌어내 죽이고, 그 아랫것들은 흩어 버리면 됩니다. 옛말에 이르기를 '뱀은 머리가 없으면 가지를 못하고 새는 날개가 없으면 날지 못한다.' 하지 않았습니까. 송강만 없애면 나머지 것들은 아무 짓도 할 수 없을 것입니다. 제 이런 생각이 어떻습니까?"

재앙을 부르는 간계

왕근의 말을 들은 고 태위는 눈이 번쩍 뜨이는 듯했다. 그 자리에서 왕근을 원수부의 장사(長史)로 삼고 새로 참모가 된 문환장을 불러 그 일을 의논했다.

"당당한 조정의 사자로서 바른 도리로 백성들을 대해야 합니다. 속임수로 그들을 다스리려 해서는 안 됩니다. 혹시라도 송강 밑에 지모 있는 사람이 있어 알아차리기라도 한다면 일은 비틀리고 태위께서는 더욱 어렵게 되실 것입니다."

문환장이 그렇게 고 태위를 말렸다. 그러나 고 태위는 듣지 않았다.

"아닐세. 예로부터 병서(兵書)에 이르기를 싸움에는 속임수도 마다하지 않는다는 말이 있네. 어찌 꼭 바르고 떳떳한 길로만 싸울 수 있겠는가."

"비록 싸움터에서는 속임수가 있다 하더라도 이번 일은 천자의 조서가 달린 것입니다. 천하의 모든 백성들에게 믿음을 주어야지요. 예로부터 이르기를 천자의 말은 옥음(玉音)이라 하여 고칠 수도 바꿀 수도 없는 법입니다. 그런데 만약 이번에 그리하셨다가 나중에 알려지게 되면 어떻게 폐하의 말씀이 믿음을 얻을 수 있겠습니까?"

"어쨌든 눈앞에 닥친 일이오. 이치는 나중에 다시 따져 봅시다."

고 태위는 그래도 문환장의 말을 듣지 않고 왕근의 못된 꾀를 따랐다. 먼저 양산박에 사람을 보내 송강을 비롯한 양산박의 무리들은 모두 제주성 아래로 와서 천자의 조칙을 받으라는 전갈을 했다.

한편 이번 싸움에서 또 한 번 고 태위를 이긴 송강은 산채 사람들을 시켜 불에 탄 배들은 거두어 땔감으로 쓰게 하고 불에 타지 않은 배들은 수군의 진채에 거두어 싸움배로 쓰게 했다. 그리고 사로잡은 군졸들과 장수들은 모두 뭍으로 내보내 제주로 돌아가게 놓아주었다.

그날도 송강이 여러 두령들과 함께 충의당에 모여 앞일을 의논하고 있는데 작은 두령 하나가 와서 알렸다.

"제주부에서 사람을 보내왔습니다. 조정에서 특히 사자를 내려보내 항복을 권하는 조서를 내렸다는군요. 죄를 사해 주고 조정으로 불러들여 벼슬을 준다는 것입니다."

그 말을 들은 송강은 기뻐 웃음을 감추지 못하며 그 사람을 데려오게 했다. 충의당에 이른 고 태위의 심부름꾼이 말했다.

"조정에서 조서를 내리시어 여러 호걸들을 부르고 계십니다. 고 태위께서는 저를 먼저 보내 대소 두령들을 모두 제주로 오라고 하셨습니다. 성 아래서 예를 행한 뒤 조서를 열어 보이시겠다는 말씀이셨습니다. 다른 뜻이 없으니 조금도 의심하지 말고 오도록 하십시오."

그 말을 들은 송강은 군사 오용을 불러들여 산채를 내려갈 의논을 했다. 심부름 온 사람에게는 금은과 비단을 두둑이 내려 제주로 돌려보냈음은 말할 나위도 없었다. 송강이 영을 내려 불러 모으자 여러 두령들은 모두 충의당으로 모였다. 송강은 그들에게 조서가 내려왔다는 이야기를 전했다. 노준의가 미심쩍은 얼굴로 나서서 말했다.

"형님, 너무 그렇게 서둘지 마십시오. 혹시라도 고 태위가 수작을 부린 것일지도 모르니 함부로 가셔서는 아니 됩니다."

"자네처럼 의심이 많아서야 언제 우리가 바른 세상으로 돌아갈 수 있겠는가. 어찌 되었거나 이번에는 한번 가 봐야겠네."

송강이 노준의를 나무라듯 그렇게 받았다. 오용이 빙긋이 웃으며 송강을 편들었다.

"고구란 놈은 우리에게 당해 간담이 서늘해지고 얼이 다 나갔을 거요. 열 가지 계책이 있다 해도 함부로 쓰지는 못할 것이외다. 여러 형제들이 모두 다 내려가니 걱정할 일은 없을 듯싶소. 송공명 형님을 따라 한번 내려가 봅시다. 나는 먼저 흑선풍 이규로 하여금 번서, 포욱, 항충, 이곤 네 두령과 보군 일천을 거느리고 제주 동쪽 길에 매복해 있게 하겠소. 그리고 다시 일장청 호삼랑으로 하여금 고대수, 손이랑, 왜각호 왕영, 손신, 장청과 함께 보군 일천을 거느리고 제주 서쪽 길에도 매복하게 하겠소. 그래 놓고 만약 연주포 소리가 터지면 모두 북문으로 모이게 하겠소이다."

오용으로부터 각기 할 일을 정해 받은 두령들은 그날로 곧 산을 내려갔다. 수군 두령들만 남아서 산채를 지키기로 되었다. 한편 고태위는 고 태위대로 제 잔꾀를 마무리하기 위한 준비가 한창이었다. 왕환을 비롯한 여러 절도사를 모아 의논 끝에 성 밖에 있는 여러 갈래 군마를 성안으로 불러들이고 절도사들도 모두 갑옷 투구를 걸친 채 성안에서 매복하기로 하였다.

오래잖아 관군들은 정한 자리로 옮겨 앉고, 각 채의 군사도 모두 성안으로 들어와 열지어 섰다. 그러나 성벽 위에는 깃발을 하나도 세우지 않고 오직 북문 위에만 천조(天詔)라고 쓴 누런 깃발 하나를 내걸었다. 모든 채비가 끝나자 고구와 조정에서 내려온 사신 및 여러 벼슬아치들은 성벽 위로 올라가 송강이 오기만을 기다렸다.

그날 양산박에서 가장 먼저 제주성에 이른 인마는 몰우전 장청이 거느린 오백의 기마병이었다. 그들은 성채를 한 바퀴 돌더니 아무런 말 없이 북쪽으로 사라져 버렸다. 얼마 안 있어 신행태보 대종이 걸어와 다시 한번 성을 살펴보고 갔다.

파수병이 그걸 보고 고 태위에게 가서 알렸다. 고 태위는 몸소 백여 명의 사람을 데리고 성벽 위로 올라가 차일을 치고 향불 피울 탁자까지 펼치게 했다.

오래잖아 북쪽으로부터 송강이 이끄는 인마가 다가왔다. 북소리, 징 소리가 드높은 가운데 갖가지 깃발이 늘어서고 여러 두령들이 진세를 이루며 앞장을 섰다. 둥글둥글하고 구불구불한 진의 형태가 마치 기러기가 날개를 편 듯했다.

그 맨 앞에서 말을 타고 오던 송강, 노준의, 오용, 공손승 네 사람이 말 위에서 고 태위에게 예를 올렸다. 고 태위가 곁의 사람을 시켜 성벽 위에서 소리치게 했다.

"지금 조정에서는 특별히 너희들의 죄를 사해 주고 불러들여 쓰시고자 한다. 그런데 어찌하여 너희들은 갑옷, 투구를 걸치고 왔느냐?"

송강이 대종을 시켜 성 아래서 대답하게 했다.

"저희들은 아직 조정의 은혜를 입지 못해 조서에 무어라고 적혀 있는지 알지를 못합니다. 그래서 갑옷, 투구를 벗지 못하고 왔으니 태위께서는 너그럽게 보아주십시오. 성중의 백성들과 나이 든 이들을 불러 모아 모두 함께 조서를 들을 수 있게 해 주신다면 저희들도 갑옷을 벗겠습니다."

그 말을 들은 고 태위는 곧 명을 내려 성안의 늙은이들과 여러 백성들을 성벽 위로 불러 모으게 했다. 오래잖아 성벽 위가 그득할 만큼 백성들이 들어찼다.

송강을 비롯한 양산박의 두령들은 성 아래 있다가 성벽 위에 늙고 젊은 백성들이 모여 와글거리는 걸 보자 비로소 말을 몰아 앞으로 나왔다. 이어 크게 한 번 북소리가 나자 두령들은 모두 말에서 내리고 두 번째 북소리가 나니 걸어서 성 밑까지 이르렀다. 그들 뒤에는 작은 두령들이 말고삐를 쥔 채 차분히 기다리고 있었다. 성에서 화살이 미치지 못할 만한 거리였다.

세 번째 북소리가 울리자 양산박 두령들은 모두 성벽 아래에서 귀에다 손을 모았다. 성벽 위에서 읽는 조서를 듣기 위함이었다. 조정에서 내려온 사신이 성벽 가로 나아가 그들에게 한껏 위엄을 뽐내더니 조서를 열었다. 사신이 읽은 조서의 내용은 다음과 같았다.

이르노니 들으라. 사람의 마음은 본디 두 가지가 아니며 나라의 변치 않은 도리도 언제나 하나이다. 착한 일을 하면 곧 양민이 되고 나쁜 짓을 하면 곧 반역의 무리니라. 짐이 듣건대 양산박에서는 오래전부터 무리가 모여 있는데, 가르침을 입지 못해 아직껏 그 바른 마음을 되찾지 못하였다 한다. 이에 지금 특별히 사신을 보내 조서를 내리고, 송강을 뺀 나머지 노준의를 비롯한 여러 사람의 죄를 사면해 주려 한다. 우두머리 되는 자들은 모두 도성으로 올라와 조정의 은혜에 감사하고 뒤따르던 자들은 각기 고향으로 돌아가도록 하라. 오호라, 비 같고 이슬 같은 은혜를 입어 나쁜 길을 버리고 바른 마음으로 돌아가며 지난날의 잘못을 고치고 마땅히 새로운 뜻으로 살진저! 조서를 내려 특히 이르노니 바르게 알아듣고 그르침이 없게 하라.

그같이 조서가 읽혀지자 특히 놀란 것은 군사 오용이었다. '송강을 제외하고'란 구절을 듣자 화영에게 한 눈을 찡긋하며 말했다.

"장군도 들으셨소?"

그런데 미처 화영의 대꾸가 있기도 전에 조서 읽기가 끝났다. 화영이 문득 큰 소리로 외쳤다.

"형님이 사면을 받지 못한다면 우리가 항복해서 뭘 하겠소?"

그러고는 시위에 살을 메긴 뒤 활을 힘껏 당겼다 놓았다.

"이 화영의 귀신같은 활 솜씨나 맛보아라!"

화영이 활을 겨눈 것은 조서를 읽던 사신이었다. 화살은 어김없이 사신의 얼굴에 가서 박혔다. 곁에 있던 자들이 얼른 쓰러진 사신을 구해 갔다. 성 밑에 있던 호걸들이 목소리를 합쳐 외쳤다.

"나라고 뭐고 때려부숴 버리자!"

그리고 성벽 위를 향해 어지럽게 활을 쏘아 댔다.

고 태위는 이리저리 피하느라 제정신이 아니었다. 그때 내성문으로부터 관군이 일제히 쏟아져 나왔다. 마치 그걸 짐작하고 있었다는 듯이 송강의 인마는 북소리 한 번에 일제히 말에 올라 달아나기 시작했다.

관군은 그런 양산박 군사들을 대여섯 마장 뒤쫓다가 되돌아섰다. 그때 갑자기 뒤편에서 포향이 울리더니 동쪽에서는 이규가 보군을 이끌고 쳐들어오고 서쪽에서는 호삼랑이 마군을 이끌고 뛰쳐나왔다. 그 두 갈래 군마는 금세 하나가 되어 덤벼들었다. 관군은 혹시라도 매복이 있을까 봐 겁이 났다. 싸워 보지도 않고 물러나려는데 달아나던 송강의 패거리가 몸을 돌려 멍석을 말듯하는 기세로 밀고 들었다. 이래저래 세 갈래로 협공을 당하게 된 관군은 크게 어지러워졌다. 급히 달아나다 보니 죽은 자만 해도 헤아리기가 어려울 지경이었다.

송강은 멀리 뒤쫓지 않고 군사를 거두었다. 그만하면 한번 본때를 보인 셈이 되었기 때문이었다. 그길로 군사를 돌려 양산박으로 돌아갔다. 한편 제주성 안의 고 태위는 급히 조정에 표문을 써 올렸다.

송강의 무리가 천자께서 보내신 사신을 활로 쏴 죽였습니다. 조정의 부르심을 받아들일 생각이 전혀 없는 듯합니다.

그리고 따로이는 채 태사와 동 추밀과 양 태위에게도 밀서를 써 보냈다. 서로 잘 상의하여 채 태사로 하여금 천자께 군량이며 말먹이풀뿐만 아니라 구원병까지도 보내게 상주해 달라는 내용이었다.

동경의 채 태사는 고 태위의 밀서를 받자마자 궁궐로 들어가 천자에게 알렸다. 사정을 전해 들은 천자는 즐겁지 않은 얼굴로 말했다.

"이 도둑 떼는 여러 차례 조정을 욕보이고 거듭 대역죄를 저지르는구나."

그러고는 다시 칙서를 내려 여러 곳의 인마를 그러모으게 했다. 제주로 보내 고 태위를 돕게 하기 위함이었다. 양 태위는 관군이 싸움에 이롭지 못함을 알고 어영사(御營司)에서 다시 두 장수를 고르는 한편 용맹(龍猛), 호익(虎翼), 봉일(捧日), 충의(忠義) 네 영채에서 각기 오백 명씩 군사를 뽑아 도합 이천 명을 그 두 장수에게 주었다.

새로이 양산박으로 가게 된 두 장수 중에서 하나는 팔십만 금군(禁軍)의 도교두(都敎頭)요, 좌의위친군지휘사(左義衛親軍指揮使)에 호가(護駕)장군인 구악(丘岳)이었다. 또 한 사람은 팔십만 금군의 부교두로서 우의위친군지휘사(右義衛親軍指揮使)에 거기(車騎)장군인 주앙(周昻)이었다. 그 두 장수는 이미 여러 차례 큰 공을 세워 이름이 널리 세상에 알려져 있을 뿐만 아니라 무예도 뛰어나 그 위엄으로 도성을 뒤덮고 있었다. 게다가 그들은 또 하나같이 고 태위가 마음으로 믿는 사람들이었다.

구악과 주앙은 양 태위가 출정을 명하자 떠나기에 앞서 채 태사를 찾아보았다. 채 태사가 그들에게 당부했다.

"부디 조심해서 하루빨리 큰 공을 세우도록 하게. 그리되면 자네들을 더욱 무겁게 쓰겠네!"

채 태사와 작별한 두 장수는 다시 군사를 받으러 어영으로 갔다. 네 영채에서는 하나하나 키가 크고 허리가 가늘며 어깨가 벌어진 군사들만 골라 주었다. 산동과 하북에서 와 산을 잘 기어오르고 헤엄에도 능한 날랜 군사만으로 이천 명이었다.

구악과 주앙은 군사를 받은 뒤 여러 벼슬아치에게 작별하고 양태위를 찾아갔다.

"저희들은 내일 떠나도록 하겠습니다."

두 장수가 그렇게 하직을 올리자 양 태위는 그들에게 좋은 말 다섯 필을 주어 싸움터에서 쓸 수 있게 했다. 두 장수는 양 태위에게 감사한 뒤 각기 자신의 영채로 돌아가 길 떠날 채비를 했다.

다음 날이었다. 군사들은 모두 말에 올라 어영사 앞에서 기다렸다. 구악과 주앙은 그 군사를 네 부대로 나누었다. 그 가운데 용맹과 호익 두 영채에서 온 일천 군사와 이천여 기의 군마는 구악이 도맡아 거느리기로 하였다. 또 봉일과 충의 두 영채에서 온 일천 군사와 이천여 기의 군마는 주앙이 거느리게 되었다. 그 나머지 천 명의 군사도 두 장수에게 각기 나뉘어 주어졌다.

구악과 주앙은 진시쯤 되어 군사들을 이끌고 성을 나갔다. 양태위가 몸소 성문 위에 올라 떠나는 그들을 바래다주었다. 군사들의 앞머리에 선 소교(小校)들의 차림은 위풍스럽고 화려하기 그지없었다. 그러나 그들보다 더욱 돋보이는 것은 호가장군 구악의 풍채였다. 두 폭의 수놓은 깃발 아래 여러 마리 싸움 말에 둘러싸여 나가는 구악은 붉은 수술이 달리고 봉황 깃이 꽂힌 번쩍이는 투구를 쓰고 있었는데, 푸른 비단을 댄 갑옷이며 구슬 박힌 전포는 눈부실 만큼 호화로웠다. 허리에 두른 띠며 발을 감싼 신, 활과 화살, 전통 따위도 사람의 눈길을 끌기에 넉넉했다. 게다가 차고 있는 것은 상봉검(霜鋒劍)이요, 타고 있는 것은 연지마(胭指馬)였다. 구악이 말 위에 앉아 기상도 늠름하게 좌군을 거느리고 나서는 모습에 동경성 안의 백성들은 한결같이 갈채를 보내왔다.

우군의 봉일과 충의 두 영채의 인마도 정연하기 그지없었다. 그쪽 역시 두 폭의 수놓은 깃발을 앞세우고 있었는데 그 깃발 아래 한 떼의 싸움 말을 거느리고 나아가는 것은 거기장군 주앙이었다.

주앙의 차림새도 볼만하였다. 푸른 수술이 달리고 용의 머리를 새긴 투구에 창칼도 파고들지 못하는 쇠 갑옷이요, 모란꽃에 봉황을 수놓은 붉은 전포를 걸쳤다. 허리띠며 신발이며 활과 화살 동도 구악의 그것들에 못지않았다. 안장에 건 것은 산도 쪼갤 수 있는 금잠부(金蘸斧)요, 타고 있는 말은 화룡구(火龍駒)였다. 그 주앙에 대해서도 동경성 안의 백성들은 갈채를 보내 마지않았다.

구악과 주앙은 성벽 가에 이르러 말에서 내린 뒤 양 태위에게 절을 올려 하직했다. 이어 거기 나와 있던 다른 벼슬아치들과도 작별한 둘은 곧 동경성을 떠나 제주를 향해 군사를 몰았다.

한편 제주의 고 태위도 가만히 팔짱 끼고 기다리고 있지만은 않았다. 문 참모와 의논 끝에 조정에서 보내는 인마가 이를 때까지 그곳에서도 수군을 모아 보려 했다. 먼저 사람을 보내어 가까운 산에서 큰 나무를 베어 끌어오게 한 다음 배 만드는 목수들을 붙잡아다 성 밖 나루에서 싸움배를 만들게 했다. 그리고 다른 한편으로는 방문을 붙여 씩씩하고 날랜 수군들을 모집하였다.

그때 제주성 안의 객점에는 섭춘(葉春)이라는 나그네 한 사람이 묵고 있었다. 섭춘은 원래 사주 사람으로 배를 만드는 솜씨가 아주 좋았다. 무슨 일로 산동에 왔다가 양산박의 작은 두령들에게 가진 것을 죄다 빼앗겨 고향으로 돌아가지 못하고 제주를 떠도는 중이었다.

섭춘은 고 태위가 양산박을 치려고 배를 만들려 한다는 말을 듣자 스스로 고 태위를 찾아갔다. 자신이 만들 수 있는 모양을 종이에 그려 고 태위 앞에 내밀면서 말했다.

"지난번에 상공께서는 배를 몰고 싸우러 나가셨으나 이기지 못했습니다. 그 까닭이 어디에 있는지 아시겠습니까? 그것은 바로 배 때문입니다. 배들을 여기저기서 끌어모아 돛이나 노를 쓰는 것이 일정하지 않고 또 배가 작은 데다 바닥이 얕아 싸움에 맞지 않았던 것입니다. 그래서 이제 제가 한 가지 계책을 올리고자 합니다. 만약 그 도적들을 쳐 없애려고 하시면 먼저 수백 척의 큰 배부터 만들어야 됩니다. 제일 큰 배는 대해추선(大海鰍船, 싸움배)이라고 하는데 배 양 옆구리에는 스물네 군데 수차(水車)가 붙어 있고 배 안에는 수백 명을 태울 수가 있습니다. 수차에는 각기 열두 명씩 묶어 발로 밟아 움직이게 하고, 바깥에는 대나무를 세워 화살을 막게 해야 하며, 갑판 위에는 쇠뇌를 놓을 다락을 마련해야 합니다. 그리하여 배를 낼 때는 다락 위에서 울리는 딱딱이 소리에 맞춰 스물네 명의 수군들이 한꺼번에 힘을 다해 수차를 밟아 대면 그 빠르기는 화살과 같습니다. 도적들의 어떤 배도 따를 수가 없지요. 그러다가 만약 적군을 만나게 되면 배 앞에 걸어 둔 쇠뇌를 일제히 쏘아 대는 겁니다. 그렇게 되면 그들이 무엇으로 막아 내겠습니까? 그다음에는 소해추선이란 배가 있습니다. 수차는 열두 개를 쓰고 배 안에는 백열 명가량을 태울 수 있는 크기지요. 배 앞과 뒤에 긴 못들을 박고 좌우에는 역시 쇠뇌를 쏠 수 있는 다락을 세웁니다. 참대를 엮어 화살을 막게 하는 것도 대해추선과 같습니다. 이 배로는 양산박의 좁은 물길에 배치된 적의 복병을 충분히 막아 낼 수 있을 것입니다. 만약 제 말대로만 따라 주신다면 양산박의 도적 떼는 며칠 안으로 쓸어버릴 수 있을 것입니다."

그 말을 들은 고 태위는 섭춘이 그려 온 도본을 살펴보았다. 모든 게 섭춘의 말과 같았다. 고 태위는 몹시 기뻐하며 섭춘에게 술과 밥과 옷을 내주게 하고 두둑한 상을 내린 뒤 배 만드는 일을 총괄해 감독하는 도작두(都作頭)로 삼았다. 고 태위의 원안에다 섭춘의 안이 더해지자 관군의 배 만드는 일은 한층 더 엄하게 추진되었다.

고 태위는 밤낮을 가리지 않고 나무를 찍어다 기한 내에 제주로 가져오게 하는 한편 다른 고을에도 영을 내려 배 만드는 데 필요한 재료들을 바치게 했다. 이때 날짜를 이틀 어기면 곤장이 사십 대요, 다시 사흘이 지나면 사십 대를 더하였고 닷새를 넘기면 군령에 따라 목을 베었다. 그 바람에 각처 수령들의 독촉이 빗발 같아 백성들 가운데는 달아나는 자가 많았고 원성 또한 높아졌다. 하나는 알고 둘은 모르는 고 태위의 처사가 그렇게 만든 것이다.

우물 안 개구리가 하늘을 어찌 알리
안됐구나, 고구는 꾀는 말에 속았네
해추선 만들어도 이기기는 어려우리
재물 사람 퍼부어도 헛일이 되겠구나

그게 그 무렵 제주 부근의 사람들이 몰래 지어 부르던 노래였다. 하지만 그 사이에도 섭춘은 부지런히 크고 작은 해추선을 만들었고 고구는 각처에서 수군들을 그러모아 제주로 불러들였다. 만들어진 배와 새로 모은 수군은 고구에 의해 각 절도사의 영채로 보내졌다. 그러던 어느 날이었다. 문지기가 들어와 고 태위에게 알렸다.

"조정에서 구악과 주앙 두 장수를 보내왔습니다."

그 말을 들은 고 태위는 여러 절도사들에게 명해 성 밖으로 나가 그들 두 장수를 맞아들이게 했다.

고 태위의 부중에 이른 구악과 주앙은 먼저 태위부터 만나 보았다. 고 태위는 몸소 술과 밥을 내어 그들을 위로하는 한편 이끌고 온 군사들에게도 후하게 상을 내렸다. 대접이 끝나자 그들 두 장수는 고 태위에게 성을 나가 싸울 수 있게 해 달라고 청했다. 고 태위가 그들을 말렸다.

"두 분은 며칠 동안만 가만히 계셔 주시오. 해추선이 다 만들어지기를 기다려 그때 물과 뭍으로 함께 나아가도록 합시다. 배와 말이 나란히 밀고 든다면 북소리 한 번으로 그놈들을 쳐부술 수 있을 거요."

그러나 구악과 주앙은 아직 쓴맛을 보지 못한 장수들이었다. 입을 모아 함께 대답했다.

"저희들은 양산박 도둑들의 짓거리를 어린아이 장난쯤으로 보고 있으니 태위께서는 마음 놓으십시오. 반드시 싸움에 이겨 개선가를 높이 부르며 도성으로 돌아가겠습니다."

제 생각에만 골몰해 있던 고 태위는 급했다. 이번에는 말을 바꾸어 그들을 주저앉히려 들었다.

"그러지 말고 내 말대로 해 주시오. 그래 주신다면 내가 천자께 잘 말씀드려 두 분을 무겁게 쓰도록 하겠소."

고 태위가 그렇게 나오니 구악과 주앙도 더는 고집할 수 없었다. 잔치가 끝나는 대로 말에 올라 자기들의 영채로 돌아갔다.

그날 이후 고 태위가 싸움배 만드는 일을 더욱 다그쳤음은 말할 나위도 없었다.

한편 여러 두령들과 더불어 제주성 아래로 갔다가 모반이라는 성안의 외침에 닥치는 대로 사람을 죽이고 양산박으로 돌아온 송강은 오용과 함께 의논했다.

"조정에서는 두 번이나 우리를 불렀으나 이번에 다시 조정의 사신까지 해쳐 놓았으니 죄만 더 무거워졌구려. 조정에서는 반드시 또 군사를 보내올 것이오."

그러고는 날랜 졸개 몇을 산 밑으로 내려보내 그쪽 소식을 정탐해 오게 했다. 며칠 안 돼 정탐을 나간 졸개들이 산채로 돌아와 알렸다.

"고구는 근래에 수군을 그러모으면서 섭춘이라는 자를 우두머리로 내세워 크고 작은 해추선 수백 척을 만들게 하였습니다. 동경에서는 또 새로이 두 명의 어영군 장수를 내려보내 싸움을 돕게 했다고 합니다. 하나는 구악이고 다른 하나는 주앙인데, 두 장수 모두 씩씩하고 용맹스러우며 각처에서는 또 많은 군마를 뽑아 그들에게 딸려 보냈다는 것입니다."

(8권에서 계속)

수호지 7

돌아가는 길

개정 신판 1쇄 인쇄 2021년 6월 1일
개정 신판 1쇄 발행 2021년 6월 15일

지은이 이문열

발행인 양원석 **편집장** 최두은 **책임편집** 정효진
디자인 김유진, 김미선 **표지 일러스트** 김미정
영업마케팅 양정길, 강효경, 정다은

펴낸 곳 ㈜알에이치코리아
주소 서울시 금천구 가산디지털2로 53, 20층(가산동, 한라시그마밸리)
편집문의 02-6443-8847 **도서문의** 02-6443-8800
홈페이지 http://rhk.co.kr
등록 2004년 1월 15일 제2-3726호

ISBN 978-89-255-8849-0 (04820)
978-89-255-8856-8 (세트)